Jean Diwo

Les violons
du roi

Denoël

Pour écrire sa saga des *Dames du faubourg*, Jean Diwo, parisien depuis trois générations, a abandonné il y a dix ans une longue carrière de journaliste. Formé à l'école des grands quotidiens puis de *Paris-Match* où il fut grand reporter, il a fondé et dirigé durant vingt ans *Télé 7 jours*.

Les violons du roi a été publié aux Éditions Denoël en 1990.

A Claude Lebet
luthier

CHAPITRE PREMIER

Le violon assassiné

Emmitouflé dans son manteau de gros drap dont les pans balayaient le sol à chaque pas, l'homme marchait vite. Il se retournait souvent, sûrement pour s'assurer qu'il n'était pas suivi. A cette heure de la nuit, la ville était déserte. La flèche conique du Torrazzo, le plus haut campanile d'Italie, veillait sur Crémone. Pleine, la lune projetait son ombre jusque sur les dalles de la piazza San Domenico que l'homme pressé traversait en direction de San Niccolo. A ce moment, la cloche de la petite église de San Faustino tinta deux fois. Le son en était discret mais d'une incomparable pureté. Chacun, dans une ville où la musique était partout présente, connaissait ce timbre. C'était celui du *la*. Ce diapason céleste, disait-on, n'était pas pour rien dans le sort de Crémone, patrie de l'harmonie et des luthiers depuis bientôt un siècle.

Avec la lune lente s'était levée une brise glaciale et l'homme avait baissé son capuchon d'un geste brusque de la main droite. De la gauche, il semblait serrer un trésor sous son manteau. Une dernière fois, avant d'arriver à la contrada Zuecca, il se retourna vers l'*isola,* cet embrouillamini de ruelles, d'impasses, de cours où les luthiers vivaient groupés, comme pour mieux s'imposer dans la cité.

Il tourna brusquement vicolo dell'Aurora et s'engouffra dans le couloir d'une vieille maison aux pierres déjointées par l'âge. Fébrilement, il ouvrit une porte de bois et pénétra dans une pièce basse, sale, où rougeoyaient les derniers tisons d'un feu de bois.

L'homme posa sur le banc qui faisait face à la cheminée l'objet qu'il cachait. C'était un violon aux courbes parfaites, sa poignée lisse et étroite, son élégante volute qui protégeait le chevillier, sa chaude et indéfinissable couleur orangée, attestaient son appartenance à une race supérieure. Il n'eut pas besoin d'attiser longtemps le foyer et d'étaler les braises pour que l'instrument roi brille de tous ses feux. Il contempla un moment ces teintes frémissantes puis plaça l'instrument sous son menton en faisant mine de jouer d'un archet invisible. Enfin, après l'avoir encore regardé, il fit, du doigt, vibrer les quatre cordes. La troisième n'était pas parfaitement accordée à la quinte et il ajusta soigneusement la cheville avant d'ébranler à nouveau les cordes qui, longtemps, mêlèrent leur écho au chuintement de l'âtre.

Le visage halluciné de l'homme prit un aspect vraiment inquiétant lorsqu'il se saisit du violon et l'éleva lentement pour le présenter au feu, comme une hostie. Quelques paroles inintelligibles sortirent de sa bouche. Était-ce une dernière incantation ? Brusquement il se décida et posa l'offrande sur le lit de braises.

Le violon, dont les bois avaient été choisis et travaillés pour résister aux caprices du climat, parut d'abord ne pas souffrir de cette agression. Seul le vernis réagissait. Il se craquelait par endroits en se fardant de teintes surnaturelles et changeantes. La chanterelle se rompit d'abord dans une stridulation déchirante. Les yeux hagards de l'homme ne quittaient pas le violon torturé. Ils s'agrandirent un peu plus lorsque la deuxième et la troisième sautèrent en même temps, tirant de la caisse de résonance une sorte de glas. La quatrième résista encore un instant et cassa à son tour tandis que le violon, par ses deux ouïes en forme de *f*, laissait échapper une fumée blanchâtre de ses entrailles ; « Son dernier soupir ! » marmonna l'homme en ricanant.

Et puis, d'un coup, le violon s'embrasa dans un requiem de crépitements, de plaintes, de gémissements. Les flammes montaient jusqu'au tablier de la cheminée et prenaient des couleurs ignorées et fugaces dues à la combustion du vernis. Chaque luthier avait le secret de sa couleur. Qui aurait pu déceler dans le flamboiement du sapin et l'enluminure de l'érable la part des traces de silicate, celle de la térébenthine de Venise, de la colophane d'Autriche ou d'autres ingrédients inconnus ?

Le bourreau ne se posait pas la question. Voyait-il seulement que le chef-d'œuvre brûlait mais n'abandonnait pas ses formes ? Sa silhouette arachnéenne s'éternisait dans la fumée, fragile, incertaine. Ce spectacle hallucinant n'aurait peut-être pas connu de fin si le démon qui l'avait mis en scène ne s'était pas brusquement décidé à écraser à coups de tisonnier le squelette du violon assassiné.

Il n'en demeura alors qu'un tas de cendres incandescentes. Seule la touche d'ébène et la volute de la poignée sculptée dans le sycomore n'avaient pas brûlé complètement. L'homme laissa l'ébène se consumer mais retira la volute du foyer. Il la jeta dans un coin de la pièce et éclata d'un rire diabolique.

En ce matin de 1660, Antonio, l'apprenti, arriva comme d'habitude à six heures et demie à l'isola. Il échangea quelques mots avec Giacomo Bertesi, son ami de toujours, apprenti sculpteur sur bois, chez l'architecte Francesco Pescaroli et qui, comme lui, s'apprêtait à balayer l'atelier avant l'arrivée des compagnons. Antonio s'acquitta de sa tâche avec bonne humeur. Son patron, le célèbre Nicolaus Amati, ne lui avait-il pas dit la veille qu'il était doué et qu'il ferait un grand luthier ?

Quand il eut placé dans la cheminée les copeaux de sapin et d'érable ramassés sur le sol, il monta à l'aérium, sorte de terrasse couverte dont les murs étaient largement ouverts sur l'extérieur. C'est là qu'entre deux couches de vernis on laissait sécher les violons. Le maître lui avait demandé, la veille, de retoucher à l'aide d'un fin pinceau de martre de légères taches de doigts qui voilaient la brillance orangée du dernier-né de la maison, un violon destiné au duc d'Astruccio et dont Niccolo avait dit, en emprisonnant sa marque dans la caisse (« Niccolo Amatus Crémone. Fecit An 1660. »), « C'est l'un de nos chefs-d'œuvre. Non seulement sa sonorité est exceptionnelle mais il est beau ! ».

Antonio leva les yeux vers le fil où l'on pendait

les instruments à sécher par le crochet naturel de leur volute et se frotta les yeux. Rêvait-il ? Le violon que tout le monde à l'atelier appelait le « Duc » depuis le jour où Niccolo Amati avait calculé, tracé et commencé à moduler au rabot l'épaisseur des voûtes, n'était plus à la place qu'il occupait la veille au soir. Entre deux altos il y avait un vide, et le garçon se dit que si le « Duc » n'était plus sur son fil, si incroyable que cela puisse paraître, c'est qu'on l'avait volé dans la nuit.

Comment annoncer cette catastrophe au maître lorsqu'il allait pousser tout à l'heure la porte de l'atelier ? Justement, Guarneri, un autre élève de deux ans plus âgé qu'Antonio, venait d'arriver. Le garçon mis au courant du drame s'écria :

— Il faut prévenir le maître ! Cours chez lui tout de suite, Antonio !

Niccolo Amati et sa famille habitaient tout près contrada Varti. Sa femme Lucrèce vint ouvrir et marqua son étonnement :

— Que se passe-t-il, Antonio ? Il n'y a pas le feu à l'atelier j'espère ?

— Non, madame, mais c'est tout de même grave : on a volé cette nuit un violon. Et pas n'importe lequel, celui du duc d'Astruccio !

— Tu es sûr ? Jamais une chose pareille n'est arrivée depuis que Crémone fabrique des violes et des violons. Attends là, je vais prévenir mon mari.

Celui-ci se montra aussi incrédule.

— Tu as dû mal regarder. Ce que tu racontes est inimaginable. Tant que je n'aurai pas constaté moi-même que le « Duc » n'est pas à sa place, je ne croirai pas à sa disparition. Personne ne peut prendre à son compte un violon d'Amati. Quant à le revendre, il faudrait aller chercher bien loin un acheteur complaisant.

– Mon maître, à moins que je ne sois devenu fou, et Guarneri avec moi, le violon n'y est plus !

La bottega était en effervescence. Les ouvriers étaient arrivés et commentaient l'incroyable nouvelle qui s'était répandue dans l'isola. L'ensemble des commerçants du quartier, les luthiers Guargonzi, Boretti et Matteo Gorzi en tête, était là pour entourer Niccolo qui sans prononcer une parole escaladait les marches de bois qui menaient à l'étage. Peu après il reparut, pâle, farouche, passant et repassant la main dans sa longue barbe grise.

– Mes amis, c'est donc vrai. Le « Duc » a été volé ! Il va falloir que nous nous réunissions afin de décider ce que nous allons faire pour retrouver le violon et le misérable qui s'en est emparé. Nous devons alerter l'administration communale et le gouverneur espagnol de Crémone [1]. C'est un amateur, il m'a acheté plusieurs instruments pour la cour de Madrid, il nous sera d'une aide précieuse.

A ce moment Stainer, l'un des compagnons de l'atelier, un Autrichien du Tyrol venu s'initier à l'art des Crémonais et qui était déjà un remarquable luthier, arriva porteur d'un chiffon sale enveloppant une volute de violon noircie et rongée par le feu :

---

1. Depuis les défaites de La Bicocca et de Pavie qui avaient contraint les Français à abandonner le Milanais, le duché était la propriété de l'Espagne. Charles Quint et ses successeurs, vu l'ampleur et la diversité des États formant leur empire, avaient été contraints de maintenir les organes locaux de gouvernement déjà existants auxquels ils adjoignaient leurs gouverneurs. Crémone était alors l'une des villes les plus importantes de l'État de Milan.

– Maestro Amati, des enfants viennent de trouver cela sur les marches de San Domenico.

Il ne fallut qu'un regard à Niccolo pour reconnaître la coquille qu'il avait sculptée à la gouge pour le « Duc » et qui signait ses œuvres, mieux que l'étiquette portant son nom.

– Les bandits ! Ils l'ont brûlé ! Qui peut être fou à ce point ?

Pour le grand Niccolo Amati, chef de la troisième génération d'une famille qui, depuis un siècle, vouait son cœur, sa vie et son talent à la lutherie, brûler un violon apparaissait comme un crime aussi grave que l'assassinat d'un homme. C'était moins la perte du « Duc » qui l'accablait que l'offense impardonnable portée à son art et à la ville. Il dit à ses amis de partir, à ses compagnons de reprendre leur travail et s'effondra sur son tabouret, la tête entre ses bras croisés sur l'établi qui avait vu naître tant de chefs-d'œuvre. Doucement, il se mit à pleurer. Seul le bruit léger des outils grattait le silence de mort tombé sur l'atelier.

Crémone était touchée, Crémone devait se défendre. Mais que faire contre une ombre, l'ombre que, de sa fenêtre, un marchand de tissu insomniaque avait vu se profiler, la nuit du vol, sur le mur de San Domenico ? Les représentants des marchands et artisans de la ville s'étaient réunis derrière les murs redoutables du palais des Capitaines. Mais les gonfaloniers de Gian Galeazzo Visconti ne les habitaient plus depuis longtemps, la délégation conduite par Amati n'avait trouvé comme interlocuteurs que des fonctionnaires incapables et peureux. Il avait été finalement décidé que la garde ferait une ronde chaque nuit durant un temps indéterminé.

– Le vol du « Duc » aura au moins permis aux
Crémonais de constater qu'ils ne sont pas protégés !
dit Niccolo en sortant. Je crois que nous devons
organiser nous-mêmes la surveillance de l'isola, en
commençant par fermer les terrasses de séchage.

Ainsi fut fait. Des grilles de fer forgé furent scel-
lées sur les ouvertures d'aération et Amati fit dou-
bler les serrures de l'atelier. Bientôt Niccolo reprit
ses traçoirs, ses rabots à lames dentées pour éviter
tout arrachement des ondes du bois, ses canifs et
ses gouges à ébaucher. Il fallait refaire un « Duc »
encore plus beau, plus élégant et d'une sonorité
meilleure que celle de l'instrument détruit. Généralement, le maître calculait le rapport des différentes mesures du violon à construire, fixait les
épaisseurs de la voûte et du fond ainsi que la hauteur du coffre, puis il laissait les compagnons
luthiers façonner chacune des soixante-neuf pièces
qui devaient, une fois assemblées, constituer l'instrument. Il surveillait naturellement l'élaboration
des parties les plus importantes, encore qu'il affir-
mât que chaque pièce jouait son rôle dans la mystérieuse alchimie des sons qui différencie un grand
violon d'un instrument banal. Il y avait tout de
même des gestes qu'il ne laissait à personne le soin
d'accomplir : donner au fond et à la table l'épaisseur convenable, travail minutieux dont dépend la
sonorité de l'instrument ; la finition et la fixation
de la barre d'harmonie, petite règle de sapin collée
sur la table dont elle doit épouser très exactement
la voûte ; enfin la pose de l'âme du violon, tourillon de bois fixé perpendiculairement entre le fond
et la table. C'est la pièce la plus simple, la plus
petite mais son importance est grande : elle trans-

met les vibrations au fond et place sous tension l'amplificateur de sons qu'est un violon.

Cette fois, Niccolo Amati avait décidé de créer le deuxième « Duc » entièrement de ses mains.

– Je veux, avait-il dit, me surpasser pour laver le nom d'Amati de l'outrage qu'il vient de subir.

C'était un peu grandiloquent mais personne n'avait envie de sourire. Chacun savait combien le maître avait souffert, et qu'il ne pourrait surmonter son désarroi qu'en dépensant son talent. D'ailleurs, quand Niccolo décidait de fabriquer seul un violon, l'atelier se réjouissait de la démonstration d'adresse, de savoir, de virtuosité, qui s'annonçait. D'Antonio Stradivari, le plus jeune apprenti, à Baretti, le plus ancien ouvrier de la maison, chacun savait qu'il allait assister à une leçon exemplaire.

L'atelier d'Amati était une famille. Les compagnons travaillaient beaucoup mais s'y trouvaient bien et vénéraient le patron. Grâce au renom de la marque qui remontait au début du xvie siècle, les commandes affluaient. Après avoir été longtemps, après Milan, la ville la plus prospère du duché, Crémone traversait une crise. Elle ne se remettait pas d'une terrible peste qui avait ravagé la région vingt ans plus tôt ; l'industrie textile et la charcuterie qui avaient fait la richesse des Crémonais nourrissaient à peine aujourd'hui les descendants des rescapés de l'épidémie. Milan n'achetait plus les fameuses saucisses de viande parfumées au gingembre et à la cannelle ; les bateaux du Pô n'emportaient plus vers l'étranger la toile imprimée à motifs de pignons et le *cozio* tissé avec du poil de buffle. Les luthiers étaient à peu près les seuls à ne pas souffrir. Le violon venait de naître et l'Europe s'était prise d'un véritable engouement pour cet instrument vivant et délicat qui se prêtait aussi bien à la danse qu'à la langueur des rêves. Niccolo savait tout sur lui, en particulier son histoire, par les récits de son père. Il pouvait parler du violon pendant des heures et souvent, le samedi, en fin de journée, il faisait monter de la cave une cruche de vin de Caorso et réunissait autour de lui l'atelier, en tout douze compagnons, dont le vieux Giambattista, « la meilleure oreille de Crémone ».

On était censé se réunir pour parler du travail en cours mais, tout de suite, Niccolo s'évadait comme par hasard dans le passé et « racontait le violon », comme il disait. Ce jour-là il était remonté très loin, au temps des premières vielles construites dans un seul bloc de bois taillé et évidé pour obtenir une caisse de résonance :

— Andrea, le grand-père, n'a jamais vu ces ancêtres mais il a connu la *lira di braccio* à six cordes qui avait une table et un fond voûté et dont la forme annonçait déjà celle du violon et du violoncelle.

— Quand est né le premier vrai violon ? demanda Antonio.

— Dans les premières années du xvie siècle. Certains attribuent son invention à un luthier lombard inconnu. A la même époque des violes qui ressemblaient à nos violons actuels étaient jouées en France. Ce qui est sûr, c'est que vers 1550, Andrea, mon grand-père, fabriquait dans cet atelier des violons à quatre cordes. Je donnerais cher pour en posséder un et voir la tête qu'il avait. Peut-être existe-t-il encore une de ces reliques à la cour de

France. Nous savons en effet par notre vieux livre de comptes que le jeune roi Charles IX avait commandé un violon à Amati et que celui-ci avait été payé cinquante livres tournois[1] pour son travail. En fait, d'après le père, le violon est né en même temps en Italie et en France. Au début, leur taille les différenciait. Le violon italien était tenu sur un siège, un escabeau ou tout simplement sur les genoux. Son homologue français se plaçait déjà contre la poitrine au-dessous du menton. Mais vous m'avez fait bavarder, les enfants, et il se fait tard... Une autre fois, j'essaierai de vous raconter comment le violon, ce roturier tout juste bon à faire danser le peuple sous l'archet des ménétriers, des taborins ou des rebecquets, a supplanté en quelques années tous les autres instruments. Personne ne sait au juste comment s'est produit cet anoblissement de l'instrument-roi. Mais j'ai ma petite idée là-dessus !

Crémone était bien la ville des luthiers. Chroniqueur et historien local, Ludovico Cavitelli venait de rappeler, dans un livre édité grâce aux largesses de la Commune, que la présence d'un « liuter » nommé Liunardo da Martinego était relevée dès 1526 près de porta Maggiore, quinze ans avant qu'Andrea Amati louât une maison avec boutique à San Faustino. Au temps de Niccolo, vers 1660, Cré-

---

1. La renommée des luthiers de Crémone est pour la première fois attestée par une pièce des archives de France, les comptes de Charles IX, où il est stipulé : « 27 octobre 1572. Payé à Nicolas Dolinet, joueur de fluste et de violon du roi, la somme de cinquante livres tournois pour lui donner le moyen d'acheter un violon de Crémone pour le service du dict Sieur. »

mone et sa voisine Brescia fournissaient les instruments à cordes de la plupart des orchestres de la péninsule. Hélas, en dehors de quelques accompagnements religieux à la cathédrale, il fallait que les Crémonais, pour entendre jouer leurs violons, se rendissent à Venise ou à Ferrare, là où les princes et les prélats étaient assez riches pour entretenir un orchestre ou une maîtrise. Une fois dans l'année, pourtant, les chanteurs et les musiciens du duc de Mantoue venaient rendre hommage, dans sa ville natale, au musicien le plus illustre de son temps, le grand Monteverdi.

Ce soir du mois d'août 1661, la ville était en fête. L'orchestre des Gonzague [1] qui avait joué l'après-midi pour le peuple sur la « piazza del Comune » donnait au palazzo Affaitati une représentation de l'*Orfeo*, le chef-d'œuvre de Monteverdi. Les Amati étaient invités à cette soirée réservée aux notables. L'argent ne manquait pas chez le plus célèbre luthier d'Italie et Lucrezia était considérée comme l'une des femmes élégantes de Crémone. Pour le concert, elle s'était fait tailler une somptueuse robe de velours de Naples rehaussée de broderies et de pierreries. A quarante-quatre ans elle était encore belle, et Niccolo, de vingt ans plus âgé qu'elle, était fier de l'avoir à son bras pour gravir les marches de marbre du palais. L'amour de son métier et le succès l'avaient conservé en excellente santé. Avec sa barbe bien taillée, son ample habit de soie noire brodée tombant au genou sur des bas de soie gris, sa silhouette exprimait la distinction et l'aristocratie de ses violons. Comme eux, il disait en riant qu'il s'améliorait en vieillissant. C'était presque

1. Famille princière qui régna sur Mantoue de 1328 à 1706.

vrai. Niccolo ne ressentait son âge qu'en voyant son fils aîné Jérôme tarder à devenir un homme. Aurait-il le temps de le former, d'en faire un bon luthier? A douze ans, Jérôme ne prenait pas grand intérêt au travail de son père. Il ne semblait pas doué pour la musique et grattait sans plaisir le petit violon que son père lui avait fabriqué. Son maître, Gaspari, avait eu bien du mal à lui apprendre une chacone de Cazzati dont le court motif répété ne présentait pourtant guère de difficulté.

Antonio n'ignorait pas qu'on peut devenir un bon luthier sans être un grand violoniste. Lui-même n'était pas un virtuose mais il savait jouer et entendre juste, conditions indispensables pour régler et juger les violons.

Ce soir, il n'avait pas de souci à se faire sur la manière dont ils seraient traités. Tous les musiciens des Gonzague étaient de parfaits exécutants. Amati, installé au troisième rang avec sa femme, n'avait d'yeux que pour les instruments que l'orchestre était en train d'accorder sur le devant de la scène où, bientôt, Orphée allait magnifier la féerie des timbres pour chanter son amour au chœur des nymphes et des bergers.

Claudio Monteverdi avait été depuis l'enfance un remarquable joueur de viole et il avait fait la part belle aux cordes dans son *Orfeo* dont il ne savait pas qu'il allait bouleverser l'histoire de la musique dramatique en offrant au monde le premier opéra moderne. Le génie du compositeur y était certes pour l'essentiel mais, comme le glissa Amati à l'oreille de son épouse : « Musique et lutherie vont de pair. Si les grands musiciens comme Monteverdi nous sont sacrés, nous devons être sacrés aux musiciens. Sans les luthiers, ils en seraient encore à jouer sur la boîte à une corde inventée par les Celtes ! »

Tous les instruments de l'orchestre, les deux contrebasses de viole, les dix violes de braccio, les basses de gambe n'étaient pas des amatis mais, de loin, Niccolo reconnaissait les siens, ceux construits par son père et ceux dont il avait lui-même dessiné les courbes aux formes d'amphores, comme ces deux *violini piccoli alla francese* que Monteverdi avait consignés sur son manuscrit. Si les instruments aux noms italiens ressemblaient comme des frères aux altos, aux violoncelles et aux contrebasses, les piccoli violini étaient un aboutissement des violons déjà parfaits.

Niccolo se serait récrié si on le lui avait dit. Comme tout artisan il était modeste. Pourtant, ce soir-là, en regardant le vernis clair des deux amatis étinceler sous la lumière des lustres entre les mains fines et impatientes des musiciens, il songeait que ses violons étaient beaux et qu'il serait difficile, dorénavant, d'en améliorer les formes. Il soupira, serra le bras nu de sa femme et murmura :

– Si, la sonorité ! Elle, elle n'atteindra jamais la perfection absolue...

Lucrezia le regarda étonnée. Elle allait lui demander ce qu'il voulait dire quand l'orchestre attaqua la toccata en *ré* qui ouvre l'*Orfeo*.

Comme toutes les fois qu'on jouait l'*Orfeo*, la force dramatique de l'œuvre, l'union intime du verbe et du chant, soulevèrent l'enthousiasme du public crémonais naturellement averti des choses de la musique. Plus qu'un autre, Niccolo se sentait concerné : Monteverdi, mort sept ans plus tôt à Venise, était revenu peu avant vivre à Crémone, sa ville natale. Il avait alors assidûment fréquenté la bottega du luthier dont la science et l'habileté le fascinaient. Avec lui, il participait à ce qu'Amati appelait la recherche de la *sonorita perfetta*. L'illustre compositeur s'intéressait aux bois, aux calculs compliqués des rapports de grandeur et d'épaisseur entre les différentes pièces, calculs dont dépendait la qualité finale de l'instrument. Il aimait essayer les violons au dernier stade de leur finition pour suggérer parfois la modification d'un détail. Quand Amati lui disait qu'il avait vu juste et qu'il fallait, en effet, corriger la hauteur d'un chevalet ou déplacer imperceptiblement l'âme d'un violon, il était plus heureux qu'après l'ovation d'une salle princière. Monteverdi concevait la musique comme une religion. Il en parlait avec l'humilité et la passion du jeune clerc-philosophe qu'il avait été durant sa jeunesse avant de s'engager sur la voie royale de l'harmonie.

Niccolo se rappelait ces moments privilégiés en écoutant chanter Giovanni Gualbarto, l'inégalable *baritono*, et la Sabina, si émouvante dans le rôle d'Eurydice. Il se rappelait la question que le musicien se posait sans cesse : « Prima la musica o prima la parola ? » et se disait que le maître y avait répondu par l'équilibre miraculeux de son œuvre. Jamais Niccolo Amati n'avait ressenti aussi profondément combien la musique d'*Orfeo* était empreinte et nourrie de l'idée dramatique. Le chœur des bergers et des nymphes qui achevait l'opéra sur un rythme de *moresca* lui arracha une larme.

La sortie, sur la place, donnait lieu traditionnellement à une sorte de ballet spontané au
cours duquel les groupes se faisaient et se défai-
saient au hasard des rencontres dans un bruisse-
ment de jupes et de capes. Nobles et notables de la
ville échangeaient leurs impressions, s'embras-
saient ou se saluaient dévotement comme à la fin
de l'office.

Dans ce remue-ménage de brocart et de taffetas,
la nouvelle se répandit comme un trait de poudre.
En moins d'une minute, la ville apprit que, dans
l'après-midi, une voiture transportant deux violons
et deux violes de gambe destinés au duc de Savoie,
qui voulait les offrir à l'ambassadeur d'Espagne,
avait été attaquée dans la traversée d'un bois, à dix
lieues de Crémone. Les brigands avaient assassiné
le cocher et son aide puis s'étaient emparés des instruments soigneusement rangés dans le capiton de
leur *cassetta di conserva* [1].

L'insécurité régnait dans toute l'Italie et les
assassinats étaient chose ordinaire à Crémone
comme dans les autres villes. L'agression n'aurait
pas causé autant d'émoi s'il ne s'était agi des violons du duc de Savoie. L'affaire de l'amati volé et
brûlé était encore dans toutes les mémoires et ce
nouvel attentat touchait la ville au cœur. Tout de
suite Niccolo avait été entouré et pressé de questions.

— Les violons vous appartenaient-ils ?

— Il y a deux morts cette fois. Le *barigel* [2] va bien
être obligé de faire quelque chose.

---

1. Ces boîtes protectrices étaient à Crémone de véritables
objets d'art, marquetés ou sculptés par les luthiers eux-mêmes.
2. Prévôt de police.

– C'est vraiment à vous qu'ils en veulent ?

– A votre place je prendrais garde. Ils vont peut-être continuer...

Niccolo Amati, sorti quelques minutes auparavant heureux, la tête pleine de musique, se retrouvait soudain saisi par la colère et l'angoisse. Le premier événement qu'il avait fini par considérer comme l'acte isolé d'un fou reprenait une importance dramatique. L'un des violons disparus dans l'attaque de la voiture sortait de son atelier. Les autres avaient été fabriqués par deux confrères, Ruggieri et Alvani. Comment savoir s'il était personnellement visé, si les deux crimes étaient le fait du même bandit et si le prévôt et ses sbires allaient se mettre sérieusement à leur recherche ? Les victimes étaient honorablement connues dans la ville où elles exerçaient à la satisfaction générale le métier de commissionnaires. L'opinion publique n'allait pas manquer de réagir !

– Viens ! dit soudain Niccolo à sa femme. Rentrons. Ces gens m'irritent avec leurs questions. Comme si j'en savais plus qu'eux ! Ce dont je suis sûr, c'est qu'un autre de mes bons violons a disparu. Il ne valait pas le « Duc » mais c'était une belle pièce. Jamais je n'avais réussi une telle couleur de vernis !

L'attaque qui s'était produite près de San Giovanni in Croce avait cette fois ému les hauts magistrats de la ville. Le préteur, son vicaire et le premier juge avaient tenu conseil au palais de justice en présence du barigel et du *maresciallo*. Celui-ci

avait quatre-vingts sbires sous ses ordres et comme
sa compétence s'étendait hors la ville, le nombre
des agents de l'ordre était régulièrement dénoncé
comme insuffisant. Cette constatation faite une fois
de plus, le conseil envisagea les mesures à prendre.
Chacun y alla de son couplet, creux comme le
crâne d'un *poliziotto calabrese*. Après une heure de
palabres, le préteur dit que, faute de pouvoir agir,
il fallait rassurer la population en intensifiant les
rondes de nuit. Le maresciallo fut en outre chargé
d'arrêter les individus louches connus de la police
et d'essayer de les faire parler.

Niccolo haussa les épaules quand il apprit ces
décisions.

– C'est une plaisanterie, dit-il. Le ou les coupables sont plus malins que tous nos magistrats et
j'ai bien peur qu'on ne puisse les arrêter avant
qu'ils ne commettent un nouveau crime.

– Tu crois qu'ils vont continuer ? demanda
Lucrezia.

– Oui, je le crois. Ces gens ne commettent pas
leurs forfaits à l'aveuglette. Je ne serais pas étonné
d'apprendre qu'ils agissent pour le compte d'un
étranger à la ville. S'ils frappent à nouveau, je
m'arrangerai pour prévenir M. de Gonzague. C'est
chez lui, à Mantoue, que Monteverdi a créé son
Orfeo dans la salle de l'académie des Invaghiti. Il
est le prince italien qui aime le plus la musique, lui
pourra nous défendre !

Les rondes nocturnes qui réveillaient la ville
n'avaient pas encore permis d'arrêter le moindre
suspect quand on trouva un matin sur les
marches de San Domenico un paquet de cendres
de bois où étaient mêlés des débris calcinés d'épicéa, d'érable et d'ébène. Une nouvelle fois, Amati,

chez qui on avait porté ces restes, reconnut qu'il s'agissait de cendres de violons. Le petit morceau d'une touche où l'on apercevait la place de deux frettes [1] prouvait que des violes avaient aussi été brûlées. L'espoir d'arrêter les voleurs au moment où ils auraient cherché à revendre les instruments s'évanouissait. Comme avait dit le prévôt de police désabusé : « On ne peut rien faire d'autre qu'attendre un miracle... ou le crime suivant ! »

Le clergé qui jusque-là n'avait guère réagi commença à s'intéresser à l'affaire. Dans les trente-six paroisses de la ville, sans compter la cathédrale, les dix oratoires et les sept monastères, les curés prêchèrent en chaire contre « les criminels qui tuaient deux fois en s'attaquant à des innocents et en détruisant le travail des hommes ». « Travail pour Dieu ! » s'écria même l'archiprêtre de San Francesco à la réunion des membres de la confrérie de la Vierge Béate. « Car tout travail est offert à Dieu et davantage encore celui de nos luthiers qui fabriquent les instruments divins qui accompagnent les sacrements ! »

L'intervention de l'Église n'était pas sans importance car si l'administration civile, essentiellement interne, n'avait guère de rapports avec celle des autres cités du duché, le clergé entretenait des relations permanentes avec tous les diocèses. Il était probable que, de clocher en clocher, l'affaire allait remonter jusqu'à Rome. La mise en alerte des innombrables confréries, couvents, monastères,

1. Barres espacées sur la touche pour guider l'emplacement des doigts. N'existent pas sur le violon.

églises, hôpitaux, ne pouvait donc qu'aider à la découverte des coupables, ou tout au moins fournir des renseignements utiles.

Comme après le premier forfait, le calme revint peu à peu dans la ville et l'isola des luthiers retrouva ses habitudes laborieuses. Sous l'œil sévère, qui savait aussi se montrer paternel, de Niccolo Amati, l'apprenti Antonio Stradivari se montrait un élève appliqué et intelligent. Chargé de toutes les corvées, il s'acquittait de sa tâche avec bonne humeur et célérité pour pouvoir, même un court instant, regarder travailler le maître ou l'un des compagnons. Au début, ceux-ci, agacés par ses questions incessantes, envoyaient promener le garçon. Puis ils s'étaient aperçus, Amati le premier, que ses interrogations étaient toujours pertinentes et dénotaient une étonnante connaissance des instruments. Ils avaient aussi remarqué qu'Antonio possédait une oreille exceptionnelle. Il percevait d'instinct toutes les subtilités d'un son et souvent, au moment crucial du réglage d'un violon neuf, les luthiers de l'atelier faisaient appel à son *orecchio d'oro*.

— Antonio est le meilleur de tous les élèves qui sont passés ici ! disait Amati. Comme je voudrais que mon fils possède le dixième de ses dons ! Il sait déjà tout sur le violon, jusqu'aux plus intimes correspondances qui existent entre les différentes pièces.

Un jour où le maître le félicitait, Antonio dit doucement, de sa voix d'enfant :

— Ce que vous dites, maître, est peut-être vrai, mais je ne sais pas faire un violon. Mes mains n'ont pratiquement jamais touché un outil. Serai-je un jour capable de graduer les épaisseurs d'une table ou de découper au canif [1], comme vous le faites si bien, les délicates échancrures d'un chevalet ?

– Mon garçon, un bon violon, est plus fait avec la tête qu'avec les mains. Le métier, tu l'apprendras vite. Crois-moi, sans vouloir déprécier le talent manuel du luthier, c'est ta tête qui te fera réussir bientôt de bons violons !

– Mais quand pourrai-je enfin tenir autre chose entre les mains qu'un balai ou un pinceau ?

Amati éclata de rire :

– Plus tôt que tu ne le penses ! Notre ami Stainer va nous quitter pour aller étonner ses compatriotes avec nos violons qui sont dix fois meilleurs que les allemands. Son départ me permettra d'engager un nouvel apprenti et tu pourras alors commencer à travailler l'épicéa et l'érable.

Ce jour-là Stradivari avait sauté de joie, pris le dernier amati qui diffusait ses reflets de miel sur le velours bleu de la table d'exposition et joué de mémoire le *Capriccio* de Biaggio Marini. Antonio n'avait pas suivi pour rien durant trois ans les cours de Marc-Antonio Ingegneri, le maître de chapelle de la cathédrale. Il ne savait pas encore fabriquer un violon mais il en jouait fort convenablement.

Jacques Stainer qui rentrait dans son Tyrol natal avait été lui aussi un élève exceptionnel. Il avait fait honneur au nom d'Amati qui figurait seul sur les violons bien que beaucoup fussent presque entièrement de sa main. Le maître exigeait que les instruments construits dans sa bottega épousassent la forme exacte des modèles qui avaient fait la

---

1. Sorte de petit tranchet, le canif est toujours l'outil le plus utilisé en lutherie.

gloire de la famille, depuis Andrea Amati, le premier de la dynastie, et Geròlamo, le père de Niccolo. Ce dernier s'était toujours opposé au désir de
Stainer de créer un modèle marqué de sa personnalité, dont les dimensions un peu réduites
devaient permettre d'obtenir des sons cristallins
proches du hautbois [1].

– La stridence de tes violons ne conviendrait pas
aux oreilles latines mais je ne doute pas que les
allemandes s'en accommoderont ! avait dit Niccolo.

Amati était inquiet. Il n'avait pas partagé la vie
de ses violons durant un demi-siècle sans que sa
sensibilité en fût stimulée à l'extrême ; les événements des derniers mois l'avaient profondément
remué. Il ne disait rien à Lucrezia pour ne pas
l'inquiéter mais il attendait, angoissé, une nouvelle
manifestation des criminels. Ceux-ci, à moins qu'il
ne s'agisse que d'un seul individu, semblaient être
attirés par le feu et Niccolo, qui craignait qu'on
n'incendiât son atelier avec toutes les réserves de
bois et les instruments en cours de fabrication,
avait fait renforcer les portes d'épaisses ferrures et
les fenêtres de grilles. Plusieurs fois, la nuit, il avait
cru discerner une odeur de fumée dans l'âcre
relent de la rue et il s'était précipité à la bottega.
Niccolo avait raison d'être soucieux, raison aussi,
hélas ! de craindre le feu. Ce n'est pas son atelier
qui fut incendié dans la nuit du 12 août 1661 mais
celui d'un voisin qui avait naguère été son élève,
Francesco Ruggieri.

Niccolo qui avait le sommeil léger avait été l'un
des premiers à entendre le tocsin et à courir vers

_____

1. Stainer construira avec succès ces violons en Allemagne. Ils
assureront sa grande réputation.

l'isola d'où montait une épaisse fumée. Les portes
de la maison étaient closes. On avait dû lancer des
brûlots par les ouvertures d'aération de la terrasse
de séchage car des flammes en sortaient et
commençaient à lécher les charpentes de bois.
Ruggieri arriva à son tour et s'écria : « Il faut sauver les violons et les outils ! »

Une échelle fut dressée et la chaîne des seaux
commença à s'organiser. Il y avait heureusement
une fontaine avec son bassin près de San Domenico.
Avec un peu de chance, la centaine d'hommes et de
femmes accourus pouvait réussir à éteindre le feu
avant que la charpente et la toiture ne s'enflam-
massent. Monté à l'aide d'une autre échelle, Francesco Ruggieri avait pénétré sur la terrasse et s'était
emparé à temps des trois violons et des deux violoncelles qui séchaient. Il les fit passer prestement à
l'extérieur et s'activa avec le fils Amati et le luthier
voisin Gonzi, qui avait donné l'alerte, à lancer à
toute volée dans le brasier le contenu des seaux qui
leur parvenaient. Au rez-de-chaussée on s'affairait à
sortir les outils, gouges, rabots, canifs, compas, trus-
quins, racloirs, traçoirs, happes... D'autres proté-
geaient la réserve de bois en inondant les alentours.
Enfin, au bout d'une heure d'efforts, les derniers
foyers qui avaient menacé les poutres et brûlé une
grande partie du parquet étaient maîtrisés.

Debout, Ruggieri regardait son atelier sauvé à
demi et remerciait chacun de son aide. Aucun
résident de l'isola n'avait manqué à l'appel. La soli-
darité des artisans avait eu raison de la malveil-
lance. Francesco était l'un des plus jeunes luthiers
établis à Crémone. Il avait travaillé dur chez Amati

après son apprentissage, puis chez Boretti pour économiser l'argent de son installation. Dans la profession tout le monde admirait son courage et reconnaissait son talent. Et c'est à ce jeune artiste que les misérables s'étaient attaqués ! Les luthiers de Crémone, hommes paisibles et doux de nature, serraient les poings.

— Ne te décourage pas, petit, dit Amati. L'irréparable a pu être évité et c'est nous tous qui remettrons ton atelier en état. Ce qui t'est arrivé aurait pu aussi bien survenir à l'un d'entre nous... Maintenant, c'est la guerre. Il faut à tout prix qu'on découvre le coupable.

En rentrant, il dit à Lucrezia :

— Demain matin, prépare mon bagage. Je pars pour Mantoue voir le duc. Il m'a demandé il y a déjà longtemps de venir régler certains instruments de son orchestre de chambre. Il me sera facile de lui parler de notre malheureuse affaire.

— Garde-toi bien, Niccolo ! Ces hommes sont dangereux.

— Ils ne vont tout de même pas attaquer la chaise de poste pour s'emparer de ma personne. S'ils veulent me tuer, ils peuvent le faire tranquillement à Crémone.

— Tais-toi ! Tu me fais peur ! Emmène Jérôme...

— Sûrement pas. Jérôme doit rester ici. Avec toi !

Le maître dut retarder son départ de trois jours. Giorgio Benvenuti, le célèbre virtuose de Bologne, avait fait prévenir qu'il passerait chercher le violon qu'il avait commandé en se rendant à Milan où il devait jouer dans le palais Belgiojoso. Les vernis de l'instrument étaient juste secs. Il ne lui manquait que quelques finitions délicates pour le rendre digne d'être joué par le maestro. Plutôt que de construire un violon anonyme qui passerait une fois vendu entre des mains inconnues, Amati préférait mille fois travailler pour un artiste dont il connaissait les goûts et la façon de jouer. Quand cet artiste était Benvenuti, le luthier se sentait capable de frôler la perfection. Ce matin-là, il prit le « Giorgio » qui pendait comme un être inanimé dans la grande armoire de l'atelier et il appela l'apprenti qui ponçait avec conviction le couvercle d'une *cassetta di conserva*.

— Viens, Antonio. Regarde bien comment on va faire vivre et donner âme à cet instrument qui n'est encore qu'un assemblage de morceaux de sapin et d'érable. Tu vois, ce petit tourillon taillé dans l'épicéa, copeau par copeau, comme s'il était en or, va jouer le rôle du Bon Dieu dans la sonorité du violon. Il va lui insuffler la vie. C'est peut-être bien le vieil Andrea qui l'a inventé. En tout cas c'est mon père qui a donné à ce morceau de bois le nom magique de *anima del violino*.

Le garçon remercia son maître et s'installa près de l'établi pour ne perdre aucun des ses gestes. C'était pour lui une fête et une récompense quand le grand Amati lui permettait de le regarder travailler et de lui poser des questions.

— Je sais, mon maître, l'endroit exact où vous allez la poser, cette âme : bien perpendiculaire, entre le fond et la table, à un cheveu en arrière du pied droit du chevalet.

Niccolo le regarda, étonné.

— Oui, tu as raison. Mais qui t'a appris cela ?

– Cela fait presque deux ans que je suis dans la bottega et même quand je balaie, mes yeux vous regardent travailler. C'est Stainer qui m'a montré comment on place l'âme.

– Il a bien fait. Toi continue de regarder. Lorsque tu commenceras à plier tes premières éclisses, tu sauras comment ne pas les casser.

– Quand commencerai-je, mon maître ?

– Bientôt. Tiens, lorsque je rentrerai de Mantoue !

Antonio rougit de plaisir. Le moment qu'il espérait depuis si longtemps arrivait ; il allait enfin prendre en main tous ces outils dont il connaissait les noms et les fonctions. Et ce ne serait pas de la triche, comme lorsqu'il lui arrivait d'essayer le canif sur une tombée de sapin. Il participerait réellement à la construction des instruments !

Amati prit sa « pointe aux âmes », une longue aiguille coudée à son extrémité, et y piqua la petite cheville. Il inclina un peu le « Giorgio » afin de pouvoir regarder à l'intérieur par l'ouïe droite. Avant de glisser l'âme dans la fente voluptueuse du « f » il expliqua :

– Regarde, je vais la coincer comme tu le sais entre la table et le fond en forçant légèrement. Ce n'est pas très difficile. Il faut simplement avoir de bons yeux et une main qui ne tremble pas.

– Mais comment trouvez-vous l'emplacement exact ? demanda le garçon.

– D'abord l'instinct. L'oreille ensuite. Ce point acoustique idéal varie d'un instrument à l'autre et dépend aussi du violoniste. Nous terminerons le réglage avec Benvenuti. En attendant, allons corder « Giorgio » !

Benvenuti était sûrement le violoniste le plus connu d'Italie. Le temps était loin où les violoneux avaient si mauvaise réputation. Les virtuoses étaient maintenant considérés et traités en personnages importants dans les palais qui se disputaient leur archet. Maître de chapelle de San Petronio à Bologne, séminaire de la musique italienne, Benvenuti était choyé et traité comme un prince. Ses deux violons préférés étaient un massiani, de Brescia, et un amati construit par Niccolo dix ans auparavant. C'était un superbe instrument au son fin et délicat. Le « Giorgio » serait-il aussi réussi ? Le luthier l'ignorait et attendait avec angoisse.

– C'est toujours la même chose, disait-il. On a beau en avoir créé des centaines, on ne sait jamais avant les premiers coups d'archet si on a réussi un grand violon !

Le maestro arriva le jour prévu vers onze heures à Crémone. Sa voiture particulière, tirée par deux chevaux, le déposa devant la bottega où les compagnons qui avaient tous revêtu un tablier fraîchement lavé et repassé l'accueillirent en s'inclinant. D'un geste un peu théâtral il enleva son manteau de voyage et se jeta dans les bras de Niccolo.

– Vite, mon ami, montrez-moi le chef-d'œuvre ! Je ne pense qu'à ce violon depuis des semaines. Son vernis, je l'espère, a ce ton clair, un peu jaune qui fait reconnaître de loin un amati ?

Niccolo sourit et retira lentement de son étui de velours le violon dont la couleur claire et brillante mettait en valeur la forme exquise.

– Maestro, je vous présente « Giorgio ». Jusqu'à cet instant, il était mon enfant. Maintenant il est à vous. J'espère qu'il ne vous décevra pas.

Benvenuti éclata littéralement :

– Magnifico ! Violino magno ! Splendido !

Il prit l'instrument et pinça successivement chaque corde de son pouce en laissant les notes se perdre d'elles-mêmes.

– Ce n'est pas seulement un objet d'art, dit Amati. C'est surtout pour vous un outil dont la sonorité doit convenir à votre talent. Prenez cet archet et violez-le, brutalisez ses cordes trop neuves, faites-lui mal pour qu'il nous crie qu'il a de la race !

Le luthier, réservé d'ordinaire jusqu'à paraître parfois taciturne, pouvait devenir lyrique lorsqu'il s'agissait de son art.

– Jouez, maestro, je vous en prie, ajouta-t-il plus simplement. J'écoute notre violon !

Fasciné, l'apprenti écoutait lui aussi. Et regardait. Il était convaincu de vivre un grand moment, un moment qu'il n'oublierait jamais. Benvenuti jouait au milieu des tabliers blancs qui faisaient cercle autour de lui. Avec une aisance prodigieuse il improvisait, ornementait des thèmes baroques, passait des sons pleins qui permettaient de juger la sonorité de l'instrument à des séries de spiccati qui montraient sa souplesse. Comme des perles de couleurs différentes, il enfilait arpèges, gammes et doubles cordes. Cette improvisation destinée seulement à explorer tous les registres du violon était pourtant magistrale et aurait pu apparaître comme une pièce savamment composée. Quand Benvenuti reposa son instrument, l'atelier tout entier applaudit spontanément, rendant à la fois hommage au virtuose et à l'instrument dont chacun pouvait être fier puisqu'il portait la marque de la bottega.

Le maestro montrait par son sourire qu'il était satisfait. Comme tous ceux qui l'avaient écouté, il savait que le « Giorgio » était un très bon violon. Il savait aussi qu'en le jouant il l'avait entendu sonner de trop près pour pouvoir déceler les imperceptibles défauts qu'effacerait le réglage.

– Votre violon, mon cher ami, est magnifique. Il n'y a pratiquement rien à lui reprocher.

On attendait la réponse de Niccolo Amati et c'est, à la stupéfaction de tous, la petite voix d'Antonio qu'on entendit :

– Mon maître, je crois que la qualité du timbre serait meilleure si l'on abaissait très légèrement le chevalet dont il faudrait peut-être ouvrir un peu les découpes.

Le silence pesa sur l'atelier. Comment l'apprenti avait-il osé parler devant un client illustre ? Et avant son maître ? Quelle folie l'avait poussé à cette intervention inconvenante ? Chacun pensait qu'il allait payer son audace d'une correction bien méritée.

Pourtant, Amati, les dents serrées, le visage blême, ne disait rien, à l'exemple de Benvenuti, lui aussi stupéfait.

Et puis, soudain, Antonio éclata en sanglots et s'agenouilla devant son maître.

– Battez-moi, mon maître ! Je le mérite. Je ne sais pas ce qu'il m'est arrivé. L'idée m'a traversé la tête comme une évidence et j'ai parlé sans réfléchir...

– Ce garçon a-t-il raison ? demanda le virtuose.

– Tout à fait. Si ce petit insolent n'avait pas pris la parole, j'aurais dit la même chose la seconde suivante. Son oreille et son analyse de la sonorité d'un instrument sont tout à fait prodigieuses. Inexplicables. Ce garçon a un violon dans la tête. Je peux vous annoncer qu'il sera un jour le meilleur luthier de Crémone.

— Alors il faut lui pardonner ! dit Benvenuti en tapotant la joue du garçon qui s'enfuit pour se cacher au fond de l'atelier.

Déjà, Niccolo Amati avait choisi sur son établi un canif à lame mince à laquelle il donnait le fil sur une pierre à eau. Quand il eut essayé le tranchant sur un cheveu arraché à son épaisse toison, il fit sauter d'un coup d'index le chevalet et laissa les cordes soudain détendues se tordre et se mêler comme des serpents. Il tint un moment à la lumière, devant ses yeux, le chevalet, minuscule sculpture taillée dans l'érable et dont la blondeur faisait ressortir les veinures délicates.

Comme la plupart des musiciens, Benvenuti ignorait tout de la mystérieuse alchimie sonore du violon. Il savait seulement qu'en jouant imperceptiblement sur la position de cette fragile dentelle de bois on pouvait modifier la faiblesse d'une corde ou éliminer une vibration parasite.

— N'y touchez pas trop ! dit-il au luthier qui, à petits coups de lame, fins comme des caresses, agrandissait les ouvertures en forme de cœur. Votre violon est magnifique et il ne faudrait pas l'abîmer...

— N'ayez donc pas peur, maestro ! Cette petite broderie d'érable est solide. Elle doit supporter l'énorme pression des cordes. A propos, comment trouvez-vous mon chevalet ? Vous savez, sans doute, que chaque luthier a sa forme particulière qui signe autant un violon qu'une étiquette qu'on peut changer à loisir.

– Magnifique !

– Alors on va le remonter mais, avant, pour suivre les conseils de mon apprenti, je vais lui rogner un peu les pieds. Ça, vous voyez, c'est délicat. Il faut que ces quelques lignes [1] de bois épousent exactement la surface de la table. Le moindre espace ferait devenir le son rauque et sourd.

Le chevalet remis en place, Amati accorda « Giorgio » et le tendit à son propriétaire. A nouveau, la voix de feu du violon emplit l'atelier. Stradivari voyant que l'orage n'avait pas éclaté sur sa tête s'enhardit et se rapprocha du groupe. Giorgio Benvenuti ne cachait pas sa joie de posséder un nouvel instrument aussi généreux. Il appela Antonio et lui glissa une pièce d'or.

– Mon prochain violon, c'est toi qui le feras ! dit-il en souriant. Mais pour cela il faut bien écouter les leçons de ton maître. Sais-tu que tu as une grande chance d'être l'apprenti de M. Amati ?

– Merci, monsieur. J'ai mérité d'être puni et vous me récompensez. C'est la première pièce d'or que je gagne. Même si je ne l'ai pas méritée, je la garderai en souvenir de votre merveilleuse façon de jouer.

Le maestro éclata de rire et entraîna Niccolo Amati dans un coin de l'atelier. On entendit sonner les ducats et avec d'infinies précautions le violoniste prit le « Giorgio » et le rangea dans son étui. Le luthier avait détourné son regard. Comme tous les artistes il n'aimait pas voir partir ses œuvres. Pendant quelques jours le beau violon couleur d'automne allait lui manquer. Jusqu'à ce qu'un

1. Une ligne : deux millimètres.

autre instrument prenne entre ses mains le galbe ferme et tendre d'une nouvelle merveille qu'un jour un autre Benvenuti ferait chanter. Il ne voulait pas effrayer son illustre client. Pourtant, en le reconduisant à sa voiture il dit :

– Prenez garde sur la route. Des bandits inconnus en veulent aux luthiers de Crémone. Ils volent des instruments pour semble-t-il les brûler. Ils ont attaqué et tué il y a quelques jours, à San Giovanni in Croce, deux commissionnaires qui livraient des violes et des violons au duc de Savoie. J'espère que votre cocher et votre valet sont armés et qu'ils sont courageux. Qu'ils n'hésitent surtout pas à user du pistolet si vous êtes attaqués.

– Je suis au courant. On ne parle que de ces bandits à chaque *cambiatura* [1]. Heureusement, mes gens sont de taille à se défendre. Ils sont habitués à me protéger contre la *furia* de mes admirateurs qui me poursuivent après chaque concert.

Il éclata de rire et ordonna le départ.

Amati hocha la tête en regardant la voiture s'éloigner :

– Pourvu qu'il n'arrive rien ! murmura-t-il. Comparer les brutes cruelles qui nous poursuivent aux amateurs trop enthousiastes me paraît bien déraisonnable !

Bien qu'aucun nouvel acte criminel n'eût affecté les luthiers de Crémone, Niccolo Amati prit au matin du 14 septembre 1660 la chaise de poste pour Mantoue. En plus de son bagage il emportait un petit sac garni des outils qui lui seraient

1. Relais de poste.

indispensables pour régler les instruments de l'orchestre des Gonzague, l'un des plus illustres de l'Italie. Son fils l'avait accompagné jusqu'au relais de la piazza Piccola et aidé à hisser son bagage sur le toit de la voiture dont la peinture écaillée et les bâches rafistolées attestaient la vétusté. Il ne fallait en effet attendre aucune aide des postillons dont la grossièreté, la maladresse et la malhonnêteté étaient connues de tous les voyageurs étrangers. Avant de monter lui-même dans la chaise déjà presque entièrement occupée, Niccolo fit une dernière recommandation à Geròlamo, le seul de ses fils qui se destinait au métier de luthier et vivait encore dans la maison familiale de la contrada San Domenico :

– Prends bien soin de ta mère et de tes sœurs ! La nuit, au moindre bruit suspect n'hésite pas à aller voir ce qui se passe. Vérifie chaque soir toutes les fermetures et dis-toi bien que si l'atelier est incendié, notre richesse est constituée par la réserve de bois plus que par les instruments en cours de fabrication. On peut toujours reconstruire des violons, pas des bois secs de trente ans, dont certains datent de ton grand-père. C'est d'abord le bois qu'il faudra sauver.

Enfin, la chaise de poste s'ébranla dans une succession de grincements épouvantables. Heureusement, le temps était beau, Niccolo qui avait la chance d'occuper une place près de la portière décida, pour ne pas trop penser aux incommodités du voyage et aux menaces qui pesaient sur l'isola de Crémone, de s'intéresser au paysage et à la vie des champs qu'on découvrait à chaque tournant. Riche, planté de beaux arbres, sillonné par des canaux délimitant des prés verdoyants que les villageois fauchaient pour la troisième fois de l'année, avant d'y mettre le bétail, le pays de Crémone étalait une prospérité qui expliquait les luttes permanentes engagées pour sa possession.

Après avoir couvert trente-six milles dans la journée, la chaise s'arrêta à Bozzolo, une petite ville bien encastrée dans ses fortifications où une auberge installée près du relais jouissait, chose rare en Lombardie, d'une excellente réputation. Amato y dormit du sommeil du juste et se réveilla le lendemain matin de bonne humeur. Il ne restait qu'une quinzaine de milles à parcourir et si des bandits ne venaient pas assaillir l'équipage, la chaise, toute fatiguée qu'elle était, serait bien capable d'arriver à Mantoue dans l'après-midi. Certes, les attaques sur la route ne se renouvelaient pas tous les jours, on ne prenait pourtant jamais la chaise ou on ne voyageait pas en voiture particulière sans ressentir une appréhension. La veille, sur le chemin, Niccolo avait compté trente croix commémorant un meurtre ou une agression sanglante. L'assassinat sauvage des deux commissionnaires hantait sa pensée. Il fut content lorsque la voiture franchit dans un grand vacarme le pont de bois jeté sur le Mincio. Mantoue n'était plus qu'à un mille. Déjà, on apercevait son imposante citadelle entre deux rangées d'arbres.

Lorsqu'il se rendait à Mantoue, Niccolo Amati descendait chez l'un de ses plus vieux amis, Carlo Stefani, qui avait été apprenti chez son père alors que lui-même s'initiait aux travaux de lutherie. Tandis qu'il reprenait la bottega familiale, Carlo avait épousé une jeune fille de Mantoue et s'était installé près de ses beaux-parents, à Pietola, où Bernardo Savarini avait son atelier de sculpture sur bois. Carlo avait réalisé quelques séries de beaux violons à la forme allongée et élégante mais il n'avait jamais réussi à donner à ses instruments la puissance qu'exigeaient maintenant les solistes. Il s'était alors spécialisé dans la fabrication des guitares et, surtout, des mandolines qui possédaient la qualité que les violons avaient refusée à Carlo : une sonorité éclatante qui fit sa fortune. Si l'on venait de fort loin à Crémone pour acheter un violon, c'est à Mantoue, chez Carlo Stefani, qu'on venait chercher les meilleures mandolines de Lombardie.

Carlo était un personnage dont la curiosité, toujours en éveil, avait dès l'adolescence captivé Niccolo Amati voué et dévoué à son seul métier. A Crémone, il avait lu tous les livres que lui prêtait l'archiprêtre de San Domenico. A Mantoue il s'était mis à apprendre le latin sous prétexte qu'il trouvait indécent de vivre à Pietola, village natal de Virgile, sans pouvoir lire le poète dans le texte. Il ne cessait d'ailleurs de pester contre les Mantouans qui se moquaient de l'auteur de *L'Énéide* comme de leurs premiers sabots. A dire vrai ils ignoraient son existence et les gens qui habitaient la maison, réputée natale, de Virgile ne savaient pas pourquoi elle portait le nom de « Virgiliana ».

Les deux amis avaient toujours un plaisir extrême à se retrouver. Amati parlait violons et violoncelles, Carlo, l'infatigable curieux, discourait sur sa dernière vocation. Cette fois il avait pris des leçons de composition musicale et travaillait à l'écriture d'un oratorio à l'exemple du grand Giacomo Carissimi. Amati, lui, n'était pas embarrassé

pour intéresser son ami. Le drame que vivaient les
luthiers de Crémone avait tout pour passionner un
esprit aussi romanesque et imaginatif que Carlo.

Niccolo attendit qu'ils fussent installés devant le
feu de bois qui pétillait dans l'atelier de Stefani
pour commencer son récit. Il fit d'abord remarquer combien étaient vifs et changeants les reflets
des flammes sur le ventre rebondi et marqueté des
mandolines accrochées au mur et enchaîna :
« Figure-toi un violon magnifique, au vernis encore
odorant, qu'un fou jetterait dans le feu... » Porté
par l'indignation, exalté par l'étrangeté des faits, il
détailla avec lyrisme les événements prodigieux
qui s'étaient succédé en moins d'un mois dans le
paisible quartier des luthiers crémonais.

Immobile, muet, Stefani avait écouté le récit de
son ami. Il toussa, émit un sifflement et caressa un
moment sa barbe blonde avant d'exprimer sa stupéfaction.

— Si un autre que toi venait me raconter une
pareille histoire, je ne le croirais pas. Le premier
incident, ton violon brûlé, fait penser à un acte de
démence mais la suite semble relever du brigandage. Que vas-tu faire ? Je pense que ta venue à
Mantoue n'est pas étrangère au drame...

— Je vais voir le duc et lui demander son appui.

— Excellente idée. C'est un homme juste et il
aime la musique. Il ne peut qu'être sensible au
complot tramé contre les luthiers, en particulier
contre toi car il te tient en haute estime.

A table, Niccolo dut recommencer son histoire
pour Paolina, la femme de Carlo, qui servait un
frugal repas de jambon et de fromage.

— Ce soir nous mangerons mieux, avait-elle dit.

J'aurai le temps de vous préparer des macaroni au four et les poissons du lac que j'ai achetés ce matin à un pêcheur.

– Le lac de Virgile, précisa Stefani en souriant. Cette eau claire où les bosquets de fleurs se penchent sur le sillage des cygnes...

– Il y a longtemps que Mantoue n'est plus la cité des cygnes de ton Virgile, coupa Paolina. C'est plutôt la ville des marais. Quant à l'odeur des fleurs !...

– Tu vois, Niccolo, les femmes ne font que briser les rêves...

– C'est que nous avons bien trop à faire avec la réalité ! rétorqua-t-elle. Tiens, mangez donc, mon bon Niccolo, ces raisins que j'ai cueillis hier dans notre petite vigne d'Andès. Je ne sais pas si c'est Virgile qui a planté nos vieux ceps mais ces grappes sont sucrées comme du miel.

Le lendemain matin, Niccolo Amati, sa sacoche d'outils sous le bras, alla tirer la grosse chaîne qui pendait près du portail, seul agrément de la façade du palais ducal. Cette bâtisse sans grâce extérieure possédait heureusement des appartements plus glorieux. Dans la grande pièce d'entrée où un laquais peu aimable le pria d'attendre, le luthier eut le temps de regarder six grands tableaux de Palme le Vieux et d'admirer un magnifique Titien, *Le Festin chez le pharisien*.

Le laquais reparut un moment plus tard en traînant les pieds et informa Amati que le duc l'attendait au théâtre. Niccolo en fut ravi car le théâtre des Gonzague était une merveille où tous les comédiens, musiciens et chanteurs de la péninsule rêvaient de venir faire admirer leur talent. Orné d'or, ses cinq rangées de loges s'étageant en amphithéâtre, il offrait avec cinq balcons en saillie l'image d'un lieu magique où l'on se figurait mal qu'un spectacle médiocre pût être présenté.

En approchant par la grande allée du parc qui menait au théâtre et au manège, Niccolo perçut une musique, d'abord faible puis puissamment enlevée. « Tant mieux, se dit-il, l'orchestre travaille, je vais avoir sous la main les musiciens et les instruments. »

Écrasé sous les ors des sculptures et le cramoisi des velours dans l'un de ces fauteuils monumentaux qu'aiment les prélats et les nobles italiens, le duc écoutait, ravi, le grand Marco Uccellini diriger, violon en main, son orchestre. Uccellini travaillait pour le duc de Modène qui avait prêté son illustrissime violoniste pour quelques semaines à son cousin de Mantoue. Sa technique était prodigieuse, on disait qu'il faisait progresser la musique instrumentale à pas de géant.

Pour Amati, c'était une aubaine de rencontrer un artiste qui réussissait à tirer d'un violon des sons nouveaux. Le premier, Uccellini avait étendu vers le haut le registre de l'instrument en utilisant la sixième position pour atteindre le *sol* aigu. Ses musiciens affirmaient, en jouant sur son nom [1], qu'il cherchait à imiter le chant des oiseaux dans les longues lignes mélodiques dont il avait le secret.

Le duc émergea de son siège lorsqu'il aperçut Niccolo :

– Buongiorno maestro Amati ! Depuis le temps que je vous attendais ! Mes violons ont besoin de vos soins. Certaines cordes sont sèches dans toute

---

1. *Uccelli* signifie oiseaux en italien.

leur longueur. Deux instruments qui portent la signature de votre père et qui sont magnifiques de pureté se sont enrhumés au point d'émettre des sons voilés qui, pour un peu, m'endormiraient.

– Monseigneur exagère, répondit en riant Niccolo, mais il est normal que les instruments les meilleurs aient besoin de temps en temps d'une consultation de médecin. Mais je vois que le maestro Uccellini joue l'un de mes violons et j'en suis honoré.

– Je l'ai acheté au maître Biaggio Marini qui travailla longtemps sous la direction de Monteverdi à Venise. Malheureusement, il est devenu aveugle et ne peut plus jouer. Puisque vous êtes là auriez-vous la bonté de l'essayer : la quatrième s'étouffe et me donne du souci.

Le duc avait fait installer une table et une chaise dans le fond du théâtre et Niccolo Amati passa la journée à rectifier la position, la hauteur et les échancrures des chevalets, à bouger les âmes d'une caresse dans le cerveau des violons, à changer des cordes usées ou des chevilles défaillantes. François d'Este, qui ne faisait pas qu'aimer la musique mais s'intéressait passionnément aux instruments, s'était installé à la droite du luthier pour le regarder travailler et lui poser mille questions sur cette profession de magiciens qui savent transmuer en inépuisables sources musicales les banales qualités de bois ordinaires. Il fut donc facile à Amati d'engager la conversation sur le sujet qui lui tenait à cœur.

– J'ignore, monseigneur, si la nouvelle est parvenue jusqu'à Mantoue : les luthiers de Crémone à qui vous portez tant d'intérêt sont victimes d'odieuses machinations.

– J'ai en effet entendu parler de cette affaire qui m'a paru bien confuse. J'aimerais que vous m'en fournissiez les détails.

Niccolo avait tant de fois raconté son histoire qu'il se piquait de la mettre en scène. Sans attenter à la vérité des faits, il la dramatisait par un discours choisi et des gestes d'acteur. L'effet n'en fut que plus vif sur le duc qui s'écria :

– Mais c'est abominable ! On ne peut laisser ces individus dangereux détruire les plus beaux instruments de musique du monde !

– C'est ce que tout le monde dit, du prêteur au maresciallo, mais que faire contre ces monstres qui s'évanouissent dans le brouillard dès qu'ils ont fait leur mauvais coup ? Nous avons pensé à l'Église, puissante et présente dans toutes les régions et toutes les classes. L'archevêque de Crémone a lancé un appel à renseignements qui devrait se transmettre de diocèse en diocèse...

– L'idée est bonne. Les gens d'Église pullulent, la plupart n'ont pas de ministère et exercent pour vivre, s'ils ne sont pas bénéficiers ou nobles, des besognes tout à fait à fait étrangères au sacerdoce. Ils peuvent peut-être se montrer utiles en aidant à la recherche de vos ennemis.

– Croyez-vous, monseigneur, que notre affaire puisse remonter jusqu'au gouvernement pontifical et même jusqu'au Saint-Père ? Le pape, il est vrai, a d'autres soucis que les violons de Crémone...

– Détrompez-vous, signor Amati. Sa Sainteté Alexandre VII que j'ai connue alors qu'elle n'était que le cardinal Chigi est un savant, ami des lettres et des arts. Il a demandé au Bernin de construire, devant Saint-Pierre, une quadruple colonnade dorique qui va être le plus beau monument de l'architecture de notre temps. La musique l'intéresse et s'il n'a pas des Barberini [1] pour lui installer un orchestre, il invite volontiers au Vatican les artistes célèbres. L'affaire des violons de Crémone ne devrait pas le laisser indifférent. Mais, j'y pense... Mgr Aldrovani règle en ce moment pour le Saint-Père quelques litiges qui l'opposent à des seigneurs lombards. Il doit être quelque part entre Brescia et Mantoue. Je me charge de le faire prévenir. S'il accepte de poursuivre vos bandits au nom de Sa Sainteté, je ne donne pas cher de leur peau !

– Qui est Mgr Aldrovani ? demanda Amati.

– L'archevêque, à moins qu'il ne soit qu'évêque, le plus insolite qu'ait enfanté la chrétienté. Certains disent qu'il est l'âme damnée du Saint-Père, d'autres que son honnêteté et son dévouement en font le pilier secret de la politique vaticane. Ce qui est certain, c'est que l'homme est d'une habileté diabolique. Le pape sait qu'il peut compter sur lui plus que sur tous les cardinaux. Il est craint parce que cette confiance suprême lui donne un pouvoir sans limites ; il est respecté parce que jamais ceux qu'il gêne ou combat n'ont pu mettre en doute son intégrité.

– Et vous croyez, monseigneur, qu'un personnage si puissant va perdre son temps à nous aider ?

– C'est fort probable. D'abord, la destruction des violons de Crémone n'est pas une affaire insignifiante. Ensuite Aldrovani est un soldat. Affronter

1. La famille Barberini (le frère et les trois neveux du pape Urbain VIII, 1623-1644) a profité outrageusement des dons et bénéfices du souverain pontife. Mais grâce à eux Rome fut embellie. Protecteurs du Bernin, ils favorisèrent tous les arts dont la musique qui fit, grâce à eux, son entrée au Vatican.

cette bande de fous dangereux va l'intéresser davantage que d'aller mettre de l'ordre dans le diocèse d'Imola. Surtout ne répétez à personne notre conversation. Et attendez-vous à avoir bientôt des nouvelles de notre légat.

— Monseigneur peut être tranquille, je garderai le secret. Mais comment vous remercier de votre protection ?

— Si mon intervention est couronnée de succès, si les brigands subissent le *cavaletto* [1] sur la piazza San Domenico avant d'être exécutés, les luthiers de Crémone m'offriront un violon en signe de reconnaissance. Un amati naturellement ! Mais assez parlé de ces individus grossiers. Dites-moi plutôt, signor Amati, ce que vous pensez de mes violons et des mes violonistes.

— Votre orchestre, monseigneur, est l'un des meilleurs d'Italie. Les artistes jouent à la perfection. Quant aux instruments, je dois vous avouer qu'à côté de violons et de basses magnifiques il y a quelques piètres exemplaires de ce que nous appelons des *spurgi* [2]. Leur sonorité désastreuse gêne l'ensemble. Votre grâce serait bien inspirée de les changer.

— Et de vous passer une belle et ruineuse commande ! Vous êtes un malin, signor Amati !

— Monseigneur se trompe. J'ai au moins vingt violons en commande que je n'arrive pas à terminer. Vous me demandez un avis d'expert, je vous le donne. Il vous est loisible de demander à Uccellini ce qu'il en pense.

— Ne vous fâchez pas ! Vous avez raison. Je ne

1. Chevalet utilisé pour les flagellations publiques.
2. « Rossignols », objets sans qualité.

suis pas un bon violoniste mais je sais reconnaître un bon violon. Vous allez donc me fabriquer des merveilles pour remplacer mes spurgi. Et je veux passer avant tous ces clients qui piaffent en attendant leurs commandes.

— Merci pour la confiance que vous me témoignez, monseigneur. Avec quatre amatis de plus, votre ensemble va prendre de la voix et de la finesse !

A la fin de la répétition, Marco Uccellini se précipita vers Niccolo.

— Ayez donc l'amabilité d'écouter une seconde mon violon, monsieur Amati. Je crois que mon âme est trop tendue, elle bloque les vibrations...

Le luthier connaissait les grands violonistes, leurs exigences, leurs manies et leur goût de la perfection. Il savait que, le plus souvent, les défauts de leur instrument naissaient, se développaient dans leur propre tête et il connaissait le moyen de les faire disparaître. Il prit donc le violon du maestro et joua la passacaille acrobatique qu'il utilisait depuis toujours pour essayer un instrument. Il racla encore quelques accords et dit à Uccellini qui semblait attendre son verdict avec inquiétude :

— Vous avez raison, maestro ! Je vais essayer quelque chose.

Il prit sa « pointe aux âmes », la glissa dans l'ouïe et fit semblant de repousser la petite pièce d'érable. Puis il rendit l'instrument à son propriétaire :

— Essayez, signor Uccellini. Je suis sûr que votre violon a retrouvé toute sa puissance.

Le violoniste joua quelques minutes et s'écria :

— Bravo, monsieur Amati. Vous êtes un sorcier ! Jamais je n'ai obtenu un son aussi soutenu !

Le soir, Niccolo raconta la scène à son ami Stefani et tous deux s'esclaffèrent. Il dit aussi que le duc lui avait promis d'aider les luthiers crémonais mais il ne souffla mot d'Aldrovani. C'est l'âme en paix et le sourire aux lèvres qu'il prit le lendemain matin la guimbarde du retour. Son voyage n'avait pas été inutile, encore qu'il se demandât comment le légat, qu'il fallait tout de même bien considérer comme un original, allait arrêter les maniaques de Crémone. Il rapportait aussi une commande de quatre violons pour le duc de Mantoue. Commande bienvenue car ce n'étaient pas vingt clients qui attendaient leur instrument mais seulement deux. En pensant à ce mensonge musical, il sourit et s'endormit.

CHAPITRE II

Les mousquetaires du pape

Après une période faste, au cours de laquelle le violon avait trouvé sa silhouette idéale, la lutherie languissait en Italie du Nord, région appauvrie par des guerres incessantes entretenues par l'étranger. A Brescia, Giovanni Paolo Maggini était mort de la peste, Stainer avait abandonné la péninsule pour son Tyrol natal et Pietro Zanetto avait depuis peu été enterré au son de ses derniers violons. Le grand Niccolo Amati, dernier représentant de la célèbre famille, était là, heureusement, pour défendre avec Ruggieri, Alvani et quelques autres la réputation de Crémone, où un jeune semblait prêt à prendre la relève. Andrea Guarneri, le meilleur élève d'Amati avec Stainer, montrait en effet qu'il avait su profiter des leçons du maître. Considéré comme l'enfant de la famille plus que comme un apprenti et un compagnon, il était depuis longtemps capable de fabriquer entièrement des violons semblables, à s'y méprendre, à ceux de Niccolo. Celui-ci n'hésitait pas, d'ailleurs, à signer de sa propre vignette les instruments montés par son élève.

Et puis, Andrea Guarneri voulut voler de ses propres ailes. Le maître avait d'abord peu apprécié que le jeune homme installe son établi et ses outils dans une bottega contiguë au vieil atelier familial. Mais comment empêcher un talent d'éclore et un artiste conscient de son habileté de s'épanouir librement ? Amati le comprit et accepta la concurrence de l'élève préféré ; il fut son témoin lorsque Andrea Guarneri épousa Anna Maria Orcelli à San Domenico. Le temps n'était pourtant pas venu où le jeune luthier pourrait s'évader du moule amatien. Ses violons, imités de ceux de son maître, possédaient une jolie sonorité mais peu intense. Niccolo ne manquait jamais une occasion de le lui faire remarquer.

Antonio Stradivari, l'apprenti prodige, aimait bien Guarneri. Chaque fois qu'il le pouvait, il poussait la porte de l'atelier voisin et venait bavarder, c'est-à-dire poser mille questions à celui qu'il considérait comme son modèle.

Le petit Antonio n'avait pas eu la jeunesse facile de son aîné Guarneri. Le père de ce dernier, Bartolomeo, était un commerçant aisé et lorsque son fils avait exprimé le désir d'embrasser la profession de luthier, son ami Amati l'avait pris dans son atelier. La vie d'Antonio avait été beaucoup plus agitée. Peu de gens à Crémone savaient d'où venait ce petit surdoué dont Niccolo ne cessait de vanter les prodiges, en n'oubliant pas d'insister sur la part qui lui revenait dans cette réussite précoce. Stradivari, il est vrai, ne se livrait pas facilement. S'il se confiait parfois à Guarneri, c'était avec une extrême pudeur. « Mes secrets sont tout ce qu'il me reste de ma famille ! » lui avait-il dit un jour. Et

comme Andrea insistait, il avait ajouté : « Ils n'intéressent que moi... »

Le lendemain, honteux d'avoir été si brusque
avec son ami, il avait pris un tabouret et s'était
assis auprès de lui.

– Tu sais, je suis pauvre, je ne possède que ton
amitié et celle de Pescaroli, le sculpteur sur bois,
mais, autrefois, la famille Stradivari a fourni à Crémone de hauts dignitaires... [1].

– Tu n'es pas pauvre, tu possèdes un talent qui
fera de toi le roi des luthiers italiens. Crois-moi,
cela vaut toutes les fausses renommées bour-
geoises. Mais raconte, il n'y a pas deux ans que tu
es arrivé à Crémone où Francesco Pescaroli t'a fait
engager chez Amati. Où étais-tu, que faisais-tu
avant ?

– Autant te raconter ma vie ! Mes parents
vivaient à Crémone non loin de San Giovanni Novo
quand la peste de 1638 vint ajouter ses malheurs à
une situation économique déjà désastreuse. Mon
père tenait une bottega de sculpteur près des Pescaroli qui furent les premiers frappés par la maladie. La mortalité atteignit paraît-il dans la ville un
niveau effrayant. La famille Amati y laissa beaucoup des siens. Mon père décida alors de fuir l'épidémie avec les derniers Pescaroli et d'aller se réfugier dans le village de ces derniers, à Gadesco, loin
de Crémone, un pays superbe accroché aux premiers contreforts des Alpes et planté de sapins
géants.

– Tu n'y es jamais retourné ?

1. Les archives du duché de Milan révèlent l'existence, dès
1218, d'une famille de fonctionnaires portant le nom de Stradivari.

– Non, mes parents sont morts... C'est là que je suis né, que j'ai grandi au milieu des arbres. Les bûcherons qui vendaient les plus beaux aux fabricants de luths, de violes et de violons, m'ont appris à reconnaître les épicéas bâtis pour la musique, élancés comme un allegro grazioso, prêts à ouvrir leur cœur et leurs veines aux luthiers qui les transformeraient en instruments magiques.

– Tu as eu de la chance. Notre métier commence dans la forêt et j'enrage d'acheter mes bois à des marchands au lieu de les choisir sur pied. Nous devrions un jour aller tous les deux dans ta forêt pour acheter les sapins dont nous ferons des violons dans vingt ans.

– Tu devrais en parler à notre maître qui acceptera peut-être. Tu sais que je peux reconnaître un arbre qui a une bonne sonorité ?

– Comment ?

– Une bonne oreille et un bâton de bois dur sont suffisants pour questionner l'épicéa. Et il te répond ! Je sais où retrouver des arbres que j'ai vus grandir avec moi. Dans quelques années nous pourrons aller les chercher. Comme tu as eu raison de dire tout à l'heure que notre métier commence dans la forêt. Quand tu auras entendu « sonner » un sapin dans le sous-bois, tu ne travailleras plus tes fonds et tes tables de la même façon.

– C'est extraordinaire de t'entendre parler ainsi, toi qui n'as encore pas fabriqué un seul violon !

– Je pourrais... Il ne me manquerait que le tour de main nécessaire pour certaines opérations.

– Si tu veux, viens le soir, j'aimerais que tu construises chez moi ton premier instrument. Mais qu'Amati n'en sache rien ! Il ne nous le pardonnerait pas...

– Merci, Andrea. Tu viens de me donner le plus beau gage d'amitié dont je pouvais rêver. Tu verras, nous ferons de grandes choses ensemble.

– D'abord ensemble, peut-être... mais quand tu seras un vrai luthier, tu voudras travailler seul, chercher seul... Et trouver le moyen de faire des violons meilleurs que ceux des autres. Nous exerçons un métier de solitaire !

Ce soir-là, après avoir mangé la polenta à la table du maître, il regagna en chantonnant la petite chambre qu'il occupait depuis les événements au deuxième étage de la bottega. Cet arrangement lui permettait de garder l'atelier durant la nuit et d'éviter ainsi une nouvelle agression. Avant de se coucher, il fit le tour de la maison. Dans le magasin où les violons couleur de feu pendaient sur un fil comme de grosses chauves-souris, il prit le dernier sorti des mains de Niccolo Amati. Antonio l'aimait entre tous. Parce qu'il possédait un son doux et puissant. Aussi parce qu'il avait aidé à sa fabrication. Le maître lui avait montré à façonner la voûte du fond au petit rabot et il s'était très bien tiré de ce travail.

Avec de grandes précautions, le jeune homme accorda le violon et plaça sur un chevalet une partition de Biaggio Marini, compositeur vénitien et ancien violoniste de Monteverdi. D'abord un peu hésitant, son archet prit bientôt de l'ampleur et de l'audace pour enlever assez prestement *La Foscarina*, une sonate en trio.

Dans l'univers tranquille des violons où flottaient les étranges senteurs de vernis nés dans des îles lointaines, de colle de bœuf âcre et puissante et de copeaux d'épicéa à l'odeur un peu sucrée, Antonio

Stradivari était le plus heureux des apprentis luthiers. Il épousseta à l'aide d'un pinceau les poussières de résine qui s'étaient déposées sur le vernis tout neuf et raccrocha le violon sur son fil. Sitôt allongé sur sa paillasse, il s'endormit et rêva qu'il collait au fond d'un superbe violon de formes parfaites une étiquette sur laquelle était imprimé en petites lettres rondes et grasses : **Antonius Stradivarius, fecit Cremonae, 1660** [1].

Le soir tombait sur Venise, et le Broglio [2] grouillait d'un monde coloré où se croisaient des groupes de nationalités aussi variées qu'exubérantes. Turcs, Grecs, Dalmates levantins se frayaient le passage entre les marchands d'orviétans, les moines prêcheurs, les montreurs de marionnettes, et les bateleurs de toute espèce.

Mgr Carlo Aldrovani qui ne se lassait pas de ce spectacle étonnant parcourait seul comme chaque jour ce décor d'opéra planté entre le palais de Saint-Marc, le retour du bâtiment des Procuraties neuves et la mer couverte de gondoles et de vaisseaux aux voiles de feu. Il marchait sur le côté réservé aux nobles dont les manteaux longs, semblables à des robes de chambre, balayaient le carrelage de marbre. Parfois il répondait d'un geste au salut d'un *marchese* ou d'un *procuratore* qui croyait le reconnaître sous son mantelet violet. En fait, on pouvait compter sur les doigts de la main

---

1. Comme plusieurs grands luthiers italiens du XVIIe siècle, Antonio Stradivari latinisera son nom (Antonius Stradivarius) sur ses étiquettes.
2. Le Broglio plus connu aujourd'hui sous le nom de Piazzetta.

les Vénitiens qui connaissaient le représentant du pape. Le secret était sa force, sa raison d'être. Il le cultivait, s'y complaisait et disait que le vœu qu'il avait le plus formé était de devenir invisible. Ce souci extrême de discrétion, outre l'avantage de faciliter ses missions, lui permettait de mener quand il le voulait l'existence qui lui convenait.

Mgr Aldrovani s'amusait donc de regarder les nobles tramer leurs intrigues dans le carré qu'on leur laissait libre, et le petit peuple donner au Broglio son aspect de multitude bariolée. Il était de bonne humeur car l'hôte qui l'hébergeait à Venise – il fuyait évêchés et autres palais de l'Église comme la peste – organisait un souper qui lui laissait entrevoir des plaisirs gourmands. Cet hôte, le comte Porcaro, avait la réputation d'être riche et d'occuper dans la noblesse de Venise une place très particulière. On le croyait florentin, d'autres le disaient natif de Smyrne. On disait aussi qu'il tenait sa richesse de récompenses offertes par des duchés italiens et même certains pays étrangers pour des services spéciaux. Il était sûr qu'il servait aussi, en priorité, les intérêts de la Sérénissime. Les relations d'amitié qu'il entretenait avec Aldrovani ne pouvaient qu'étayer sa réputation d'agent secret. L'homme d'Église avait connu le comte à Rome et il était de notoriété que les missions secrètes dont ils étaient chargés avaient souvent dû leur succès à une collaboration discrète et efficace. Ni l'un ni l'autre n'était en activité quand la lutte que se livraient le Vatican et Venise avait abouti, au début du siècle, à la fâcheuse interdiction de la République par le pape. Les deux agents arrangeaient aujourd'hui facilement ce genre d'affaires délicates.

C'est ce soir-là, au cours du dîner chez Porcaro auquel il était prié, que M. de Mantoue fit part à Mgr Aldrovani des curieuses agressions dont étaient victimes les luthiers de Crémone. Le duc mit tant de conviction dans ses propos que le nonce parut tout de suite intéressé. Il posa une quantité de questions auxquelles son interlocuteur s'efforça de répondre bien qu'il ne perçût pas l'intérêt de certaines d'entre elles. Finalement, le nonce dit qu'il allait s'occuper de cette affaire et qu'il verrait prochainement Niccolo Amati dont il appréciait les instruments.

Le lendemain, Aldrovani était invité chez l'ambassadeur de France, M. de Créqui, et il dit au duc de Mantoue qu'il y rencontrerait un personnage qui l'aiderait sûrement à régler la question des violons.

— Et puis, ajouta-t-il, cela fera deux excellents repas en deux jours ce qui, à Venise, est vraiment exceptionnel. Il n'y a que les nobles du Grand Canal pour vous servir dans de la vaisselle d'or, pour tout dîner, deux tranches d'*anguria* [1], mets détestable s'il en est ! Je n'ai jamais compris pourquoi les riches Vénitiens reçoivent avec autant de ladrerie.

— Vous allez chez M. de Créqui ? C'est un homme éminent qui paraît-il s'ennuie fort. Il n'est pas bon, en effet, d'être diplomate auprès de la Sérénissime. Les ambassadeurs étrangers sont pratiquement condamnés à vivre ensemble. Il est en effet interdit aux nobles, sous peine de mort, de pénétrer chez eux.

Tandis que Mgr Aldrovani se préparait, tout en

1. Melon d'eau.

honorant les bonnes tables de Venise, à intervenir dans l'affaire des luthiers, ces derniers furent une nouvelle fois victimes de l'ennemi. Trois violons disparurent durant leur transport chez le gouverneur espagnol de passage à Crémone. Deux venaient de chez Niccolo Amati, le troisième de l'atelier de Guarneri. Ces instruments destinés à la cour de Madrid avaient été volés dans des conditions particulièrement audacieuses.

En pleine ville, à onze heures du matin, tout risque d'agression semblait exclu. C'est donc fort tranquillement que Jérôme Amati, le fils de la maison, chargé des deux violons de son père et de celui de Guarneri, s'était rendu au palazzo dei Re, résidence du gouverneur, gardée comme il se doit. Introduit dans le parc, le jeune homme devait parcourir une centaine de mètres dans une allée bordée d'arbustes pour gagner l'imposante bâtisse devant laquelle veillaient deux sentinelles. C'est durant le court instant où il échappait aux regards des gardes du portail d'entrée et à ceux du palais que Geròlamo fut assailli par trois hommes qui le bâillonnèrent avant de l'assommer et de s'enfuir dans les broussailles avec les boîtes contenant les violons. Quand il reprit ses esprits et put se débarrasser de son bâillon pour appeler à l'aide, les bandits étaient déjà loin. On découvrit plus tard qu'ils s'étaient enfuis en gagnant les dépendances de la ferme accolée au château.

Cette nouvelle affaire fit grand bruit. Son écho se répandit tout de suite au-delà des limites de la ville et gagna même Milan et Venise où Aldrovani, prévenu, se hâta de faire préparer ses bagages et sa voiture.

Niccolo Amati était effondré.

– C'est décidé ! clamait-il dans toute la ville. Je ferme la bottega ! Pourquoi travailler à créer de beaux et bons violons si les bandits s'en emparent aussitôt !

Réunis une nouvelle fois au palais des gonfaloniers, les notables et les fonctionnaires chargés de l'ordre décrétèrent qu'à l'avenir les transports de violons se feraient sous la protection d'une escouade de justice. C'était bien le genre de mesures irréalistes vouées à demeurer sans effet. Quant aux voleurs dont l'audace allait grandissant, il devenait évident qu'ils ne s'intéressaient qu'aux meilleurs instruments, ceux qui portaient la marque des luthiers les plus connus.

– Nous sommes les victimes d'une bande organisée qui sait où revendre les violons et les altos dont ils s'emparent ! dit Ruggieri. Les violoncelles, ils n'y touchent pas. C'est trop encombrant !

– Et les instruments qui ont été brûlés ? coupa Guarneri. Ils n'ont pas pu les revendre !

Deux jours plus tard une voiture privée s'arrêta sur la place San Marco. Les gamins qui jouaient alentour se précipitèrent pour voir quel personnage important pouvait descendre d'une berline aussi somptueusement équipée pour le voyage. Le cocher et l'homme assis à côté de lui, sans doute un garde car il n'était pas vêtu comme un valet, sautèrent les premiers à terre. Un troisième homme qui se trouvait à l'intérieur sortit à son tour et aida celui qui devait être le maître à descendre de la voiture. Ce dernier s'étira, regarda la façade de San Domenico, leva la tête vers le sommet du Torrazzo et s'entretint un moment avec ses compagnons. Les enfants qui ne perdaient rien de la scène remarquèrent tout de suite que les hommes rajustaient à leur ceinture de gros pistolets. A voir leur carrure et la dimension de leurs armes, ils se dirent qu'il ne ferait pas bon d'attaquer la voiture sur la route.

Le maître était un homme encore jeune, grand, bien rasé, vêtu d'une *velada* à la française ouverte largement sur la poitrine. Lui aussi rangea un pistolet dans l'une de ses deux grandes poches latérales. Des basques arrondies et ajustées à la taille donnaient au personnage une allure élégante et détendue. Son visage régulier et énergique se barra soudain d'un sourire. Il tendit une pièce de monnaie à l'un des gamins qui entouraient l'équipage et lui dit :

— Conduis-moi chez Niccolo Amati. C'est le meilleur luthier de la ville m'a-t-on dit. Je voudrais rapporter un violon à Rome.

— Où est Rome ? demanda l'enfant. C'est loin ? Sans attendre la réponse, il continua : Amati est le meilleur. C'est aussi le plus cher. Venez, sa bottega est à côté.

Soudain il s'arrêta. Une pensée venait de lui traverser l'esprit. Et si ces voyageurs, tous armés, étaient les bandits, voleurs de violons dont tout le monde parlait à Crémone ? Il fallait donc prévenir Niccolo Amati au lieu de lui amener l'homme qui était peut-être un brigand redoutable. Il planta celui-ci au coin de la place en lui disant qu'il revenait tout de suite et courut à la bottega.

— Signor Amati, signor Amati..., s'écria-t-il,

essoufflé. Un homme va venir qui dit vouloir vous acheter un violon mais il porte un gros pistolet, j'ai pensé que c'était peut-être l'un de vos voleurs !

Niccolo vivait sur ses gardes et ne négligea pas cette éventualité. Il appela ses ouvriers, leur dit d'être prêts à répondre à une attaque et sortit lui-même d'un tiroir une arquebuse abandonnée naguère par les troupes françaises. Il la posa sur son établi, à portée de main, comme s'il avait eu une chance de faire partir la charge de cette arme rouillée.

– Maintenant, mon garçon, va chercher notre client. S'il veut faire le méchant il sera bien reçu !

Le luthier s'attendait à voir entrer quelque individu à mine patibulaire. Les manières et l'élégance du visiteur l'étonnèrent. Il fut rassuré quand ce dernier lui dit qu'il était un ami du duc de Mantoue et qu'il souhaitait rapporter chez lui, à Rome, l'un de ces violons qui faisaient l'admiration de tous les musiciens. Comme son regard s'appesantissait sur l'arquebuse, Amati s'excusa :

– Cette arme vous étonne sur l'établi d'un paisible luthier, commendatore, mais notre métier devient dangereux. Pas plus tard qu'avant-hier, des bandits ont attaqué mon fils dans la résidence du gouverneur et lui ont dérobé, après l'avoir assommé, trois violons destinés à la cour du roi d'Espagne ! Alors, nous devenons méfiants. Mais je vois, signor Commendatore, que j'ai affaire à un gentilhomme. C'est avec fierté que Niccolo Amati se met à votre service. Je dois tout de même vous dire que je n'ai plus un seul instrument en magasin. Je n'arrive pas à satisfaire mes clients les plus illustres et les vols dont nous avons été victimes n'ont, hélas! rien arrangé. Si vous désirez un violon, il faudra que je vous le construise. Cela demandera du temps.

— Je comprends très bien, signor Amati. J'attendrai. Sachez tout de même que cet instrument est destiné à compléter le petit orchestre que je rassemble pour Sa Sainteté le pape Alexandre VII, non pas afin d'organiser des concerts mais dans le but d'accompagner certaines cérémonies religieuses.

Sa Sainteté... Niccolo ouvrit de grands yeux. Il fit tout de suite le rapprochement entre l'envoyé annoncé par le duc de Mantoue et ce personnage curieux qui le regardait en souriant. Mais Gonzague lui avait parlé d'un évêque ou d'un archevêque et le voyageur n'avait rien d'un homme d'Église. Celui-ci semblait s'amuser, en lisant dans la pensée d'Amati.

— Peut-être avez-vous deviné ce que je viens faire à Crémone? Mon allusion au duc de Mantoue a dû vous mettre sur le chemin. Représentant itinérant du Saint-Père, je règle en son nom certaines affaires, même hors des États pontificaux. Et celle des violons, qui vous cause tant de préjudice, est encore plus importante que vous ne le pensez et justifie que nous nous y intéressions. Inutile de vous dire que mon identité véritable et le but de ma mission doivent demeurer secrets. Je vais agir seul, avec mes aides et avec votre unique collaboration. Les dignitaires civils et militaires de la ville doivent tout ignorer. Pour tout le monde, y compris vos confrères et votre famille, je suis le comte Pietro Cavalcabo, cousin du marquis Cavalcabo de Crémone et procuratore de l'opéra de

Naples. Mon séjour n'a pour but que de renouveler les instruments de l'orchestre en faisant appel aux luthiers les plus renommés de la péninsule. Seul, le supérieur des Carmelitani Scalzi[1] qui est un parent et mes cousins qui m'hébergent dans leur palais de la porta Venezia savent qui je suis.

— Comment dois-je vous appeler, monseigneur ?

— Sûrement pas monseigneur. Continuez à m'appeler « commendatore » puisque vous avez commencé. Cela ne veut rien dire et c'est très bien.

— Pensez-vous vraiment avoir une chance de démasquer nos voleurs ?

— Oui, sinon je ne serais pas là. Maintenant, il faut que nous ayons une conversation sérieuse. Vous devez tout me raconter, sans oublier le moindre détail. Mais nous ne pouvons pas parler dans votre bottega. Venez, je vous emmène chez mes moines, sous prétexte, par exemple, de régler un violon – vous savez qu'il y a chez eux deux véritables virtuoses ?

— Les pères Giovanni et Gaetano. Je les connais bien. Les Carmelitani et les Gesuiti sont nos protecteurs.

— Bon. Emportez quelques outils pour donner le change et ne perdons pas de temps. Ma voiture est sur la place.

Durant plus d'une heure, Niccolo Amati exposa tous les événements qui s'étaient déroulés à Crémone ces derniers mois ; depuis le « Duc » volé une nuit dans le *seccadour*[2] de la bottega jusqu'à l'attentat contre Geròlamo dans les jardins du gou-

1. Carmes déchaussés.
2. En dialecte lombard, petite terrasse couverte mais ouverte sur les côtés, située sur le toit des maisons et servant de séchoir.

verneur en passant par l'attaque de la voiture et l'assassinat des deux commissionnaires.

Le comte écoutait attentivement, notait des renseignements, se faisait expliquer certains détails. A la fin, il dit simplement :

– Je vais réfléchir. De votre côté rassemblez les restes calcinés des violons que vous avez heureusement gardés. Nous les étudierons ensemble. Peut-être y découvrirons-nous la réponse à une question qui me tarabuste.

Le soir, on vit la voiture du comte s'engager au trot sur la route de Piacenza et l'on n'entendit plus parler du *procuratore* napolitain jusqu'au lendemain après-midi où le cocher vint prévenir Amati que son maître l'attendait chez les carmes avec « les objets qu'il savait ».

Niccolo étala les débris sur la table de bois de la cellule où ils s'étaient enfermés et expliqua :

– Voici la volute du « Duc », ou ce qu'il en reste...

– Vous la reconnaissez absolument ?

– Oui. J'en ai dessiné les gabarits, j'en ai scié les contours avant de la sculpter à la gouge. Croyez-moi, personne à Crémone ne taille les rainures dans le dos de la volute de cette façon : regardez, les fonds sont légèrement plats et non arrondis. Un luthier reconnaît d'abord un violon qu'il a créé aux détails de sa volute.

– Très intéressant, très intéressant..., dit Cavalcabo en examinant maintenant les restes des autres violons, ceux découverts sur les marches de San Domenico après l'attaque de la voiture de transport sur la route de San Giovanni in Croce.

– Un seul des violons volés ce jour-là m'appartenait, fit remarquer Amati. Les deux autres étaient de Ruggieri et d'Alvani. De très beaux violons !

– Avez-vous pu, comme pour le premier instrument, reconnaître dans les débris une pièce qui vous permette d'identifier votre œuvre à coup sûr ?

– Non ! Il n'y a qu'un bout d'œil de volute et il n'est pas de moi. Le tire-cordes calciné non plus. Je vous dis cela aujourd'hui après un nouvel examen mais, en fait, sur le moment on ne s'est pas posé de questions tellement il paraissait évident que le message du ou des voleurs était le même que la première fois : ces violons ont été ravis pour être brûlés. Il faudrait demander à Ruggieri et à Alvani.

– Voulez-vous vous en charger ? Je ne tiens pas à me démasquer. Qu'ils examinent ces débris et disent s'ils les reconnaissent. Surtout, conservez ces pièces à conviction. Elles constituent le seul indice fourni par les bandits. Je viendrai demain à la bottega pour vous commander un violon. Et pas seulement pour donner le change. Après tout, le Saint-Père sera content d'entendre la toccata des *Vêpres de la Vierge*, de Monteverdi, accompagnée par de bons instruments !

L'attitude de Cavalcabo laissait Amati perplexe. Les gamins de la ville, qui étaient au courant des faits et gestes du comte, lui rapportaient que « le Napolitain », comme ils l'appelaient, était parti en voiture du côté de Cicognolo ou qu'il avait rencontré un homme vêtu d'un *tabarro* [1] à la mode vénitienne. Le luthier avait l'impression que le représentant secret du Saint-Siège en savait plus qu'il n'y paraissait. Par moments, il parlait des

1. Grand manteau rond à col rabattu, qu'on voit dans les tableaux de Guardi ou de Longhi.

bandits en laissant supposer qu'il les connaissait. Et puis, il y avait cette histoire de violons calcinés à laquelle il semblait attacher de l'importance, comme si la vérité pouvait surgir de ces débris informes. A ce propos, Niccolo avait questionné ses confrères et leurs réponses allaient sûrement décevoir le comte : Ruggieri ne reconnaissait rien de son violon et Alvani disait que peut-être la touche... Mais non, il ne restait pas trois pouces d'érable et le léger placage d'ébène [1] avait complètement disparu.

Niccolo rendit compte à Cavalcabo de ces déclarations qui, à sa grande surprise, parurent le satisfaire. Il se frotta même les mains en murmurant :

– Je crois que je ne me trompe pas...

Puis il ajouta :

– Je vais quitter Crémone durant quelques jours, j'ai des amis à consulter. Mais soyez tranquille je ne vous abandonne pas. Votre affaire me passionne même de plus en plus. Dites à Alvani à qui j'ai commandé un alto et à Ruggieri qui me fait un violoncelle que ces instruments doivent être prêts avant mon retour, comme le deuxième violon que je vous prie de me fabriquer en même temps que le premier.

– Mais quand prévoyez-vous votre retour, commendatore ?

– Le plus tôt possible, quand j'aurai fait mettre vos bandits au cachot.

– Nous ferons pour le mieux, commendatore !

Le jeune Stradivari, l'apprenti, ne s'intéressait guère à ces histoires. Depuis que le maître lui avait

---

1. Bois d'importation très cher à l'époque, l'ébène n'était utilisée qu'en placage par les luthiers.

attribué un établi et que les corvées de nettoyage étaient effectuées par le fils du tailleur Carpi récemment engagé, il se donnait complètement à son travail. Il aurait voulu apprendre le métier en quelques mois, tout savoir, tout connaître... Le vieux Baretti qui n'avait pas son pareil pour fileter une voûte au bédane [1] avait beau lui dire que certains gestes demandent à être effectués des centaines, des milliers de fois pour atteindre la précision qui révèle un bon luthier, le gamin brûlait les étapes avec une volonté farouche.

Pour l'instant, l'atelier ne s'intéressait qu'aux violons du pape. Niccolo avait l'œil partout ; il allait de l'un à l'autre, vérifiait les épaisseurs, rectifiait les dessins de la dizaine de chevalets – on choisirait les meilleurs au moment du réglage – qu'un compagnon était en train de tailler dans de fines plaques de sycomore bien maillé ou vérifiait la température de la colle qui chauffait sur le feu de copeaux.

Arrivé près d'Antonio Stradivari, il s'arrêta plus longuement. Le jeune homme cintrait des éclisses [2] sur le « fer à plier », masse de métal chauffée aux formes arrondies. Ce travail, réservé souvent aux débutants, n'est pas très difficile mais il réclame beaucoup d'attention et une certaine adresse. La chaleur du fer doit être constamment surveillée afin d'être juste suffisante pour cintrer sans les

1. Filetage : opération consistant à encastrer des brins d'alisier et d'érable teint sur le pourtour des voûtes, deux brins de bois noir et un de bois clair, dans un but à la fois décoratif et de protection.
2. Éclisses : parties d'érable qui unissent la table au fond du violon en formant une sorte de ruban autour de l'instrument dont il constitue l'épaisseur extérieure.

brûler les lamelles d'érable. Il convient encore de graduer le cintrage afin d'éviter les brisures.

– C'est bien, Antonio, dit le maître. Tu travailles avec conscience et patience. Ce sont les principales qualités d'un bon luthier. Le père disait qu'il jugeait un débutant sur la façon dont il cintrait ses premières éclisses. Et qu'il ne se trompait jamais. Je crois bien qu'il t'aurait reçu à l'examen ! Continue comme cela et tu feras un bon compagnon. Et même mieux car tu as de l'oreille et tu sens le violon comme un chien chasse de race. Ne pense pourtant pas qu'on peut impunément raccourcir l'apprentissage du métier. Le temps que tu crois perdre te sera remboursé au centuple. Comme je viens de te le dire, la patience fait partie des dons au même titre que l'adresse !

Niccolo Amati avait vu son père former les meilleurs. Lui-même avait enseigné le métier à Andrea Guarneri, à Jacob Stainer, à d'autres et aimait jouer son rôle de maître, magnifier la noble profession qui consiste à changer une bûche de sapin en instrument magique capable d'engendrer la plus divine des musiques. Il avait compris, depuis longtemps, qu'il possédait en la personne d'Antonio un élève d'exception qui, sans doute, le dépasserait un jour. Il en était content. « Faire un luthier, pensait-il, c'est aussi enivrant que de faire un violon ! » Il laissa le jeune homme se brûler les doigts sur le fer chaud et s'en fut en souriant chez Guarneri qui façonnait la table d'un alto. Sa gouge, légèrement creuse, enlevait des copeaux fins et blancs qui voltigeaient comme des papillons tellement ils étaient légers. Amati en prit un et le regarda en transparence.

– Ton bois est magnifique, dit-il. Les ondes sont régulières et bien venues. Voilà un instrument qui semble plein de promesses ! Qui t'a commandé cet alto ?

– Votre ami le comte. Il paraît qu'il est destiné à l'orchestre du Vatican.

– Décidément tout Crémone travaille pour le pape ! Il est tout de même agréable de penser que c'est notre ville qu'a choisie le comte Cavalcabo pour charmer l'oreille du Saint-Père.

– Il paraît qu'il est sourd comme un pot ! s'exclama Guarneri en éclatant de rire.

Une complicité filiale liait le maître et l'élève devenu l'un des luthiers les plus habiles de Crémone. Niccolo avait manifesté quelque mauvaise humeur lorsque Andrea l'avait quitté pour s'installer à son compte mais ce nuage qui avait un moment terni leur amitié était depuis longtemps dissipé. Pour le moment, Amati se sentait mal à l'aise d'avoir dû cacher à Guarneri le rôle exact joué par le comte. Une question le laissa perplexe :

– L'attitude de Cavalcabo me paraît curieuse, dit Guarneri. Faut-il vraiment croire qu'il est simplement venu dans la ville pour acheter des instruments ? Ses absences, les conversations discrètes qu'il a avec vous et qui n'échappent à personne, ses relations avec les carmes et l'intérêt qu'il porte, paraît-il, aux restes des violons brûlés donnent à penser qu'il est là pour tout autre chose et que, mon maître, vous en êtes pleinement informé. Si c'est un secret vous pouvez me le confier, vous savez que je le garderai pour moi.

Après avoir réfléchi quelques instants, Amati décida de mettre Andrea au courant et il lui raconta toute l'histoire.

– Sacrée affaire ! murmura Guarneri. Qui aurait pu penser que notre paisible bourgade allait devenir le théâtre de pareils événements ! Croyez-vous sincèrement que cet ecclésiastique vengeur ait une chance de réussir ? On ne va tout de même pas continuer à vivre dans la peur !

– Oui, j'ai bon espoir. Mais ne te fais pas trop de soucis. Comment va Anna Maria ? Ma femme m'a dit qu'elle était souffrante. Tiens, je vais te le dire, elle s'ennuie ton Anna Maria avec ses deux filles et son garçon. Donne donc un frère à ce dernier. Il n'est pas bon pour sa succession de n'avoir qu'un fils. Sur deux ou trois tu auras plus de chance d'avoir un bon luthier ! Remarque, je te dis cela mais tu n'es pas forcé de m'imiter : trois filles et cinq garçons, c'est trop ! Le plus fort c'est que dans toute cette nichée il n'y a que Geròlamo qui apprend le métier et je ne suis pas sûr qu'il fera un grand luthier. Ah ! Si seulement il avait la moitié du talent du petit Stradivari. Celui-là ne tardera pas à nous en remontrer !

– Je sais, je le connais, il vient souvent me voir et chaque fois c'est une nouvelle surprise. Hier il a dessiné les ouïes d'un violon avec une sûreté de main extraordinaire. Tenez, les voici... Je l'ai empêché de les inciser mais je suis sûr qu'il aurait fait aussi bien que moi...

– A propos, je ne suis pas venu pour te parler de nos voleurs ni d'Antonio. Le frère de Lucrezia, Giorgio Paleari, a tué le cochon dans sa *cascina* [1] de Castelverde et nous a porté viande, boudin et pâté. De quoi nourrir deux familles pendant huit

---

1. Ferme lombarde.

jours. Venez donc dimanche à midi à la maison. Il y a longtemps que nous n'avons pas fait la fête...

– Cela tombe bien, c'est l'anniversaire de Pietro Giovanni qui va avoir cinq ans !

Crémone n'était plus ce qu'elle était, la ville aux palais somptueux dont l'opulence offusquait Milan la Grande. Les banquiers juifs qui en avaient fait la capitale financière de la Lombardie et de l'Émilie étaient partis, chassés hors les murs par la jalousie milanaise. Sans eux la fortune de la cité avait fondu. La terrible épidémie de peste de 1630 et le va-et-vient des influences étrangères avaient donné le coup de grâce à l'économie de la région. Le Torrazzo régnait sur une ville somnolente que seuls réveillaient les accords des violons dans le quartier des luthiers. Rien, heureusement, n'avait pu tuer une terre généreuse où filtrait le sang du fleuve. La plaine du Pô continuait à dispenser ses trois récoltes de riz à l'année et sa fertilité providentielle à donner du grain à moudre. Le pays n'était plus très riche mais la famine n'y menaçait personne. Les luthiers, quant à eux, exerçaient un métier qui défiait les guerres et les crises. Ils n'avaient jamais fait de violes, de violons ou de guitares pour les gens du pays et continuaient à bien vivre en honorant les commandes des princes et des rois étrangers. Comme le disait jadis le vieil Andrea Amati, fondateur de l'illustre lignée : « La Musique protège la patrie de Monteverdi. » Et, aujourd'hui, malgré les voleurs, la famille de Niccolo invitait celle d'Andrea Guarneri sans crainte de ne pouvoir lui offrir qu'une chère de misère.

Ce dimanche-là, la table en U, formée avec des planches et des tréteaux dans la grande pièce à tout faire du premier étage de la maison de la contrada Coltella, ressemblait à une corne d'abondance. Les *sanguinacci* [1] fourrés à l'oignon finement haché, aux pommes, aux lamelles de truffes blanches semblables à des copeaux de plane [2] enlevés à la voûte d'un violon, débordaient d'immenses plats de faïence décorés aux armes de Crémone qui appartenaient aux Amati depuis trois générations. Sur des plateaux en forme de moules à altos, découpés dans des chutes de sapin, étaient disposés des saucisses de toutes tailles, des salami, sans oublier naturellement le *prosciutto* qui ne venait pas du dernier cochon mais d'une bonne brave bête nourrie au petit lait tuée deux ans auparavant, bien frottée de sel et mise à sécher dans le saloir de la cascina ventilé par cet air humide et magique de la vallée du Pô.

Après l'entrée en matière du *sanguinaccio in brodo* [3], c'est par ce jambon, qui faisait depuis déjà des siècles les délices des Crémonais et de tous les voyageurs de passage, que le repas commença vraiment. Depuis des siècles aussi une comparaison animée entre le prosciutto di Cremona et le prosciutto di Parma se devait d'ouvrir un repas convivial. Guarneri donna le premier coup d'archet :

– On peut dire ce que l'on veut, aucun prosciutto n'égale le nôtre. Derrière le goût de salaison perce juste ce qu'il faut d'une note légèrement sucrée que l'on doit, paraît-il, à la qualité de notre air.

– Les gens de Parme disent la même chose,

1. Boudins.
2. Plane ou érable.
3. « Soupe de boudin » dans tous les villages de France.

remarqua Amati. Mais ils ont tort ! Leur jambon n'est pas désagréable mais il lui manque ce petit goût de raisin trop mûr que les vrais amateurs apprécient. C'est comme leurs vins...

On abordait là un autre sujet de conversation sensible qui opposait traditionnellement les deux villes. Anna Maria Guarneri eut le mot de la fin :

– D'abord, les gens de Parme ne sont pas des Lombards !

On était loin des jambons mais comme il n'était pas possible d'ajouter le moindre mot à une évidence aussi nette, Niccolo revint aux cochons par le biais des violons.

– Regardez la teinte subtile de cette large tranche. Elle n'est pas rouge, pas rose, un peu orangée. Je voudrais vernir de cette couleur chaude l'un de mes prochains instruments !

– Avec le talent qu'on vous connaît pour faire chanter le vernis des violons, maître, il faudra vous méfier que quelqu'un ne le prenne pour un morceau de prosciutto et n'en fasse son dîner !

On rit en vidant la première bonbonne d'alto mincio tandis que Lucrezia, aidée par sa plus jeune fille, apportait une immense jatte de grès en criant : « Legumi, ortaggi ! » On y voyait, séparés par des murets de pâte à pain, des petits pois, des haricots et des *spinacci alla crema* [1], la grande spécialité de la maîtresse de maison.

C'est à ce moment qu'un gamin du quartier fit irruption dans la salle et cria :

– Maestro, maestro, les hommes du comte Cavalcabo viennent d'arrêter le voleur des violons !

La surprise arrêta net les conversations et les

1. Épinards à la crème.

rires durant un instant puis le tumulte suivit. Chacun criait, posait des questions, la femme de Guarneri pleurait à chaudes larmes en disant :

– C'est donc vrai, c'est donc vrai, on a enfin pris l'assassin !...

Amati prit Guarneri par le bras et dit plus calmement :

– Viens, allons voir ce qu'il se passe !

Dehors, le plus grand calme régnait. D'abord parce qu'à cette heure, un dimanche, les rues étaient vides, ensuite parce que personne n'était encore au courant de l'événement.

– Sais-tu où se trouve le comte ? demanda Niccolo à l'enfant. Conduis-nous tout de suite près de lui.

– Il est chez le marquis de Cavalcabo, répondit le *ragazzo*.

Les deux hommes n'avaient pas besoin de lui pour trouver le palais d'une des plus célèbres familles de Crémone qui, au Moyen Age, avait régné sur la ville avant Galeazzo Visconti, mais le gamin était bien trop fier de sa mission pour l'interrompre en chemin. Ils se dirigèrent tous trois vers la porta Venezita.

Amati essaya de questionner l'enfant. Celui-ci ne savait pas grand-chose, sinon qu'il avait surpris une conversation entre le *scrivano* [1] et un capitaine de la garde sur la piazza del Comune. Eugenio, c'était son nom, avait pensé qu'il devait tout de suite prévenir le maestro Niccolo. Ce dernier le félicita de cette initiative et lui donna une *barbarina* [2] qu'il enfouit dans sa poche.

1. Le commissaire.
2. Petite pièce de monnaie locale.

Après dix minutes de marche, ils arrivèrent devant l'entrée du palais gardée par deux soldats de la patrouille de police. La façade n'avait pas l'élégance de celle de la demeure voisine, le palazzo Fodri occupé par les bénédictines de Santa Maria in Valverde et dont les décorations en terre cuite n'avaient pas leur pareille dans toute la Lombardie, mais le portail de fer forgé laissait deviner un parc planté de beaux arbres et des bâtiments superbes.

Les gardes ne voulurent rien entendre pour laisser entrer les deux luthiers qu'ils connaissaient pourtant fort bien. Enfin, Niccolo décida l'un d'entre eux à aller prévenir le comte de leur présence. Ils furent tout de suite introduits dans la salle des gardes où se tenait le légat élégamment vêtu à la française et les gens de police. Cavalcabo alla à leur rencontre :

— Comment avez-vous pu arriver si vite ? Il y a à peine quelques minutes que j'ai envoyé une estafette vous prévenir !

— Nous avons aussi notre police ! répondit Niccolo en souriant. La ville a encore les pieds sous la table mais les gosses qui fourmillent autour du palazzo Comunale sont déjà au courant. C'est l'un d'entre eux qui nous a alertés.

— Bon ! Que savez-vous au juste ?

— Pas grand-chose à propos d'une nouvelle considérable : vous avez réussi à trouver et à arrêter le ou les voleurs de nos violons ! Comment vous remercier ? Grâce à vous, commendatore, nous allons retrouver la paix. Mais vous avez été si vite en besogne que vos instruments ne sont pas finis...

— Ce que vous dites est vrai mais, hélas !

incomplet. Nous avons identifié et emprisonné celui qui a brûlé votre « Duc », je crois que vous l'appeliez ainsi, mais les autres, les assassins, les bandits de grand chemin, auteurs des autres forfaits, courent toujours.

– Tout de même, l'un des coupables arrêté, il n'y a qu'à le faire parler et ses complices ne tarderont pas à tomber entre vos mains...

– L'ennui, c'est que l'homme n'a rien à voir avec eux ! C'est un halluciné, un pauvre diable que vous connaissez peut-être. Il dit qu'il a appris le métier de luthier, qu'il joue du violon mieux que Benvenuti et que l'instrument qu'il reconnaît avoir brûlé lui appartenait car vous l'avez copié sur ses moules.

– Mais alors, les autres ? questionna Guarneri qui ne comprenait rien à cette histoire dont Amati ne lui avait révélé que les grandes lignes.

– Les autres ? Ils ne sont pas du même tonneau, comme je l'avais deviné, et il faudra beaucoup de patience, de courage et d'intelligence pour les confondre. Il faudra aussi beaucoup de discrétion. Puis-je compter sur la vôtre, monsieur Guarneri, puisque je vois que vous savez beaucoup de choses ?

Il eut un regard vers Niccolo Amati qui baissa les yeux comme un enfant désobéissant et continua :

– Nous avons affaire à une bande très organisée, très puissante et qui semble bénéficier de hautes protections. Le vol et la revente des violons à l'étranger ne constituent qu'une petite partie de ses activités. Dans toutes les provinces, des objets d'art, des tableaux des plus grands maîtres, disparaissent. Je vais vous confier un secret : ces bandits ont volé dans la bibliothèque vaticane le Codex Vaticanus de la Bible qui date du IVe siècle et *La Divine Comédie* de Dante, illustrée par Botticelli ! Des tableaux, de petites statuettes, ont également disparu. Vous comprenez pourquoi je m'intéresse à cette association secrète de malfaiteurs ?

Niccolo Amati et Andrea Guarneri jurèrent de ne pas souffler mot de ces révélations et Cavalcabo conclut :

— Nous sommes sur plusieurs pistes et j'espère bientôt pouvoir m'emparer de ces canailles. Pour cela, j'aurai non seulement besoin de votre discrétion mais peut-être de votre aide active. Nous reparlerons de cela. En attendant, je vais m'assurer que les gens de la police communale ne torturent pas trop le fou que nous avons arrêté. Ah ! J'oubliais de vous dire l'essentiel : pour tout le monde, l'homme que nous tenons est responsable, avec ou sans complices, de tous les attentats commis à Crémone. Encore une fois, je vous demande le silence : pour que mon plan réussisse, il est nécessaire que les bandits croient que leur manœuvre a réussi, que nous allons nous reposer sur nos lauriers et qu'ils pourront impunément préparer un autre brigandage.

— J'aimerais tout de même voir l'homme arrêté, dit Amati. Vous avez dit que je pourrais le connaître.

— Il s'agit d'un nommé Filippo Stroffi, dit le comte. Venez, je vais vous mettre en présence de votre voleur. Mais ne vous livrez à aucun acte contre lui et ne dites rien. On va voir comment il réagira en vous voyant.

– J'ai connu jadis un Filippo Stroffi. Il a été apprenti chez mon père et n'était pas maladroit. Hélas ! il lui arrivait d'entrer subitement en transes et, avec une force décuplée, de se jeter sur un compagnon ou de briser ce qui était à sa portée. Il a ainsi réduit en miettes un violon en le frappant violemment sur l'établi et sur les pierres de la cheminée. Mon père l'a évidemment congédié et il est parti pour Mantoue. Je ne savais pas qu'il était revenu à Crémone. Peut-être l'ai-je rencontré dans la rue et ne l'ai pas reconnu. Après tant d'années !

Stroffi, lui, reconnut tout de suite Niccolo et l'injuria grossièrement. Il était heureusement attaché, sinon il se serait jeté sur celui qui, hurlait-il, lui avait jeté un sort et l'avait dépouillé de ses modèles de violons qui, maintenant, étaient signés par le fils après l'avoir été par le père.

Après cette scène pénible, Amati avait rejoint Guarneri dans la salle des gardes.

– Tu vois, dit-il malgré ce qu'il m'a fait je ne peux m'empêcher d'éprouver de la pitié pour ce fou. Est-ce sa faute s'il n'est pas devenu un luthier heureux, comme nous ? Quelle graine y avait-il dans le crâne pour développer une telle haine ?

– Oui, mais il est dangereux ! Comment laisser en liberté un tel individu ? dit Guarneri.

– J'espère qu'il ne paiera pas de sa vie ses gestes irresponsables. Je crois que le comte s'y emploiera. En attendant, notre déjeuner a été bouleversé par cette malheureuse affaire. Avec un peu de chance il nous restera quelques miettes de biscuit et un peu de crème...

Cavalcabo, décidément toujours aussi étrange et inattendu, avait une nouvelle fois disparu. « Faites-moi savoir par une lettre adressée aux bons soins de l'abbesse de San Lorenzo, à Venise, que mes violons sont prêts », avait-il simplement fait dire à Amati avant de s'en aller, en compagnie de ses cochers-gardes du corps, sur la route de Mantoue. Ce départ et l'arrestation de Stroffi avaient calmé les esprits. Seuls Amati et Guarneri savaient que le danger n'était pas écarté. Ils ne pouvaient que conseiller à leurs confrères sous des prétextes vagues de continuer à prendre des précautions.

Ouatée dans les premiers brouillards de l'automne, Crémone avait une nouvelle fois retrouvé sa quiétude. Pour le moment, il s'agissait, chez Amati, d'enduire et de vernir les deux violons de Cavalcabo enfin terminés. C'est toujours une grande affaire que le vernissage d'un violon ! L'instrument achevé, lisse, soyeux mais blanc, brut de la forêt, est déjà beau. Le double filet noir qui le cerne souligne la perfection de ses formes. Mais il lui manque l'habit sans lequel il ne saurait se rendre au concert !

Niccolo savait que ses violons seraient bons. Bien sûr il n'avait pu résister au désir de les essayer « en blanc ». Ils avaient émis des sons âcres et mordants que seule une oreille exercée pouvait décoder afin de prévoir l'amélioration que le vernissage apporterait. Encore fallait-il réussir cette opération et régler finement les violons pour juger de leur qualité.

L'art des vernis avait été l'un des facteurs du succès de la famille. Andrea en avait transmis les formules à son fils qui les avait léguées à Niccolo.

A dire vrai, il s'agissait plus de trucs de métier et de talent que de secret. Les meilleurs luthiers réussissaient les meilleurs vernis comme ils faisaient les meilleurs violons, voilà ! Chez les Amati on avait toujours su que l'application du vernis avait une très grande influence sur les bois et donc sur les sons. Niccolo l'expliquait à Antonio Stradivari en procédant à l'encollage du premier instrument :

– En dehors de sa sonorité imparfaite, un violon en blanc périrait comme une branche tombée dans l'humus de la forêt. Il ne serait pas défendu de l'humidité, ni des variations climatiques, ni de l'haleine du joueur. Mais, vois-tu, cette protection ne doit pas avoir l'effet d'une sourdine : l'encollage puis les couches successives de vernis doivent au contraire conserver au bois toute sa souplesse, le nourrir sans boucher les minuscules pores qui permettent au son de s'épanouir dans l'espace d'air où il touche notre oreille.

– Mais pourquoi les luthiers n'utilisent-ils pas tous les mêmes ingrédients ? questionna Antonio.

– Et pourquoi tous les luthiers ne façonnent-ils pas les mêmes instruments ? Parce que chacun d'eux a son tour de main, ses habitudes, et que l'entreprise d'un nouveau violon, d'un alto ou d'un violoncelle est chaque fois une nouvelle aventure.

– Peut-être aussi, mon maître, parce que le luthier cherche, chaque fois, à faire mieux !

– Bravo ! Tu as compris, petit. Mes confrères disposent des mêmes résines, des mêmes térébenthines de Venise, du même sandragon mais ne font pas mes vernis, comme d'ailleurs je ne fais pas les leurs. Moi-même, je ne compose jamais exactement la même liqueur. Comme tu le dis, j'essaie d'amé-

liorer... C'est ce qui rend notre métier passionnant !
Tiens, monte donc ce violon au seccadour. Le
temps est brumeux, il mettra longtemps à sécher et
ce sera tant mieux !

Tandis que Stradivari continuait à étonner l'atelier par ses dons exceptionnels, Geròlamo, le troisième fils de Niccolo, poursuivait lui aussi son
apprentissage. C'était un bon garçon, d'humeur
agréable et qui n'était pas maladroit. Mais, comme
il le disait lui-même en riant : « Ce n'est pas une
chance d'apprendre le métier en même temps
qu'Antonio ! C'est vrai, il fait tout mieux que moi,
et mon père ne cesse de me le faire remarquer ! »
Cela n'empêchait pas les deux jeunes gens d'être
les meilleurs amis du monde et, le dimanche,
d'aller danser, jouer au *calcio* [1], regarder les joutes
sur le Pô ou tout simplement d'écouter la musique
de l'office à la cathédrale. La cappella du duomo
de Crémone ne valait certes pas celle de San
Marco à Venise. L'orchestre que dirigeait le vieux
maître Rappano n'avait pas la renommée de celui
de Bologne où Maurizio Cazzati formait, à San
Petronio, les virtuoses du violon italien, mais la
musique sacrée qu'on y interprétait possédait une
ampleur et un attrait dignes du génie qui avait
appris sur les bancs de la nef principale les premiers rudiments de son art : Claudio Monteverdi.

C'est en sortant des vêpres, par un beau soir
d'été, que les deux garçons eurent à faire face à
une situation inattendue. Les dernières résonances
des grandes orgues filtraient sur la piazza del
Comune où les Crémonais endimanchés se croi-

1. Jeu de ballon qui présentait des analogies avec notre foot-
ball.

saient dans un désordre bon enfant. Antonio commentait avec chaleur le fait que la viole cédait de plus en plus l'archet au violon, quand une jeune fille dont la beauté ne leur échappa pas vint, littéralement, s'agenouiller à leurs pieds. Ses escarpins de soie mauve avaient glissé sur le pavement et elle n'avait pu éviter de s'étaler de tout son long qu'en se raccrochant aux basques de la velada de Stradivari. Celui-ci l'aida à se relever tandis que Geròlamo lui demandait si elle n'était pas blessée. Elle ne répondit pas. Tout son être semblait tourné vers Antonio qui, lui aussi, la regardait en silence.

« Il se passe quelque chose entre ces deux-là ! » pensa Geròlamo qui s'éloigna discrètement. Enfin, la jeune fille secoua les plis de sa robe dont le parme clair allait avec ses souliers et dit un timide : « Merci... »

Antonio n'était pas hardi. Il pouvait compter sur les doigts d'une main les baisers, chastes, échangés avec Angela, la fille cadette de Niccolo Amati, une petite chipie que, finalement, il n'aimait pas beaucoup. Pourtant, ce soir-là, c'est sans aucune gêne qu'il proposa à la jeune fille de la raccompagner jusque chez elle. La jeune beauté boitait légèrement et c'est tout simplement qu'elle s'appuya sur son bras.

Crémone était une petite ville où chacun connaissait tout le monde. Or, il l'aurait juré, il n'avait jamais rencontré ce visage régulier au sourire doux et au nez un peu pointu.

– Vous n'êtes pas de notre ville, n'est-ce pas ? dit-il d'une voix peu assurée.

– Non, je vis à Bologne et j'ai accompagné mon père qui est venu étudier et vérifier la grande horloge de votre Torrazzo.

– Il est horloger ?

– Non, il est professeur... Astronome, précisa-
t-elle. Il a publié, en latin, ses observations sur la
comète de 1652. Il est adorable, distrait comme
tous les savants et voyage dans les pays d'Europe
suspendu aux planètes et aux comètes. Pour l'instant il est là-haut en train d'examiner si la bande
zodiacale ne joue pas de tour au soleil. Vous savez
que vous possédez l'horloge la plus grande et la
plus compliquée que l'on connaisse ?

Antonio l'écoutait ou plutôt la regardait parler.
Elle sourit :

– Vous semblez vous moquer tout à fait de votre
Torrazzo et de sa pendule ! Remarquez que la
marche de ses aiguilles ne me passionne pas non
plus.

Elle éclata de rire et Antonio constata qu'elle
avait de très jolies dents, bien plantées, bien
blanches. Elle reprit :

– Êtes-vous élève chez les jésuites de Crémone ?
Vous avez l'air d'un étudiant bien sérieux. Moi,
j'étudie les langues anciennes, y compris l'hébreu,
à l'université de Bologne. J'ai échappé de justesse
aux mathématiques... Mais dites donc, seriez-vous
muet ? Je suis seule à ouvrir la bouche.

– Hélas ! Je suis un jeune homme pauvre, je
n'étudie rien du tout. Sauf la lutherie. Je travaille
chez le maître Amati. Moi aussi je serai un jour un
grand luthier !

– Comment ? Vous trouvez que ce n'est rien
d'apprendre à faire des violons ? Mais c'est magnifique ! C'est le plus beau des métiers. Tenez, je vous
envie !

– Il n'y a pas de femmes luthiers et c'est dommage. C'est un métier où tout est finesse, délicatesse, nuance... Je suis sûr qu'une femme y apporterait beaucoup.

– Mais non, vous savez bien que les femmes sont faites pour la cuisine et les enfants !

– Et vous trouvez que ce n'est rien ?

Ils rirent, déjà complices et elle dit :

– Je m'appelle Valeria. Et vous ?

– Antonio Stradivari. Mes parents sont morts. Ils ne m'ont laissé que ce nom pour qu'un jour je le couvre de gloire.

– Nous sommes arrivés. Nous logeons chez un grand-oncle qui est très gentil. Et sourd ! Entrez, mon sauveur !

La pièce où elle l'installa dans un fauteuil garni d'une tapisserie fatiguée n'était pas encombrée par le mobilier. Seuls quelques sièges l'occupaient avec une grande table couverte de cartes du ciel, d'épures géométriques et de feuilles remplies de calculs :

– Mon père, dit-elle, ne voyage jamais sans tous ces documents. Il ne connaît d'autre route que celle du ciel !

L'oncle, qui ne devait pas être aussi sourd que sa petite-nièce l'affirmait, vint voir qui lui tenait compagnie. Son visage s'éclaira quand il sut qu'Antonio était luthier et le nom d'Amati réveilla tout à fait celui que Valeria présenta comme le professeur Lareda.

– Valeria, va donc chercher mon violon et un archet.

La jeune fille revint en portant un instrument qu'Antonio reconnut tout de suite comme étant l'œuvre de Geròlamo Ier, le père de son maître et le grand-père de son camarade d'atelier.

– Vous possédez un très beau violon, monsieur. Mon maître vous l'achèterait sûrement fort cher car il ne lui reste qu'un instrument médiocre de son père.

– Oui, mais il n'est pas à vendre, jeune homme. J'en tire encore quelques sons. Et un grand plaisir.

Beaucoup de gens jouaient du violon à Crémone mais rarement d'un instrument portant une grande signature. Des petits maîtres luthiers montaient les instruments bon marché que raclaient les violoneux de bals et les virtuoses familiaux. Malgré l'amati d'un beau jaune orangé que le vieillard ajustait sur le haut de sa poitrine, près de l'épaule gauche [1], Antonio craignait bien d'avoir affaire à l'un de ces redoutables amateurs. Sa surprise fut grande quand le bon oncle Lareda entama d'un archet sûr une sonate d'Uccellini qu'il reconnut tout de suite comme l'une des plus difficiles à interpréter : *Tromba in sordina per sonar con violino solo*, murmura-t-il. Le violon y est appelé à sonner comme une trompette et il est nécessaire de tirer des cordes des accords différents de la normale, une pratique nouvelle qu'Uccellini appelait *scordatura*.

Transfiguré, le violoniste semblait rajeunir à mesure qu'il jouait. Sa tête qui suivait sans brusquerie le tempo de l'archet laissait voltiger ses fins cheveux blancs ; ses rides s'effaçaient miraculeusement derrière les difficultés de la musique qu'il jouait de mémoire, négligeant la partition posée à un pas de lui sur un pupitre.

Le professeur possédait un vrai talent. Remis de sa surprise, Antonio l'écoutait en regardant parfois

1. Le port du violon vers le menton ne date que du XVIIIe siècle.

Valeria que le jeu de son oncle semblait plonger dans un univers troublant, donnant à son regard des feux vifs, presque violents. La magie de la musique cessa sur le dernier accord. Signor Lareda, fatigué, retrouva ses rides et son fauteuil, Valeria son sourire doucement moqueur et Antonio dispensa à l'oncle des louanges bien méritées. Puis il ajouta :

– Voulez-vous, professeur, me laisser jouer quelques mesures sur votre violon ? Pas pour interpréter une sonate, je ne suis pas assez bon violoniste, mais pour vérifier le réglage. La chanterelle me paraît un peu acide...

Le professeur acquiesça de bon cœur et Antonio se saisit du violon. Comme chaque fois qu'un luthier prend en main un instrument conçu par un autre, surtout si cet autre est un grand précurseur, Stradivari ressentit un petit coup au cœur, manifestation de respect et de curiosité. Il regarda longuement le vieil amati, nota les détails qui le différenciaient des violons du fils et, par quelques « glissés » qui firent frémir Valeria, il poussa la quatrième jusqu'à ses limites.

– Vous avez entendu ! demanda-t-il. Il faut accentuer légèrement le renversement.

– Vous ne pourriez pas parler comme tout le monde ? coupa la jeune fille. Qu'est-ce que c'est que ce renversement ?

– Pardonnez-moi. C'est l'angle formé par les cordes au niveau du chevalet. Voyez, il faudrait enlever un imperceptible copeau à la base. Je le ferais bien tout de suite mais je n'ai pas mon « canif ».

– Eh bien ! Valeria portera un jour mon violon

chez Amati et vous m'arrangerez cela. Mais quelle oreille vous avez, mon garçon ! Je sentais bien que quelque chose clochait mais j'aurais bien été incapable de voir d'où cela venait.

– C'est le métier, professeur ! dit Antonio d'un air faussement modeste. Pour la première fois, il pouvait hors de la bottega faire preuve de ses connaissances. Et, en plus, devant Valeria ! Il ne vit pas le léger sourire du professeur et se dit qu'il vivait une journée très importante.

Stradivari but à petites gorgées le verre de liqueur versé par celle qui avait déjà pris une place dans son cœur. Quand elle le raccompagna jusqu'à la porte, il était déjà redevenu un jeune homme gauche et timide qui ne savait pas comment prendre congé. Elle le tira de son embarras en l'embrassant sur les deux joues qui rosirent l'une après l'autre.

– C'est parce que vous m'avez sauvé la vie, monsieur le luthier ! dit-elle en riant. Quand elle eut refermé la porte il laissa éclater sa joie : il était le Crémonais le plus heureux, c'était sûr. Il rentra en chantonnant *Tromba in sordina*. Sur la strada Magistra il croisa Gioffredo Cappa. De la bonne graine de luthier aussi ce Cappa qui avait un moment été apprenti chez Niccolo puis avait quitté la ville pour Saluzzo avec ses parents [1].

– Que fais-tu à Crémone ? demanda Antonio. Je te croyais dans le Piémont !

– Je suis venu avec mon père qui, comme tu le sais, est *salumiere* pour livrer des jambons et des salaisons de Val Varaita.

– Aurais-tu délaissé notre métier ?

1. Petite ville du Piémont au sud de Turin.

– Pas du tout mais je souhaitais revoir Niccolo Amati et surtout ses violons que je veux imiter. Pourquoi tenter autre chose puisque ses instruments sont parfaits ? Actuellement je travaille chez mon oncle Giuseppe et bientôt je m'établirai à mon compte. Mon père qui gagne beaucoup d'argent en élevant des porcs m'offrira une bottega à Saluzzo. Je préférerais Crémone mais le père ne veut pas que je quitte la famille. Bientôt, tu verras, je vendrai des violons qu'on ne distinguera pas des vrais amatis !

– Moi aussi, je ferai mon premier violon qui sera une copie de ceux que signe notre maître. Mais mon rêve est de créer des instruments marqués de ma personnalité. Je veux qu'on dise un jour « un stradivarius » comme on dit aujourd'hui « un amati » !

– On verra lequel de nous deux fera les meilleurs violons ! A demain à la bottega...

Ce soir-là, Antonio s'endormit comme un bienheureux et fit un rêve étrange : il vernissait avec un pinceau de martre un violon qui avait la taille fine et le col élancé de Valeria. Il trouvait cette occupation agréable.

Depuis qu'il logeait au-dessus de l'atelier, Antonio était chaque matin le premier devant son établi. Quand l'apprenti cognait à la porte, il avait déjà allumé le poêle pour faire chauffer le bol de lait acheté un sol chez la signora Carcassi qui faisait commerce de laiterie et de fromages à côté de San Faustini. La bonne dame l'avait pris en amitié et joignait toujours à la *mezza pinta di latte* un bon morceau de *focaccia*, le pain à l'huile, presque sans levain, cuit dans le four familial. Le jeune garçon aimait être seul, le matin, dans la bottega. Il pouvait à loisir regarder le travail des autres compagnons, mesurer la hauteur des voûtes dont certaines lui paraissaient trop épaisses ou trop minces et surtout étudier en détail l'ouvrage en cours du maître pour essayer d'y découvrir quelque secret, quelque tour de main dont il pourrait tirer profit.

Ce jour-là, il admirait et copiait sur une feuille de papier les courbes gracieuses d'une volute qu'Amati avait enroulée la veille dans un bloc d'érable.

— Au lieu de dessiner pour rien, dit le maître qui venait d'arriver, trace donc une volute à l'aide de mon gabarit sur l'ébauche de ce manche. Il est temps que tu apprennes à sculpter une poignée. Tu m'as souvent vu faire. Un jour tu as même dégrossi un manche. Eh bien, lance-toi ! Ne retiens pas l'outil, tu ne ferais rien de bon. Vas-y franchement en serrant bien ta gouge. Ne crains pas de gâcher ce morceau de plane. Tous les luthiers ont raté au moins une volute à leurs débuts !... Mais, avant, tu vas donner une dernière couche de vernis blanc aux violons du comte. Voyons, trois jours encore pour sécher, un jour pour le polissage au tripoli [1], je vais écrire à Mgr Aldrovani de venir chercher ses instruments la semaine prochaine. Ceux de Ruggieri et de Guarneri sont déjà prêts.

— Qui est Mgr Aldrovani ? demanda Antonio. Je croyais que les violons étaient destinés au comte Cavalcabo.

— Notre homme a encore bien d'autres noms dont il dispose à son gré. Aldrovani est celui que je

1. Poudre d'une roche siliceuse employée pour polir le verre ou certains objets.

dois utiliser pour le prévenir au couvent de San Lorenzo à Venise. Je crois que c'est le vrai mais je n'en mettrais pas ma main au feu !

– Quel que soit son nom, archevêque, comte ou commendatore, il nous a débarrassés de l'assassin voleur ! Grâce à lui nous voilà tranquilles.

Niccolo acquiesça. Il était vrai qu'aucune nouvelle attaque ne s'était produite depuis l'arrestation de Stroffi, et Amati en venait à se demander si le comte ne dramatisait pas en assurant que la véritable bande était toujours à craindre.

Aldrovani ne semblait pourtant pas avoir changé d'idée lorsqu'il arriva à Crémone dans son équipage habituel. Ses deux gardes du corps étaient là l'épée au côté. Les pistolets ne devaient pas être loin. Mais autant son arrivée, la première fois, avait été discrète, autant celle-ci paraissait voyante. Le comte parlait haut, cherchait ses cochers dans les cabarets et les tançait en public. En moins de vingt-quatre heures la ville entière savait que le nonce apostolique venait prendre possession des violons du Saint-Père. A la suite d'une indiscrétion, on apprit même que le prélat, les routes étant redevenues sûres, ferait un crochet par Sabbioneta afin de visiter le marquis de Gonzague, l'un de ses parents dont le château campagnard était l'un des plus riches de Lombardie.

Tous ces bruits, répandus comme à plaisir, inquiétaient Niccolo qui n'en avait pas fini d'être surpris. Il n'avait qu'entr'aperçu Aldrovani le jour de son arrivée et fut bien aise d'être convoqué au palais de Cavalcabo redevenu résidence du nonce. Amati y fut reçu comme un ami. Il avait apporté les deux violons dans leurs boîtes gainées de cuir et le comte ne lui ménagea pas les compliments quand il entendit leur sonorité exceptionnelle.

— Peut-être, commendatore, trouverez-vous que je ne suis guère modeste mais je crois avoir réussi là mes deux meilleurs instruments. Vous savez que depuis la mort de mon père j'essaie de perfectionner les détails, filets, cordier, cheviller, de parfaire le dessin des courbes, de mieux calculer les combinaisons des voûtes et des épaisseurs. Eh bien, j'ai l'impression d'arriver au terme de mes possibilités. J'ai conservé la suavité du son des violons familiaux mais j'y ai ajouté la puissance et l'éclat que réclament aujourd'hui les grands violonistes.

— Parfait, maître. Le Saint-Père va être satisfait.

— Mais, recevra-t-il ses instruments ? D'après ce que vous m'avez confié, le danger demeure d'une attaque sur la route. D'autant qu'on a annoncé partout votre départ prochain et que personne n'ignore la nature de votre mission.

— Signor Amati, votre raisonnement est excellent. Il n'y manque qu'une proposition : si toutes ces fuites, ces indiscrétions qui vous inquiètent avaient été commises à dessein afin que nos bandits, sûrement prévenus par quelque espion, décident contre notre convoi une attaque jugée sans risque puisque nous sommes censés croire que tout danger a été écarté ?

— J'ai compris. C'est un piège ! Tout s'éclaire maintenant. J'espère pourtant que vous allez prendre des précautions et que vous réservez aux assaillants une belle réception !

— Rassurez-vous, tout est prévu. Mais ma stratégie s'écroule à la moindre maladresse. Et je veux prendre ces coquins qui semblent être revenus dans le nord de l'Italie après avoir écumé Rome et Florence. Vous seul êtes dans le secret. Même les gens qui vont participer à l'action – c'est le marquis de Mantoue, le cousin du prince, qui me les prête – ne savent pas de quoi il s'agit. Ils rejoindront directement leur position depuis le château de Sabbioneta. Ce sont de bons cavaliers et de redoutables sabreurs formés à l'exemple des mousquetaires du roi de France. Le marquis a une admiration sans bornes pour ces compagnies, un peu démodées à Paris, m'a-t-on dit, mais qui, ici, le font respecter de tous ses voisins. Je me réjouis à l'avance de voir la tête de nos bandits lorsqu'ils vont voir fondre sur eux les *moschettieri* du marquis avec leur large chapeau à plumes rouges. Il ne serait pas étonnant d'ailleurs que mon cousin prenne leur tête. Sa fantaisie n'a pas de bornes : il se prend pour M. de Tréville, le chef légendaire des mousquetaires français ! Mais je vous parle hébreu. Sachez seulement que tout est prévu.

– Tout cela est bien beau, monseigneur Commendatore, excusez-moi, je ne sais encore plus comment vous appeler – mais je crains pour les violons. Que vont devenir les instruments de Sa Sainteté s'il y a bataille ?

Aldrovani éclata de rire :

– Vous ne pensez tout de même pas que nous allons emporter les violons ? Les boîtes garnies de quelques morceaux de bois feront l'affaire. Et si, par malheur, les brigands s'en emparaient, je pourrais me dire que je n'ai pas tout à fait perdu la partie ! Sur tout cela, je vous demande encore le secret le plus absolu. Même votre ami Guarneri ne doit rien savoir !

Amati rentra chez lui un peu abasourdi par ces
nouvelles. Le nonce pouvait bien se complaire dans
les complications dangereuses, dresser des plans
de bataille et poster des mousquetaires tout au long
de sa route, lui, Niccolo, n'était qu'un bon luthier,
fournisseur des princes et des rois, honnête bourgeois estimé de ses confrères et de ses concitoyens.
Il n'avait rien d'un podestat, ni d'un agent secret,
encore moins d'un moschettiere. Lui qui exerçait le
métier le plus paisible du monde, dont l'art consis-
tait à extraire des sonorités sublimes des arbres de
la forêt, se trouvait soudain détenteur d'un secret
d'État ! Et si l'affaire tournait mal ? Ne l'accuse-
rait-on pas de ne pas avoir su tenir sa langue ?

D'un autre côté, il se disait que des êtres assez
vils pour voler et détruire des violons devaient être
mis hors d'état de nuire. C'est toute la corporation
qu'il défendait en aidant Mgr Aldrovani, d'ailleurs
bien modestement, à tendre son traquenard. Finalement, il s'avoua qu'il aurait bien aimé, tapi derrière un arbre, voir les mousquetaires du marquis
mettre en pièces les malandrins ! Quand il fut à
table et que Lucrezia lui demanda ce qu'avait dit le
nonce, il répondit, laconique : « Rien d'intéressant.
Il va bientôt emporter ses violons. »

Les événements se déroulèrent comme
Mgr Aldrovani l'avait prévu. Les luthiers à qui des
instruments avaient été commandés furent priés de
les livrer au palais de Cavalcabo où Amati, de son
côté, déposa discrètement un sac contenant des
chutes de bois. Durant quelques jours on n'entendit
plus parler de rien, jusqu'au vendredi 20 du mois
de juin, le jour de la San Luigi Gonzaga, où le bruit
se répandit en ville que le nonce quitterait Cré-

mone une heure après le lever du jour pour joindre Sabbioneta vers midi. Marque de considération ou désir de bien faire savoir qu'il partait, monseigneur fit prévenir Niccolo qu'il s'arrêterait au passage piazza San Domenico afin de prendre congé de ses amis luthiers.

Malgré l'heure matinale tout le quartier était là ; c'est sous les acclamations d'une foule reconnaissante que le carrosse du comte s'ébranla. Sur le toit était arrimée, bien visible, la boîte du violoncelle. Seul, le nonce était à l'intérieur avec les autres étuis contenant les violons et l'alto. Debout sur le marchepied arrière, le second cocher avait sans doute pour mission de surveiller la route. Aucune escorte : Mgr Aldrovani, vêtu des habits de noble vénitien qu'il portait le jour de son arrivée, donnait vraiment l'impression de partir en voyage d'agrément. Niccolo Amati ne savait rien de la stratégie prévue.

– Ce comte, ce légat ou ce que tu voudras, c'est tout de même un sacré brave ! dit-il à Guarneri. Maintenant je peux bien te le dire : il sait qu'il va se faire attaquer par la bande de pillards qui est toujours en liberté. Et tu vois comment il va à ce rendez-vous qui peut être sanglant : le sourire aux lèvres. Il compte il est vrai sur le secours des moschettieri de son cousin, le marquis de Gonzague. Mais s'ils arrivaient trop tard ?

– Et les violons ? Ils ne nous ont pas encore été payés et si le pape ne les reçoit pas, nous risquons fort d'être les dindons, une fois de plus !

– Ne te fais pas de souci pour les violons. Ils sont restés au palais de Cavalcabo. Le comte a emporté des boîtes vides.

Andrea hocha la tête. Dieu que tout cela était compliqué! Comme son maître, il se dit que les violons, si difficiles à réussir, étaient faits pour être joués et pas pour servir d'appâts dans une opération de police.

Avant l'aube, avec deux bonnes heures d'avance sur son cousin Aldrovani, le marquis avait quitté son château de Sabbioneta à la tête de sa compagnie. D'un large mouvement de son feutre il avait salué au passage le mausolée de son ancêtre, Vespasien Gonzague, qui avait bâti cette capitale fortifiée appelée depuis « La Petite Athènes » et cria à l'intention de ses compagnons un « A nous mousquetaires! » qui déclencha un galop de charge sur la route de Crémone.

L'expédition avait été bien préparée. A chaque endroit propice à un traquenard, deux hommes s'arrêtaient et se cachaient. La sortie de Casalmaggiore, là où le chemin rejoint la rive gauche du Pô, constituait un lieu rêvé d'embuscade. Le duc y laissa quatre de ses meilleurs sabreurs et s'installa plus loin dans la forêt de Zibello avec le reste de ses hommes. Selon Aldrovani, c'est là que devait logiquement survenir l'attaque.

— La voiture du comte n'arrivera pas avant une demi-heure, dit Pietro de Gonzague, mais il faut dès maintenant se cacher. Lieutenant Aramisi, attachez les chevaux assez loin pour qu'ils ne soient pas visibles de la route et mettez-vous en faction au tournant pour nous signaler tout mouvement, celui d'une troupe ou simplement l'arrivée de la voiture du comte. Maintenant, chacun à son poste, l'épée tirée et, comme toujours, « Un pour tous, tous pour un ! ».

Unique en Lombardie et même dans toute la Botte, la compagnie de Gonzague avait acquis une telle réputation que personne n'osait plus s'attaquer au duché de Sabbioneta. L'inactivité qui s'ensuivait n'était bonne ni pour la troupe ni pour son chef qui s'ennuyait fort entre son nouveau théâtre et l'interminable galerie des antiquités où, les jours de pluie, il organisait des courses à pied et des assauts entre ses mousquetaires. C'est dire combien l'appel du comte avait comblé d'aise ces derniers. Quant au marquis, il vivait dans les sous-bois de Zibello les minutes les plus exaltantes de sa vie. Sa seule crainte était que les assaillants ne vinssent pas. Après tout, le beau raisonnement de son cousin pouvait se révéler faux et les boîtes vides arriver sans encombre au château !

Un léger sifflement du lieutenant Aramisi mit fin à ces réflexions défaitistes. Deux cavaliers se profilaient à l'horizon sur la route venant de Busseto.

– Laissons-les approcher et voyons ce qu'ils comptent faire avant de leur montrer la pointe de nos épées. Ce sont peut-être d'honnêtes voyageurs, encore que leur tournure ne me dise rien qui vaille !

Personne ne bougea et les deux hommes, sans se douter qu'ils étaient épiés, mirent pied à terre en arrivant au tournant.

– Nous voilà arrivés, dit l'un. Cachons-nous en attendant les autres. La voiture du comte sera obligée de ralentir et je crois que c'est là que nous attaquerons. Il paraît qu'il n'a que deux sbires pour toute protection !

Gonzague avait tout entendu. Le doute n'était plus permis : il s'agissait bien des bandits qu'il convenait d'arrêter et de faire parler. « A nous, mousquetaires ! » s'écria-t-il. Sans avoir eu le temps de comprendre ce qui leur arrivait, les deux canailles se retrouvèrent encerclées d'épées dont les pointes acérées n'hésitaient pas à déchirer l'étoffe de leurs habits minables.

— Laissez les chevaux en vue mais emmenez ces bandits à l'intérieur du bois. Ligotez-les et faites-les parler, commanda le duc.

Les quatre hommes chargés de ce travail délicat ne durent pas caresser les deux brigands avec les plumes de leur chapeau. On entendit quelques hurlements abominables et, presque aussitôt, l'un des mousquetaires reparut, l'air satisfait :

— Après quelques hésitations de pure forme, ils ont parlé, monsieur. La bande se compose de dix hommes qui vont arriver par petits groupes pour attaquer le carrosse à la sortie du tournant.

— Fort bien ! Nous leur ferons subir le sort des deux premiers. Si quelques-uns réussissent à s'échapper, ils seront pris par nos amis un peu plus loin.

Quatre nouveaux venus furent bientôt aperçus dans un nuage de poussière par le guetteur.

— Ils semblent d'une autre envergure que leurs complices ! annonça le duc qui les cadrait dans sa lorgnette. Nous allons sans doute devoir nous battre ! En attendant, laissons venir ces manteaux noirs.

La vue des deux chevaux sans leurs cavaliers parut les intriguer. Soudain, ils ralentirent le pas, échangèrent entre eux quelques mots, se retournèrent comme s'ils allaient rebrousser chemin, puis, finalement, avancèrent, la main sur la poignée de l'épée. Lorsqu'il fut possible de les encercler, la dizaine d'hommes dont disposait Gonzague se ruèrent, les uns maîtrisant les chevaux afin d'éviter toute fuite, les autres ferraillant contre leurs adversaires toujours en selle. Cette position était à la fois avantageuse parce qu'ils dominaient les mousquetaires mais difficile car les embardées des chevaux les déséquilibraient. Enfin, le premier tomba, le corps percé d'une lame. Les trois autres continuèrent de se battre comme des vaincus qui n'ont plus rien à perdre. Un second, frappé lui aussi à la poitrine, dut se laisser tomber à terre. Le troisième rendit son épée et fut aussitôt capturé. Seul, le dernier n'abandonnait pas et ferraillait courageusement. Il avait réussi à descendre de cheval et repoussait toutes les attaques.

Alors, Pietro Gonzague se souvint du grand Vespasien dont la statue équestre de bois peint ornait la salle des gardes du château et s'écria :

– Laissez-moi ce dernier vaurien ! J'en fais l'affaire, mon épée contre la sienne !

Surpris et admiratifs, les mousquetaires du marquis firent un pas en arrière prêts à intervenir si l'affaire tournait mal, et le combat commença.

– Défends-toi, crapule ! Et arrange-toi pour ne pas t'approcher à la longueur de mon épée car je t'éventre !

– Serais-tu le maître de ces mousquetaires de théâtre qui ne se font peur qu'entre eux ? Dans ce cas, apprête-toi à souffrir. Ma lame démange mon bras !

– Et la mienne t'écorne l'oreille ! répondit Gonzague en français, avec l'accent gascon hérité d'un capitaine français qui avait pris ses quartiers à Sabbioneta alors qu'il avait quinze ans.

Un morceau d'oreille voltigea en effet un instant dans l'air avant de tomber dans la poussière. Cet incident sembla redonner de la force au bandit qui fondit sur le marquis. Mais il avait affaire à forte partie. En quelques minutes, Pietro de Gonzague le toucha trois fois de son épée en annonçant à chaque coup :

— Un pour les violons ! Un pour les livres du pape ! Et le dernier pour l'illustre Vespasien.

L'homme s'effondra. Le marquis le crut mort et se pencha sur lui pour le fouiller. C'est alors, au moment où il s'y attendait le moins, que le brigand qui n'avait pas lâché son épée lui porta un coup de pointe à la poitrine, en criant : « Un pour vous ! »

Gonzague qui avait senti à travers le drap de son manteau cette pointe traîtresse se releva et cloua au sol son adversaire d'un coup d'épée dans le ventre.

A ce moment il rayonnait. Il était à la fois d'Artagnan et M. de Tréville. Il s'écria : « A nous, mousquetaires ! » puis plus calmement il commanda qu'on enlève le cadavre en attendant d'autres complices.

Justement, le guetteur annonçait une nouvelle arrivée. Il ne discernait encore qu'un nuage de poussière mais la troupe semblait d'importance. Chacun reprit sa position de combat et le marquis, l'œil vissé à sa lorgnette, dit :

— Je crois que c'est la voiture de mon cousin. Mais méfions-nous. Elle peut être conduite par l'ennemi si celui-ci a réussi à se défaire du comte et de ses gardes. Laissons-la approcher et à mes ordres !

En s'avançant, le carrosse devenait plus net et, bientôt, le marquis émit un cri de joie. Il avait reconnu l'imposante stature du cocher d'Aldrovani. La voiture en effet s'arrêta doucement, aussitôt entourée par les chapeaux à plume. Sur le toit, à côté de la boîte de violoncelle, deux malandrins étaient ficelés comme des salami. A l'arrière se trouvait toujours le second garde qui se précipita pour ouvrir la porte du carrosse. Calme, le bras gauche bandé en écharpe, le nonce descendit et embrassa son cousin :

– Je ne sais pas ce que vous avez fait du reste de la bande, dit-il en souriant. Nous, nous en avons tué trois – Dieu ait leur âme – et fait deux prisonniers.

– Les mousquetaires se sont conduits bravement ! répondit simplement le marquis en montrant le bois où blessés et cadavres étaient dissimulés. Et il ajouta : Si nous avons mis correctement hors d'état de nuire tous les voleurs de violons, nous pouvons arriver à l'heure au château pour le repas de midi. Nous mangerons dans le salon des armures. J'ai demandé à mon maître de chapelle de prévoir une musique d'accompagnement.

CHAPITRE III

Le premier violon

L'affaire des violons brûlés n'avait été finalement qu'une péripétie dans l'histoire de la cité. Elle avait pourtant permis de mettre en lumière la suprématie de la lutherie crémonaise. Des violons choisis à la fois par le pape et par les gredins les plus redoutables de la péninsule ne pouvaient être que les meilleurs ! L'isola, avec ses chefs de fil Amati, Guarneri et Ruggieri, profitait de cette notoriété aux dépens des concurrents de Brescia, de Venise, de Naples et de Rome.

Niccolo commençait à accuser son âge et reportait de plus en plus une partie de sa tâche sur son fils et sur Antonio mais il conservait intacte son oreille célèbre et son inimitable manière d'« amatiser » les instruments construits par l'atelier en leur donnant le coup de fion, la touche finale qui faisaient que ses violons chantaient mieux que les autres.

Stradivari se développait harmonieusement dans cette atmosphère d'émulation collective. Chacun en effet trouvait sa part de fierté dans l'achèvement de chaque violon et dans l'étiquette, symbole de travail bien fait que le maître y collait, comme un brevet de noblesse. Les dons d'Antonio ne s'étaient pas démentis et il était devenu tranquillement, sans faire d'autre bruit que celui de son racloir sur le bois sonore des voûtes, le meilleur compagnon de l'atelier. Son ami Geròlamo, le fils du maître, ne manquait pas non plus de talent mais, comme il l'avouait volontiers, Antonio le surpassait dans tous les domaines de leur art. Antonio éprouvait autant de plaisir, chaque matin, en ceignant son tablier de cuir, que le dimanche lorsqu'il allait danser ou écouter l'orchestre à cordes de la confrérie de la Vierge Béate.

Sa rencontre avec la jolie Valeria Cassini aurait pu avoir des suites heureuses. Les deux jeunes gens étaient bien près de franchir la frontière de l'amour mais la mort de l'oncle violoniste avait mis fin aux voyages à Crémone de l'astronome et de sa fille. Parfois, Valeria lui adressait un mot gentil pour lui dire qu'elle pensait toujours à lui. Dans sa dernière lettre elle lui annonçait que son père venait de déterminer la rotation de Jupiter et que la réputation du professeur Cassini s'étendait maintenant à toute l'Europe. Cette correspondance lui faisait à la fois chaud au cœur et le plongeait dans l'embarras. C'est qu'il s'entendait mieux à dresser le gabarit d'un violoncelle qu'à tracer des mots d'amour. Il savait que ses lettres, si elles venaient du fond du cœur, étaient écrites en pauvre dialecte, avec des fautes dont il avait honte.

Comme il était beau garçon, le jeune luthier ne manquait pas de filles pour aller danser ou pour se promener, les jours d'été sur les bords du Pô. Ces aventures n'allaient jamais bien loin. Il craignait de s'engager, de perdre sa liberté. Valeria perdue, il attendrait que survienne un nouvel amour.

La vie continuait, calme et laborieuse, dans l'isola des artisans où se trouvait rassemblée la vraie famille d'Antonio. Outre les Amati et ses compagnons de travail, il fréquentait assidûment l'atelier de l'ébéniste Pescaroli ou celui du sculpteur sur bois Capra. Francesco Pescaroli en particulier, homme cultivé, habile dessinateur et féru de mathématiques, lui apportait avec son affection paternelle l'enseignement de base qui lui manquait pour vraiment comprendre les mystères de l'alchimie des sons. Souvent, le soir, règle et compas en main, il cherchait, aidé par le vieux maître, une solution mathématique et géométrique aux lignes du violon idéal découvertes empiriquement par les sorciers de la lutherie crémonaise.

Certains soirs il poussait la porte de Giovanni Giacomo Capra, un autre homme du bois, qui lui prêtait des gouges creuses pour sculpter les volutes et lui prodiguait des conseils qu'il essayait d'appliquer le lendemain dans son travail. Son impatience des premiers temps avait fait place à la sagesse : des violons, il savait qu'il en ferait ! Et des beaux ! Ce qu'il voulait, avant de voir aboutir ses rêves, c'était maîtriser complètement son métier, seul moyen, il le savait, de dépasser demain les meilleurs.

Capra, homme généreux et sensible, buvait, hélas ! un peu trop. Il devenait alors irritable, même brutal, et Antonio le laissait ces soirs-là à contre-cœur, seul, en compagnie de sa femme Francesca. Il aurait voulu protéger cette épouse douce et jolie contre les excès de son mari. Mais comment l'aider, comment intervenir dans les secrets d'un ménage ami qui, somme toute, ne lui demandait rien ? Une fois seulement, Francesca s'était plainte et l'avait aussitôt regretté. « C'est parce que j'attends un enfant, avait-elle expliqué le lendemain. Cela me rend nerveuse. Giovanni Giacomo est un bon mari. » A la suite de cet incident, Antonio prit conscience qu'il lui arrivait une chose absurde : il aimait Francesca !

Le jeune homme prit la décision de cesser ses relations avec le couple. Mais comment, dans le microcosme de la place San Domenico, ne pas rencontrer ses amis qui lui reprochaient son infidélité et lui manifestaient leur affection ? Il pensa alors quitter Crémone et aller s'installer à Brescia où Matteo Benti et Pietro Maggini l'auraient engagé sur-le-champ, mais il ne se sentait pas le courage d'abandonner Niccolo Amati qui se déchargeait de plus en plus sur lui. Et puis, six ou sept lieues n'auraient rien arrangé. Il était tombé amoureux de la plus inaccessible des femmes de Crémone, épouse, bientôt mère, d'un ami ! Il était maudit, voilà tout ! Il ne lui restait qu'à vivre son malheur, à essayer de ne plus trop penser à Francesca en travaillant davantage !

Seul un événement inattendu pouvait dénouer la situation insensée dans laquelle Antonio se trouvait placé. Et comme une corde cassée coupe la voix du violon, l'imprévisible bouleversa brusquement la partition des destinées. Au début de la nuit du 27 avril 1664, au moment où les honnêtes gens gagnaient leur lit, une sorte d'explosion secoua le quartier. La guerre qui avait tant de fois réveillé la ville était finie et le bon peuple de Crémone avait oublié le bruit des canonnades ; aussi se précipita-t-il dehors pour savoir ce qui se passait.

Une odeur de poudre et un nuage de fumée dirigèrent les curieux vers la place Sant'Agata. Un attroupement s'était déjà formé près du mur de l'église : un homme gisait à terre, la face labourée par la mitraille et quasiment méconnaissable. A côté de lui, l'arme encore chaude qui l'avait touché : une arquebuse, celle du meurtrier que les premiers témoins avaient vu s'enfuir.

Une jeune femme avait tout de suite identifié la victime et s'était jetée sur son corps ensanglanté en criant et en se tordant les bras de douleur. Antonio Stradivari, accouru lui aussi, reconnut tout de suite Francesca qui pleurait son mari. Il se précipita, releva la jeune femme et s'écria :

– Il faut tout de suite transporter le blessé chez lui. Il habite non loin d'ici, dans l'isola. Et appelez un médecin !

Giovanni Giacomo Capra respirait encore mais sa blessure était trop grave pour qu'il lui survive. Malgré les soins qui lui furent prodigués il expira quelques heures plus tard. La stupeur fut générale, le lendemain matin, quand la ville apprit que le meurtrier de Capra était son propre beau-frère, Pietro Ferraboschi, le frère de Francesca, qui s'était livré à la garde. Tout, dans ce drame familial, relevait des pièces de théâtre qu'on jouait à la scena Raimondi. Rinuccini ou Marino n'auraient pas eu à y ajouter la moindre intrigue pour en faire un acte ou un livret d'opéra. Les faits, pour étranges qu'ils fussent, étaient, hélas ! bien réels. Lorsque le décès de Giovanni Giacomo Capra fut dûment enregistré sur le livre de la paroisse Sant'Agata, avec l'indication que la victime de l'arquebusade s'était confessée et avait reçu l'extrême-onction avant *di spirare l'anima*, il restait une jeune veuve de vingt-six ans, enceinte, dont le frère avait tué son mari et deux familles qu'aucun pouvoir au monde ne semblait pouvoir réconcilier.

Il restait aussi Antonio qui avait perdu un ami, qui s'était juré de tout faire pour aider la pauvre Francesca, déchirée entre son amour perdu et l'attachement qu'elle portait à son frère. La jeune femme avait cherché en vain les raisons qui avaient poussé celui-ci à tirer sur son mari. Une question d'intérêt qui divisait les deux familles ou l'attitude provocatrice de Capra ne justifiaient pas un acte que le meurtrier lui-même n'arrivait pas à expliquer. Comme pour compliquer encore cette affaire où les cœurs saignaient de toutes parts, se posait le problème des enfants : Susanna, la fille que Capra avait eue d'un premier mariage, et le petit qui allait naître dans ce climat dramatique.

Francesca s'était d'abord recluse dans la maison de l'architecte Alessandro Capra, le père de son époux, où elle avait habité avec son mari jusqu'à sa mort, puis elle était retournée vivre dans sa famille. Antonio put la rencontrer et lui proposer son aide affectueuse et désintéressée. Le jeune luthier savait la distraire en lui racontant mille histoires sur les violons et surtout sur les artistes, les virtuoses qui venaient faire réparer leurs instruments dans la bottega et qui se faisaient remettre à leur place par Amati lorsqu'ils prétendaient lui donner des conseils. Il lui parlait aussi de la ville, des nouveaux boutiquiers qui s'étaient installés et de ceux qui avaient fermé à la suite d'une faillite. Jamais il n'était question du meurtre dans leurs conversations.

– Je ne veux pas repenser à ces horreurs ! disait-elle. La seule chose qui m'importe c'est d'être sereine lorsque je mettrai mon enfant au monde. Vous m'y aidez, cher Antonio, je vous en suis reconnaissante.

Le 14 novembre 1664, autour des fonts baptismaux de San Leonardo, les Capra et les Ferraboschi se retrouvèrent face à face pour la première fois depuis le drame. On ne s'embrassa pas mais aucun mot irréparable ne fut prononcé de part et d'autre. Tous étaient de braves gens qui pensaient, en regardant le petit être que le prêtre ondoyait, que la haine ne pouvait qu'ajouter du malheur au malheur. Après avoir pleuré un instant, la petite fille souriait maintenant. Francesca lui avait donné un nom qui appelait la pureté et la paix : Innocenza.

L'affaire des violons n'était pas oubliée. Elle faisait partie désormais de la légende crémonaise. On aimait, chez les luthiers, s'en rappeler les péripéties. On aimait moins se souvenir que « les violons du pape » n'avaient jamais été payés à leurs facteurs. Maintes fois cette question avait été évoquée à l'Universitas Mercantorum qui groupait depuis des siècles les artisans de la ville et où les luthiers jouaient un rôle de plus en plus important. Mais comment réclamer son dû au pape ? Plusieurs lettres adressées au comte Aldrovani étaient demeurées sans réponse. Il n'y avait donc plus qu'à penser à la béatitude d'Alexandre VII lorsqu'il écoutait les violons de Crémone accompagner le Saint-Office.

C'est la conclusion à laquelle était arrivé le sage Niccolo Amati qui depuis longtemps avait fait son deuil de la monnaie du pape.

Et puis, un jour, un domestique du palais Cavalcabo vint prévenir Niccolo que Mgr Aldrovani passerait la semaine suivante par Crémone et qu'il serait heureux de rencontrer le maître Amati. Celui-ci fut enchanté par cette perspective. Le commendatore avait laissé un bon souvenir à Crémone. S'il ne s'était guère préoccupé du règlement des instruments qu'il avait commandés, il avait débarrassé la profession de ses persécuteurs. Et de quelle façon ! Pas en brandissant la croix épiscopale mais en tirant l'épée et en mettant à lui seul trois bandits hors combat ! Niccolo se demandait quel nouvel événement fantastique amenait le nonce guerrier à Crémone. Aldrovani, en effet, n'avait pas l'habitude de se déplacer pour rien.

Le mardi suivant, Amati fut donc invité à se rendre au palais où l'agent secret du pape l'attendait. Cette fois, le prélat de choc qui aimait surprendre son monde avait revêtu sa soutane violette et son bonnet. C'était la première fois que Niccolo le voyait en tenue ecclésiastique et il ne put cacher son étonnement lorsque Aldrovani lui tendit son anneau à baiser. Ce dernier éclata de rire :

– Je crois bien que vous n'avez jamais cru que j'étais un vrai évêque ! Mais, voyez-vous, contrairement à ce qu'on dit, l'habit fait le moine et je me demande comment je pourrais accomplir mes missions si je ne pouvais pas me déguiser. Ma vie est un carnaval permanent. Aujourd'hui je suis prélat parce que je vais tout à l'heure rendre visite à la mère supérieure des marianistes et que la sainte femme, qui ne me connaît pas, risquerait de s'évanouir en me voyant habillé comme un coureur de routes.

– Est-ce qu'une nouvelle affaire ténébreuse vous amène, monseigneur ? demanda Niccolo, gourmand.

– Oui, sans doute. Mais cette fois je ne vous demanderai pas votre aide.

– Dommage, monseigneur ! Vous savez qu'ici tout le monde regrette un peu les aventures qui ont suivi le vol des violons. La lutherie est un métier merveilleux mais un peu monotone. La distraction que vous nous avez apportée vaut bien quelques violons offerts à Sa Sainteté.

C'était adroitement tourné et Aldrovani sourit.

– Figurez-vous que le banquier du Saint-Siège s'est enfin décidé à vous payer, ainsi que vos collègues. C'est un homme d'une grande compétence financière et un fin violoniste. Je crois qu'il serait sensible au cadeau d'un amati que vous lui feriez en remerciement de sa grande volonté. Qu'en pensez-vous, maître ?

En disant ces derniers mots, toujours accompagnés d'un sourire légèrement narquois, Aldrovani jouait négligemment avec une bourse qu'il venait de sortir de son rochet.

– Ce n'est pas un marché que je vous propose, ajouta-t-il. Voici à un ducat près la somme qui vous revient. Je vous suggère simplement de m'aider à mettre de mon côté l'excellent Tardivelli dont j'ai besoin pour la réussite de missions pontificales et qui sait reconnaître les bonnes manières qu'on lui fait.

– Nous vous devons bien ça, monseigneur ! Ce

soir je paie nos luthiers et demain vous aurez votre violon. J'en ai un qui sonne aussi bien que les ducats de votre banquier !

Ainsi fut fait. L'évêque *in partibus* repartit comme il était venu, discrètement, et il fallut attendre deux bons mois pour savoir ce qu'il était venu faire à Crémone.

Un matin, deux prêtres aux carrures imposantes s'arrêtèrent à San Domenico pour demander la direction du couvent des marianistes. Quand don Cavalotti, curé de la paroisse, les pria de lui dire ce qui les amenait, ils répondirent assez grossièrement que cela ne le regardait pas. C'était assez pour intriguer deux des enfants de chœur qui s'apprêtaient pour l'office. Sans prendre garde aux cris du père Cavalotti, Ricardo et Renato laissèrent là leur aube rouge et s'enfuirent en courant à la poursuite de la voiture des deux prêtres. Les garçons étaient connus pour leur débrouillardise et leur curiosité dont ils monnayaient occasionnellement les résultats. Ils savaient tout ce qui se passait dans la ville avant tout le monde et la présence de deux étrangers ne pouvait les laisser indifférents. Sans eux, on n'aurait jamais appris que les hommes noirs étaient ressortis très vite du monastère en compagnie de la mère supérieure et qu'ils avaient poussé celle-ci sans ménagement dans leur voiture fermée, laquelle avait aussitôt pris le chemin de Reggio, l'itinéraire le moins facile mais le plus rapide pour rejoindre la route de Rome.

Les jours suivants, les langues se délièrent dans les paroisses et les bruits les plus invraisemblables circulèrent. On alla même jusqu'à dire que la supérieure des marianistes était un homme travesti qui aurait été mêlé à l'affaire des violons ! La vérité, Niccolo Amati l'apprit plus tard de la bouche du violoniste Paggionni qui jouait dans tous les palais officiels ou ecclésiastiques de Venise : la sœur Agnese qui avait déjà eu des ennuis dans plusieurs diocèses avait réussi à gagner la confiance d'un proche du Saint-Père et s'était fait nommer à Crémone d'où elle espionnait les centres religieux du Milanais et de la Lombardie pour le compte des Vénitiens et des Autrichiens. C'est là que Mgr Aldrovani l'avait débusquée. Elle était maintenant enfermée à Rome dans le château Saint-Ange.

Antonio ne s'intéressait que de fort loin à ces commérages. Plus encore qu'à ses débuts il consacrait son énergie au travail. Il avait maintenant l'impression de toucher au but. Plusieurs des derniers violons sortis de l'atelier avaient été pratiquement fabriqués par lui. Le maître y avait apposé sa signature en le félicitant, ce qui l'avait un peu agacé. Certes, il devait beaucoup à Niccolo Amati mais, maintenant qu'il se sentait capable de faire aussi bien que lui, ou presque, il se demandait pourquoi son nom ne figurait pas à côté du sien sur l'étiquette devenue célèbre dans les milieux de la musique. Il s'était ouvert de ce qui lui paraissait être une injustice à Guarneri. Celui-ci lui avait conseillé de patienter.

– Tous les jeunes luthiers sont passés ou passeront par là. J'ai aussi longtemps rêvé à cette étiquette ! Et ce sera pareil pour toi : tes élèves trouveront à leur tour que tu accapares leur travail sans trop te gêner ! Je suis sûr que Niccolo ne tardera pas à te donner la liberté. Car c'est cela l'étiquette. Ce morceau de papier serait dérisoire s'il n'était qu'un nom, d'ailleurs bien caché. Il signifie que celui qui la colle sur le fond, entre l'âme et le « C » gauche, est capable de s'établir et de gagner sa vie en construisant des violons ! Et tu verras : la séparation n'est pas pénible que pour le maître. Tu n'as pas fini d'y penser au vieux Niccolo !

En fait, l'impatience de Stradivari n'était pas seulement motivée par le désir d'exister professionnellement. Il aurait déjà tellement voulu annoncer à Francesca qu'il avait signé son premier violon ! Il lui semblait, mais ne se trompait-il pas ? que ce pas franchi le rapprocherait de celle qu'il continuait d'aimer en silence.

Tous les prétextes lui étaient bons pour qu'il frappe à la porte de Giovanni Ferraboschi, le père de Francesca, un négociant en charcuterie. Il était toujours bien reçu, la jeune femme qui sortait peu en ville attendait sa venue ; il jouait avec les enfants, et les Ferraboschi, trop heureux de voir leur fille reprendre goût à la vie, ne s'opposaient pas à ces visites qui faisaient pourtant parler dans le quartier. Le scandale avait été tel que la plupart des bourgeois n'imaginaient pas que la jeune femme puisse finir son existence autrement qu'au couvent ou, à la rigueur, entre la maison de ses parents, strada Magistra, et le bénitier de Sant' Agata. L'idée d'un mariage possible ne venait même pas à Antonio. Il se contentait de ses rencontres platoniques avec Francesca comme il se contentait de mener à bonne fin les violons signés Amati. D'ailleurs, comment aurait-il pu faire vivre une famille ?

Guarneri avait raison. Un soir, alors qu'il s'y

attendait le moins, Niccolo Amati lui dit en passant voluptueusement le dos de sa main sur le vernis du violon qu'il venait de terminer :

– Antonio, c'est le meilleur instrument que tu as fait. Je le regarde sous tous les angles et je n'y vois que perfection. Quant à sa sonorité, nous venons de l'essayer ensemble et elle éclate de bonheur.

Il laissa un instant son regard scruter le visage de son élève et continua :

– Ce que je vais te dire maintenant est grave. Tu t'en souviendras durant toute ta vie car il s'agit de ta seconde naissance : tu vas signer ce violon, le premier d'une longue suite d'instruments qui, désormais, seront distingués des miens et chanteront leur propre musique durant des dizaines d'années, peut-être des siècles.

Ces paroles qu'Antonio avait tellement attendues le remuaient étrangement. Un immense bonheur le submergeait qu'il avait envie de crier mais aucun son ne pouvait sortir de sa bouche. Il voulait remercier son maître, lui dire que ce violon n'était qu'une copie des siens, fabriqué d'après ses gabarits et dans les bois admirables qu'il avait choisis vingt ans auparavant mais il ne pouvait que balbutier. Les larmes qu'il avait essayé en vain de retenir coulaient maintenant sur son visage. Enfin il prit la main ridée de Niccolo et la baisa filialement.

Le vieux maître lui aussi était ému. Il toussota pour cacher son trouble et dit :

– Maintenant tu vas bientôt me quitter. Sur ta jeune mais déjà grande réputation, tu n'auras pas de mal à trouver de l'argent pour louer une maison. Tu te marieras. Avec Francesca sans doute. Et tu verras comme il est difficile pour un vrai luthier de faire dans la vie la part des violons et celle de la famille !

– Croyez-vous vraiment, mon maître, que je puisse épouser Francesca ?

– Oui, Antonio. Mais sois patient. Le moment n'est pas encore venu... En attendant, demain, tu iras chez le maître imprimeur Cominetti pour lui commander tes étiquettes.

– Je veux que votre nom demeure près du mien !

– Tu feras comme bon te semble ! Je ne te demande qu'une chose : ne pars pas trop vite. Laisse-moi le temps de donner des ailes à Geròlamo.

– Il est parfaitement capable de vous seconder, maître. Son adresse et son oreille sont aussi bonnes que les miennes.

– Non, ce n'est pas vrai, mais le fils peut effectivement prendre une part plus grande à la vie de l'atelier quand tu seras parti. C'est un bon luthier dont tu as toujours un peu étouffé le talent. Ce n'est pas facile, tu sais, d'être le fils du patron à côté de quelqu'un aussi doué que toi !

Antonio ne répondit pas. Il savait qu'Amati avait raison. Il prit le violon que son maître avait reposé sur l'établi, le regarda, en palpa les formes légèrement rebondies du fond, effaça d'un coup de chiffon la trace d'un doigt sur la table vernie d'un délicat jaune clair. Oui, pensa-t-il, c'est un beau violon. Il eut en même temps conscience de ce que l'instrument devait aux modèles du maître : les filets assez épais, le fond d'une pièce aux ondes très riches, les ouïes taillées d'après le dessin d'Amati...

Le lendemain, le jeune homme collait à l'aide de la « pointe aux âmes » sa première étiquette à l'intérieur de son premier violon. Cominetti avait choisi un beau caractère pour la composer : *Antonius Stradivarius Cremonensis Alumnus Nicolai Amati faciebat anno 1665* [1].

Le nom qui devait devenir illustre, « Stradivarius », était né. Comme tous les luthiers italiens de l'époque, Antonio avait latinisé son patronyme pour signer son œuvre. Il trouvait que ce « us » final allait de soi, comme filé sur la chanterelle, et qu'il ajoutait à son nom une touche musicale du meilleur effet. Il avait raison !

Le violon faisait partie d'un trio commandé pour les religieuses musiciennes des Hospitalettes à Venise qui constituaient l'un des meilleurs orchestres à cordes du pays. Antonio savait qu'il éprouverait de la peine en voyant partir dans quelques jours son beau violon. Enfin, de même qu'un peintre ne peut garder toutes ses œuvres, un luthier ne peut conserver ses violons ! Il demanda seulement à Niccolo Amati la permission de l'emporter le soir chez des amis afin de pouvoir le jouer au moins une fois.

– Ne voudrais-tu pas plutôt le montrer à la belle Francesca ? dit le maître en souriant.

– Oui, c'est vrai. Je suis tellement fier et tellement heureux...

– C'est bien ! Prends le violon et va jouer la sérénade sous le balcon de ta bonne amie. C'est bien

1. Longtemps on crut qu'un violon daté de 1666 marquait les débuts de Stradivarius. Un document précieux, les notes du comte Cozio di Salabue (1755-1840), grand collectionneur et historien, fait état d'un violon antérieur d'une année, considéré maintenant comme le premier instrument de l'illustre luthier. Ce violon portait l'étiquette citée dans le texte. Il a appartenu au Pr Normand. On a, hélas ! perdu sa trace.

d'être fier de ce qu'on fait. Je te souhaite de l'être toujours !

Antonio demeura encore un peu plus d'une année dans la bottega de Niccolo Amati. Une année au cours de laquelle il réalisa de grands progrès qui l'amenèrent à un nouveau tournant de sa carrière. Sûr de lui, il savait qu'il pouvait maintenant, par d'imperceptibles retouches, fruits de mûres réflexions, essayer de modifier certains traits qui caractérisaient les instruments d'Amati. Certes, tant qu'il était chez le maître, il n'était pas question de sortir des formes qui faisaient depuis près d'un siècle la renommée de la famille. D'ailleurs, il n'était pas mûr pour créer le violon original qui le distinguerait des autres luthiers. Il s'employait simplement à améliorer la sonorité des instruments et il parvenait souvent à des résultats que les clients remarquaient, ce qui ne faisait pas tellement plaisir au vieil Amati partagé entre la fierté d'avoir formé un véritable artiste et la certitude agaçante que celui-ci ne tarderait pas à le dépasser. Il arrivait de plus en plus souvent que des amateurs, et non des moindres, exigent la signature de Stradivarius... « Des clients que je reverrai lorsque je serai établi à mon compte ! » pensait le jeune homme. C'est l'un d'eux, le marquis Poleni, qui proposa un jour à Antonio de lui prêter l'argent nécessaire à son installation.

— Tu me rembourseras en violons que tu me livreras à ton gré dans les deux ans. Cela te convient-il ?

Cela convenait parfaitement à Antonio qui, par

ailleurs, pouvait disposer d'une maison confortable dans la contrada San Luca. Bâtie sur deux étages et surmontée d'un seccadour, cette maison qui appartenait au sculpteur Pescaroli semblait avoir été conçue pour abriter un luthier et sa famille [1]. Pas question pourtant de l'habiter seul. Il lui fallait une épouse et cette épouse ne pouvait être que Francesca. Comme par hasard, il rencontra celle-ci à la fête paroissiale de San Pantaleone qui, le 27 juillet, rassemblait une bonne partie de la ville autour de la vieille église.

Ensemble, ils assistèrent à la distribution des pains aux pauvres puis à l'attraction de la journée qui permettait aux jeunes gens d'affronter *l'albero della cuccagna,* un mât d'au moins vingt-cinq pieds en haut duquel était attaché un malheureux agneau. Celui qui arrivait à toucher l'animal recevait deux bras de tissu cramoisi, de quoi faire plaisir à sa belle.

Le moment parut propice à Antonio :

– Francesca, il est temps de penser à nous. J'ai trouvé la maison où je vais m'établir. Je suis sûr maintenant de pouvoir faire vivre ma famille. Accepte de m'épouser ! Je te promets de te rendre heureuse et trouve malsain d'attendre plus longtemps le moment de nous unir. A condition évidemment que ce soit aussi ton désir. Les commères parleront. Et après ?

– Tu as deviné que je ne désire qu'une chose, devenir ta femme, la mère de tes enfants, m'occuper de ta maison et t'admirer. Car je sais que tu deviendras un grand luthier, le meilleur de Cré-

---

1. Cette maison existe toujours dans la rue devenue corso Garibaldi.

mone... Mais es-tu bien certain de vouloir m'épouser ? Une sorte de malédiction pèse sur moi...

— Eh bien ! nous la vaincrons ensemble ta malédiction. Épouse-moi !

— J'espère que c'est possible. Je vais tout à l'heure parler au père. J'irai voir aussi le vieux curé de Sant'Agata. C'est lui qui m'a baptisée et je crois qu'il peut nous aider. Je vais prier, mon Antonio, pour notre bonheur. En attendant, montre-moi notre maison. Cela va me faire rêver...

Les jeunes gens ne tenaient pas à se faire remarquer ensemble. Ils firent le tour par la via Zanna pour gagner la contrada S. Luca. Il n'était pas question d'entrer dans l'immeuble, d'ailleurs fermé, mais ils passèrent et repassèrent devant, essayant d'imaginer le paradis derrière les volets clos.

— Comme c'est grand ! dit Francesca.

— N'oublie pas que je vais y travailler. Il va me falloir de la place mais il en faudra aussi pour les enfants !

— Je voudrais pouvoir t'embrasser, Antonio, murmura Francesca.

Les jours qui suivirent, Stradivari fit le tour des amis qui avaient quelque influence dans la cité afin de leur faire part de son projet et de solliciter leur aide si cela était nécessaire. Francesco Pescaroli et l'architecte Alessandro Capra lui conseillèrent de voir le pretore Cortesino, très bon violoniste amateur, qui, sûrement, rendrait service au jeune luthier dont on commençait en ville à vanter les mérites.

Toutes ces complicités eurent finalement raison de la sottise et de la bigoterie. Au diable ! si quelques mégères venaient ricaner au sortir de l'église, il fut

convenu que don Guasco marierait Francesca Ferraboschi, veuve de Gian Giacomo Capra, à Antonio
Stradivari le 4 juillet de l'an 1667 dans l'église de la
paroisse Sant'Agata. Il avait fallu pour en arriver là
se soumettre à de nombreuses contraintes adminis-
tratives dont trois publications de bans, la première
le dimanche 26 juin, la seconde le 29, jour des saints
Pierre et Paul qui était une grande fête patronale à
Crémone, et la dernière le dimanche 3 juillet, veille
de la date du mariage.

Mariage discret on s'en doute. Francesca, pourtant plus âgée qu'Antonio [1], paraissait très jeune
dans sa robe *alla spagnola* taillée dans une moire
noire agrémentée de quelques passementeries.
Antonio avait prélevé cinq ducats sur la somme prê-
tée par Poleni pour s'habiller avec élégance. Il avait
abandonné son tablier de cuir et ses sabots pour
revêtir une *camisiola* à ramages et une velada qui
firent dire aux mauvaises langues – et Dieu sait s'il
y en avait à Crémone – que l'apprenti luthier n'avait
pas besoin de s'habiller comme un noble pour
épouser la Ferraboschi.

Quoi qu'il en soit, devant les témoins et les
parents de la mariée, don Guasco déclara unis par
les liens du mariage les deux jeunes gens dont le
moins qu'on puisse dire est qu'il leur avait fallu
beaucoup de persévérance pour vivre cet instant
solennel. De la ténacité, Antonio Stradivari n'en
manquait pas. Il l'avait déjà prouvé et allait bientôt
le démontrer à nouveau.

1. Une différence d'âge d'au moins cinq ans, la date de naissance de Stradivarius n'ayant pu, malgré d'innombrables et
patientes recherches, être exactement prouvée. On verra que
l'année 1644 longtemps admise est aujourd'hui discutée.

L'emménagement dans la maison de la contrada San Luca ne demanda guère de temps et encore moins d'efforts. Le trousseau de Francesca, comme sa dot, était modeste et Antonio ne possédait pas grand-chose hormis ses outils, les gabarits et quelques pièces de bon bois séché dont Niccolo Amati lui avait fait cadeau.

Le bois ! C'était le souci majeur d'Antonio. Comment avoir en réserve de quoi fabriquer un nombre honnête d'instruments quand on n'est pas fils de luthier et que tout le monde sait qu'un bon bois de sapin ou d'érable doit sécher de dix à quinze ans pour devenir utilisable ? Amati lui avait donné le matériau de trois ou quatre violons ; après il essaierait d'acheter quelques pièces aux confrères. Peut-être prendrait-il sa houppelande et irait-il du côté du Tyrol où des bûcherons paraît-il gardaient des bois à sécher... En attendant, il fallait penser à l'avenir et aux instruments qu'il construirait dans quinze ou vingt ans. Dès qu'il aurait gagné un peu d'argent il partirait dans la montagne, à Gadasco où il avait grandi. A cette époque, il avait donné des noms aux plus beaux sapins : le « Snèllo », l'« Alto verde », la « Punta »... Il savait où les retrouver. Et si les bûcherons les avaient abattus, d'autres auraient poussé ! Là, chez lui, il choisirait ses arbres, les achèterait et les rapporterait à Crémone où, dans le grenier aéré attenant au seccadour, il laisserait mûrir les futures moissons de violons et de violoncelles...

– Je suis sûr, avait-il dit à Francesca, que je ferai de bien meilleurs instruments, les plus beaux de Crémone, dans des bois que j'aurai moi-même choisis et fait couper... Tu m'accompagneras. Je te montrerai le pays où poussent les violons !

Elle s'assit sur ses genoux, entoura son cou de ses deux bras et l'embrassa doucement.

– Oui, mon chéri, murmura-t-elle. Je t'accompagnerai partout où tu voudras m'emmener et je t'aiderai de mon mieux pour que tu deviennes le plus grand luthier d'Italie.

D'emblée, le couple s'était installé dans une vie difficile mais heureuse. Antonio aimait Francesca et elle lui vouait une admiration sans bornes. Après le calvaire de son premier mariage puis de son veuvage, elle trouvait dans cet homme solide, comme les cœurs de planes dans lesquels il taillait les fonds de ses violons, le calme, la tranquillité et la sécurité qui lui avaient tellement manqué.

Amati avait dit à son élève : « Si tu n'as pas de commandes, les premiers temps, tu pourras toujours travailler pour moi. » Antonio l'avait remercié mais s'était juré de tout faire – question de fierté – pour réussir seul, sans avoir recours à son ancien maître.

Et les choses s'arrangèrent ma foi mieux qu'il ne l'espérait. Stradivari n'en avait pas conscience mais il commençait à être connu dans le milieu musical crémonais. Le marquis Polenti, son mécène, n'était pas seul à s'intéresser au jeune artiste. Donna Claudia, l'une des plus belles femmes de Crémone, devenue aussi l'une des plus riches après avoir épousé le marquis Ali, était une femme cultivée et raffinée qui organisait dans son palais des fêtes musicales célèbres dans toute la Lombardie. Elle était d'autant plus disposée à aider le jeune luthier que son amie et rivale, la Rangoni, qui avait construit le théâtre Ariberti, du nom de son mari, disait le plus grand bien d'Antonio et annonçait qu'elle allait lui commander plusieurs instruments.

Son premier client ne lui commanda ni violon ni violoncelle mais lui confia un travail qui ne manquait pas d'intérêt : la remise en état de sa collection d'instruments à cordes. Pietro Francesco Corradino [1] possédait deux superbes magginis, plusieurs violons d'Andrea Amati, un gioffredo cappa et quelques stainers, sans compter de très belles mandolines et des *viole da gamba e da braccio.*

Comme tous les luthiers, surtout les jeunes, Antonio préférait fabriquer des instruments que de les réparer. Mais il fallait vivre et la qualité des sujets que lui confiait Corradino transformait en expérience passionnante et enrichissante ce qui aurait pu n'être qu'une corvée. Démonter un maggini et lui rendre sa voix défaillante plongeait Antonio dans la délectation. Maggini n'avait pas vécu à Crémone mais avait été le meilleur à Brescia. Mort de la peste en 1630, il avait été l'un des seigneurs de la lutherie qui avaient fixé la forme du violon. Antonio regardait, étudiait avec soin l'œuvre du précurseur. Le soir, il montait dans la chambre du premier étage l'un de ces instruments anciens et le jouait pour Francesca.

– Corradino, lui disait-il, m'a apporté un violon éteint. Écoute, j'ai réussi à lui rendre une sonorité égale, je suis sûr, à celle qui était la sienne à sa création. Tout de même, vois-tu, pour être majestueuse, presque grandiose, cette sonorité demeure voilée, mélancolique. Amati a réussi à atténuer ce voile dans ses instruments mais, moi, je ferai mieux. Je donnerai du charme et du moelleux à mes violons !

Francesca était intelligente. Elle avait compris tout de suite qu'elle devrait partager avec les vio-

---

1. Sans doute le premier grand collectionneur d'instruments.

lons l'âme et le cœur de son mari. Aussi avait-elle décidé, non pas d'apprendre le métier de luthier, mais de se familiariser avec les gestes, les recherches, les mots qui constituaient l'univers d'Antonio. Ainsi pouvait-elle l'écouter, le comprendre et même se passionner avec lui pour ces étranges et fragiles carcasses de bois qu'il lâchait comme de beaux oiseaux entre des mains inconnues après leur avoir appris à chanter sous la caresse de l'archet.

– Antonio, disait-elle à ses amies, se contenterait d'une femme qui tiendrait convenablement sa maison et lui ferait de beaux enfants. Mais je veux lui apporter plus, je veux qu'il puisse me parler de son travail et pouvoir lui répondre.

Il est vrai que Stradivari consacrait l'essentiel de son temps à l'art qui lui donnait toutes les joies dont il avait si longtemps rêvé. Sa femme, pour le voir et partager un peu son existence, devait être souvent dans l'atelier. Il lui en était reconnaissant et souriait en la voyant jouir du spectacle de son habileté. Son habileté, elle grandissait avec les semaines et les mois qui passaient dans un bonheur sans nuages.

A dire vrai, Antonio n'avait guère la possibilité de s'échapper de sa bottega. Depuis longtemps déjà, il avait plus de commandes d'instruments qu'il ne pouvait en fabriquer et il lui arrivait de donner, dans le plus grand secret, des violons à son ami Guarneri afin qu'il les termine. Il aurait pu, certes, embaucher un ou deux compagnons luthiers mais il préférait attendre et retarder cet inéluctable développement afin de profiter encore quelque temps du plaisir de travailler seul, avec pour vis-à-vis sa chère femme qui cousait sur une chaise des robes pour l'enfant qu'elle attendait. Francesca était grosse mais l'événement perturbait plus Antonio que la future mère. Celle-ci, en effet, avait déjà mis au monde la petite Innocenza, fille de son premier mariage qui vivait dans la « Maison du Pêcheur », avec un deuxième enfant, Susanna, la fille de Capra qu'elle avait dû s'engager à élever pour obtenir l'autorisation d'épouser Stradivari. La venue au monde de l'enfant d'Antonio ne posait donc pas de grand problème à l'heure où le futur père commençait à gagner très bien sa vie.

Ce fut une fille, Giulia Maria, qui vit le jour le 23 décembre 1667. Trois ans plus tard naquit Francesco qui, malheureusement, mourut le 12 février 1670, cinq jours après sa naissance. Un voile de tristesse tomba sur la maison du bonheur jusqu'à ce que Francesca fût de nouveau enceinte. Francesco II, né le 1er février 1671, était, lui, un solide gaillard qui possédait, dit la sage-femme, non pas un cœur de luthier mais un cœur de forgeron.

Et les enfants continuèrent de naître au fil de la vie : Caterina, Alessandro, Omobono... Cinq vivants, « un de trop pour les cordes du violon », disait le père. La maison de la contrada S. Luca, que Francesca trouvait si vaste au début, s'avérait maintenant trop étroite pour loger la famille et surtout l'atelier qu'il avait fallu agrandir. Depuis longtemps Stradivari envisageait de déménager. Pour être à l'aise et, surtout, pour avoir, enfin ! sa maison dans l'isola en face de San Domenico, à côté d'Amati et de Guarneri. Sa notoriété s'affirmait, les commandes affluaient, trois compagnons avaient maintenant leur établi dans la grande pièce du rez-de-chaussée... mais il savait qu'il ne serait vraiment heureux, vraiment prêt à faire éclater son talent et à réaliser le violon-chef-d'œuvre auquel il pensait, que lorsqu'il serait installé au cœur du quartier des luthiers.

Si Antonio tardait à s'affranchir de l'influence amatienne c'est qu'il cherchait encore, qu'il réfléchissait sur la meilleure façon d'élargir le son, de lui donner cette plénitude que réclamaient les violonistes de Bologne et de Venise. Il n'était pas question de changer pour changer, de modifier la forme des violons d'Amati pour risquer d'arriver à un résultat moins bon. Les seules modifications qu'il se permettait d'apporter au modèle du maître concernaient les détails. Il ne manifestait encore sa personnalité qu'en affinant les ouïes ou en travaillant la volute plus en sculpteur qu'en luthier classique. Pour le reste, ses recherches se bornaient à des calculs, à des dessins. S'il n'attachait pas encore une grande importance au choix des bois, c'est parce qu'il employait ceux qu'il pouvait acheter et ce n'étaient pas les meilleurs. Il ne pouvait qu'envier la famille Amati qui avait à sa disposition des bois séchés de première qualité.

Antonio n'avait pas encore fait son fameux voyage dans les forêts de son enfance ni poussé sa prospection au Tyrol. Son expédition la plus lointaine avait été Venise et elle n'avait pas donné de résultats très probants. Parti sur la foi d'un confrère, il en avait rapporté un lot de rames de galères mises au rebut. C'était bien de l'érable vieux et sec mais sa qualité était médiocre et il n'avait pu en tirer que quelques fonds, le reste ayant servi à faire chauffer la colle.

Son déplacement n'avait pourtant pas été inutile.

Niccolo Amati lui avait conseillé de rencontrer Giovanni Legrenzi, un compositeur-interprète de grand talent dont on disait qu'il allait devenir maître de chapelle à San Marco, poste le plus prestigieux pour un musicien avec la direction de l'orchestre de San Petronillo à Bologne.

Après avoir erré dans le dédale des salles capitulaires de la basilique, Antonio découvrit le violoniste dans une petite pièce où il répétait un sujet de sa composition. Le luthier fut ébloui par une musique nouvelle, écrite pour le violon dans une tonalité brillante avec des réponses fugales inattendues. La qualité de l'interprétation s'ajoutait à l'originalité de la composition. Le virtuose tenait son violon presque sous le menton alors que les musiciens le calaient habituellement dans le creux de l'épaule. Cette position donnait de la largeur et de l'élégance à son geste, l'archet volait comme un gros papillon sur les cordes et faisait monter ou descendre le violon à la dominante dans une sorte de danse qui fascinait Antonio. D'un signe, Legrenzi l'avait invité à s'asseoir et il écoutait en fermant les yeux pour mieux disséquer les sons qui s'enchaînaient. Comment, en effet, écouter jouer un violon sans en analyser les qualités et les défauts ? C'était pour Stradivari une démarche aussi naturelle que de respirer les odeurs ou de goûter les mets qu'on lui servait.

Le violon, il était à peu près sûr d'en avoir reconnu l'origine. Le beau vernis rouge doré, chaud, les *ff* étroits et la sonorité douce et agréable lui avaient fait tout de suite penser à Geròlamo Amati, le père de son maître Niccolo. « Avons-nous encore quelque chose à inventer ? » pensa Antonio en admirant l'instrument vieux de près d'un siècle.

Giovanni Legrenzi venait de poser le violon après un arpège et regardait son visiteur.

— Qui puis-je faire pour vous ? demanda-t-il en souriant.

— Vous venez de me combler en jouant ce beau geròlamo. Est-ce que je me trompe ?

— Non, c'est bien un geròlamo amati et vous m'étonnez de l'avoir reconnu de loin, sans même l'avoir examiné. Vous êtes vous-même violoniste ?

— Je suis luthier à Crémone. Mon nom est Stradivari, je suis un élève de Niccolo Amati. Vous jouez merveilleusement, monsieur, d'un instrument merveilleux. Cela a été un honneur pour moi de vous écouter.

— Votre nom savez-vous n'est pas inconnu à Venise. Une jeune femme l'a prononcé l'autre jour chez la signorina Agnesi et a vanté votre jeune talent. Mais vous n'êtes pas venu pour m'entendre répéter. Avez-vous des questions à me poser ?

— Au moins une, maître, répondit Antonio. Je voudrais savoir ce que vous attendez de nous, vous les virtuoses, comme on vous appelle maintenant. Nous fabriquons vos instruments un peu à l'aveugle. Je souhaiterais, pour ma part, jouer un rôle dans l'avènement de cette nouvelle musique qui, depuis Monteverdi, Marini, Uccellini et vous-même, fait voler en éclats les vieilles règles musicales et donne au violon et au violoncelle une importance primordiale. Lorsque vous composez, pour la scène ou l'église, vous souhaitez sans doute demander le maximum aux instruments mais n'êtes-vous pas freiné par leurs possibilités ?

— Vous m'intéressez beaucoup, monsieur Stradivari. C'est tout à fait vrai : nos libres inventions musicales ont besoin de puissance, de sonorité chaude et profonde. Les premiers violons étaient faits pour accompagner gentiment, à l'unisson, la voix humaine. Aujourd'hui nous leur demandons d'emmener l'orchestre et même d'assurer seuls le concert. Des progrès ont été réalisés en ce sens mais ils sont encore insuffisants. Faites-nous, messieurs les Luthiers, les violons de demain !

Les propos du violoniste allaient tout à fait dans le sens où Stradivari rêvait d'entraîner son art. Il était content et remercia Legrenzi en ajoutant :

– Personne ne fera jamais de votre amati, qui a tant d'autres qualités, un instrument puissant. Il serait toutefois possible de lui insuffler du nerf, d'augmenter sa sonorité. Peut-être faudra-t-il le démonter, changer la barre trop faible. Vous devriez le confier à un bon luthier. Il n'en manque pas à Venise. Pietro Andrea par exemple...

– Non ! Vous parlez trop bien. Si je confie un jour mon géròlamo à quelqu'un, ce sera vous. Et, tenez, je dois passer bientôt par Crémone en allant jouer à Pavie. Emportez le violon et je viendrai le reprendre. J'aimerais en même temps essayer quelques-uns de vos instruments...

– Cela sera difficile car les violons terminés ne restent guère dans l'atelier. Pour votre amati, ayez confiance : je le soignerai bien...

Antonio sortit donc de San Marco une boîte à violon sous le bras. Il avait le temps, ne devant repartir que le lendemain par la chaise de poste après avoir porté au port fluvial de la Brenta ses rames de galère sciées en trois morceaux. Il décida de flâner dans la Merceria où il trouverait le bracelet de perles qu'il voulait rapporter à Francesca.

Aucune ville au monde ne ressemble à Venise, aucune rue ne saurait être comparée à la Merceria où la lumière tombée du ciel comme d'une lanterne éclaire des trésors ou des éventaires dérisoires, des boutiques où l'on habille les rois et celles où l'on vend les plus modestes affûtiaux. Il trouva son bracelet dans le fouillis d'or, d'argent et de corail d'une boutique où brûlait un bâtonnet d'encens. Cela rappelait le désordre sublime des mosaïques de San Marco. C'était la deuxième fois qu'il rendait visite à la Sérénissime, son éblouissement l'entraînait dans un délicieux vertige. Il décida de continuer jusqu'au pont du Rialto et de prendre une gondole pour revenir place Saint-Marc où il voulait admirer la façade de la basilique sous les feux du couchant.

Le Rialto, le soir, est une fantastique confusion. On s'y presse, on s'y bouscule, on s'y rencontre sans se voir. Antonio se laissait porter par la foule en serrant contre lui le violon de Legrenzi qu'il commençait à trouver encombrant. Il allait ainsi vers le quai des gondoles où régnait une animation joviale quand il eut la vague impression que son regard venait de croiser celui d'une personne connue. L'autre avait dû avoir la même sensation car en se retournant il aperçut une tête qui se haussait dans la foule. En un éclair il reconnut le visage de Valeria Cassini et se fraya un passage pour rejoindre celle qu'il n'avait pas revue depuis la lointaine rencontre de Crémone.

Ils n'eurent pas à se poser la question de savoir comment ils allaient s'aborder : la multitude les jeta littéralement l'un contre l'autre et ils s'embrassèrent avant d'avoir pu prononcer la première parole.

– Venez, sortons de cette mêlée, dit enfin Antonio. J'allais louer une gondole pour San Marco. Avez-vous le temps ? Sur l'eau nous serons tranquilles pour parler... Mais laissez-moi vous dire combien je suis heureux de vous revoir, Valeria. J'ai tellement de choses à vous raconter.

– Et moi donc, mon beau luthier ! Si vous croyez que je vous ai oublié !

Joyeux, ils s'installèrent dans la gloriette de la gondole et Valeria en tira aussitôt les rideaux.

– N'ayez pas peur, il ne va rien vous arriver, dit-elle, mais ici c'est l'usage, quand un monsieur monte en gondole avec une dame, même si c'est pour se raconter leurs souvenirs d'enfance.

Elle rit et, la surprise passée, Antonio l'imita. A Venise, il était dans un autre pays, derrière les rideaux de la gondole il était sur une autre planète.

« La vie, pensa-t-il, a des moments où elle vous déconcerte... Il n'y a plus alors qu'à faire comme elle, à se laisser aller. »

– A quoi songez-vous, Antonio ? demanda la jeune femme.

– A la drôle de situation dans laquelle nous nous trouvons sans avoir rien fait l'un et l'autre pour la créer.

– Que faites-vous du hasard ? Vous oubliez le jour où je me suis tordu le pied et où je suis déjà tombée dans vos bras. C'est un signe, non ?

– C'est que, maintenant, je suis marié...

– Je sais. A une jolie veuve. Cela ne nous empêche tout de même pas d'être contents de se retrouver. Et de l'avouer !

– Comment savez-vous que j'ai épousé Francesca ?

– Je ne savais pas qu'elle s'appelle Francesca. Je sais aussi que vous avez confirmé les espoirs qu'on mettait en vous. Il paraît que vous êtes devenu le meilleur luthier de Crémone, c'est-à-dire de la Lombardie, c'est-à-dire du monde !

– Arrêtez-vous, je vais vous croire ! En réalité, je me suis établi à mon compte et, après quelques difficultés, je fabrique assez de violons pour faire bien vivre ma famille. Car j'ai aussi deux enfants. Je devrais pouvoir dire trois mais le deuxième n'a pas vécu. Quant à être le meilleur luthier d'Italie, je le serai un jour, je vous l'ai dit, mais je n'ai pas encore prouvé que je l'étais ! Et vous, douce Valeria, où en êtes-vous de la vie ?

– Je suis experte en grec et en hébreu. Cela n'a pas grand sens. J'ai d'ailleurs trouvé ici, à Venise, une jeune fille qui ridiculise mes modestes connaissances. Enfant prodige, à onze ans, elle récitait en grec l'office de la Sainte Vierge !

– Quelle horreur ! Pour rien au monde je ne voudrais une femme pareille !

– Mais elle est charmante la signorina Agnesi ! Si le grec vous fait peur, elle peut vous parler durant des heures de son *Traité des sections coniques*. Elle a laissé pantois mon pauvre père avec son recueil sur les *Institutions analytiques*. Il dit comme vous qu'elle le ferait fuir dans l'un des satellites de Jupiter qu'il est en train d'étudier. A propos, les exploits du professeur vont nous mener bientôt en France où le ministre Colbert l'a appelé.

– Et vous l'accompagnez ?

– Forcément, je vais épouser son principal et jeune collaborateur qui excelle dans des exercices sur les tables de réfraction [1]. Mais, à part cette manie, c'est un beau garçon, fort gentil, que j'aime beaucoup.

– J'y pense soudain, Valeria, coupa Antonio. Quel genre d'enfants allez-vous faire ensemble, vous l'hébraïsante et lui l'agent réfracteur ?

Ils éclatèrent de rire.

Dans la demi-obscurité que rompaient parfois, l'espace d'un instant, les lanternes plantées devant les palais du Grand Canal, Valeria et Antonio essayaient de se découvrir, de remarquer ce qui avait changé, dans le visage de l'autre.

– Tu es devenue une dame ! dit Antonio.

– Et toi un homme, mon petit luthier de Crémone. Eh oui ! nous avons vieilli. Je suis presque une vieille fille et te voilà père de famille. Dire que nous aurions pu faire notre vie ensemble !... J'y ai souvent pensé, tu sais. Il aurait suffi d'un rien, que nous ayons chacun deux ou trois ans de plus, par exemple. Enfin, mon cher père a beau démontrer que tout dans le monde est déterminé comme la marche de ses planètes, nous ne sommes pas maîtres des hasards !

– Surtout pas de celui qui nous a fait nous rencontrer aujourd'hui..., murmura Antonio. Et il ajouta : Nous n'allons tout de même pas nous quitter bêtement, bonjour, bonsoir... comme des étrangers ?

---

1. Jean Dominique Cassini, célèbre astronome, enseigna à Bologne où il dressa entre autres une table du soleil et une table de réfraction. Il détermina la rotation de Jupiter puis en 1667 celle de Mars et de Vénus. Appelé en France par Colbert, naturalisé en 1673, il fut élu à l'Académie des sciences. Il organisa l'observatoire de Paris et continua à faire de nouvelles découvertes dans son pays d'adoption.

– Embrasse-moi ! dit-elle, simplement. Les gondoles sont faites pour cela.

Ils se rapprochèrent sur le coussin de drap
rouge et s'étreignirent. Valeria portait la large jupe
vénitienne arrêtée à la cheville et un corsage à
manches bouffantes garnies de rubans de couleur
qui laissait la liberté du cou dans un généreux
décolleté. Elle prévint le geste d'Antonio :

– Sois sage, mon ami. Il y a au moins cinq
minutes que nous sommes arrivés et le gondolier
attend que nous sortions.

– Mais nous ne nous sommes rien dit ! Nous ne
savons même pas ce que nous allons faire une fois
lâchés sur le quai des Esclavons...

– Moi je sais ! Nous logeons, mon père et moi,
chez un savant éminent près du campo dei Frari.
C'est assez loin de San Marco et notre hôte m'a
donné la clé de son casin qui est à deux pas d'ici,
près de San Zaccaria.

– Qu'est-ce que c'est qu'un casin ? Nous ne
connaissons pas cela en Lombardie.

– Ni à Bologne. C'est une sorte de pied-à-terre,
une pièce ou deux, que les Vénitiens assez fortunés
possèdent dans le centre, généralement autour de
San Marco. Ils peuvent s'y reposer si leur domicile
est trop loin, s'y faire porter un repas froid ou, le
plus souvent, y rencontrer la dame de leurs pensées lorsqu'elle n'est pas leur épouse légitime. Le
casin du signor Settala n'est pas d'un luxe inouï
mais assez confortable pour que nous puissions y
bavarder. Et même y souper si nous passons acheter des charcuteries et du pain chez Fosca. Que
pensez-vous de mon idée, luthier de mon cœur ?
Ah ! Peut-être est-il nécessaire que je vous assure de

n'avoir encore amené aucun homme dans le nid douillet de M. Settala ?

Antonio ne pensait rien. Il était abasourdi par tout ce qui venait de lui arriver depuis moins d'une heure. Surpris de reconnaître difficilement la jeune fille prude de sa jeunesse dans Valeria devenue une femme décidée et de toute évidence initiée aux choses de l'amour. Le violon de Legrenzi toujours sous son bras, il se laissa porter par les événements et conduire chez le traiteur Fosca qui offrait dans sa boutique, la première à droite après la tour de l'Horloge, un choix appétissant de tous les jambons et charcuteries de Lombardie et d'Émilie. Valeria demanda à Antonio ce qu'il voulait mais n'attendit pas sa réponse pour commander un assortiment de mortadella di Bologna, de culatello di Parma et autres délicatesses des régions avoisinantes. Elle choisit aussi, Antonio en sourit d'aise, un pot de mostarda, fruits et légumes confits, un bloc de grana fin, fromage de Lodi et un morceau de focaccia, pain à l'huile, trois spécialités de Crémone.

— Je te laisse choisir le vin, dit Valeria dans un sourire à damner le plus vertueux des luthiers.

— Ce robuste barolo fera l'affaire, si tu veux m'en croire.

Ainsi chargés, ils gagnèrent par une enfilade de rues étroites, de ponts et enfin par un *sottoportico* qui obligea Antonio à se baisser, une place minuscule où l'on remarquait à peine une porte fondue dans la grisaille du mur.

— C'est là, dit-elle. On peut aussi y accéder par le canal qui se trouve derrière. Je pense que cela doit être utile dans certains cas...

– Ton fiancé ne va pas au moins nous y surprendre ? demanda Antonio en riant.

– Sûrement pas, il est à Bologne. Ce soir, Antonio, nous sommes seuls au monde. L'air de Venise
y est pour quelque chose : rien ne nous rattache à
rien. Je crois qu'il n'y a pas beaucoup d'instants
comme celui-ci dans l'existence.

– Alors, profitons-en sans remords, murmura-t-il
tandis qu'elle faisait tourner la clé dans la serrure.

On était au mois d'octobre, la soirée était fraîche
mais, dans la cheminée, un feu de bois était préparé et n'attendait que le briquet pour s'enflam-
mer.

– Je commence à soupçonner le dottore Man-
fredo Settala d'utiliser son casin à d'autres fins que
celle d'obliger ses hôtes, dit Valeria en déballant
ses provisions d'où se dégageait un délicat fumet
de cochon bien traité.

Dans l'armoire, elle trouva du linge, de fines
assiettes françaises, des verres de Murano et des
couverts d'argent. Une petite table dorée semblait
attendre qu'on la dresse pour un souper d'amoureux. Dans le fond de la pièce un lit sculpté de
pampres et d'angelots, recouvert de brocart, était
mis en valeur comme l'autel dans une église. Il
invitait à des jeux que Valeria et Antonio retar-
daient par un accord tacite, pour faire durer les
délices de l'attente.

Ils s'assirent face au feu qui allumait leurs
visages et parlèrent longtemps, se racontèrent
mutuellement comment la vie avait pris possession
de leur jeunesse. Valeria avait beaucoup voyagé
avec son père, l'infatigable chasseur d'étoiles que
s'arrachaient les monarques éclairés et les universi-

tés. Elle avait beaucoup aimé un comte allemand dont elle avait, hélas ! découvert le penchant prononcé pour les gardes musclés du prince électeur. Longtemps elle avait délaissé les hommes et s'était liée d'amitié à une violoniste de l'orchestre des Mendicanti de Bologne puis elle avait connu Roberto, frais émoulu de l'université de Pavie, dont l'œil perçant savait découvrir dans la grosse lunette du professeur Cassini les étoiles annoncées par ses calculs.

— C'est un homme sage comme tous les astronomes mais drôle et séduisant comme peu d'astronomes, dit-elle en souriant à Antonio. Il m'a appris qu'on peut être rêveur et faire très bien l'amour. Alors je vais l'épouser avant notre départ pour la France.

Antonio, lui, raconta le drame des Capra et son mariage difficile. Elle lui posa mille questions sur Francesca :

— C'est que je te veux heureux, tu comprends. Je crois voir que tu l'es, que tu as trouvé la femme idéale.

— La femme idéale, c'est peut-être toi et je t'ai manquée...

— Pas du tout. Tu ne m'aurais jamais pliée à ton gré, comme une éclisse de violon. Je suis bien trop entière. On se serait disputé. Le mot « toujours » m'aurait fait peur avec toi !

— Et maintenant ?

— Maintenant ce n'est pas toujours. C'est bien plus ! un jour, peut-être deux... C'est l'éternité ! Nous nous séparerons, nous ne nous reverrons sans doute jamais... Mais ni toi ni moi n'oublierons les heures que nous allons vivre, en dehors du monde, en dehors de toutes choses...

Antonio avait sorti le geròlamo de son étui et s'était mis à jouer. Les lueurs du feu dansaient sur la table d'harmonie du violon dont le vernis prenait des teintes cuivrées.

— C'est vraiment l'éternité, Antonio, murmura-t-elle en reconnaissant la sonate d'Uccellini. Tu te rappelles, c'est la dernière fois que j'ai entendu le vieil oncle jouer du violon dans la maison de Crémone. Mais je ne veux pas t'interrompre, joue, mon chéri.

Antonio entama dans une joie pleine de fougue les derniers accords en scordatura, les plus difficiles, et se rassit près de Valeria qui pleurait et riait à la fois sans chercher à dissimuler son trouble.

— Ainsi tu as appris la sonate d'Uccellini !... dit-elle. Tu disais pourtant que c'était un morceau difficile.

— Je l'ai appris, travaillé durant des mois. Parce que c'était notre musique. Maintenant je la joue tout le temps. Les luthiers ont tous un mouvement de virtuosité qu'ils savent par cœur et qu'ils jouent chaque fois qu'ils ont un violon à essayer. Moi, c'est la sonate d'Uccellini. Je la joue moins bien que ton oncle mais assez bien pour sonder les possibilités d'un violon.

— Assez bien pour sonder mon cœur ! Qu'est-ce qu'il te dit, mon cœur ?

— Que j'ai beaucoup de chance de te tenir ce soir dans mes bras !

Ils avaient à manger et à boire pour deux jours. Deux jours durant ils ne bougèrent pas de la chambre du casin. Ils s'aimèrent follement... pour l'éternité avant de se dire adieu sur la place Saint-

Marc, à l'instant où les deux Mori de bronze de la
tour de l'Horloge frappaient les douze coups de
midi. La séparation physique qui fait qu'à un certain instant deux êtres ne se touchent plus,
s'éloignent l'un de l'autre et finalement se perdent
de vue, était difficile. Il fallait que quelque chose se
produisît. Une voix claire s'éleva derrière eux :

– Où étiez-vous donc, Valeria ? Je commençais à
me faire du souci. Je croyais qu'un faquin vous
avait enlevée.

– Mon père, le professeur Cassini, annonça-
t-elle à Antonio. Et voici un vieil ami qui m'a sauvé
la vie un jour à Crémone, Antonio Stradivari. Il est
luthier et fabrique les plus beaux violons du
monde.

Elle avait dit cela simplement et l'astronome ne
parut pas étonné de cette rencontre imprévue de
deux corps célestes. Il salua poliment Antonio en
lui disant qu'il exerçait un métier presque aussi
intéressant que l'astronomie et offrit le bras à sa
fille. « Au revoir, mon luthier », dit Valeria. Antonio les regarda se dissoudre dans la foule et s'éloigna à son tour. La chaise de poste partait le lendemain matin à six heures et il lui fallait vite gagner
Padoue par la Brenta.

Le bateau était beau, propre, mille fois plus
confortable que les voitures brinquebalantes qui
l'attendaient. Il s'installa à l'avant sur deux coussins et se mit à jouer, doucement cette fois, comme
un regret souriant, la sonate d'Uccellini. Arrivé à
l'adagio, il s'aperçut qu'il pensait à Francesca, qu'il
avait hâte de la retrouver avec les enfants.

forme d'arc simple des premiers instruments à cordes, les violonistes connus exigeaient maintenant des archets soignés, taillés dans du bois d'amourette ou du bois de fer et garnis de crins d'excellente qualité. Les virtuoses Castrovillari et Bassani avaient ainsi travaillé plusieurs fois avec Antonio pour lui faire part de leurs désirs et mettre au point avec lui, devant l'établi, un archet convenant à leur manière de jouer [1]. Ce genre de collaboration plaisait beaucoup au luthier qui avait toujours souhaité travailler en étroite liaison avec les utilisateurs de ses instruments. Pour le moment, il n'y avait pas de raison de changer radicalement la forme de l'archet, celle-ci convenant à la musique des compositeurs de l'époque. L'instrumentiste variait la tension de la mèche avec ses doigts, passant de la position « forte » ou « sabrée », mèche tendue, à la position « pianissimo », mèche détendue. Cela suffisait puisque la musique qu'on appellera « baroque » n'exigeait pas de nuances intermédiaires [2].

Le bref intermède de Venise n'avait pas changé la vie des Stradivari. Antonio en avait enfoui le souvenir dans son jardin secret et s'il lui arrivait de penser à Valeria, c'était avec un doux sourire intérieur. Tout en travaillant à peu près à sa

1. Jusqu'au milieu du XVIIIe siècle, le métier d'archetier n'était pas dissocié de celui de luthier. La nouvelle profession fut illustrée dès ses débuts par le Français Tourte et son fils François, dit le « Stradivarius de l'archet ».
2. Il en ira tout autrement avec les successeurs de Vivaldi et de Bach qui obligeront les archetiers à évoluer : cambrure inversée, hausse à crémaillère.

convenance et en améliorant ses connaissances, comme un chercheur studieux, le maître Stradivari gagnait bien sa vie. Sans l'avoir cherché, par la seule qualité de son travail, il avait petit à petit acquis la clientèle des meilleurs violonistes qui venaient souvent de fort loin lui demander conseil et lui confier leurs instruments. On vivait pourtant sagement chez les Stradivari. Francesca était une maîtresse de maison économe et il convenait de l'être pour pouvoir un jour acheter la maison de l'isola dont elle rêvait autant qu'Antonio.

C'est à cette époque qu'Antonio fit la connaissance d'Arcangelo Corelli. Celui-ci, à dix-sept ans, était déjà considéré comme l'un des grands virtuoses compositeurs de son époque, en tout cas celui qui donnait les plus grands espoirs. Membre de la célèbre Accademia filarmonica de Bologne, honneur réservé aux violonistes les plus chevronnés, il était venu jouer à la « cappella delle Laudi » de la cathédrale de Crémone où brillait le célèbre compositeur Vitali et, naturellement, était venu voir Antonio Stradivari dans sa bottega. Une dizaine d'années seulement séparaient les deux hommes, et Antonio se retrouvait dans cet enfant prodige passionnément épris d'un art qu'il avait déjà réussi à illustrer.

– Monsieur Stradivari, je veux jouer l'un de vos violons, avait-il dit en pénétrant dans l'atelier.

Antonio avait un instant levé les yeux vers le jeune homme blond, aux traits encore enfantins, et lui avait fait signe de s'asseoir sur le tabouret qui faisait face à l'établi :

– Veuillez m'excuser, monsieur, je procède au détablage d'un magnifique jacob stainer, une opé-

ration délicate qui demande la plus grande attention.

Sagement, Arcangelo s'était installé et durant
une bonne demi-heure avait regardé en silence le
luthier travailler, fasciné par la méticulosité opi-
niâtre avec laquelle il décollait, petit à petit, la
table des éclisses à l'aide d'une sorte de petit couteau arrondi à son extrémité. Quand, enfin, dans
un craquement effrayant, la table se détacha, il dit :

— J'admire votre adresse, monsieur Stradivari !
Quel merveilleux métier est le vôtre. Que je suis
content de vous rencontrer !

— Si vous me disiez votre nom ! lança d'un ton
bourru Antonio qui n'aimait pas beaucoup que des
étrangers viennent le troubler dans son travail.

Arcangelo rougit et bafouilla :

— Je vous demande pardon. J'aurais dû... Mais je
ne voulais pas vous déranger... Je m'appelle
Corelli. Je joue ce soir à la cappella delle Laudi
deux sonates de Vitali dédicacées à la marquise
Claudia Ali Mainardi.

— Ah ! C'est vous le jeune prodige ! J'irai ce soir
vous entendre. Peut-être aurai-je après envie de
vous faire un violon. Je crois que vous composez
aussi...

Le jeune homme rougit à nouveau.

— C'est beaucoup dire ! Je m'essaie à composer
de petites pièces mais, plus tard — il devint soudain
ferme et résolu —, il est sûr que je serai compositeur. J'ai de la musique plein la tête !

— Bravo ! j'aime vous entendre parler ainsi. A
votre âge, je criais partout que je deviendrais le
plus grand luthier de Crémone.

— Et vous l'êtes devenu !

Antonio éclata de rire.

— Non ! Je n'ai pas encore prouvé que je suis meilleur que mon maître Amati. Mais je n'ai pas dit mon dernier mot !

— J'en suis certain. Alors, c'est vrai, vous me construiriez un violon ?

— Peut-être. Mais il faudra que je vous écoute jouer plus d'une soirée. Il faut que j'étudie votre façon de manier l'archet et que vous me disiez le plus exactement possible ce que vous attendez de mon violon. Tenez, commençons tout de suite : jouez-moi cet amati, c'est un excellent instrument.

Tout heureux, Arcangelo prit le violon, l'accorda et fit une grimace en se saisissant de l'archet qu'Antonio lui tendait.

— Qu'est-ce que cet archet ? Je n'ai jamais tenu une baguette pareille.

— Essayez. J'ai mis sa forme au point avec votre confrère Castrovillari. J'ai jugé qu'il était anormal de jouer nos violons actuels avec les arcs à crins des ménétriers.

Une chacone et une passacaille réveillèrent bientôt la maison. Francesca et Giulia Maria, la plus jeune des filles, passèrent la tête pour voir qui jouait aussi bien et avec tant d'âme ; Bernardo, l'apprenti qu'Antonio venait d'embaucher, posa le rabot avec lequel il dégauchissait une planchette de plane et dressa l'oreille. Sans bouger, l'œil à moitié fermé, Stradivari écoutait. Après le dernier accord il dit :

— Arcangelo, vous jouez comme un ange. Avec mon violon, j'espère que vous jouerez comme un archange. Et que pensez-vous de mon archet ?

— Il faudra que je m'y habitue mais je crois que

vous avez raison, il doit permettre de mieux nuan-
cer et de suivre l'agilité du poignet. Voudrez-vous
m'en construire deux ?

– Merci. Vous avez quelques minutes ? Montez à
l'étage. Je vous présenterai la famille et vous me
raconterez votre histoire. Si nous devons travailler
ensemble pour servir la musique, autant se
connaître un peu !

Francesca servit un rafraîchissement de sa
composition : une tisane de menthe froide à
laquelle elle mêlait certaines herbes aux saveurs
agréables. Poliment, Arcangelo trouva ce breuvage
délicieux, ce qui était exagéré. Surtout, il raconta
son histoire, un vrai roman commencé dans la vio-
lence et poursuivi dans l'harmonie et la passion de
la musique.

– Vingt ans avant ma naissance le 17 février
1653 à Fusignano, près de Faenza, un drame épouvantable bouleversa et ruina en partie ma famille,
l'une des plus anciennes et des plus riches de la
ville. Mon oncle Rodolfo Corelli avait fomenté une
révolte contre son suzerain Mario Calcagnini, un
être vil et brutal. Malheureusement, l'émeute
tourna court et l'oncle fut décapité, mis en pièces
et les morceaux de son corps portés devant sa maison qui fut détruite de fond en comble. La famille
était d'une grande piété. Plusieurs de ses membres
entrèrent dans les ordres et quatorze églises furent
élevées par ses soins dans la commune.

– Quelle horreur ! s'exclama Francesca. On a
beau avoir soi-même subi les pires épreuves, il y a
toujours quelqu'un qui a plus souffert que vous !

– Ce n'est pas fini. Mon père mourut un mois
avant ma venue au monde et ma mère dut nous

élever de son mieux, mes trois frères, ma sœur et moi.

– Quand la musique est-elle entrée dans ta vie ? demanda Antonio... Tiens, je t'ai tutoyé... C'est un signe d'amitié, ne te froisse pas.

Arcangelo n'était pas froissé. Il sourit et répondit :

– Tout jeune j'ai été envoyé à Faenza chez une tante ; c'est là qu'un prêtre m'a enseigné les premiers rudiments. Un peu plus tard j'étais à Lugo où j'ai continué à étudier puis j'ai rejoint ma mère à Bologne. J'avais alors treize ans et j'éprouvais déjà une véritable passion pour le violon. Il semble que j'étais doué et j'eus la chance d'être remarqué par le maître Giovanni Benvenuti, membre des Filarmonici qui m'inculqua les éléments essentiels de sa technique. Jusqu'alors, je jouais d'instinct, il fallait discipliner mon jeu, l'inscrire dans la théorie. J'ai aussi reçu les conseils de Leonardo Brugnoli. Je dois tout à ces deux maîtres. Maintenant, me voilà membre à part entière de l'Accademia. Il paraît qu'on n'a jamais vu cela. J'ai joué à Venise, à Milan. Le nouveau pape Clément IX, m'a-t-on dit, souhaiterait m'entendre. Voilà ma vie jusqu'aujourd'hui, un jour que j'inscris dans ma mémoire car c'est celui où je vous ai rencontré...

Le garçon aurait bien continué encore longtemps mais un émissaire vint prévenir qu'on le cherchait partout et que la répétition avait commencé. Il prit congé des Stradivari et partit retrouver son univers, celui qu'allait chanter son violon sous les voûtes enluminées de la cathédrale.

– Bien sûr que je le lui ferai, son violon ! dit Antonio lorsqu'il fut parti. Ce jeune garçon est extraordinaire... Tu l'as entendu jouer ?

– Il me rappelle quelqu'un, répondit Francesca
en riant. Tu ne vois pas qui ?

– Si, moi. Il a mon enthousiasme. Mais lui, à
dix-sept ans, il a déjà réussi à se hisser au sommet
de son art. Membre des Filarmonici... Tu te rends
compte ! J'en suis encore, pour ma part, à me chercher...

– C'est ta faute. Construis-le donc ton fameux
violon. Tu en es parfaitement capable.

– Bien sûr que j'en suis capable mais j'ai encore
des calculs qui me tracassent et tant que je ne les
aurai pas résolus, je me contenterai de refaire les
violons du maître !

C'était la même conversation qui revenait sans
cesse entre eux et qui ramenait Stradivari à sa
principale préoccupation : découvrir la forme
idéale et les proportions harmonieuses qui aug-
menteraient l'intensité du violon d'Amati et l'adap-
teraient à la richesse nouvelle de la musique. Avec
la suprématie du violon, celle-ci en effet avait bien
changé en dix ans ! L'instrument sacré roi n'était
plus l'accompagnateur discret de naguère. Il trônait dans l'orchestre quand il n'était pas joué en
solo et les virtuoses qui le courtisaient voulaient
qu'il soit puissant et se fasse écouter comme un
monarque.

Antonio voyait bien le problème soumis à tous
les luthiers de son temps. Il savait aussi qu'il
n'arriverait pas à le résoudre en modifiant frileuse-
ment telle ou telle partie du violon de l'époque
mais en redessinant celui-ci, bref en en modifiant
la structure. C'est ce qui arriva, un peu par hasard,
en 1679.

Stradivari n'avait pas l'esprit libre. En dehors de

ses recherches professionnelles, il était à nouveau tourmenté par l'idée d'habiter dans l'isola, en face de San Domenico. Depuis longtemps, déjà, il guignait la maison des Pescaroli mais devant l'impossibilité de l'acquérir à cause d'une succession difficile, il cherchait un autre moyen de réaliser son rêve. Et commencèrent d'interminables pourparlers avec les héritiers de Giovanni Picenardi mort subitement, et opportunément, dans sa belle maison « sulla piazzola di San Domenico », endroit idéal pour y installer un magasin de lutherie, à deux pas de la bottega d'Amati et de Guarneri.

C'est en rêvant à son départ tant espéré de Sant' Agata qu'il entreprit un jour la fabrication d'un violon commandé par le vicomte de Greffuhle. Par chance, il avait devant lui, sur son établi, une belle planchette de sapin bien dense, aux fibres régulières et aux mailles brillantes : l'aubaine pour un luthier !

Il chercha longtemps le gabarit de carton qui lui servait habituellement pour les tracés et ne le trouva pas. Alors, après avoir pesté un moment, il décida, Dieu sait pourquoi, d'utiliser l'un des innombrables modèles réalisés sur papier au cours de ses recherches. Voûtes plus basses, tailles plus hardies, échancrures de côté plus marquées... C'était bien un nouveau violon que Stradivari était en train de construire. Avec toute la patience et la conscience qui étaient les siennes, Antonio mena sans en parler à personne son instrument jusqu'à la phase finale du vernissage. Il le régla avec d'infinies précautions, changea cent fois l'âme de place en la bougeant imperceptiblement, modifia l'équilibre du chevalet puis, enfin, reposa outils et archet. Le violon était magnifique, le plus élégant peut-être qui soit sorti de ses mains mais l'évidence était là : si le son était bon, il n'avait pas gagné le moindre degré d'intensité.

– J'y arriverai, pourtant ! s'écria-t-il rageusement.

M. de Greffuhle ne s'en montra pas moins satisfait. Au contraire il remarqua que son violon était différent et il en fut heureux [1]. Le temps n'était pas encore venu où Stradivarius atteindrait le sommet de son art.

D'innombrables luthiers, les meilleurs, se seraient pourtant contentés de pouvoir signer les magnifiques violons et violoncelles sortis de l'atelier de Stradivari et qui assuraient au maître des revenus importants. Importants, il fallait qu'ils le fussent car la maison de San Domenico venait enfin de lui être proposée au prix considérable de sept mille lires de « moneta lunga di Cremona ».

L'importance de cette somme faisait peur à Francesca :

– Tu es loin d'avoir tout cet argent et nous allons devoir nous endetter pour de longues années. Réflechis bien avant de t'engager !

Stradivari souriait et répondait :

– Tu m'as toujours dit que tu croyais en mon talent. Alors sois confiante : ce talent, c'est de l'or. C'est sur sa garantie qu'on me prêtera ce qui nous manque !

Antonio, curieusement, avait retrouvé son calme, sa force tranquille de création, depuis que l'acquisition de la maison Picenardi était décidée. Tandis

---

1. Ce violon est sans doute celui répertorié sous le nom de « Hellier » parce qu'il fut vendu en 1734 à M. Samuel Hellier.

que les hommes de loi et les notaires [1] s'occupaient
à rédiger l'acte de vente en y ajoutant, selon leur
habitude, des remarques et des clauses, la plus
importante concernant l'exigence de la veuve de
Giovanni Picenardi qui réclamait un supplément
de deux cent cinquante lires en dédommagement
de sa dot de mariage utilisée pour l'achat de la
demeure familiale, Antonio Stradivari, qui avait
toujours prétendu qu'un violon n'était pas un objet
à regarder mais à écouter, s'était décidé à
construire une série d'instruments sculptés et décorés un peu à la manière allemande.

Si les violes étaient par tradition couvertes
d'ornements, ces parures étaient relativement
rares, sur les violons, surtout à Crémone. Les
luthiers de Brescia ornaient parfois les tables de
leurs instruments d'un double filet mais c'était la
seule fantaisie en usage. Peut-être pour les vendre
plus cher et sûrement pour son propre plaisir,
Antonio décida d'ajouter un décor aux instruments
en cours de fabrication. Il se rappelait les leçons de
sculpture et de ciselure de son ami Pescaroli et
orna les éclisses et les volutes de six violons, d'un
alto et d'un violoncelle de guirlandes de fleurs, de
pampres incrustés d'ivoire et d'ébène. Certains violons furent ainsi dotés d'arabesques finement dessinées et peintes au noir de fumée avant d'être ver-
nies. D'autres furent travaillés en creux à l'aide
d'un ciseau très fin et remplis de mastic noir.
Enfin, quelques-uns, très rares, eurent leur caisse

---

1. Face au pouvoir central espagnol du gouverneur de Lombardie, les magistratures mineures et les administrations locales
pullulaient dans chaque province et s'imposaient dans tous les
actes de la vie courante.

incrustée : les filets y étaient doublés et entre les
deux lignes, dans un lit de mastic noir, le maître
plaçait une suite continue de losanges et de pastilles d'ivoire.

– Oui, c'est joli ! disait-il à Francesca qui s'exta-
siait devant son travail. Mais toutes ces enjolivures
n'ajoutent rien à la qualité du son. Et, crois-moi, il
est beaucoup plus difficile de travailler le timbre et
la sonorité d'un violon que de l'orner de petits dessins [1].

La sonorité, l'intensité... il ne cessait d'y penser,
même en dessinant des motifs Renaissance sur les
éclisses ou les chevalets de ses violons. Et puis, un
jour, il eut une idée. Si, au lieu de jouer sur l'épaisseur des voûtes et de l'instrument lui-même, il
amincissait la caisse dans la largeur et augmentait
sa longueur ? C'était une solution à son problème,
il en était sûr, mais il devait être encore trop tôt :
l'essai échoua. Il recommença à donner de
l'ampleur au modèle du vieux Niccolo [2]. Et puis il
fut une nouvelle et dernière fois distrait dans son
travail par la transaction qui le faisait enfin propriétaire dans l'isola des luthiers de Crémone.

Stradivari avait raison de croire en son étoile, de
penser qu'il pouvait hypothéquer son génie. Dans
sa longue recherche de la perfection, il avait
conscience que, s'il n'était pas parvenu à l'apogée,

1. Plusieurs stradivarius décorés ont été conservés dans des
collections, dont un violon, considéré comme le premier du
genre et daté de 1677. Il est répertorié sous le nom « le Lever du
soleil ».
2. Durant cette période, dite « de transition » ou époque des
« stradivarius amatisés », le maître se consacre à la perfection des
voûtes dont il détermine les épaisseurs d'une manière rigou-
reuse. Son vernis devient plus coloré, il emploie de meilleurs
bois. En bref, il ajoute aux traditions de l'école Amati.

son travail était connu et reconnu comme l'un des meilleurs à Milan et à Florence, à Modène et à Venise, à Turin et à Rome. De plus, sur l'intervention de Pescaroli et de Capra, il bénéficiait, comme quelques marchands et artistes de l'époque, de la protection des jésuites. Cet appui n'était pas seulement moral, il fortifiait sa situation et sa réputation, lui permettant d'affronter une opération financière tout de même audacieuse.

Antonio devait verser comptant deux mille lires en monnaie de Crémone, le reste, soit cinq mille lires, au cours des quatre années qui suivaient. Quand il eut payé l'acompte, sa bourse ne contenait plus que le nécessaire pour vivre durant un mois. Mais la famille pouvait déménager et s'installer dans la maison Picenardi, vis-à-vis San Domenico, ruelle de San Matteo, là où les plus beaux violons de Crémone séchaient dans les greniers à musique.

CHAPITRE IV

Le luthier des rois

Francesca essuya une larme en quittant la maison de Sant'Agata où étaient nés ses enfants et où elle avait connu le bonheur. Antonio, lui, transporta sans regret ses établis, ses outils, ses formes et ses modèles dans sa nouvelle demeure. Pour lui, ce n'était pas un déménagement : il rentrait chez lui dans l'isola où il retrouvait les gens de son état, à commencer par Niccolo Amati et son fils Geròlamo, le compagnon d'apprentissage et de jeunesse devenu le vrai maître de l'illustre bottega en attendant d'hériter l'étiquette prestigieuse du père. A quatre-vingt-deux ans, celui-ci ne faisait plus grand-chose, sinon donner des conseils et vérifier la qualité des instruments fabriqués sous son nom.

Place San Domenico, Stradivari rejoignait aussi Andrea Guarneri dont la renommée ne cessait de grandir et qui réserva un accueil royal à son cadet.

— Comme je suis heureux de te revoir parmi nous ! Crémone n'est pas grande, tu n'habitais pas loin, pourtant on se voyait peu. Maintenant que nous sommes voisins, cela va changer. Tu ne te sentais pas un peu seul à Sant'Agata ?

– Très seul ! Combien de fois j'ai éprouvé le désir de pousser la porte pour te faire écouter un nouveau violon dont j'étais content ! Et tes fils ?

– L'aîné, Pietro Giovanni qui a travaillé avec moi jusqu'à maintenant, va me quitter. Il s'établit à Mantoue. Il dit qu'il ne veut pas entrer en concurrence avec son père. En réalité, il veut être son maître, faire les violons qui lui plaisent et je crois qu'il a raison. Reste son frère Giuseppe Gian Battista qui apprend le métier. Il est adroit et fera lui aussi un bon luthier. Mais le meilleur c'est toujours toi ! Les jeunes s'inspirent maintenant de tes instruments comme nous nous sommes inspirés de ceux d'Amati. Attends-toi à devenir notre chef de file, notre maître. Niccolo est bien vieux et je n'ai pas son envergure...

– On verra, on verra... En tout cas je suis sûr que vous allez tous me donner du courage pour continuer à perfectionner ces satanés violons. Et Geròlamo Amati ?

– Pour son malheur, on l'a toujours comparé à toi et à son père. Il fait pourtant de bons instruments. Je pense que lorsque Niccolo ne sera plus là il prendra enfin confiance en lui !

L'accueil qu'on lui faisait, la maison plus grande et surtout son emplacement à San Domenico comblaient d'aise Antonio. Sa renommée, la reconnaissance de sa supériorité par ses pairs et l'intérêt que portaient les jésuites et les dominicains à cet homme pieux qui faisait honneur à sa ville, faisaient de Stradivari une personnalité chaque jour plus respectée. Il n'en tirait point gloire et quand quelqu'un faisait allusion devant lui à son mérite, il montrait ses mains :

– Les durillons laissés par l'outil, la couleur du vernis de mon dernier violon qui reste sous mes ongles et ces petits coups de canif qui ont entamé mes doigts en même temps que le bois dur d'un chevalet disent ce que je suis vraiment : un ouvrier qui aime son métier. Le reste m'importe peu !

Il disait aussi :

– On ne peut pas aimer les violons sans aimer ses enfants et être un bon père de famille.

Il était un bon père de famille et veillait comme une mère poule sur ses trois garçons et ses deux filles, sans compter Susanna et Innocenza, les filles de Capra élevées comme ses propres enfants. L'aîné, Francesco, avait neuf ans et s'intéressait déjà aux travaux de l'atelier. Son père lui avait fabriqué un petit violoncelle et il allait deux fois par semaine prendre la leçon de don Jacopetti, l'organiste de S. Domenico qui était aussi un bon joueur de violon et de viole de gambe. Les deux autres garçons, Alessandro, trois ans, et Omobono, un an, grandissaient auprès de leur mère et de leur sœur Giulia Maria, qui aidait Francesca et s'occupait de sa petite sœur Caterina qui n'avait que six ans. Cela faisait beaucoup de bouches à nourrir et Stradivari ne quittait guère son atelier. Il fallait bien payer la maison...

C'est dire que le moment n'était pas venu de réaliser son grand projet : aller dans ses montagnes et continuer jusqu'au Tyrol pour en rapporter le bois de ses futurs violons. Jusqu'alors, il avait réussi à réaliser des achats convenables et à éviter le moment tant redouté où la réserve de sapin et de plane serait vide. Antonio n'avait pas toujours taillé ses violons dans les bois dont il rêvait mais leurs fibres étaient suffisamment bonnes pour vibrer sous la caresse de l'archet. Il aurait aimé aller jusqu'à Innsbruck pour rencontrer Jacob Stainer qui l'avait vu débuter dans la bottega d'Amati et qu'il tenait pour le meilleur luthier de l'époque. Les bruits les plus contradictoires couraient sur cet artiste génial. On disait qu'il s'était retiré dans un monastère après une vie aventureuse et tragique qui l'avait mené de la cour de l'archiduc Ferdinand-Charles à la prison.

Ces voyages demeuraient, hélas ! encore impossibles. Il ne lui était permis que de rêver en vernissant ses violons qu'il trouvait pourtant plus beaux, plus francs dans la blancheur de leur bois finement poncé. Le vernis ou plutôt les vernis, il pouvait en parler durant des heures. Là aussi il cherchait, il améliorait, il explorait...

– J'appréhende toujours un peu le moment où je vais enlever au bois sa carnation naturelle, disait-il. Je sais qu'une fois habillé de sa soie colorée, le violon ne m'appartiendra plus. Il sera devenu l'instrument de M. le marquis de... ou du virtuose M... L'un ou l'autre viendra me le prendre, et j'éprouverai des regrets en le voyant partir. Quand cela arrive je fais une petite prière pour que le Bon Dieu me permette de le revoir un jour entre les mains d'un bon musicien ou, mieux, que le client me le rapporte pour le régler ou le réparer. J'aime savoir ce que deviennent mes enfants !

Avec l'obstination d'un marcheur isolé sur une longue route, Antonio progressait. De violon en violoncelle il découvrait un nouveau tour de main, une façon de faire qui lui permettait d'améliorer sensiblement la sonorité ou l'ampleur du son. Il se perfectionnait dans son art en même temps que progressait la qualité de ses instruments. La clientèle ne s'y trompait pas qui s'accroissait de mois en mois. Ce succès, s'il était favorable aux finances du ménage, commençait à inquiéter Stradivari :

— Je me refuse, disait-il à Francesca, à sacrifier la qualité de mes violons et mes recherches à l'abondance exagérée des commandes. Je n'ai que deux bras et ne peux pas travailler la nuit et le jour. Il ne manque pas de bons luthiers à Crémone, les gens n'ont qu'à aller chez eux !

Francesca le calmait et abondait dans son sens.

— Tu as raison ! D'ailleurs je veux t'avoir plus souvent près de moi. Il y a des semaines où je ne t'aperçois qu'à l'heure des repas. J'ai alors l'impression de compter beaucoup moins pour toi que les violons.

C'est Andrea Guarneri, moins fin luthier mais meilleur comptable que Stradivari, qui trouva la solution un jour où ce dernier se plaignait du nombre de commandes qui attendaient et risquaient de n'être pas honorées.

— Tu es le plus demandé parce que tu es le meilleur. Eh bien ! fais-toi payer comme le meilleur. Augmente tes prix et tu auras moins de clients, ce qui du même coup fera l'affaire des autres luthiers qui commencent à se plaindre de ton succès.

— Et vous ferez payer vos clients moins cher que moi ? Ce n'est pas logique, je n'aime pas beaucoup cette idée !

— C'est la seule raisonnable. Augmente tes violons de quelques pistoles et tout le monde sera content !

Stradivari suivit finalement ce conseil avisé et s'en trouva fort bien : en trois ans, la maison de la ruelle San Marco était payée. La famille n'avait plus de dettes. Antonio envisagea sérieusement de partir choisir ses arbres.

– Si j'attends trop longtemps, mes bois n'auront pas le temps de sécher, je serai mort avant..., dit-il à Guarneri. Mais, au fait, pourquoi ne viendrais-tu pas avec moi ? A toi aussi il faut de bons bois... A deux, le voyage sera agréable.

Andrea mit longtemps à se décider. Il n'avait jamais été plus loin que Mantoue et l'idée de courir les routes ne lui plaisait guère. Enfin, pressé par sa femme et par Antonio, il accepta et les préparatifs commencèrent.

Le projet d'aller rencontrer Stainer dans le Tyrol fut vite abandonné. C'était transformer un voyage assez banal en véritable expédition et aucun des deux amis ne souhaitait courir de risques et abandonner trop longtemps sa famille et son atelier. Restait à choisir le moyen de transport. Le coche les amènerait assez facilement à Milan, peut-être même jusqu'à Lecco sur le lac de Côme mais, après, ils seraient livrés au hasard des routes de montagne et devraient vraisemblablement aller à pied. Comme, d'autre part, il serait avantageux de rapporter directement une partie du bois acheté, ils décidèrent de louer une voiture assez grande et deux bons chevaux qui les mèneraient là où ils voulaient.

– Chez Busseto, le voiturier, cela va nous coûter une fortune, dit Antonio. J'ai une meilleure idée. Les jésuites qui m'accordent leur protection disposent d'une importante écurie. Je vais leur demander ce qu'ils peuvent faire pour nous.

Le père Sarzana qui dirigeait la communauté de Crémone reçut Stradivari avec chaleur :

– Nous ne vous voyons pas assez souvent, dit-il. Notre maison, vous le savez, vous est ouverte, même les jours où les instruments des pères Lucana et Vercelli n'ont pas besoin de vos soins. Mais vous devenez un personnage important dans la cité...

– Important ? Disons plutôt que je deviens un meilleur luthier.

– Si, mon fils ! Votre renom s'étend bien au-delà de l'enceinte de notre ville et nous en sommes très heureux. Mais en quoi pouvons-nous vous être utiles ?

Confus, Antonio s'excusa, remercia le père de ses bienfaits et lui expliqua le motif de sa visite.

Le supérieur provincial l'écouta en hochant la tête et sourit.

– Ce que vous me demandez, mon fils, ne relève pas de la doctrine de saint Ignace de Loyola... Encore que le Seigneur puisse vous envoyer vers nous afin de vous aider à chercher le bois rare qui permettra, lorsque vous en aurez fait des instruments divins, d'accompagner la musique sacrée... Dans ce cas, il serait bien normal de vous prêter l'une de nos voitures. Mais, entre nous, êtes-vous capable de conduire deux chevaux attelés sur les routes défoncées des montagnes et des forêts ? Je crois que je ferais bien de vous donner aussi un cocher qui vous aidera à charger vos arbres à violons.

C'est ainsi qu'Antonio Stradivari et Andrea Guarneri prirent un matin de février 1682 la route de Crema en direction de Bergame. La voiture de la Société de Jésus n'était pas un carrosse princier mais un solide chariot fermé traîné par deux beaux *cavalli de tiro*. Sur le siège du cocher trônait frère Battista, heureux d'abandonner quelques jours les écuries de l'ordre. Son fouet claquait dans l'air frais du matin. Brinquebalés dans leur fourgon mais heureux comme deux apprentis en goguette, Antonio et Andrea oubliaient leurs tables, leurs éclisses et leurs volutes en humant l'odeur du pain chaud et des salami qu'exhalait le paquet enveloppé d'une serviette que les femmes avaient posé sur le bout de la banquette à côté d'une grosse bouteille de valgella.

Après six heures de route coupées par un robuste *pranzo* dégusté aux bords de l'Oglio, les voyageurs s'arrêtèrent le soir à Castellone, un peu avant Crema. Pas question de trouver une auberge sur cette route que n'empruntait pas la malle-poste, ils passèrent la nuit dans une cascina où la fermière les invita à partager la soupe au lait de la maison. La chambre et les paillasses étaient propres, ils étaient rompus de fatigue et ils auraient très bien dormi si frère Battista n'avait pas ronflé aussi fort. Le lendemain matin il était le seul dispos quand la voiture reprit la route.

Ce n'est que le surlendemain qu'ils arrivèrent dans le village de Selvino, perché sur la montagne au milieu d'une forêt de sapins.

– Les voilà nos arbres ! s'écria Antonio. Vois leur taille... Et ils sont droits ! Dès demain nous allons monter jusqu'à la limite des feuillus, là où il ne reste plus que les sapins et les hêtres. Nous passerons nos gaillards en revue et choisirons les deux ou trois meilleurs.

– Tu sauras ? demanda Guarneri.

– Quand je vivais ici, j'avais neuf ou dix ans, un luthier de Bologne, Giacomo Gherardi, venait de temps en temps chercher un sapin. Je l'accompagnais et il m'apprenait les arbres, comment et pourquoi il choisissait celui-ci plutôt que celui-là, pourquoi il préférait un épicéa poussé près des hêtres...

– Pourquoi en effet ?

– Parce que les hêtres s'étendent en largeur et obligent le sapin à s'élancer droit vers le haut pour chercher la lumière. Je pense avoir bien calculé l'époque : l'hiver ou la fin de l'hiver, nous y sommes mais il faut encore que la lune soit descendante. Nous allons regarder le ciel ce soir.

– Explique, Antonio. Tu parles par énigmes, comme s'il s'agissait de magie.

– Mais le violon est magie ! tu le sais bien et elle commence par le choix du bois ! L'hiver et la lune descendante, cela signifie que la sève est au plus bas, condition indispensable pour obtenir plus tard une bonne sonorité. Enfin, nous verrons tout cela demain. Quand nous aurons choisi nos arbres, nous discuterons du prix avec les propriétaires. Il faudra aussi trouver des bûcherons car un bon sapin de lutherie n'est pas un gringalet facile à abattre. C'est un arbre vieux de deux siècles et mesurant à sa base plus de trois pieds de diamètre.

– Tout cela est fascinant, dit Andrea. Quand je pense que je fabrique des violons depuis plus de vingt ans et que j'ignore tout du bois que j'achète au marchand. Certes, je vois bien si je suis tombé sur une bonne coupe et sais démêler le bon du mauvais et du médiocre. Mais pouvoir choisir son arbre !...

– Ce sera aussi pour moi la première fois. C'est pourquoi je tenais tant à ce que nous venions. Tu verras les merveilles que nous fabriquerons dans une quinzaine d'années avec notre récolte d'aujourd'hui !

Le lendemain, il faisait froid mais le ciel était bleu et annonçait une belle journée ensoleillée. Antonio emprunta à l'hôte chez qui ils avaient dormi une masse de bois, ils enfouirent dans leurs poches d'épaisses tranches de pain, le reste de la mortadelle du voyage et, flanqués de frère Battista dont la robe de gros drap s'accrochait aux taillis, ils commencèrent à monter à travers bois vers la pinède qui flanquait le versant sud de la montagne.

– J'espère que nous allons trouver du sapin rouge, dit Antonio. C'est le meilleur. Il paraît que dans les Carpates les plus vieux arbres de cette famille atteignent quatre cents ans d'âge et une taille de près de deux cents pieds. Mais on ne nous en propose jamais. Les marchands préfèrent nous vendre n'importe quel matériau. Tant pis si nous sommes obligés d'en brûler la moitié comme bois de chauffage !

Guarneri ne répondit pas, il gardait son souffle pour l'escalade, comme frère Battista qui se battait contre les ronces et les pierres vingt mètres plus bas. Aucun des trois hommes n'était habitué à marcher dans la montagne, c'est complètement fourbus qu'ils arrivèrent au pied des premiers sapins.

– Tiens, voilà un rouge ! s'exclama Stradivari. Regarde son écorce de couleur et ses faux fruits en forme de cônes qui pendent la pointe vers le bas. Il est droit comme un I, et bien formé mais il est trop jeune pour nous. Cherchons, il y en a sûrement d'autres mêlés aux épicéas communs. Prions pour rencontrer un beau vieillard, déjà bien sec, dépouillé par la saison, et surtout par l'âge, de l'excès de sève qui rend les violons aigus et criards !

Sur le point de réaliser son vieux rêve, commencer dans la forêt par le choix des meilleurs bois la création de ses instruments, Antonio devenait lyrique. Il aurait voulu faire partager par tous ceux

qui jouaient ses violons son bonheur et son enthousiasme. Il marchait devant à grandes enjambées et
s'arrêtait parfois pour frapper le tronc d'un sapin à
l'aide de sa masse. Il écoutait en fermant les yeux le
son produit, appréciait sa puissance et sa clarté, en
mesurait la longueur à l'estime en collant son
oreille contre l'écorce.

Guarneri le regardait faire avec admiration.
Luthier instinctif, il n'avait jamais essayé de percer,
comme Stradivari, les mystères de la propagation
des sons ni étudié les rapports géométriques qui
commandent la forme d'un violon. Il se fiait à
l'expérience, à l'habileté plus qu'aux théories et ne
comprenait pas grand-chose aux combinaisons de
lignes, de portions de cercles et de tangentes
dont Stradivari couvrait ses gabarits de carton.
Aujourd'hui, il enviait son ami qui, dans une exaltation intense, écoutait vibrer les fibres de violons qui
n'existaient pas.

Après d'innombrables essais, Antonio se figea
soudain devant un vénérable sapin qu'il toisa
jusqu'à l'échancrure de ciel par laquelle il pointait
sa cime et dominait ses voisins.

— Viens ! dit-il à Andrea. Nous allons le faire sonner et s'il répond à nos gentillesses, comme je le
crois, nous le rapporterons à Crémone.

— N'est-il pas trop gros ? demanda Guarneri en
montrant la base du tronc qui s'élargissait puissamment sur la terre.

— Avec le bas, nous ferons des violoncelles. Pour
les violons que nous voudrons sublimes, nous choisirons dans les régions mitoyennes, situées à une
certaine distance de la racine, du sommet et du
cœur. C'est le bois des instruments royaux.

Remarque que nous pourrons encore en réussir d'excellents dans les restes de ce géant musical. Écoutons...

Il leva sa masse et frappa à hauteur de l'épaule. Le géant parut s'émouvoir et une sorte de tintement rompit le silence de la forêt.

– Ce n'est pas mal mais je suis sûr que ce colosse nous cache une part de son talent. Attention, je recommence, un peu plus haut et plus fort.

Cette fois, l'arbre sonna vraiment, mit l'air en vibration comme un diapason et Stradivari exulta.

– Voilà, nous l'avons notre mine à violons ! Bien sûr, il faudra voir si le fût est bien fibré et aussi souple que notre essai le laisse entendre. Cela, nous le saurons vraiment quand nous commencerons de le travailler à la gouge. Pour l'instant nous allons marquer notre arbre et continuer nos recherches.

Ils trouvèrent avant la nuit deux autres sapins de belle allure poussés bien droit au midi. Ils étaient moins grands que le premier mais sonnaient gaillardement sous la masse. Ils furent marqués eux aussi en attendant d'être abattus et débités en billes. Encore fallait-il trouver le propriétaire des arbres et un bûcheron capable de les traiter avec la délicatesse qui sied à toute entreprise de lutherie.

Les ducats que Stradivari sortit au bon moment eurent raison de la méfiance du villageois qui s'offrit de bûcheronner avec son frère. Affaire conclue, il y eut bientôt trois sapins de moins sur la pente de Gaverdo et plus d'une centaine de promesses de violons en plus. Dix jours après avoir quitté Crémone, le coche de la sainte compagnie était de retour, chargé de billes aussitôt rangées dans les seccadours où elles allaient dormir de longues années avant de renaître sous les mains les plus expertes de la ville des luthiers.

Le père Sarzana avait raison de dire à Stradivari que sa renommée dépassait les frontières de la Lombardie. Corelli avait joué ses violons dans toutes les grandes villes d'Italie avant de les faire chanter à Rome devant les plus prestigieuses assemblées. Il avait d'abord illustré son talent dans la Ville Éternelle au cours des offices célébrés dans l'église Saint-Louis-des-Français, à l'occasion de la Saint-Louis. Ces offices très solennels comprenaient grand-messe et vêpres le 25 août avec, la veille, le chant des premières vêpres. Ministres, ambassadeurs, toute la noblesse de la ville, le haut clergé, la plupart des cardinaux, assistaient à ces cérémonies où le stradivarius de Corelli sonnait mieux et plus fort que les trois autres violons.

Une bonne partie de l'assistance était composée de mélomanes avertis qui avaient tout de suite remarqué le talent de Corelli dont la fortune était désormais assurée. Aussi, tout Rome se pressait dans les loges du théâtre Capranica, le 6 janvier 1681, lorsque le virtuose dirigea l'orchestre pour la première représentation d'une œuvre de son ami Bernardo Pasquini, *Dove e amore e pietà*. L'auteur tenait le clavecin et la soirée dut être mémorable puisque l'abbé Raguenet, de passage à Rome, écrivit à ses confrères de l'Académie française : « J'ai vu à Rome, à un même opéra, Corelli, Pasquini et Gaetani qui sont assurément les premiers hommes du monde pour le violon, pour le clavecin et pour le thuorbe ou l'archilut. Aussi sont-ce des gens à qui pour un mois ou six semaines au plus, on donne chacun trois et quatre cents pistoles. »

Rome était alors la ville la plus mondaine et la plus musicienne du monde. On s'y disputait Corelli dont les œuvres, dédiées au comte Fabrizio Laderchi ou à Christine de Suède demeurée, malgré son abdication, souveraine des arts et des lettres, étaient jouées dans tous les salons, ceux du prince Ruspoli, du connétable Colonna, des Rospigliosi, du cardinal Savelli ou de la duchesse Bracciano. Beaucoup se contentaient d'écouter mais d'autres, plus curieux, s'intéressaient à l'instrument éclatant de Corelli et regardaient, par l'ouïe gauche, l'étiquette du luthier qui l'avait construit. Comment Antonio, penché depuis l'aube sur son établi, aurait-il pu imaginer qu'au même instant des gens aussi illustres que le prince Ruspoli ou la reine Christine déchiffraient son nom à la lumière des candélabres ?

Antonius Stradivarius. Cremonensis. Faciebat Anno 1678. Cette marque qu'Antonio faisait suivre de son sceau personnel : A + S entouré d'un double cercle, commençait à intriguer les salons. De plus en plus souvent on demandait au virtuose qui était ce Crémonais dont la sonorité des violons dominait les autres instruments. Corelli répondait de bonne grâce et parlait de génie. Un jour, Mgr Aldrovani qui avait écouté l'un de ces éloges y ajouta le sien :

– Je connais bien ce luthier, élève d'Amati. Apprenti il était plus habile que bien des maîtres confirmés. Il sera sûrement, s'il ne l'est déjà, le meilleur luthier d'Italie !

Cette notoriété qui s'étendait peu à peu sur la péninsule devait forcément revenir à Crémone sous forme de commandes. Sous l'archet des virtuoses et par la grâce d'une musique nouvelle, sans cesse renouvelée en opéras, sonates et concertos, le violon avait définitivement acquis ses lettres de noblesse. Les gens fortunés qui s'offraient les meilleurs artistes voulaient qu'ils jouent sur les meilleurs violons et ils savaient maintenant reconnaître un excellent instrument d'un violon ordinaire sorti d'un atelier sans renom de Brescia, de Venise et même de Rome qui ne comptait encore aucun luthier de valeur.

C'est ainsi qu'un jour le père Sarzana fit mander Antonio Stradivari à la province pour l'entretenir d'une question importante.

– J'ai une bonne nouvelle à vous annoncer, mon fils. Mgr Aldrovani dont vous vous rappelez mieux que moi – je n'étais pas alors à Crémone – l'intervention heureuse contre les incendiaires de violons, va passer pour vous rencontrer avec le signor Bartolomeo Grandi qui est le confident et l'homme de confiance du duc de Savoie, Vittorio Amadeo II qui a pris son gouvernement l'année dernière. Je ne connais pas le motif de cette visite mais je présume qu'il s'agit d'une importante commande. Luthier des virtuoses, bientôt luthier des rois, je constate avec joie que nous ne nous sommes pas trompés en vous accordant notre protection.

– Merci, mon père, pour la confiance que vous ne cessez de me témoigner. Je me rappelle l'affaire des violons et le rôle qu'y a joué monseigneur près de mon maître Niccolo Amati. C'est à lui qu'il a alors commandé des violons pour Sa Sainteté Alexandre VII. Pourquoi ne le charge-t-il pas aujourd'hui de lui fournir les instruments du duc de Savoie ?

– Sans doute parce qu'il estime que vous êtes devenu un luthier meilleur et plus réputé que votre maître.

Antonio s'étonnait toujours qu'on le prît pour un grand luthier. Certes, il connaissait sa valeur et avait souvent affirmé qu'il deviendrait un jour le plus grand mais il avait trop conscience du chemin qu'il lui restait à parcourir avant d'arriver à la perfection pour croire qu'il avait déjà dépassé les autres. A propos d'Aldrovani, il craignait aussi que la commande, si commande il y avait, ne froisse le vieux Niccolo, vexé qu'on lui préfère son élève. Tout cela était bien compliqué, Antonio pensa une fois de plus qu'il n'était vraiment à l'aise qu'assis sur son tabouret, devant l'établi chargé d'outils.

Ses scrupules s'avérèrent d'ailleurs sans objet car Niccolo Amati mourut le 12 avril 1684 d'un arrêt du cœur. Il s'en était fallu de quelques minutes que le vieux luthier n'expire à la tâche. Il avait en effet tenu à régler lui-même l'âme d'un instrument que son fils Geròlamo venait de terminer et qu'il trouvait un peu voilé. Il n'acheva pas son travail car sa femme Lucrezia l'appelait pour le souper. Il posa sa « pointe aux âmes » avant de se lever, peut-être un peu plus péniblement que d'habitude. Depuis quelques jours en effet, ses jambes s'ankylosaient sous la table de travail. Lentement il commença de monter l'escalier qui menait au logement. Arrivé à la dernière marche, il s'effondra et murmura à l'oreille de Lucrezia qui se penchait vers lui, affolée : « L'âme, l'âme... il faut régler l'âme... » Il rendit la sienne à Dieu dans un dernier mouvement de sa tête blanchie par les nuits passées dans sa bottega de la contrada Coltella. Il était âgé de quatre-vingt-huit ans.

La mort de Niccolo Amati fut ressentie avec une grande consternation dans l'isola. Celui qu'on appelait « Le Grand », descendant génial de la famille qui avait contribué à inventer le violon, laissait derrière lui des centaines d'instruments dont beaucoup étaient des chefs-d'œuvre et, parmi ses élèves, trois des plus grands noms de la lutherie italienne : Stainer, Guarneri et Stradivari.

Antonio s'était précipité chez les Amati dès qu'Angela, la jeune femme de Geròlamo, l'eut prévenu du malheur. Geròlamo, qu'on appelait aussi Hieronymus, était dans l'atelier et contemplait, les larmes aux yeux, le violon que son père tenait dans les mains quelques instants avant de mourir.

– C'est moi qui l'ai fait, dit-il à son ami, mais c'est bien « son » violon, celui qu'il n'a cessé d'améliorer durant sa longue existence. Regarde, il avait ces dernières années réduit un peu le format des instruments que nous avons connus lors de notre apprentissage. Les voûtes sont plus basses et forment avec les bords une gorge plus prononcée. Les « C [1] » sont d'une courbe plus ronde et les éclisses plus élevées...

Il décrivait le violon à Antonio comme si celui-ci n'en connaissait pas les plus infimes détails... Cela lui faisait du bien de parler de l'œuvre du père dont les outils, orphelins sages, reposaient sur l'établi. Soudain, il regarda Stradivari et dit :

– Tiens, choisis l'un des outils de Niccolo. Tu garderas en souvenir de celui qui nous a appris le métier, à toi mieux qu'à moi. J'hérite du nom et cela

---

1. Encoches arrondies de chaque côté du violon. Celle de droite facilite le passage de l'archet mais les « C » jouent aussi un rôle dans la sonorité de l'instrument.

me fait peur. En suis-je digne ? C'est toi qui vas réellement lui succéder à Crémone et cela me réconforte.

— Je sais, mon ami, ce que je dois à Niccolo [1]. Il ne se passe pas de jour sans que l'un des conseils qu'il m'a autrefois prodigués ne me revienne en mémoire. Mais, toi, il te faut prendre confiance. Je te jure que tu es un excellent luthier et que tu peux continuer à fabriquer des instruments aussi parfaits... Il faudra seulement te passer de l'avis de ton père et juger toi-même de leur qualité. Il n'y a qu'à voir ton dernier violon, pour savoir ce que tu peux faire. En tout cas, ma porte est à côté et tu sais qu'elle te sera toujours ouverte.

— Merci, Antonio, je sais que je peux compter sur toi. Mais, fais-moi plaisir, choisis un outil du père.

— Je prends, si tu le veux bien, le dernier qu'il a tenu dans sa main d'or : sa « pointe aux âmes », et je m'en servirai toujours. Le premier son de tous mes violons sera pour Niccolo. On doit bien entendre les violons au Paradis !...

Le carrosse marqué aux armes de la maison de Savoie s'arrêta un après-midi de mai dans la cour de la maison des jésuites. Toujours preste et élégant dans le mantelet violet qui couvrait le haut de sa soutane, Mgr Aldrovani sauta sur le gravier de l'entrée en négligeant le bras que lui présentait le laquais. Avec moins d'aisance, un personnage vêtu de noir, long et maigre comme une ficelle, descen-

---

1. Les experts et historiens nommeront « période amatisée » celle des débuts de Stradivari et de son évolution jusqu'à 1693 environ.

dit à son tour en se tortillant d'une manière plutôt comique.

Déjà, le père Sarzana se précipitait à la rencontre de ses hôtes :

— Monseigneur, monsieur, j'espère que vous avez fait un bon voyage. Soyez les bienvenus dans notre Compagnie. Venez, je vous précède jusqu'au salon.

Comme toute la maison, le couloir et le salon étaient d'une grande austérité. Dans cette Italie où les corps ecclésiastiques possédaient une bonne moitié des richesses, l'ordre des jésuites, sans rivaliser avec la pauvreté volontaire des moines mendiants disséminés dans les diocèses, affectait une sévérité de mœurs et une simplicité de vie exemplaires. La pièce de réception, tendue d'étoffe marron et meublée d'une table et de chaises de chêne, n'était décorée que par un immense tableau représentant Ignace de Loyola. Monseigneur, en souriant intérieurement, remarqua que Me Bartolomeo Grandi était aussi pâle et aussi maigre que le fondateur de l'ordre.

— Permettez-moi, monseigneur, de vous demander comment se porte Sa Sainteté.

— Fort bien, mon père. Elle m'a chargé de vous apporter sa bénédiction et de vous dire l'attention bienveillante qu'elle accorde à votre Société. Comme vous le savez, le Saint-Père s'est attaqué à tous les abus financiers qui entachaient depuis plusieurs décennies le gouvernement pontifical. C'est une rude tâche à laquelle je dois participer. Ce n'est sûrement pas chez vous que je vais relever des excès... Mais mon souci principal est né de la rupture entre notre Saint-Père Innocent XI et le roi de France Louis XIV. Vous savez, cette affaire des

Le luthier des rois

franchises. Le Saint-Père refuse à la France de
régner sur tout le quartier qui entoure son ambassade et je passe mon temps à intervenir auprès de
l'ambassadeur de France, le marquis de Lavardin,
qui menace d'investir le Saint-Siège. Il nargue le
pape et risque l'excommunication ! Croyez que je
suis très heureux d'avoir pu fuir Rome un moment
pour accompagner M⁰ Grandi qui est chargé
d'acquérir d'excellents instruments pour les musiciens du duc de Savoie. J'ai connu jadis Niccolo
Amati. Il doit être bien vieux aujourd'hui.

– Il est mort le mois dernier, monseigneur. Mais
vous avez, je présume, envisagé de vous adresser à
un autre luthier.

– C'est exact. On ne parle à Rome que d'un
nommé Stradivari qui signe ses instruments *Stradivarius* et qui fait les meilleurs violons du monde.
J'ai entendu Corelli jouer l'un d'eux et c'était
magnifique.

– Je vais l'envoyer quérir. C'est l'affaire d'une
demi-heure.

– Non pas. Nous allons nous rendre dans ce
fameux quartier que vous appelez l'Isola, devant
San Domenico. Cela me rajeunira. Et puis, j'adore
voir travailler les artistes.

Toujours flanqué de l'homme de confiance de
Vittorio Amadeo II, Aldrovani fit peu après une
entrée remarquée dans l'atelier d'Antonio. Celui-ci
n'était pas timide. Il avait eu souvent l'occasion
d'approcher des notables, de hauts personnages. La
stature et l'habit de Mgr Aldrovani lui en impo-
sèrent pourtant. Il se rappelait l'avoir aperçu en
costume de voyageur dans l'atelier de son maître
mais c'était un tout autre personnage qui répondait

aujourd'hui à son salut, peut-être un peu trop ser-
vile, il s'en rendait compte et le regretta.

— Signor Stradivari, S.A. le duc de Savoie qui a
entendu Corelli jouer à Rome l'un de vos violons
désire acheter un quartetto [1] et souhaite que ces instruments soient fabriqués par vous. Arrangez-vous
avec M⁰ Grandi pour le prix et les délais, moi je vais
aller saluer l'archiprêtre de San Domenico qui m'a
donné il y a bien longtemps à Rome mes premières
leçons de latin.

Hors de la présence d'Aldrovani qui visiblement
l'étouffait, le grand lacet noir se dénoua et pria fort
aimablement Antonio de lui fournir des détails per-
tinents sur ses instruments. La conversation prit
seulement un tour un peu tendu quand M⁰ Grandi
prétendit transmettre à Stradivari les souhaits de
son maître pour certaine couleur orangé foncé qui
apportait de la chaleur dans un orchestre.

— Il faut bien s'entendre, maître, dit Antonio avec
vivacité. Je ne suis pas un peintre, ni un tapissier
qui assortit les coussins de ses fauteuils aux rideaux.
Je fais mes instruments pour que mes clients
jouissent de la plus belle sonorité qui soit. Leur couleur tient à trop d'éléments, la qualité du bois,
l'humidité de l'air, la nature des produits que
j'emploie et même ma préférence du moment pour
que je puisse prendre un engagement à son sujet.
Dites à Son Altesse que ses instruments auront de la
force, de l'éclat, de la plénitude mais qu'ils risquent
d'être de couleurs sensiblement différentes.

M⁰ Grandi s'excusa et dit qu'il comprenait tout à
fait le point de vue du créateur et que Son Altesse
s'y associerait sans aucun doute. Il offrit quatre

---

1. Ensemble de deux violons, un alto et un violoncelle.

cents lires en monnaie crémonaise d'acompte, ce
qui était fort correct, et demanda comme une
grande faveur d'essayer l'un des violons terminés
qui pendaient au fil tendu dans l'atelier. Antonio lui
tendit le violon qui lui semblait le mieux réglé et,
pour la première fois, un sourire éclaira le visage
ingrat de Bartolomeo Grandi.

Stradivari, à sa grande surprise, entendit son visiteur jouer d'une façon éblouissante un concerto
dont il ne connaissait pas l'auteur.

– Vous êtes un très bon violoniste, dit-il à
Me Grandi lorsque celui-ci eut reposé son archet.

– Grâce à vous qui êtes un très bon luthier et à
Bernardo Pasquini qui est un très bon compositeur.

Aldrovani coupa court à cet échange d'amabilités
en entrant comme une tornade dans l'atelier.

– Venez, cher maître. Si nous voulons arriver au
château des Gonzague avant le souper, il faut partir
tout de suite.

Abasourdi par l'énergie débordante de cet
homme décidément pressé, Antonio poussa un soupir de soulagement lorsque ses visiteurs eurent pris
congé, que la bottega eut retrouvé son calme habituel, le bruit familier des rabots et des grattoirs,
accompagné parfois d'accords enlevés, venus du
fond de l'atelier. C'était François Médard qui
essayait un alto de l'orchestre de la cathédrale, l'un
des premiers fabriqués par Stradivari et que
Vicenzo Miroglio, le maître de chapelle, avait rapporté à l'atelier afin d'en faire rebarrer la table.

François Médard, un homme jeune et vigoureux
de vingt-cinq ans, faisait partie depuis peu des
compagnons triés sur le volet de la plus célèbre bottega de Crémone. Il était arrivé un matin, son sac au

bout d'une canne et s'était présenté à Antonio dans une langue approximative qui n'était certes pas un dialecte lombard :

– Je suis un luthier lorrain, de Nancy exactement, et je viens à Crémone pour travailler chez Antonio Stradivari, connu jusque chez nous comme le meilleur. Êtes-vous le maître Stradivari ?

– Oui, mais...

– Voulez-vous m'engager ou tout au moins m'essayer ? Chez nous on me reconnaît quelque mérite et je pense pouvoir me rendre utile, avant même de m'être plié aux règles de l'école crémonaise. Pour moi, ce serait un grand honneur et une joie réelle si vous me jugiez digne d'être votre élève.

Antonio le regarda sans rien dire un moment puis il sourit.

– Je ne sais pas du tout si je vais te prendre. Il faut voir, il faut réfléchir. En attendant, as-tu mangé ce matin ?

– Non, j'arrive à pied de Caorso où j'ai couché.

– Alors suis-moi à l'étage. Les femmes vont te nourrir. Après on parlera.

C'est ainsi que *il Francese* fit son entrée dans la bottega. Antonio lui avait mis différents outils dans les mains et il avait vu tout de suite qu'il avait affaire à un homme du métier. Le Français tombait bien, Stradivari avait besoin d'un jeune compagnon déjà débrouillé mais qu'il pourrait former à sa guise. Et puis, pouvait-on renvoyer un jeune qui avait parcouru au moins deux cents lieues pour venir travailler avec vous ? Comme il avait l'air franc et le regard intelligent, Antonio l'embaucha.

– Tu ne gagneras pas beaucoup mais tu seras

logé dans le magasin à bois, à côté du seccadour et tu prendras tes repas avec la famille. Dans un mois Francesca – c'est ma femme – et moi te dirons si tu restes ou si tu reprends la route.

Au bout d'un mois, les Stradivari, parents et enfants, avaient décidé de garder ce garçon gentil, drôle et serviable qui, par ailleurs, était une bonne graine de luthier.

François Médard eut plus de mal à se faire admettre par le voisinage, luthiers ou artisans qui formaient le quartier de l'isola. Les Français qui avaient autrefois occupé la Lombardie n'étaient pourtant pas mal vus à Crémone. Les vieux avaient entendu leurs grands-pères raconter la capture du roi François Ier à Pavie et sa détention de 81 jours à la citadelle de Pizzighettone, tout près de Crémone. C'était le fait de voir un étranger entrer dans le cercle fermé de l'aristocratie artisanale, et qui plus est chez le meilleur luthier de la ville, qui irritait les gens dont certains avaient demandé vainement à Stradivari de prendre l'un de leurs enfants en apprentissage. Le temps et la bonne humeur de François aidant, celui-ci, qui avait la bonne fortune de plaire aux femmes, fut bientôt adopté. Son accent amusait les enfants et bien des jeunes filles de l'isola le regardaient passer, cachées derrière les meneaux de leurs fenêtres.

Antonio, lui, avait trouvé chez Médard, en sus d'un ouvrier talentueux et consciencieux, l'interlocuteur qui lui manquait. Comme la plupart des luthiers, parce qu'il exerçait un métier compliqué et essentiellement personnel, il éprouvait le besoin d'en parler, d'exposer ses théories, de soumettre ses idées et ses découvertes au jugement d'un autre, capable de le comprendre. Francesca, certes, l'écoutait avec amour et suivait de son mieux ses discours mais elle ne pouvait guère en discuter ; son fils Francesco qui commençait son apprentissage était trop jeune et l'ami Guarneri demeurait étranger au jeu des idées. François, heureusement, était un passionné, curieux de son métier dont il écoutait, béat, Antonio explorer toutes les possibilités. Malin, il savait les questions qui allaient faire rebondir l'esprit intense de son maître et déclencher des confidences dont il saurait tirer profit.

Plus encore que ne l'avaient été Stradivari et Guarneri chez les Amati, François Médard avait été adopté par la famille. Les garçons l'adoraient, les filles le taquinaient avec une gentillesse de sœurs. Lui ouvrait son cœur pudique de Lorrain. Il racontait comment les Médard, depuis trois générations, étaient les maîtres de la lutherie d'art lorraine, donc française, qu'ils avaient fondée. Il parlait de son aïeul Claude, patron de la jurande des menuisiers-luthiers [1] dont le fils avait eu huit garçons, tous luthiers... De son père seulement, il ne parlait jamais et se murait dès qu'on le questionnait à ce sujet. C'est bien plus tard, un jour où, à la fin d'une promenade, il s'était recueilli avec son maître dans la petite église de San Luca, qu'il se laissa aller à quelques confidences.

– Mon père, Sébastien Médard, était luthier, comme ses frères. Je me rappelle lui avoir vu faire des violes et des luths d'une beauté surprenante. Ma mère était morte et il ne se remit jamais de son

---

1. A l'époque, tous ceux qui travaillaient le bois étaient désignés sous le nom de menuisiers. En France, la vraie qualification de luthier n'apparaît à Mirecourt qu'en 1738.

deuil. Il me laissa près de Nancy chez ma grand-
mère et alla s'installer à Paris où résidait ma sœur.
C'est par elle que j'appris la triste fin de mon père.
Accusé de faux monnayage il fut condamné à mort
mais trépassa paraît-il peu avant son exécution.
Vous comprenez, maître, que je préfère ne pas parler de cette triste histoire.

– Oublie-la, François. On n'est responsable ni de
ses amis ni de ses parents. Dis-toi que ton père était
innocent et qu'il a été condamné à tort. Crois aussi
que sa mort naturelle est un geste de Dieu pour lui
éviter une fin infamante. Allez, viens, rentrons à la
maison où, tu le sais, est ta famille. Francesca nous
a préparé pour le souper dominical des pieds de
cochon « alla Sainte-Menehould ». Tu connais ?

– Non. C'est une petite ville sur la route de Paris
et je ne savais pas qu'elle était célèbre jusqu'en
Lombardie pour ses pieds de cochon [1].

– Tu verras, c'est très bon !

Ils rentrèrent en parlant de la commande du duc
de Savoie.

– Dommage que le bois que je suis allé chercher
en montagne ne soit pas encore assez sec. Enfin,
nous utiliserons ce que nous avons de meilleur ! Un
jour, je t'emmènerai, avec Francesco, là où poussent
les vrais arbres à violons. Dans notre métier, il faut
penser au moins dix ans à l'avance... Ah ! le bois !
N'oublie jamais que le talent d'un luthier a sa
source dans des arbres plantés il y a cent ou même
deux cents ans. Sans bon bois, pas de bons violons !

---

1. Les occupants français avaient saupoudré la cuisine lombarde de nombreuses recettes et de termes demeurés dans le lan-
gage courant : poêle, ravigote, salpicon, cotolette, marmitta et
zamponne alla Sainte-Menehould.

Le bois et le vernis, c'étaient ses deux thèmes favoris. Il pouvait en parler durant des heures avec une passion qui étonnait ceux qui ne le connaissaient pas bien. François, lui, buvait les paroles du maître en se disant qu'il avait beaucoup de chance de pouvoir l'écouter et de lui poser toutes les questions qu'il voulait.

Dès le lendemain, lundi, on mit en train, à l'atelier, les instruments du duc. Antonio commença par choisir son bois en examinant une à une les bûches refendues de la réserve. Pour l'érable qui allait constituer les fonds et les éclisses, le problème fut vite résolu. Stradivari avait acheté un arbre entier à un marchand de Bologne. C'était un bois bien madré qui convenait parfaitement à ce qu'on en attendait : faire office de réflecteur des sons.

– Nous ferons les deux violons et l'alto d'une seule pièce, dit Antonio. Pour le violoncelle nous fendrons sur quartier et ferons un joint.

La sélection était plus difficile pour le sapin destiné à fabriquer les tables. Stradivari connaissait l'influence de ce choix sur la qualité finale de l'instrument et il savait qu'il n'avait pas à sa disposition le bois parfait qui lui eût permis de faire des miracles dans le domaine de la musicalité. Finalement, après avoir demandé l'avis de François et celui de son fils, avis dont il était bien décidé à ne pas tenir compte, il opta pour des quartiers de sapins qui, pour n'être pas « du rouge », offraient des faces de coupe absolument planes qui suivaient un droit fil parfait. Comme il aimait le faire parfois, il expliqua à tout l'atelier réuni autour de lui :

– Regardez : les cernes annuels qui indiquent l'âge de l'arbre et qui forment des lignes rougeâtres et dures sont constituées de bois d'été, riche en résines compactes. Ce sont elles qui conduisent le son et j'ai choisi ces quartiers qui viennent visiblement de la même grume parce qu'elles sont bien marquées. Les zones claires sont du bois d'hiver qui font plutôt fonction d'étouffoirs et ont une influence régulatrice sur l'acoustique de la table.

– Tout paraît clair, maître, lorsque vous exposez le pourquoi des choses. Je viens de comprendre la raison pour laquelle les violons français, qu'ils soient faits à Nancy ou à Mirecourt [1], n'ont pas la musicalité des instruments italiens. Outre que leur confection est moins soignée, effectuée souvent sans recherche, ils sont fabriqués dans des bois locaux dont la qualité est le moindre souci de nos luthiers.

– Quand tu retourneras en France, tu leur montreras qu'un bon violon prend naissance dans la forêt ! conclut Antonio en riant.

– Retournerai-je en France, mon maître ?

– Qui peut le savoir ?

En 1685, la carrière d'Antonio Stradivari s'engageait dans un tournant amorcé par la commande du duc de Savoie. Commande si réussie que le maître, pourtant peu enclin à l'autosatisfaction, en convenait lui-même. Il était surtout content de sa basse de viole, comme on appelait encore souvent le violoncelle. Il en avait dessiné et redessiné la forme avant de la construire et était parvenu, comme il le

1. Mirecourt, dans les Vosges, n'était pas encore la capitale du violon français qu'elle deviendra au cours du xviiie siècle. Quelques grandes familles de luthiers y ont pourtant déjà fait souche : Prébinet, Jacquot, Lupot, Vuillaume...

disait, à « frôler la perfection ». Mais il savait toujours dans ce domaine mesurer son discours et ajoutait qu'il venait de comprendre beaucoup de choses et que son prochain violoncelle serait encore plus réussi.

Les vernis des violons du duc étaient à peine secs qu'un nouvel ordre était communiqué à Antonio par le surintendant de la cour des Gonzague : un quatuor destiné à l'orchestre du duc de Mantoue devait être exécuté dans les meilleurs délais. Tous ces instruments qui allaient porter dans les cours la renommée de Stradivari devaient, par la force des choses, être conçus et pratiquement construits de bout en bout par Stradivari. Seuls deux vieux compagnons l'aidaient de leur mieux pour les travaux subalternes. Son fils Francesco encore débutant, Il Francese se montrait finalement le seul sur qui il pouvait compter pour certaines tâches délicates comme la préparation des voûtes et le collage des éclisses. La sculpture des volutes, l'ouverture des ouïes et la pose des filets identifiaient trop l'auteur pour que Stradivari confie ces travaux à un assistant.

Les mois, les années passaient, occupés par le travail. Un travail excessif pour l'homme sur qui reposaient l'existence d'une famille et la réputation d'une prestigieuse signature. Le luthier ne traitait pas plus légèrement les affaires de famille que celles du métier. Susanna, la fille de Francesca que Stradivari avait élevée comme ses propres enfants, était en âge de se marier et c'est Antonio qui avait trouvé le fiancé : Francesco Lucca, le fils d'amis de la famille. Le mariage avait été célébré le 22 juin 1686 à San Matteo. Moins d'une année plus tard, à la fois grand-père et parrain, il avait porté sur les fonts baptismaux le petit Giuseppe Antonio. Susanna mariée il restait à caser Giulia Maria, l'aînée des enfants de Francesca et d'Antonio qu'on laissa de bon cœur se fiancer à Angelo Farina, fils de commerçants connus, qui venait de recevoir son investiture de la chambre des notaires.

C'est à cette époque d'activité intense que parvint à Stradivari, par l'intermédiaire du marquis de Cavalcabo, une lettre portant le sceau de S.M. Christine de Suède qui, depuis son abdication, vivait à Rome sous la protection de S.S. Innocent XI. La souveraine, « Patronne de Rome », informait le meilleur luthier d'Italie de sa décision de donner dans son palais de Riario le plus extraordinaire concert jamais organisé au monde. *J'aurai*, écrivait-elle, *au moins 150 instruments à archet*. Elle ajoutait qu'Arcangelo Corelli, qui dirigeait ce fabuleux ensemble, serait contraint de faire jouer des instruments de médiocre qualité et qu'il lui avait conseillé de faire appel au concours d'Antonio Stradivari afin que celui-ci règle et arrange au mieux violes et violons qui risquaient, joués en l'état, de ternir la magnificence du concert royal. *Je compte*, terminait-elle, *sur votre compréhension et sur votre immense talent. Votre affectionnée, Christine, Regina*.

Une lettre, et quelle lettre ! de la reine Christine ne pouvait que mettre en émoi la bottega Stradivari et l'isola tout entière qui en connut bientôt l'existence. Toujours modeste, Antonio se demanda comment un personnage aussi considérable pouvait s'intéresser à un simple artisan qui besognait de l'aube à la nuit sur son établi. Et Francesca, une fois de plus, eut l'air de se fâcher :

– Il serait temps, tout de même, que tu te rendes compte que tu es devenu un artiste de premier ordre ! Tu es, dans ton métier, l'égal des plus grands peintres ou sculpteurs. Tout le monde l'affirme, sauf toi qui joues les modestes à en devenir ridicule ! Cela dit, qu'est-ce que tu vas faire !

– Aller jusqu'à Rome ! Tu te rends compte ! C'est un mois de travail perdu, c'est de l'argent en moins pour l'établissement des enfants... Comment pourrais-je abandonner l'atelier aussi longtemps ? Reine ou pas, c'est impossible. Je ne peux pas entreprendre ce voyage. Mon métier n'est pas de courir les routes mais de faire des violons. Tant pis si les oreilles de Corelli grincent en dirigeant ces instruments déplorables.

– Tu as raison, mon Antonio. Maintenant il ne faut pas t'emballer. Tu ne peux pas répondre à une reine qui signe *Votre affectionnée* que ses violons tarés ne t'intéressent pas. Il faut réfléchir, essayer de trouver comment tu peux tirer ton épingle du jeu sans la fâcher. Ne crois-tu pas que Guarneri pourrait te remplacer ?

– Penses-tu ! Il est timide, il déteste les voyages et se noie dans une goutte d'eau. Et puis, la reine a demandé Stradivari, elle n'a pas demandé Guarneri !

– Je ne te le fais pas dire ! Alors ?

– Ah ! si seulement Francesco avait cinq ans de plus ! Il pourrait représenter son père. Encore faudrait-il qu'il ait de l'oreille et qu'il sache régler un violon. Il en est loin !

– J'y pense : et François ? Certes il ne porte pas notre nom mais il fait partie de la bottega. C'est presque pareil. Serait-il capable d'améliorer les vio-

lons de Corelli ? Tu me dis toujours qu'il ne manque
pas de talent !

– C'est vrai. Je crois qu'il peut changer ou ajuster
un chevalet, qu'il saurait bouger une âme et cali-
brer les cordes. Je ne lui laisserais peut-être pas
détabler le giorgio amati de Corelli. Encore que...
Réfléchissons, nous avons tout de même quelques
jours pour donner une réponse.

Une lettre d'Arcangelo Corelli, livrée par la poste,
vint le lendemain rappeler à Stradivari qu'il était
urgent de se décider :

*Comme S.M. la reine de Suède a tenu à vous
l'écrire elle-même, nous vous appelons au secours
pour le concert grandiose qui va se dérouler dans le
palais du Riario en présence de toute la noblesse de
Rome, des cardinaux, des membres du gouvernement pontifical ainsi que des ambassadeurs auprès
du Saint-Siège. Ce concert, je vous le rappelle, doit
être l'apothéose des fêtes données par la reine Christine en l'honneur du nouvel ambassadeur d'Angleterre.*

*Malgré mes efforts, je n'ai pu trouver 150 ins-
truments à cordes en état. Certains d'entre eux sont
inutilisables dans un orchestre digne de ce nom.
Vous pouvez, vous, maître Stradivari, leur redonner, sinon une sonorité parfaite qu'ils n'ont sans
doute jamais eue, du moins un semblant de brillance qui ne nuira pas à la qualité de l'ensemble.*

*Je demeure enchanté du violon que vous
m'avez construit et c'est lui que je joue dans les
grandes occasions, de préférence à mon cher et vieil
amati.*

Je compte sur vous, sur votre grand talent pour

me tirer de l'embarras où les exigences de Sa
Majesté m'ont plongé et vous prie de croire à mon
immense admiration.

— On encense les gens dont on a besoin ! maugréa
Antonio après avoir lu la lettre du virtuose.

— Tu es injuste ! constata sa femme. Voilà le plus
grand violoniste d'Italie, et sans doute du monde,
qui ne jure que par toi et tes violons, qui vante le
mérite de tes instruments auprès des têtes couron-
nées et tu mets en doute sa sincérité ! Il est poli, c'est
tout, comme toi lorsque tu supplies un client de
t'excuser lorsque tu ne peux pas lui livrer son violon dans les délais prévus. Tu ferais mieux de
répondre à Corelli en lui proposant d'envoyer François à ta place. Dis que ton état de santé ne te per-
met pas d'effectuer actuellement le voyage de
Rome.

Francesca n'était plus la jeune femme traquée
qu'Antonio avait sauvée de la détresse. Maintenant
qu'elle était devenue une mère et une maîtresse de
maison comblée, les épreuves passées lui donnaient
une force qui souvent l'étonnait elle-même. Antonio
s'était habitué à tenir compte des observations et
des opinions de son épouse dont il découvrait et
appréciait les qualités de finesse et d'intelligence. Il
n'avait qu'à se féliciter de cette influence qui le pré-
servait des coups de tête et l'aidait à surmonter des
difficultés auxquelles sa célébrité nouvelle l'expo-
sait.

Antonio s'était vite rangé à l'idée d'envoyer François à Rome. Il savait que le jeune luthier était
capable d'exécuter le travail de maintenance qu'on
lui demandait et qui, après tout, comme le disait
Francesca, n'était pas à la hauteur de sa renommée.

Répondre à Corelli était facile. Écrire à une reine habituée à commercer avec les plus grands esprits du siècle l'était moins, surtout pour lui dire qu'on n'accédait pas à sa prière. Francesca trouva le moyen d'esquiver le problème :

– C'est simple, dit-elle : tu ne réponds pas à la reine mais, au lieu de t'adresser directement à Corelli, tu pries celui-ci d'avoir la bonté de remercier Sa Majesté de ses attentions, de prendre en considération ta mauvaise santé et d'examiner avec bienveillance ta proposition. Et puis, on verra bien ce qui se passera. Mon idée est que tous deux accepteront !

La réponse en effet ne tarda pas. La reine et le violoniste, tout en regrettant la fâcheuse maladie du maître, se disaient prêts à recevoir l'élève. Mieux, un courrier du Vatican parti pour Milan s'arrêterait au retour à Crémone pour prendre le luthier choisi par Stradivari et le mener jusqu'à Rome.

Prévenu du concours de circonstances qui allait le conduire chez la reine de Suède, François Médard n'en crut pas ses oreilles. Il pensa un instant à une plaisanterie d'atelier mais Antonio Stradivari n'était pas homme à se livrer à de telles facéties. Les voyages ne lui faisaient pas peur, il était venu de Nancy dans des conditions moins supportables, pourtant la crainte prenait le pas sur la satisfaction.

– Vous m'accordez bien du crédit, maître, répondit-il, après un moment de réflexion. Me croyez-vous vraiment préparé au genre de travail qui m'attend ? Comme vous me l'aviez promis, vous avez fait de moi un « luthier à oreille », je sais discerner maintenant ce qui ne va pas dans un violon.

Mais de là à m'occuper des instruments de M. Corelli...

— Tu ne t'occuperas pas des violons de M. Corelli, à moins qu'il ne t'en prie, mais des vilains canards de son orchestre auxquels tu essaieras d'ajouter quelques plumes. Va tranquillement à Rome et profite du bon temps qui t'est offert. Je t'assure que si, à ton âge, Niccolo Amati m'avait proposé un tel voyage je n'aurais pas hésité une seconde.

— Mais je n'ai pas de vêtements dignes d'être portés dans un palais...

— J'y ai pensé. Tu vas aller chez le tailleur Bresciani qui occupe mon ancienne maison de Sant'Agata. C'est un ami. Il va te couper un habit qui te permettra de tenir ton rang et de représenter dignement la bottega Stradivari.

Ainsi, dans un carrosse aux couleurs rouge et jaune de la maison pontificale, partit pour Rome, au début de l'été 1687, le luthier français François Médard. Il avait belle allure, Il Francese, la taille serrée dans son habit de fin drap noir discrètement brodé d'argent, «à la mode de Paris», avait dit M. Bresciani. Celui-ci, à la demande de Francesca, avait taillé le même pour Francesco qui, à dix-sept ans, commençait à aller au concert et à sortir le dimanche.

N'eût été le magnifique paysage qui défilait sur les routes poudreuses de la Romagne, de la Toscane puis de l'Ombrie, François aurait trouvé le voyage ennuyeux. Il n'était que pénible sous le soleil de juillet qui commençait à griller la campagne. Médard avait l'habitude de la solitude ; si parfois il aurait aimé échanger avec un compagnon ses impressions de voyage, il s'accommodait du silence. Le moment qu'il craignait le plus, au contraire, était le souper et la chambre d'auberge qu'il devait partager avec le cocher. Pour appartenir aux équipages de Sa Sainteté, c'était un rustre, pas méchant mais peu soigné, à qui il n'avait rien à dire.

Enfin, la voiture le laissa, avec son bagage et son sac d'outils, à la porte du palais Pamphili où il devait retrouver Corelli. Le virtuose, engagé depuis peu en qualité de maître de musique par le cardinal Pamphili, logeait en effet chez son mécène. Le jeune homme dut attendre de longues minutes avant qu'un domestique veuille bien remarquer sa présence dans l'antichambre où un garde l'avait fait entrer. D'un caractère doux et bienveillant, François Médard était fier et refusait toute humiliation. Cette longue attente, le peu de cas qu'on semblait faire de sa personne, commençaient à l'irriter et il essayait de se calmer en se disant qu'il représentait le maître Stradivari et qu'une algarade avec l'un des domestiques qui passaient et repassaient devant lui sans le voir ferait le plus mauvais effet. Il avait raison. Bientôt un garçon guère plus âgé que lui, vêtu d'une redingote bleue qui ne ressemblait pas à la livrée des valets, vint s'incliner devant lui en le priant de l'excuser :

– Aucun de ces marauds ne s'est pressé pour me dire que vous étiez là. Je suis Bernardino Salviati, au service du maestro Corelli. Celui-ci n'est pas là actuellement mais je vais vous conduire près de M. Matteo Fornari, l'élève et l'ami du maître. Je vous montrerai aussi votre chambre qui, je pense, vous conviendra.

Le palais était d'une grande richesse. Les couloirs et les deux salons qu'ils traversèrent étaient somptueusement meublés.

– Le cardinal Camillo Pamphili est le neveu du dernier pape, expliqua Bernardino. Il est très riche et nous en profitons car il admire beaucoup M. Corelli. Nous voici arrivés dans nos appartements.

Il disait « nous » comme pour montrer qu'il était au service exclusif du maître de musique et qu'il ne fallait pas le confondre avec les laquais de la maison du cardinal qui allaient et venaient dans le palais. Au fond du couloir, il ouvrit une porte qui donnait sur un immense salon rempli de meubles sculptés et surdorés à l'italienne. De grands tableaux représentant des scènes religieuses achevaient de donner à la pièce un air d'apparat. Il aurait fallu vingt ou trente personnes pour en réveiller la sévérité poussiéreuse. Elle était vide. Seul, près d'une fenêtre, un pupitre sur lequel était ouverte une partition pouvait faire penser que cette partie du palais était habitée. Heureusement, la porte ouvragée du fond s'ouvrait sur une pièce plus petite et plus accueillante. Des éditions de musique traînaient sur les meubles et deux violons étaient posés sur la nappe de velours cramoisi qui recouvrait un guéridon.

– Asseyez-vous, dit le valet. Je vais prévenir M. Fornari.

Peu après, un grand jeune homme aux traits fins et au sourire aimable pénétra dans le salon où François regardait avec attention l'un des violons dont il avait tout de suite identifié la couleur rouge sombre et l'enroulement de la volute.

– Bonjour, monsieur. Je suis l'élève... Et aussi l'ami du maître, ajouta-t-il. Celui-ci ne va pas tarder.

Votre jeunesse va le surprendre mais M. Stradivari a écrit tant de bien à votre égard qu'il a déjà tout à fait confiance en votre habileté. Vous pensez pouvoir remettre les violons du concert en état ?

– Il faudrait d'abord que je les voie...

– Bien sûr. Ma question est stupide. Nous irons demain au Riario où doit avoir lieu une première répétition. Vous verrez sur quelles poêles à frire jouent certains musiciens. Il est vrai que pour trouver cent cinquante joueurs de cordes il a fallu recruter chez les violoneux de bals champêtres. Entre nous, l'idée de la reine est complètement folle. J'avais conseillé à Arcangelo de ne pas embarquer sur cette galère mais il n'a pu résister au désir de satisfaire Sa Majesté ni à la tentation de diriger ce fabuleux orchestre... Cela l'amuse ! ajouta-t-il d'une voix de tête qui souligna une allure un peu efféminée que François avait cru discerner chez l'« élève-ami ».

Corelli arriva peu après et tendit ses deux mains à François :

– Voilà notre sauveur ! Avez-vous fait bon voyage ? Les carrosses du Saint-Père n'ont pas bonne réputation...

Tout en disant ces paroles aimables, il regardait le luthier qu'il trouvait visiblement très jeune. Mais, faute de Stradivari, il fallait bien accepter son élève qui venait de faire le voyage de Rome et qui, après tout, était peut-être tout à fait capable.

– Nous irons demain au palais du Riario, dit-il. Vous verrez mon orchestre de gratte-violons qu'il va falloir aussi songer à habiller correctement. Heureusement j'ai tout de même une cinquantaine de bons musiciens.

François se dit qu'il fallait dire quelque chose. Il remercia, transmit les bonnes pensées de Stradivari qui n'était pas encore rétabli quand il avait quitté Crémone, assura qu'il ferait de son mieux, ce qui était bien le moins, parla de la commande du duc de Savoie, de celle de la cour de Mantoue et, pour finir, ajouta :

— Permettez-moi de vous dire, monsieur, que vous avez là un magnifique amati. Ce sera une joie pour moi de vous écouter le jouer.

— Oui, il est beau mais il me tracasse. J'ai l'impression que sa sonorité s'assourdit. Tenez, écoutez.

Corelli prit un archet sur une étagère et commença de jouer, sans doute un passage d'une de ses sonates. Quand il eut fini, il questionna François du regard.

— Il ne sonne pas comme il devrait, dit celui-ci. Vous permettez ?

— Bien sûr, mon ami. Voici l'amati et l'archet.

Médard s'abstint de « sabrer son morceau de luthier » afin de ne pas paraître ridicule. Il se contenta de jouer à plein les quatre cordes et de placer quelques accords. Puis il présenta l'instrument à la lumière, l'inspecta longuement et dit avec toute la modestie dont il se sentait capable :

— Mon maître a eu récemment à résoudre un problème semblable. Il m'a montré comment reconnaître le défaut au son et comment y remédier. La caisse de votre amati fuit, tout simplement. Une minuscule fissure à l'emplacement du sillet inférieur laisse passer un peu d'air. Cela suffit à modifier l'équilibre des vibrations et à assourdir votre instrument.

Corelli avait écouté le jeune homme avec surprise. Maintenant il le regardait en hochant la tête.

– Giovanni et Bassiano qu'on prétend être les deux meilleurs luthiers de Rome ont examiné mon violon, l'ont trafiqué je ne sais comment mais n'ont jamais trouvé l'accident que vous me signalez.

– C'est sans doute qu'ils n'ont pas été les élèves de Stradivari..., lança François avec malice.

– Et que convient-il de faire ?

– Boucher tout simplement la fissure avec une goutte de colle. J'en ai dans mon bagage.

– Merci, merci ! s'exclama Corelli avec emphase. Merci aussi à Antonio Stradivari de m'avoir envoyé un jeune magicien pour me tirer d'embarras. Car vous êtes un magicien, cher monsieur Médard, et je suis tout à fait rassuré pour mon concert !

Rassuré, François l'était moins mais il se dit qu'il serait toujours temps de se lamenter et qu'il était agréable de s'entendre tresser des couronnes par le plus célèbre des violonistes.

Le luxe et le confort du palais Pamphili le changèrent agréablement de la moiteur malodorante des lits d'auberge partagés avec le cocher, et même de la chambre sous le toit de la maison de Crémone. Il passa donc une excellente nuit chez le prélat et, le lendemain, accompagna d'un cœur léger Corelli et Fornari jusqu'au palais Riario. Après le cardinal, la reine de Suède... décidément la chance était de son côté, il fallait en profiter.

Situés sur le Janicule, les deux palais n'étaient pas très éloignés l'un de l'autre. François, habitué à marcher, aurait bien fait le chemin à pied entre vignes et forêt, mais le maestro Corelli ne se déplaçait qu'en voiture ; il monta donc avec les deux amis dans le carrosse somptueux que Christine de Suède avait envoyé pour les chercher.

– Attendez-vous à une surprise, avait dit Corelli à François. Le palais Pamphili n'est qu'un simple pied-à-terre à côté du Riario.

– Verrai-je la reine ? demanda le jeune homme inquiet.

– Sûrement un jour ou l'autre. Sa majesté voudra voir ce que deviennent ses violons. Mais rassurez-vous. Dans la vie courante, hors des cérémonies officielles où elle tient à l'étiquette, la reine Christine est très simple. C'est maintenant une vieille dame qui a oublié sa fougue légendaire. Il est loin le temps où elle fit égorger à Fontainebleau, chez son hôte le roi Louis XIV, le marquis Monaldeschi, son secrétaire et amant qui l'avait trahie.

– Comment devrai-je l'appeler ? demanda encore François.

– Votre Majesté. Mais n'ayez pas peur, mon ami, tout ira bien. Votre métier dont elle ne sait rien va sans doute l'intéresser. Elle vous posera mille questions et sera très généreuse si son concert se déroule selon son idée.

Le carrosse avait pris la via Lungara bordée d'arbres centenaires.

– Au bout, Borgo Nuovo, dit encore Corelli, c'est le palais du cardinal Azzolino, l'ami, le confident, le seul homme qui ait vraiment compté dans la vie de la reine, paraît-il. Mais je vous parlerai de lui un autre jour, nous arrivons.

La voiture qui s'était engagée dans une large allée s'arrêta devant une poterne. Le garde ouvrit la porte. François, alors, poussa un cri d'admiration : le palais déroulait son interminable façade, ses centaines de fenêtres et ses sculptures dans un décor de verdure artistement agencé.

Corelli était connu. Les portes s'ouvraient devant eux et les valets s'inclinaient. Ils traversèrent le vestibule aussi grand qu'une salle de bal, orné de statues et de bustes. Plus loin, Corelli annonça à François la salle des colonnes. Apollon et les Muses y régnaient des murs au plafond. A droite, se dressait sous un baldaquin drapé d'or le trône doré de l'ancienne reine de Suède. Partout, sur les tentures, les tapisseries, les sièges, s'inscrivaient les armes des Wasa. François remarqua que trois couleurs dominaient : le rouge, le vert et le violet. « Les préférées de la reine », précisa Matteo Fornari.

Ils empruntèrent ensuite un escalier monumental qui permit à François, au niveau du premier étage, d'apercevoir la grande salle de réception où des lions de marbre portaient le globe du monde.

— J'espère que nous pourrons, l'un de ces jours, visiter cette suite de salons, dit encore le virtuose. Cent trente tapisseries rapportées de Suède, des tableaux de Michel-Ange, de Vinci, du Titien, du Corrège, y sont répandus à profusion. Je ne pense pas que vous puissiez voir les appartements privés de la reine, je n'y suis moi-même jamais entré. Ils donnent sur le plus beau parc du monde. Mais gagnons le second étage où se trouve le théâtre qui sert aussi de salle de musique. C'est là que nous répétons mais la scène sera trop petite pour le concert : elle ne peut contenir que cent musiciens !

— Où aura lieu alors le concert ?

— Dans le parc, j'espère, s'il fait beau. Sinon probablement dans la salle des colonnes. Allons, j'entends les musiciens qui m'attendent.

En effet, la cacophonie des instruments qu'on accorde augmentait de volume à mesure qu'on approchait du théâtre. Un personnage bariolé de décorations, de rubans et de broderies en sortait. Il s'arrêta pour échanger quelques mots avec Corelli.

– C'est le duc de Poli, le majordome, dit Matteo Fornari. S'il pouvait raconter ce qu'il a vu ici depuis vingt ans !

Tous les musiciens se levèrent à l'entrée du maestro. Ils se divisaient en deux groupes distincts : le premier composé des instrumentistes qui avaient l'habitude de jouer sous la direction de Corelli, le second, disparate, formé de gens habillés de toutes les façons, certaines carrément négligées ou excentriques.

C'est à ces derniers que s'adressa Corelli. Il leur présenta François, « l'un des plus grands luthiers français », ce qui fit sourire l'intéressé, et leur expliqua qu'il allait régler leurs violons.

« Nous y voilà ! pensa Médard. A moi de jouer les magiciens. Je vous en supplie, mon maître, vous le grand Stradivari, soutenez-moi dans l'épreuve ! »

On l'installa dans une pièce attenante au théâtre. Jamais un luthier n'avait travaillé dans un atelier aussi somptueux. C'était le salon dans lequel la reine recevait les soirs de représentation. Meublé de fauteuils et de banquettes venus de France, il reflétait les goûts de Christine dont l'emblème était répété sur les sièges et les tapisseries : le phénix, cet oiseau légendaire qui renaît de ses cendres et qui regarde en face le soleil.

Faute de mieux, François avait déposé ses outils sur un meuble de Boulle heureusement protégé par un morceau de drap et il avait commencé à recevoir un à un les pauvres diables promus violonistes royaux. A part quelques ancêtres, ménétriers sortis des orchestres de rues et irrécupérables, le représentant de la bottega Stradivari fut plutôt agréablement surpris. D'abord, beaucoup de ces « violoneux » savaient manier l'archet et lire une partition de musique, ensuite, leurs instruments, sans être excellents, étaient moins mauvais que Corelli ne l'avait laissé entendre. Avec un peu de soin et quelques idées, François Médard pouvait sûrement les rendre aptes à tenir leur place dans l'orchestre.

Il se garda bien de faire part à Corelli de ces découvertes optimistes. On l'avait fait venir jusqu'à Rome pour accomplir un travail très difficile, autant laisser croire qu'il l'était. Par ailleurs, François avait réussi à rendre sa vigueur de coq belliqueux à l'amati du virtuose et cet exploit suffisait pour l'instant à asseoir sa réputation.

Chaque matin, le jeune homme se rendait à Riario et réussissait à réparer au mieux un ou deux instruments dans la journée. Le travail n'était pas intéressant mais les conditions matérielles dans lesquelles il était accompli faisaient oublier ce côté ennuyeux. Le majordome et Del Monte, le grand écuyer de la cour, avaient reçu l'ordre de faciliter la tâche du « Francese » qui n'avait qu'à tirer la poignée d'un cordon en forme de phénix pour voir surgir un valet qui lui demandait s'il souhaitait se restaurer ou boire un rafraîchissement. Le soir, une voiture le ramenait au palais Pamphili où le service de Bernardino pour être moins voyant n'en était pas moins agréable.

Il en était presque à la moitié de sa tâche quand, un après-midi, une sylphide entra dans le salon où il essayait de rendre un peu d'âme à un « violone » décati qui avait dû faire danser une dizaine de générations de paysans du Latium. Il avait deviné une forme irréelle lorsqu'elle avait poussé la porte. Maintenant qu'elle se tenait devant lui, esquissant un sourire dont elle connaissait sûrement le pouvoir, François était fasciné par son charme, sa jeunesse et sa beauté.

— Bonjour, dit-elle d'une voix de chanterelle. Je m'appelle Angelica et j'habite le palais. On m'a dit que vous êtes français. J'ai beaucoup aimé un Français qui était pauvre, élève de l'académie de France[1] et qui admirait Raphaël. Cet amour m'aurait fait enfermer dans un couvent de filles repenties si la reine Christine ne m'avait assurée de sa protection et recueillie au Riario.

François l'écoutait bouche bée, se demandant s'il devait croire cette histoire insensée et qui était cette jeune fille aux longues jambes, au profil d'ange et aux cheveux blonds qui surgissait ainsi dans sa vie. Après avoir avalé plusieurs fois sa salive il finit par dire sottement :

— Vous êtes très jolie, mademoiselle.

— Je préférerais que vous me disiez que je suis intelligente. Il est vrai que vous n'en savez rien... Peut-être pouvons-nous devenir amis ? Vous êtes la seule personne jeune que je rencontre depuis des mois. Ce palais est magnifique, j'y vis une existence de princesse mais je m'y sens prisonnière. A part le cardinal Azzolino, qui n'est d'ailleurs plus de la première jeunesse, la reine est entourée de femmes

---

1. Établissement créé par Louis XIV pour héberger de jeunes Français peintres et sculpteurs et qui deviendra un siècle plus tard la « Villa Médicis ».

âgées, mûres comme la marquise Capponi et sa sœur Giovanna qui, elle, est blette. Il faut que nous nous voyions, vous me parlerez de ce qui se passe à Rome, vous me raconterez votre métier.

– Et vous votre vie. Mais comment se rencontrer ? Je rentre tous les soirs au palais Pamphili où je retrouve souvent l'illustre Corelli et son ami de cœur, le gentil Fornari. Quand on n'aura plus besoin de moi, je retournerai chez mon maître à Crémone.

– Laissez-moi faire, mon Français. Je vais essayer de trouver un moyen.

– Mais je ne veux pas vous voir enfermer dans un couvent !

– Tant que je serai sous la protection de la reine je n'aurai rien à craindre. Hélas ! elle vieillit et j'appréhende ce qui se passera après sa mort.

– Mais que vous reproche-t-on ?

– D'être trop jolie et trop prude. Ce sont deux qualités qui, réunies, ne pardonnent pas dans notre ville très chrétienne ! Allons, je me sauve et à demain.

Elle disparut comme elle était entrée, sur la pointe de ses petits pieds chaussés de satin bleu pâle. Médard se demanda s'il avait rêvé, si c'était vraiment la plus belle des jeunes filles qu'il ait jamais rencontrées qui se trouvait l'instant d'avant en face de lui ou bien un elfe qui s'était évanoui dans les airs. Ce qui était sûr, c'est qu'il était encore sous le charme : il cassa à la suite deux cordes de *sol* en accordant un amati *da miseria* comme il appelait les violons les plus déglingués.

Le soir, il questionna Matteo Fornari avec lequel il était maintenant plus libre et qui, en bon Romain, connaissait sa ville et tous ses potins.

– La belle Angelica ? Vous l'avez rencontrée au Riario ?

– Oui, c'est vrai qu'elle est très belle. Mais tellement mystérieuse...

– Son histoire, dont je sais presque tout, est l'illustration des mœurs de notre époque dans le haut clergé. Un roman vous dis-je, un vrai roman...

Il éprouvait visiblement du plaisir à parler de l'existence d'Angelica. François l'y engagea vivement.

– Angelica passe à Rome pour être la fille de celui qu'elle considère comme son parrain, Mgr Zacharios, et d'une certaine Caterina que le cardinal avait séduite puis mariée à un employé du mont-de-piété de Rome alors qu'elle était grosse. Ce n'est déjà pas mal mais attendez la suite, mon cher... La jeune fille qui porte le nom d'Angelica Giorgina reçut, par les soins du prélat son parrain, une excellente éducation. Elle eut les meilleurs maîtres de danse, de chant, de luth et de violon. A mesure qu'elle grandissait, sa beauté s'épanouissait, son teint acquérait la finesse d'un coquillage, ses formes devenaient troublantes. Mais il est inutile que je vous la décrive puisque vous l'avez vue. Vous devez avoir deviné que je ne porte pas grand intérêt à la beauté féminine, pourtant je dois dire que celle d'Angelica m'a ému quand je l'ai rencontrée lors d'un concert au Riario. Ses jambes de Diane, sa gorge aux petits seins écartés, font penser à la Vénus de Botticelli. Vous connaissez...

– Tant de beauté aurait dû servir celle qui avait la chance de la posséder ?

– Tel n'a pas été le cas. La gloire de cette perfection de la Nature a franchi l'Apennin jusqu'à Milan.

Plusieurs princes dit-on ont mandaté des entremetteurs et entremetteuses pour tenter de posséder ce joyau. Non loin d'ici, dans la vigne Corsini, le duc de Mantoue l'a vue danser et l'a entendue chanter. Il en fut bouleversé et aurait arraché à la jeune beauté la promesse de le suivre à sa cour dans le palais ducal. Promesse d'un soir, la sage Angelica resta à Rome où bientôt un cardinal, dont je ne peux vous révéler le nom, tenta sa chance à son tour en offrant beaucoup d'or à la mère pour s'attacher la fille. Une nouvelle fois Angelica n'accepta pas le marché conclu par Caterina. C'est alors que les choses se gâtèrent.

– Angelica était donc pure ? demanda François d'un ton qui fit sourire Fornari.

– Je n'ai pas vérifié, dit celui-ci avec malice, mais je le pense. C'était d'ailleurs l'avis de tout le monde à Rome.

– Et qu'est-il arrivé à la malheureuse ?

– Elle est tombée amoureuse d'un charmant Français, élève de l'académie de France avec qui elle échangea une correspondance enflammée comme on peut le faire à seize ans. Vous allez me demander jusqu'à quel point sont allées ces amours, je n'en sais rien ! Ce que je sais, c'est que la mère surprit quelques-unes de ces lettres qu'elle n'hésita pas à montrer au cardinal aussi jaloux que généreux.

– Cette Caterina est une putain ! s'exclama Médard.

– Hélas oui ! Et le cardinal qui ne valait pas mieux complota l'enlèvement d'Angelica. Mais c'était sans compter avec la force de caractère de cette dernière qui cria, griffa, se débattit et finit par échapper aux sbires du chapeau rouge. De nombreux Romains avaient assisté à l'esclandre. Prévenue, Sa Sainteté Innocent XI, qui avait entrepris de moraliser la vie relâchée du Vatican, décida, faute de pouvoir punir le cardinal, d'envoyer l'innocente par qui le scandale était arrivé dans un couvent cloîtré.

— Et la reine Christine a empêché cette injustice ?

— Oui. Dès qu'elle a appris ce qui se préparait, elle a placé Angelica sous sa protection et l'a accueillie au Riario où ses gardes veillent sur elle. Le pape n'a rien dit. Il sait qu'il ne fait pas bon de s'attaquer à l'ancienne souveraine.

— Vous avez l'air de bien l'aimer ?

— Nous avons, Arcangelo et moi, du respect pour cette femme peu ordinaire, aimée et haïe, admirée et méprisée. Les écrivains et les artistes lui doivent beaucoup. Ils n'ont pas à juger les équivoques, les fantaisies parfois dramatiques de sa vie.

François se dit qu'il aurait peut-être la chance de croiser dans un couloir la reine qui avait sauvé Angelica. Ainsi la jeune fille ne lui avait pas menti. Les quelques paroles qu'elle avait prononcées étaient la vérité. Il s'endormit ce soir-là en pensant qu'elle chanterait peut-être un jour pour lui l'un des airs qui avaient séduit le duc de Mantoue.

Le lendemain matin, il avait à peine commencé de consolider les éclisses d'un violon qui menaçait de s'aplatir comme une crêpe quand Angelica, aussi silencieuse qu'une ombre, s'approcha de lui. Il s'aperçut de sa présence au léger parfum de néroli qui se dissipait autour d'elle.

— Vous êtes venue, quel bonheur ! murmura-t-il en levant la tête.

Se rappelant la phrase de Fornari, il ajouta :

– Vous ressemblez à la Vénus de Botticelli.

– Je ne connais pas mais je prends cela pour un compliment.

François non plus ne connaissait pas le tableau qui ornait un salon du palais des Médicis à Florence. Il jugea prudent de changer de sujet.

– Peut-être pouvez-vous m'emmener visiter le palais ? Surtout le parc qui me semble superbe.

– Non, il serait déraisonnable de sortir ensemble mais je peux vous montrer la « distillerie » de Christine. C'est à côté et il n'y a personne.

– La distillerie ? s'étonna François.

– C'est ainsi que la reine appelle l'endroit où elle se livre à ses travaux d'alchimie en compagnie d'une sorte de sorcière nommée Sibylle, qu'elle loge dans le palais, et du marquis Palombaro, un maître en la matière paraît-il. Quelquefois le cardinal Azzolino assiste à ces séances... Mais venez, vous allez voir...

Il suivit Angelica dans un couloir désert qui les mena à une porte discrètement décorée de signes cabalistiques. La jeune fille entra sans hésiter.

– Vous êtes sûre que nous n'allons pas être découverts. La Sibylle, comme vous l'appelez, est peut-être en train de se livrer à quelque expérience...

– Jamais quand la reine n'est pas là et la reine qui a demandé une audience au Saint-Père est au Vatican. Entrez sans crainte, il ne vous arrivera rien ! ajouta-t-elle en riant.

Dans la vaste pièce, de longues tables étaient encombrées de cornues, d'alambics et de fioles contenant de mystérieux élixirs aux couleurs violentes.

– C'est tout de même impressionnant, dit Angelica. Vous croyez vraiment qu'on peut arriver à transformer des métaux quelconques en or ou en argent ? La reine parle tout le temps de pierre philosophale, de mercure animé, d'eau céleste...

– Je ne crois à aucune de ces sornettes et je m'étonne que la reine, qui passe pour un esprit éclairé, se passionne pour l'alchimie. Je suis sûr que votre sibylle, votre marquis et les autres sont des charlatans qui tirent profit de sa passion pour cette pseudo-science.

– Je suis de votre avis. Mais, monsieur le Luthier, ce n'est pas seulement pour vous montrer cet étrange cabinet que je vous ai conduit ici. C'est parce que nous y serons tranquilles. Tenez, installons-nous sur cette banquette. La reine s'y repose quand les expériences tardent à donner des résultats. Je voudrais que vous me parliez de vous. Où êtes-vous né ? Comment diable êtes-vous parvenu jusqu'à Rome et, une fois à Rome, dans le palais de la reine ?

– Pour vous rencontrer, jolie Angelica, j'ai parcouru des lieues et des lieues, j'ai traversé des provinces, j'ai fait chanter les violons, j'ai risqué mille dangers sur les routes du Piémont et de Lombardie...

Ils sourirent ensemble. Tout naturellement elle lui prit les mains et l'écouta raconter Nancy, la Lorraine, le métier de luthier qui lui avait déjà donné tant de joies et enfin son long voyage vers Crémone où, c'est bien connu, se fabriquent les plus beaux violons du monde. Il parla d'Antonio Stradivari, le dieu de la lutherie à qui il devait d'être à Rome et de converser aujourd'hui avec la plus belle fille de la ville...

– Vous savez, Angelica, ajouta-t-il, je sais beaucoup de choses sur vous...

– Cela ne m'étonne pas car toute la ville connaît mon histoire. Et alors ? Que pensez-vous de moi ? Suis-je une fille perdue parce que j'ai préféré un artiste jeune et beau à un cardinal concupiscent ?

– Je pense que vous êtes adorable. Je crois même que je vous adore déjà ! Mais votre Français ? Vous ne l'aimez plus ?

– J'ai beaucoup pleuré quand on l'a obligé à rentrer en France. C'était pourtant mieux ainsi. S'il était resté à Rome, je n'aurais pas pu le revoir et cela m'aurait été encore plus pénible. Oui, j'ai aimé Jean. Je l'aime encore. Mais c'est peut-être à vous de panser cette plaie et de me faire oublier son absence...

– Jamais une tâche ne m'a paru aussi douce. Je vous jure que je vais m'y employer de mon mieux.

Comme il l'attirait vers lui pour lui prendre un premier baiser, elle le repoussa gentiment.

– Attends, ne sois pas si pressé. Dis-moi plutôt si tu n'as pas laissé quelque fiancée en France ou à Crémone.

– Non. Personne à qui j'aie eu envie de dire « je t'aime ». Avec toi il aura suffi que je te regarde quelques instants...

– Alors viens, embrasse-moi. J'ai besoin de ta tendresse.

Ils s'étreignirent et auraient sans doute été loin sur le chemin de l'amour si le grincement de la porte n'avait arrêté leur élan. Quelqu'un entrait. Ils n'eurent que le temps de se cacher dans un petit cabinet de débarras rempli de flacons vides, de tubes brisés et de cornues noircies par des pratiques

sulfureuses. Angelica avait refermé la porte doucement et mis l'index sur ses lèvres encore frémissantes.

Le placard était exigu. François devait demeurer
immobile et droit comme un I à quelques centi-
mètres d'une étagère chargée d'objets en verre. Le
moindre mouvement risquait de rompre cet équilibre fragile et de déclencher un vacarme qui les eût
fait infailliblement découvrir. Cette crainte l'angois-
sait, Angelica, elle, avait conservé son calme.

— Approche, murmura-t-elle. Mets-toi contre moi
et éloigne-toi le plus possible de cet édifice précaire.
C'est sûrement quelqu'un qui ne va pas rester.

En même temps elle l'attira. Lui était en manches
de chemise, elle était vêtue d'une robe légère. Leurs
corps immobiles s'épousèrent tandis que le danger,
toujours menaçant, attisait leur passion. C'était à la
fois divin, frustrant, inconfortable. Leurs bouches
unies se fondaient dans un désir parvenu à
l'extrême quand ils entendirent la porte qui se
refermait.

Angelica s'échappa, alla tourner la clé dans la
serrure et revint se jeter dans les bras de François
qui l'entraîna vers la banquette royale.

— Sois gentil, murmura-t-elle. C'est la première
fois.

A force de répétitions, Corelli était parvenu à
donner une réelle unité à son ensemble. Les archets
allaient en cadence et aucune dissonance ne venait
polluer ses concertos ou *Laodicea e Berenice* d'Alessandro Scarlatti qu'il avait mis au programme. Dix
musiciens irrécupérables parce que sans talent ou

sans violon acceptable étaient placés au fond avec la consigne absolue et secrète de n'émettre aucun son. Ils faisaient simplement mine de jouer en complétant sans risque le nombre des cent cinquante instruments à cordes exigés par la reine.

Le concert royal obtint dans les jardins du Riario un énorme succès. Malgré le froid survenu entre la reine et Innocent XII, le Sacré Collège s'était déplacé, comme tous les ambassadeurs étrangers venus assister à cet événement exceptionnel dont son inventeur, Christine de Suède, disait : « On en parlera encore dans plusieurs siècles. » On en avait parlé bien avant le premier coup d'archet dans toutes les cours d'Europe. Rois et empereurs enviaient la ville qui pouvait se permettre de réussir un tel prodige. Ils se sentaient un peu ridicules avec leurs orchestres de dix ou douze violons !

François avait été prié de demeurer près de l'orchestre afin de pouvoir intervenir rapidement si un accident survenait à l'instrument des meilleurs musiciens, ceux qui entraînaient l'ensemble. Le luthier savait que dans un tel cas il ne pourrait rien faire d'autre que de passer un violon accordé à l'intéressé mais seuls quelques musiciens possédaient un instrument de rechange. En fait, il n'était là que pour Corelli et Matteo Fornari. Heureusement, aucune corde ne semblait vouloir se rompre et Médard pouvait profiter tranquillement d'un spectacle bien plus intéressant que celui offert à l'assistance : le parterre des invités lui-même dont les robes, les uniformes, les soutanes bariolaient les frondaisons.

Elle était loin, dans l'une des dernières rangées, pourtant François l'avait située depuis longtemps grâce à sa longue robe blanche à plis. Il ne pouvait distinguer le fin et frais visage d'Angelica mais il en connaissait assez tous les traits pour l'imaginer frémissant sous l'adagio dont l'orchestre développait maintenant les nuances. Il savait aussi qu'il devait être embué de tristesse. Le concert fini, François n'avait plus de raisons de demeurer à Rome. Il attendrait peut-être encore quelques jours la malleposte du palais qui devait partir vers le nord et sur laquelle l'excellent Corelli avait réussi à lui faire réserver une place. Et puis, ce serait fini. Le beau rêve s'achèverait dans un galop de chevaux. D'ici là il n'était même pas sûr de revoir Angelica.

Le concert s'acheva sous les ovations, et la reine, heureuse comme un enfant dont on aurait satisfait les caprices, couvrit Corelli d'éloges :

— Vous êtes le plus grand, lui dit-elle. Vous avez réussi l'impossible. Grâce à vous la Musique sort grandie de ce concert dont le souvenir me suivra jusque dans ma tombe.

Le musicien vit alors une larme couler entre les poils gris qui depuis quelque temps envahissaient le dessous du nez crochu et le menton de Christine de Suède. Son regard croisa celui d'Azzolino, l'ami fidèle, et il comprit que le cardinal avait la même pensée que lui : la femme orgueilleuse, forte, savante, qui avait régné, qui avait aimé et qui avait souffert, la reine qui avait marqué l'histoire du siècle de sa personnalité hors mesure allait bientôt mourir et elle le savait. Ce concert prodigieux était celui des adieux.

Tandis que les musiciens rangeaient leurs instruments dans un bruit de chaises remuées et que l'assistance se dirigeait bruyamment vers les

comptoirs chargés de fruits, de glaces et de rafraî-
chissements, François avait gagné l'endroit, maintenant désert, où il avait aperçu Angelica. Celle-ci
l'attendait derrière un buisson et se jeta dans ses
bras.

– Il va vraiment falloir se quitter ? implora-t-elle.

– A moins que je ne t'enlève, je crois, hélas ! que
notre séparation est inéluctable. Peut-être pour-
rais-tu demander à la reine la permission de
m'épouser ? Rien ne pourrait alors m'empêcher
d'emmener ma femme.

– Je n'en suis pas si sûre. Tu ne sais pas de quoi
sont capables ceux que j'ai refusés !

– Tu ne veux pas essayer ? Tu m'as dit que la
reine t'aimait bien, peut-être qu'elle aura envie de
jouer encore un bon tour à tous ces « Mon-
seigneurs » qu'elle déteste. Et même au pape qu'elle
traite paraît-il de tous les noms...

– Je vais me confier d'abord à Azzolino. Il a toujours été gentil avec moi et n'a jamais essayé de me
séduire. Son influence sur Christine est demeurée
grande. Espérons ! Ce n'est peut-être pas la dernière
fois que nous nous voyons.

Son visage était couvert de larmes. François
l'enlaça et ils demeurèrent un long moment immobiles serrés l'un contre l'autre.

– Va, dit-elle enfin. On doit te chercher. Et moi
aussi, il faut que je me montre. Si nous ne devions
pas nous revoir, n'oublie pas Angelica. Pour ma
part, mon beau luthier, je n'ai pas fini de penser à
toi.

François retrouva l'orchestre, aida deux musiciens, les frères Vainini qui étaient devenus ses
amis, à réunir les partitions. Des voitures avaient été

prévues pour ramener les artistes dans le centre de Rome. L'une d'elles le déposa devant le palais Pamphili. Il salua les gardes et le portier qui maintenant le reconnaissaient et gagna tristement sa chambre. Corelli, le héros de la soirée, et Fornari, eux, étaient restés au Riario avec les invités.

Le jeune homme avait souvent pensé à cette échéance, ce moment où il quitterait Angelica pour toujours. Et ce moment était arrivé... Non, pas forcément, puisque la date de son départ n'était pas encore fixée ! Et si Angelica réussissait à émouvoir la reine ? Il se reprit à espérer.

Le lendemain, il trouva Corelli détendu et joyeux après son triomphe de la veille.

— Bravo, François ! Nous avons gagné la partie ! Tu as fait du bon travail et tu en seras récompensé : tu recevras une bourse de vingt ducats de la part de la reine.

— Merci, maestro, c'est magnifique mais c'est une autre libéralité que je souhaite.

— Quoi donc ? Tu ne trouves pas la somme assez importante ?

— Oh, si ! Je n'espérais pas tant ! Mais je voudrais que la reine me laisse épouser sa protégée Angelica.

Corelli le regarda, éberlué :

— Angelica ? La beauté convoitée par les plus grands ? Tu ne manques pas d'audace, dis donc ! Et qui crois-tu présentera ta requête à Christine ?

— Angelica elle-même. Nous nous aimons et voudrions nous marier. Si seulement je pouvais l'emmener à Crémone...

Le musicien demeurait perplexe. Il ne lui serait certes jamais venu à l'idée de convoiter la jeune fille mais il comprenait François et cet amour l'émou-

vait. Il aurait voulu aider le « Francese » pour qui il
éprouvait de l'admiration et de l'amitié, mais que
faire ? Il ne pouvait se permettre d'intervenir
auprès de la reine. Azzolino, peut-être...

— J'essaierai de voir le cardinal avant ton départ,
dit-il. Mais ne te fais pas trop d'illusions ! Tu sais le
contentieux qui existe entre la reine et le pape à
propos de ton amoureuse. Remarque que tout
compte fait cela peut amuser Christine de souffler
la donzelle au nez et à la barbe d'Innocent XI et de
ses « Monsignori »...

— Puissiez-vous dire vrai, maître ! Je vous suis en
tout cas reconnaissant de vos bontés.

— Tu as soigné mon amati d'un coryza rebelle.
C'est comme si tu m'avais sauvé moi-même. Je te
dois quelque chose.

— Vous l'aimez votre violon, maître ?

— Il est avec Matteo ce que j'ai de plus cher au
monde. Tiens, j'écrirai un jour un opéra qui illus-
trera l'amour d'un virtuose pour son violon.

Azzolino avait déjà entendu la confession et les
suppliques d'Angelica quand Corelli vint à son tour
plaider la cause des amoureux. Il sourit :

— C'est un complot ! Je veux bien essayer d'émouvoir la reine sur les amours d'Angelica et du luthier.
Sa Majesté est quelquefois sentimentale... Mais elle
est aussi malade et aime que la jeune fille lui serve
de garde. Il va falloir que je la surprenne avec mon
histoire à un bon moment.

Un événement, qui faillit être fatal à Angelica,
joua finalement en faveur des amoureux. Dans la
nuit qui suivit le concert, un chanoine de Saint-

Pierre, le protonotaire apostolique Vaini, connu comme un grand libertin, avait réussi, avec la complicité de Caterina, la mère, et de deux valets napolitains du palais, à s'introduire dans la chambre de la fille. Celle-ci n'avait dû qu'à sa résistance farouche de n'être pas violée. Ses cris avaient alerté la marquise Capponi et l'arrivée de celle-ci avait fait fuir le protonotaire par une porte dérobée. Mise au courant de ce nouveau crime, Christine était entrée dans une grande colère et avait ordonné au capitaine de sa garde de rechercher le coupable et de l'exécuter ainsi que les deux valets.

La fureur de la reine redoubla quand elle apprit que le chanoine s'était enfui dans les Abruzzes. Elle alla même jusqu'à cravacher l'officier venu l'informer que le misérable se trouvait hors d'atteinte. Azzolino, depuis vingt années qu'il vivait près de Christine, connaissait son caractère et prévoyait souvent ses réactions. Il jugea que l'incident du palais pouvait la disposer à sauver définitivement sa protégée des mœurs dissolues d'une partie de la curie romaine.

En lui présentant habilement la situation, Azzolino pensait : « Ou elle va être furieuse en criant qu'on veut lui enlever la seule personne capable de la veiller lorsqu'elle est souffrante, ou elle va sourire. »

Elle sourit :

— Ah ! l'amour quand on est jeune ! Mais quel est donc ce luthier qui emplit, dites-vous, le cœur de ma jolie Angelica ?

— Celui qui est venu de Crémone à votre demande. C'est un peu grâce à lui que le concert a été un triomphe. D'après Corelli, c'est un garçon très bien, promis à un bel avenir dans son métier.

– J'aimerais bien le connaître. Faites-le donc venir.

C'est ainsi que François Médard, élève de Stradivari, se présenta le lendemain au palais du Riario. La garde, prévenue, le conduisit auprès du cardinal. Azzolino était assis derrière son bureau construit spécialement à Paris dans les ateliers du Louvre par André Charles Boulle, l'ébéniste du roi Louis XIV. Il lui plaisait de vivre dans les mêmes meubles que son compatriote le cardinal Mazarin qu'il continuait, trente ans après sa mort, à prendre pour modèle. Encore svelte, l'allure jeune malgré sa chevelure blanche soignée, le cardinal paraissait beaucoup moins âgé que la reine vieillie prématurément depuis qu'elle était accablée par un grave érysipèle.

François maîtrisa son anxiété et baisa l'anneau du prélat qui ne le laissa pas languir.

– Hier, Sa Majesté semblait plutôt bien disposée à votre égard, j'espère que vous saurez tirer parti de cet avantage. Elle veut le bonheur d'Angelica. A vous de l'assurer que vous êtes capable de le lui donner. N'hésitez pas à lui parler de votre métier. Vous savez à quel point elle aime la musique, en particulier le violon. C'est votre meilleur atout. Dites-vous qu'elle ne donnerait jamais la main de sa protégée à un homme de robe, non plus qu'à un peintre ou un sculpteur. Maintenant venez, je vais vous présenter à la reine.

Dans un salon dominant les bosquets et les massifs du parc, Christine de Suède, soutenue par des coussins, était à demi allongée sur un lit de repos. Une longue robe sans ceinture cachait son obésité et elle portait sur le visage une fine voilette de dentelle qui masquait son visage déformé. En approchant,

François remarqua encore ses cheveux coupés court, aux mèches rebelles et à la couleur indécise. Il avait l'autre soir aperçu de trop loin la souveraine pour remarquer sa décrépitude. Il est vrai que la crise qui la faisait souffrir et la défigurait ne s'était déclenchée que le lendemain, lorsqu'elle avait appris l'attaque odieuse entreprise contre Angelica.

François s'évertua à cacher son trouble et s'inclina devant Christine comme le cardinal le lui avait demandé.

— Relevez-vous, jeune homme, et regardez-moi si je ne vous fais pas peur. Ainsi, c'est vous qui avez sauvé mon concert et qui demandez en récompense d'épouser l'adorable Angelica ?

François qui s'attendait à ce genre de question avait préparé sa réponse et ne se tira pas mal de la situation extraordinaire où le hasard le plaçait.

— Je conjure Sa Majesté de croire que je ne demande aucune récompense. Il se trouve que durant mon travail au palais j'ai rencontré Mlle Angelica et que nous sommes tombés amoureux l'un de l'autre au point de souhaiter nous marier. Je sais que je n'en suis pas digne et que la raison s'oppose à une telle issue. Je sais aussi que nous allons être très malheureux de ne jamais nous revoir. Que Sa Majesté veuille bien pardonner à un jeune facteur de violons d'avoir eu l'audace de paraître devant elle.

La reine baissa le voile sous ses yeux pour mieux voir le jeune homme et s'adressa à Azzolino :

— Que pensez-vous de cela, monsieur le Cardinal ?

— Je pense, Votre Majesté, qu'il n'y a nulle offense à Dieu dans le mariage et que celui-ci résoudrait bien des problèmes parmi ceux que posent la grâce et la beauté de votre protégée dans la cour romaine. A commencer par vos relations avec le Saint-Père et la sécurité de cette pauvre enfant, innocente victime de la dépravation des mœurs.

– Je me moque du Saint-Père qui n'est que « Jean Fesse ». Il est heureux que le Saint-Esprit gouverne l'Église, car, depuis que je suis à Rome, j'ai déjà vu quatre papes et chacun d'eux ne fut qu'un faquin imbécile !

François, médusé, écoutait la reine proférer ces propos impies qui ne semblaient guère émouvoir le cardinal. Calmée, elle continua :

– Je suis beaucoup plus sensible, monsieur le Cardinal, à votre seconde raison. Même dans ce palais, Angelica n'est pas en sûreté et plus vite elle quittera Rome, mieux ce sera. Tant pis si je me retrouve seule. L'amour que se portent les deux tourtereaux est une occasion d'arranger un mariage et de préparer leur départ dans le plus grand secret. Un garde veillera sur eux jusqu'à leur arrivée à Crémone, puisque vous m'avez dit que c'est dans cette ville que réside ce jeune homme.

Médard croyait rêver. Ainsi son mariage avec Angelica qui hier encore semblait la chose la plus impossible du monde devenait, comme si une bonne fée en avait décidé, une réalité toute simple. La bonne fée Christine ressemblait plus à une sorcière napolitaine mais François la trouvait sublime. Il se mit à genoux, tendit ses mains vers elle et dit :

– Que Votre Majesté est bonne ! Je la remercie et lui resterai dévoué jusqu'à ma mort.

C'était un mot de trop. Christine le releva :

– Dites jusqu'à ma mort à moi. Comme celle-ci ne

saurait tarder vous n'êtes pas engagé pour longtemps ! Jurez plutôt que vous rendrez Angelica heureuse.

— Je vous le jure, Majesté.

— Ne la décevez pas. Elle croit au bonheur avec
vous. C'est que, vous pensez bien, je lui ai demandé
son opinion avant de vous recevoir ! Tenez, allez la
retrouver un instant dans le salon à côté où elle
vous attend. Et puis, demeurez chez Corelli jusqu'à
ce que les hommes du cardinal vous fassent signe.
Ne dites rien à personne, ni au maestro ni à son Fornari qui est la plus belle commère de Rome. Le cardinal vous mariera en secret et nul ne devra savoir
qu'Angelica a quitté le palais avant que vous soyez
arrivés à Crémone.

François remercia encore avant de pousser la
porte derrière laquelle il allait retrouver celle qu'il
pouvait maintenant appeler sa fiancée. La reine
avait l'air contente. « Le Seigneur, dit-elle à Azzolino, m'a protégée de l'amour et du mariage. Il m'a
donné un cœur qui ne devait être occupé que par
lui. Mais c'est lui qui m'a poussée à unir ces deux-
là. »

Azzolino sourit à ces paroles orgueilleuses. Il en
avait l'habitude et n'essayait plus de rappeler Christine à l'humilité. L'essentiel, à l'instant, était qu'elle
avait permis à l'amour de triompher.

François ne revit Angelica que le matin de son
mariage célébré discrètement par le cardinal dans
la chapelle du Riario. Monsignor Andretti, le secrétaire d'Azzolino et le capitaine des gardes servaient
de témoins. Ce dernier, sitôt la cérémonie achevée,
emmena sans plus attendre les jeunes mariés dans
la petite cour du palais où menait un escalier

dérobé. Un carrosse attendait, le cocher fouet levé, deux cavaliers aux armes de la reine enfourchèrent leur monture. Rideaux fermés la voiture s'élança sur le chemin verdoyant du Janicule. Un peu plus tard elle abordait la route d'Orvieto, moins bonne mais aussi moins encombrée que celle de Perugia. Dans la voiture flanquée des deux dragons de la reine, François et Angelica se tenaient serrés l'un contre l'autre. Encore stupéfaits par les événements qui venaient de bouleverser leur vie, ils ne parlaient pas, se contentaient de se regarder, émerveillés, et de rire chaque fois qu'une secousse du carrosse les précipitait tous les deux d'un côté ou l'autre de la banquette. Enfin leurs langues se délièrent :

– Je me demande la tête que va faire mon maître Antonio Stradivari quand il verra que je ramène une femme de Rome.

– Pas une femme s'il te plaît. Ta femme ! précisa Angelica.

– Tu as raison. Reste à savoir comment et où nous allons vivre à Crémone. C'est que je ne roule pas sur l'or, je n'ai pas d'argent pour m'établir.

– J'en ai un peu.

– Comment ? Tu as des économies ? Moi j'ai les vingt ducats que j'ai gagnés à Rome. Avec cela nous n'irons pas loin.

– Figure-toi, luthier de mon cœur, que tu n'as pas épousé une fille tout à fait dépourvue. La reine Christine m'a dotée. Je ne sais pas de combien mais le cardinal doit donner des ordres à un notaire de Crémone. Peut-être aurons-nous assez d'argent pour louer une maison ?

– Tu vois, la chance nous poursuit. Mais, tu sais, notre richesse c'est d'abord notre amour. Et puis ce sont mes mains. Je sais maintenant que je suis un bon luthier. Et un bon luthier, élève de Stradivarius, gagne bien sa vie. Nos enfants ne manqueront de rien.

Seul un incident qui n'avait pas eu de suite fâcheuse avait retardé les voyageurs entre Bologne et Parme : une roue avait déjanté et la réparation avait duré une journée entière. Aucun ennemi de la reine, aucun prélat fornicateur n'avait suivi la voiture des jeunes mariés qui fit une entrée remarquée sur la piazzola di San Domenico. Crémone ce jour-là était en fête pour célébrer la Sainte-Anne. Toute la ville avait gagné les rives du Pô, près de Sant' Anna entourée de mâts de Cocagne.

Les instruments de musique avaient quitté leurs étuis et leurs placards. Le son des trompes se mêlait à celui des violes, des violons, des flûtes et des tambours dans une cacophonie pleine de gaieté dont l'écho portait jusqu'à San Domenico. « La maison doit être vide, je ne vais trouver personne », pensa François. Elle n'était pas vide : Stradivari n'avait pas accompagné la famille au fleuve pour assister aux courses de bateaux et aux joutes. Il était assis devant son établi, penché sur un gabarit de carton où se croisaient ellipses et arcs de cercle pour former le contour d'un violon. Le maître leva les yeux en même temps que son compas à l'entrée de François qui tenait Angelica par la main.

– Francesco ! s'écria-t-il. Tu es enfin de retour ! Dieu te bénisse, tu nous manquais. Tu manquais surtout aux violons ! ajouta-t-il en riant.

Tout en parlant, il regarda avec insistance la

jeune fille dont le beau visage lui était décidément inconnu. Elle souriait et François, tout embarrassé qu'il était, se décida à la présenter.

– Mon maître, vous allez être surpris : voici Angelica, ma femme. Nous nous sommes mariés à Rome. Ce mariage, célébré par le cardinal Azzolino dans le palais de la reine Christine de Suède, est l'aboutissement d'événements extraordinaires que je vous raconterai.

– C'est aussi l'aboutissement de notre amour ! ajouta Angelica qui poursuivit : Maître, j'ai entendu si souvent prononcer votre nom ces derniers temps que je ressens profondément l'honneur qui m'est fait de vous être présentée.

Antonio se taisait, visiblement dépassé par cette situation à laquelle il ne comprenait rien. Enfin, il dit :

– Soyez la bienvenue, madame. La femme de François ne peut que faire partie de la famille. Mais pardonnez-moi. Il va falloir s'habituer...

En fait, la présence de la jeune femme le gênait. Il s'intéresserait à elle plus tard, pendant le souper ; maintenant il avait trop de questions à poser à François et trop de nouvelles à lui apprendre. Fine mouche, Angelica l'avait ressenti et demandé la permission d'aller se reposer et de déballer le bagage que le cocher venait d'apporter. François lui avait montré sa chambre qui, pour être propre, n'en était pas moins petite, sans comparaison avec la taille de celles du palais Riario. « Ce n'est que pour quelques jours, nous allons vite trouver un logement convenable », avait dit François qui était aussitôt redescendu voir le maître.

– Les femmes vont s'occuper de ton épouse,

nous, nous avons à parler. D'abord, dis-moi comment tu t'es tiré de l'embarras où je t'ai plongé. Et le fameux concert ?

Médard raconta. Corelli et son premier violon chéri, le palais Pamphili, les instruments mal-en-point réparés à la hâte, le Riario enfin où régnait l'amazone du Nord, la « Padrona di Roma » et son conseiller privé le cardinal Azzolino.

— Et ta femme ? demanda tout de même Antonio. C'est la reine Christine qui te l'a présentée ?

— Non, mais c'est grâce à elle que je l'ai épousée. Nous vous raconterons notre histoire. Si Angelica n'était pas là, en chair et en os, vous ne me croiriez pas.

— Bon ! Maintenant il faut que je te dise que nous avons du pain, et même des violons sur la planche.

— C'est que vous êtes très connu à Rome, mon maître ! Corelli et Torelli ne jurent que par vous et tous les violonistes, là-bas, rêvent de jouer l'un de vos violons. J'ai profité beaucoup de votre gloire. On m'a toujours présenté en ajoutant « l'alunno di Stradivari ». J'étais fier, j'ai essayé de mériter ce titre.

— Tu es un brave garçon et je ne regrette pas de t'avoir envoyé à Rome. Mais ton retour tombe bien : je dois mettre en route dès demain un quartetto pour la cour d'Espagne et j'ai besoin de ton aide. Le fils fait des progrès mais il ne m'est pas encore d'un grand secours. Il fera un bon luthier, pas un grand luthier. Ce n'est pas sa faute : il n'a ni le compas dans l'œil ni le *la* dans l'oreille. Toi tu as tout ce qu'il faut pour réussir. Ne gâche pas tes dons !

Stradivari montrait à François les plans sur lesquels il avait travaillé l'après-midi, les légères modifications qu'il devait apporter à son modèle pour pouvoir réduire l'épaisseur des voûtes d'une demi-ligne...

Quand la famille rentra de la fête, Francesca était épuisée mais les jeunes, Alessandro, Francesco, Omobono et Caterina, très joyeux. Francesco avait attrapé le lapin qui gigotait dans sa cage en haut d'un mât de Cocagne et il avait gagné pour cet exploit deux bras de tissu cramoisi. Le retour de François fut accueilli comme il se devait, quant à Angelica, la première surprise passée, mère et enfants lui firent une réception chaleureuse. Elle avait raconté brièvement les malheurs auxquels son mariage avec François l'avait fait échapper et tout le monde était plein de compassion pour cette jeune beauté tombée du ciel dont l'histoire, digne des contes de Battista Marino, mettait du piment dans l'existence un peu terne de la maison.

– Vous n'allez tout de même pas coucher dans le réduit du grenier ! dit Francesca. Cela allait pour un garçon mais pour un ménage !

– Surtout qu'elle est habituée à vivre dans des palais ! coupa non sans quelque malice Caterina.

– Je ne vous souhaite pas de séjourner dans ces palais, mademoiselle, répondit doucement Angelica. Les tapisseries et les tableaux ne remplacent pas l'amour et la sécurité d'une vraie famille. D'ailleurs, notre séjour chez vous, madame, si vous voulez bien nous accueillir, ne durera que quelques jours. Je vais recevoir une dot de la reine et nous pourrons louer un logis.

Sous le regard réprobateur des garçons, Caterina s'excusa et Francesca trancha :

– La chambre de Giulia Maria est inoccupée et

vous allez vous y installer. François prenait ses repas avec nous. J'espère que vous vous joindrez à la famille. Cela fera deux mains de plus pour m'aider, voilà tout !

Angelica qui avait peu connu son père et qui ne voulait plus revoir sa mère indigne se jeta dans les bras de Francesca et pleura. Il n'en fallait pas plus pour gagner toute la famille à sa cause. Durant le souper, elle dut, avec François, répondre à d'innombrables questions. C'est à peine si l'on parla de violons durant le repas, ce qui était rare chez les Stradivari.

Commencer un violon relève de la ferveur religieuse. Pour Antonio, c'était depuis toujours une fête, une exaltation, une crainte aussi : Dieu lui permettrait-il de réussir l'instrument idéal dont il avait fait une fois pour toutes le but de sa vie ? Ou tout au moins d'approcher cette perfection ? Devant la planche de sapin brute qui portait encore les stigmates de la scie et qu'il avait posée sur son établi, le luthier joignit les mains et pria comme il le faisait chaque fois à cette occasion. L'atelier communiait lui aussi. Chacun avait abandonné l'outil et baissé la tête vers le sol, comme pendant l'élévation. Cela dura quelques instants, puis le maître se redressa et annonça d'une voix joyeuse :

– C'est du bon bois. Il se présente dans le droit fil. Nous allons en faire un violon qui sonnera plus fort que la cloche du Torrazzo !

Il choisit une gouge large, légèrement creuse, parmi celles qui étaient rangées dans le râtelier devant sa table et commença à faire voler les copeaux en attaquant les bords de cet ovale grossier qui deviendrait la table d'harmonie d'un violon du quartetto de la cour d'Espagne.

Au bout d'un moment, quand la planchette eut pris la forme d'un dos d'âne, il appela François :

– Tiens, continue. Tu peux encore abaisser d'au moins deux lignes mais surtout ne va pas plus loin. Ne gâche pas ce bois magnifique.

C'était la première fois que le maître lui confiait un travail aussi délicat sur un instrument promis à la grandeur. Il eut l'impression que le voyage de Rome avait marqué une étape importante de sa vie.

La reine tiendrait-elle parole ? Angelica et François se posaient chaque jour la question depuis qu'ils s'étaient installés à Crémone. Ils pouvaient certes continuer d'habiter quelque temps chez les Stradivari. La jeune femme avait été adoptée par la famille et Antonio lui-même, qui ne s'intéressait guère à l'organisation de la maison, n'était pas insensible à la gentillesse et à la beauté d'Angelica dont il disait qu'elle avait apporté un bouquet de printemps dans la bottega. « La Romaine », comme on l'appelait, était bonne violoniste. Elle avait décidé Francesco qui tirait agréablement l'archet et Caterina qui jouait convenablement son violoncelle à constituer un trio qui, ma foi, en valait bien d'autres. Il arrivait même que le maître se mette certains soirs de la partie avec François. Les jours d'hiver, la fête se terminait par un verre de vin chaud que Francesca savait parfumer d'écorces et de fruits. Angelica pourtant rêvait de vivre dans sa maison et d'y attendre l'enfant qui allait bien naître un jour.

Antonio apprit par la marquise de Cavalcabo qui lui avait donné un amati à recorder que Christine de Suède était morte dans sa chambre du Riario, veillée par le P. Slavota et Azzolino. Rome lui avait fait des funérailles grandioses et son cercueil reposait dans la crypte de Saint-Pierre à côté des papes. Quand ils apprirent la nouvelle, les jeunes mariés abandonnèrent tout espoir de recevoir la dot promise.

– Ça ne fait rien, dit François. Dès que je serai prêt à m'établir, le maître nous avancera sûrement la somme nécessaire. Mais ce n'est pas pour demain : car j'ai encore beaucoup de choses à apprendre !

Angelica accepta ce coup du sort avec moins de philosophie. La stabilité qui lui avait manqué durant toute sa vie et qu'elle croyait maintenant à portée lui échappait une fois de plus. François eut beaucoup de mal à la consoler. Et puis, un jour, plus d'un mois après la mort de la reine, le notaire Omobono Mainoldi fit savoir sans crier gare, comme s'il s'agissait d'un événement banal, que la signora « Angelica Giorgina, sposa Médard » pouvait prendre possession à l'Ufficio civile de Crémone d'une somme de dix mille lires en monnaie de la ville. Le *tabellione* spécifiait que cette somme, en provenance de la succession de S.M. Christine de Suède, constituait la dot accordée à la jeune femme par la souveraine.

– Et nous qui croyions que la reine avait oublié sa promesse ! dit Angelica. Je m'en veux d'avoir pensé cela. Dès demain, j'irai à San Domenico pour faire dire une messe à la mémoire de ma bienfaitrice. Sans elle je ne sais pas ce que ma mère aurait fait de moi. Ou plutôt, je le sais trop bien !

Dix mille lires, c'était une somme importante. Suffisante en tout cas pour que les nouveaux mariés puissent s'installer dans une bonne maison.

— Nous allons essayer de trouver notre rêve dans l'isola, dit François. C'est là que j'ouvrirai bientôt ma propre bottega. Je veux rester près du maître et des autres luthiers.

La famille accueillit la nouvelle avec la joie que l'on devine. Joie pourtant teintée d'un peu de tristesse :

— Vous allez nous quitter !... dit Caterina. La maison va être triste sans vous.

— Mais nous n'irons pas loin, ma chérie. Le plus près possible... Et puis, François reste compagnon luthier chez ton père. Il n'est pas question qu'il se mette tout de suite à son compte.

— Tu as raison, petit, coupa Stradivari. Reste quelque temps dans l'atelier. J'ai encore des choses à t'apprendre qui feront de toi le meilleur luthier de la ville. Après moi tout de même...

Angelica et François trouvèrent la maison qu'ils cherchaient dans la contrada Vassi, à deux pas des ateliers d'Amati et de Stradivari. Elle n'était pas en bon état et ils durent procéder à des réparations. Propriété depuis toujours d'une famille de merciers, les Torrenelli, elle ne possédait pas de seccadour.

— Fais-en construire un tout de suite, conseilla Antonio. Angelica y fera sécher son linge en attendant que tu y accroches tes violons.

— Croyez-vous, maître, que je pourrai bientôt vendre mes premiers instruments ?

— Plus tôt que tu ne crois ! Le temps passe si vite...

En effet, le temps passait vite pour Stradivari qui

ne comptait plus depuis longtemps les violons, les altos et les basses qui avaient quitté l'atelier porteurs de l'étiquette fameuse, recherchée par tous les grands violonistes.

Le quartetto de la cour d'Espagne était joué depuis des mois dans le palais royal de Madrid quand, à son tour, le grand-duc de Toscane Cosimo III de Médicis commanda à l'illustre bottega un *intero concerto*, un ensemble de concert complet. Jamais un prince aussi prestigieux, connu comme l'un des amateurs de musique les plus avertis de la péninsule, ne s'était porté acquéreur d'un nombre aussi considérable d'instruments. Antonio en avait dressé la liste, épinglée au-dessus de son établi, une liste qui lui faisait peur par le travail qu'elle impliquait : deux violons, un violoncelle, une viole contralto et une viole ténor, à laquelle devaient encore s'ajouter d'autres instruments. Arriverait-il à les réussir tous [1] ?

– Quand on travaille pour un client aussi connaisseur, disait-il, on n'a pas le droit de commettre une erreur. Le prince et son fils Ferdinando remarqueraient tout de suite la moindre imperfection. J'ai toujours entrepris la construction d'un nouvel instrument avec l'idée qu'il devrait être meilleur que le précédent. Cette fois je suis condamné au chef-d'œuvre !

En réalité, l'aventure l'excitait. Il savait qu'il

1. Viole contralto ou alto. Le violoncelle de la commande des Médicis est exposé au musée du conservatoire de Florence ainsi que la viole ténor, instrument baroque aujourd'hui abandonné, qui était plus grand que l'alto. La viole ténor exposée n'a pratiquement pas été jouée et semble sortir de l'atelier de Stradivarius. Elle possède encore, fait unique, sa touche marquée aux armes des Médicis et son cordier d'origine.

s'agissait encore d'une entreprise solitaire. Certes il se ferait aider par son fils Francesco et surtout par François mais c'est lui, et lui seul, qui devrait assumer la création et accomplir la quasi-totalité du travail. Comme pour augmenter encore la difficulté, il avait décidé qu'il innoverait une nouvelle facture pour la collection des Médicis. A François qui lui demandait pourquoi il ne prenait pas les modèles habituels qui avaient fait sa gloire, il répondit :

– Je crois que j'ai trouvé le moyen d'améliorer les qualités acoustiques de la viole contralto et de la viole ténor. Je me fais un devoir d'utiliser ce moyen pour une commande si exceptionnelle. N'oublie pas que la musique a changé depuis les premiers instruments des Amati et que ceux-ci changent encore. Tu as écouté jouer Corelli. Un concerto grosso exige un dialogue continu et délicat entre le violon et le violoncelle. C'est à nous, luthiers, de nous adapter aux progrès de la composition musicale.

Alors commença une période d'activité intense. Levé à l'aube, le maître s'arrêtait à peine de travailler pour le repas de midi et montait souper tard le soir. François, lui aussi, ne ménageait ni son temps ni ses efforts. Pour sa plus grande satisfaction, Stradivari lui abandonnait des travaux de plus en plus difficiles. Il se rendait compte qu'il ne lui manquait plus grand-chose pour devenir un vrai luthier, capable de construire n'importe quel instrument à cordes et de parfaire un réglage délicat. Mais il était lucide, il savait que ce « pas grand-chose » signifiait la différence entre l'habileté banale d'un bon ouvrier et le talent créatif d'un artiste. Il savait aussi que ses dons, reconnus par Antonio, lui permettaient de croire qu'il atteindrait un haut niveau dans son métier.

Pendant que les instruments de la cour des Médicis prenaient forme, que l'alto, encollé, séchait déjà, serré par les vis à tabler, Angelica, aidée par Francesca et Caterina, installait la maison de la contrada Vassi. C'était une bâtisse solide en pierres blanches qui avait assez belle allure vue de l'extérieur. L'intérieur hélas était sale et devait être restauré. Les maçons l'avaient surélevée d'un étage, sur l'arrière, pour ménager le fameux seccadour cher aux Crémonais. Avant un mois les Médard pourraient emménager. Ce serait le bonheur.

A Crémone comme dans toute l'Italie, on commençait à parler du nouveau siècle qu'allait marquer la fin de la décennie. Les mages, sorciers et autres alchimistes prévoyaient soit la fin du monde, soit, plus rarement, le début d'une ère de prospérité. Chez les Stradivari, les « années 700 » s'annonçaient plutôt bien. Les commandes affluaient du Nord et du Sud, le maître était obligé de faire un tri parmi ses clients, et ceux à qui il accordait ses services se considéraient comme honorés. Ce renom grandissant dont il jouissait chez les princes et chez les meilleurs violonistes de l'époque lui valait, en même temps que l'évolution de sa fortune, la considération des Crémonais. Sans bien s'en rendre compte, maître Antonio qu'on voyait plus souvent en tablier de cuir blanc qu'en vêtements de soie devenait un notable. Il était membre depuis deux ans du Consorzio della Donna, une confrérie religieuse de bienfaisance qui triait ses adhérents sur le volet. Il rencontrait dans cette assemblée les riches bourgeois de la cité et une partie de la noblesse. On venait même de lui proposer la dignité de régent qu'il avait refusée. Il s'agissait d'une charge qu'il n'avait, pensait-il, ni le temps ni la capacité d'occuper. La confrérie dont le but était de venir en aide aux pauvres était en effet propriétaire d'un patrimoine agricole et immobilier dont les régents devaient assurer la gestion.

François Médard ne volait pas encore de ses propres ailes. Stradivari, il faut le dire, faisait tout pour retenir ce compagnon sur lequel il pouvait de plus en plus compter. Le jeune homme, de son côté, comprenait que son intérêt n'était pas de se priver tout de suite de l'incomparable enseignement de son maître. Et puis, il était payé assez largement pour faire vivre sa femme et sa fille Maria née l'année d'avant dans la maison de San Domenico.

L'intérêt de travailler pour Stradivari était d'autant plus grand que celui-ci poursuivait ses recherches. Tout en continuant à améliorer la sonorité du violon aux formes amatisées que la plupart de ses clients lui demandaient, il construisait maintenant un instrument dont la silhouette était différente. Les tables en étaient nettement allongées, plus élancées et moins larges, les « C » plus plats et les ouïes plus longues elles aussi. En fait, Stradivari avait profondément modifié son patron en en changeant les proportions, aussi bien pour les violons, les altos et les violoncelles [1].

La destinée de la maison Stradivari semblait tracée aussi précisément que les incrustations de poussière d'ébène dont le maître décorait certains de ses instruments. Notoriété, richesse, joie de la création, sérénité familiale... rien ne manquait au bonheur qui s'attachait à la célèbre bottega, tel l'un de ces

---

1. Période qui sera désignée plus tard comme celle des « longuets » (de 1690 à 1700 environ).

vernis fameux, qui protègent et embellissent si bien la vie des violons.

La vocation d'Alessandro Giuseppe, le deuxième garçon qui, à dix-neuf ans, venait d'entrer au séminaire, avait été ressentie comme une grâce par la famille dont la piété était grande. Francesco et son frère Omobono, eux, travaillaient à l'atelier avec François.

Et puis, un jour, ce bel édifice équilibré, harmonieux comme un concerto grosso de Corelli, trembla sur sa base. Francesca, l'épouse, la mère, la sainte sur qui reposaient la maison et la famille, fléchit tel un arbre que le vent couche brutalement. Le 18 mai 1698, elle fut prise de vomissements et dut s'aliter. La Ferraboschi qui avait une santé de fer et n'avait jamais vu un médecin de sa vie venait d'être frappée par un mal étrange. On crut d'abord que c'était la peste mais le médecin diagnostiqua la fièvre turque, une maladie dont on ignorait tout, sinon qu'on ne savait pas la soigner et qu'elle tuait une fois sur deux. « Si Mme Stradivari résiste trois ou quatre jours, elle aura une chance d'être sauvée », dit le docteur qui, à tout hasard, procéda à une saignée. Francesca, malheureusement, ne résista pas : elle expira le 20 mai dans sa chambre, juste au-dessus de l'atelier où Antonio plaçait au moment même une âme dans un violon qui venait de naître à la musique. Caterina qui était au chevet de sa mère avec Angelica poussa un cri et Stradivari courut jusqu'à l'escalier. Délivrée, Francesca avait les lèvres entrouvertes et semblait sourire.

– Maman est morte, maman est morte ! répétait Caterina en sanglotant.

Stradivari à son tour s'effondra en prononçant

des mots que les deux femmes comprirent à peine :
« Je suis impardonnable, j'aurais dû appeler un
prêtre. Mais je refusais de croire que ma Francesca
pouvait passer... »

L'épouse d'Antonio Stradivari, connue dans la
ville pour sa piété et sa bonté, allait avoir
soixante ans. Lui en avait cinquante-cinq mais, en
quelques minutes, il venait de vieillir de plusieurs
années.

– Allez chercher l'archiprêtre de San Domenico, dit-il. Et prévenez tout de suite Francesco et
Omobono qui sont chez Guarneri. J'ai dû beaucoup pécher pour que Dieu m'inflige une telle
épreuve !

De son index et de son pouce fendillé par la lame
du « canif », il ferma les yeux de celle qu'il avait tant
voulue pour femme. Et il pleura comme un enfant
en étreignant les mains de la morte. Quand l'archiprêtre arriva, il dit :

– Francesca était une reine, nous lui ferons des
obsèques de reine !

La femme de l'éminent sociétaire du Consorzio
della Donna fut en effet inhumée comme une
grande dame. La nef de San Domenico était trop
petite pour contenir tous les amis, les confrères, les
musiciens, mais surtout tous les religieux venus
assister aux obsèques. Les quinze chanoines et les
enfants de chœur qui célébraient l'office des morts
étaient en effet accompagnés par cent soixante
ecclésiastiques appartenant aux différents ordres et
confréries attachés aux églises de la ville : le Saint-
Rosaire de San Domenico, les Frères mineurs de
San Francesco, La Beata Virgine du Consorzio, la
communauté franciscaine de San Angelo, la confré-

rie des « Cent du Saint » de San Luca, le Tiers Ordre franciscain de San Salvatore [1].

Le 25 mai au soir les cloches de Crémone sonnaient de San Sigismondo à San Matteo et à la cathédrale tandis qu'était refermé le sépulcre de marbre déposé sous le chœur de San Domenico.

La pompe des funérailles de Francesca Stradivari avait été tellement grandiose, certains disaient ostentatoire, qu'on en parla beaucoup, chez les amis comme chez ceux que le succès du luthier irritait. Cette magnificence étonnait d'autant plus qu'Antonio, sans avoir la réputation d'un avare, ne jetait pas les ducats par les fenêtres. Les plus malintentionnés dirent qu'il avait voulu montrer à la ville que sa fortune le plaçait au premier rang des notables. D'autres qu'il s'était conforté lui-même de son importance. Comme s'il avait eu besoin de cela ! Son importance, elle éclatait partout et il fallait continuer de la justifier. Stradivari sécha ses pleurs et reprit ses outils : le général Agostino Datrela, chef de la cavalerie de Milan qui tenait sa partie dans le quatuor des officiers, réclamait avec véhémence le violoncelle qu'il avait commandé depuis plus d'un an.

La vie reprit donc, mais semée de difficultés. Privée de la mère, la maison avait non seulement perdu son âme mais aussi sa maîtresse, celle qui pensait à tout, qui, sans jamais le montrer, assurait au maître et aux enfants une existence exempte de soucis matériels. Caterina faisait ce qu'elle pouvait.

1. La présence des frères franciscains a fait penser à certains exégètes de la vie de Stradivari que celui-ci appartenait au tiers ordre, ce qui paraît tout de même peu plausible.

Aidée par Angelica, voisine qui était presque une sœur, elle assumait de son mieux les tâches domestiques mais Antonio, égoïste, incapable d'admettre que des tourments mineurs viennent le gêner, acceptait mal de manger, parfois en retard, une cuisine qui n'avait pas le goût de celle que préparait sa chère Francesca. Ces inconvénients du veuvage, joints à d'autres dont il ne disait rien, rendaient le maître irritable. A l'atelier, lui qui aimait parler, qui appelait sans cesse ses fils auprès de lui afin de leur montrer un tour de main, un de ces secrets de métier qui permettent d'éviter une erreur difficile à réparer, se murait dans un silence pesant et répondait à peine aux questions qu'on lui posait.

François et les deux frères s'entretenaient en cachette de cette misanthropie du maître qui pesait sur la maison et rendait certains jours l'atmosphère irrespirable. Lasse de voir ses efforts incompris, Caterina pleurait et les Médard venaient de moins en moins souvent partager le repas du soir. Un après-midi où Antonio était parti assister à une réunion du Consorzio et que les garçons se trouvaient seuls dans l'atelier, Omobono lança :

– Nous ne pouvons pas continuer à vivre comme cela. Si vous voulez mon avis, il faut que le père se remarie !

Francesco, né peu après la mort du premier enfant des Stradivari, avait toujours été proche de sa mère. C'est lui sans doute qui avait éprouvé le plus de chagrin à sa disparition. Il se récria :

– Comment peux-tu dire cela ! Maman est morte il y a à peine six mois et tu crois que le père va la remplacer comme une domestique ? Vraiment ton idée ne me plaît pas !

– Il n'est pas question que le père se remarie demain ! Mais c'est une solution qui deviendra acceptable, dans un an ou deux, même pour toi. Je suis sûr que notre mère ne serait pas contre si on pouvait le lui demander. Elle aimait trop son mari pour accepter qu'il finisse sa vie dans le malheur.

François avait de l'influence sur Francesco. Il donna raison à son frère.

– Je crois qu'Omobono parle sagement. Antonio Stradivari est le meilleur luthier d'Europe. C'est un artiste de génie qui a une œuvre à achever. Or tu sais bien que, depuis la mort de ta mère, il n'est plus lui-même, il a perdu son enthousiasme. Seule une existence normale et équilibrée lui rendra sa flamme et son inspiration. Maintenant, ce n'est pas moi, ni vous, qui allons lui chercher une femme. Il faudra qu'il la trouve tout seul.

– D'ailleurs, dit Francesco, calmé, l'usage veut qu'un veuf ou une veuve laisse passer quinze mois avant de se remarier. Et le père est un homme qui respecte les usages.

Ils ignoraient que l'idée d'un remariage avait déjà effleuré la pensée d'Antonio. Il l'avait à chaque fois rejetée mais devait bien s'avouer que, le temps passant, elle lui paraissait de moins en moins incongrue. Francesca ne reposait pas depuis six mois dans la crypte de San Domenico que le roi des luthiers ne se posait plus de problème de conscience. Restait à trouver la future reine.

Le hasard, pour peu qu'on l'aide, fait dans ces cas-là bien les choses. Stradivari avait l'habitude de rencontrer dans les réunions du Consorzio un commerçant en draperie établi près de San Donato. Le père, mort depuis peu, lui avait légué son commerce et il vivait avec sa mère et sa sœur qui n'était pas mariée. Crémone est petite et, un dimanche, à la sortie du théâtre où l'on donnait *Il Sogno felice* de Toriani, Antonio rencontra son confrère Battista Zambelli accompagné de sa sœur. Tout en parlant du spectacle qu'on venait de voir, il regardait celle-ci avec une insistance qui la fit sourire :

– Vous ne m'imaginiez pas ainsi, monsieur Stradivari ?

Il rougit comme un gamin et marmonna une vague excuse. C'est elle qui poursuivit :

– Vous êtes devenu, monsieur Stradivari, l'un des personnages les plus illustres de Crémone et je suis contente de vous connaître. Accepteriez-vous de venir un jour entendre le trio que nous avons formé, mon frère et moi avec un voisin qui joue fort bien du violoncelle ? C'est un magistrat de la Chambre et vous lui avez vendu naguère un superbe instrument.

La glace était rompue. Antonio rentra ce soir-là à la maison de meilleure humeur qu'à l'habitude. Quand il fut couché, après avoir soufflé la chandelle, il essaya de se remémorer les traits de Mlle Zambelli, de retrouver sa silhouette, sa voix et de passer tous ces éléments au crible d'une critique honnête et sans complaisance. « Pour elle, pensa-t-il, il y a son âge. On m'a dit qu'elle a trente-cinq ans. Je sais que j'en ai cinquante-cinq mais je suis loin d'être un barbon. Elle n'est pas belle comme l'était jadis Francesca mais elle n'est pas laide. Son nez gagnerait à être raccourci mais on ne peut user avec lui du canif comme lorsqu'on rectifie une volute. Il faudra donc accepter le nez. On peut y arriver d'autant plus facilement qu'elle est grande, plutôt bien tournée et qu'elle a l'air en bonne santé. Pour les enfants, pourquoi n'aurais-je pas d'autres enfants puisqu'elle est si jeune ? C'est important. Et l'esprit ? Elle n'a pas l'air d'en manquer. Je me demande même si elle n'en a pas trop : pendant que je bafouillais c'est elle qui a pris sans en avoir l'air le contrôle de la conversation. Bref, Maria Zambelli ferait une épouse acceptable. »

Sur cette dernière constatation, il se retourna dans le lit et s'endormit.

CHAPITRE V

L'âge d'or

La célébrité de Stradivari ne cessait de grandir et avec elle la renommée de Crémone, reconnue maintenant capitale de la lutherie italienne, bien au-dessus de l'école de Brescia, de celles de Bologne, de Rome et même de Naples où Alessandro Gagliano, ancien apprenti d'Antonio, construisait des instruments dont la sonorité agréable et puissante était bien connue des virtuoses [1].

Tous les luthiers de Crémone profitaient de la gloire conquise par le meilleur d'entre eux. Barzelini, Benedicti, Marcelli, Tachinardi et bien entendu les Guarneri et les Ruggieri vendaient facilement leurs violons étiquetés *Cremonae fecit*. Certains de ces instruments atteignaient presque la splendeur des stradivarius, d'autres n'étaient que très bons et peu d'entre eux, l'émulation aidant, devaient être considérés comme médiocres.

Il était loin le temps où la visite du jeune Corelli avait mis la bottega de San Domenico en émoi.

1. Alessandro Gagliano et son fils Gennaro (qui se dit aussi élève de Stradivari) sont les fondateurs d'une dynastie de luthiers napolitains connue jusque vers la fin du XIXe siècle.

L'atelier d'Antonio était depuis longtemps devenu le lieu de passage obligé de tout violoniste, digne de ce nom, voyageant dans la région. Certains virtuoses parmi les plus célèbres, tels Francesco Foggia, Antimo Liberati, Matteo Simonelli et même Giovan Paolo Colonna, lumière de l'école bolonaise et maître de chapelle de San Petronio, n'hésitaient pas à allonger leur route pour venir montrer leur violon au maître, voir quel perfectionnement il avait apporté à ses instruments depuis leur dernière visite ou tout simplement afin d'échanger des idées sur cet instrument magique qui unissait le musicien et le luthier dans le même rêve d'absolu.

L'annonce du passage d'Arcangelo Corelli à Crémone causa pourtant une vive agitation chez Stradivari. Pour la première fois depuis 1671, date de son unique visite à la bottega, le plus célèbre virtuose et compositeur d'Italie allait rencontrer le plus célèbre créateur de violons. François Médard et Angelica étaient heureux de revoir l'ami romain qui les avait tant aidés. Quant à Antonio, il entendait donner à l'événement un retentissement en rapport avec la fierté qu'il éprouvait.

Corelli venait de Fusignano, près de Ferrare, où il avait été voir sa famille et se rendait à Milan où il devait jouer son *Opera quinta* [1] qui avait remporté un éclatant succès à Rome, aux concerts de la Chancellerie. Si la réputation de Stradivari avait gagné Rome, celle de Corelli était grande à Crémone où tous ceux qui s'intéressaient à la musique savaient qu'il était désormais le protégé et l'ami du cardinal de San Lorenzo e Damaso, Pietro Ottoboni, neveu de feu le pape Alexandre VIII. Le jeune cardinal, il

---

1. Unique recueil de sonates à violon seul et basse de Corelli.

avait à peine trente ans, était aussi investi de la charge de vice-chancelier de l'Église, charge qui lui procurait des ressources immenses dont il faisait un usage très libéral en faveur des artistes. Les concerts de la Chancellerie, dans le cadre d'un des palais les plus fastueux de Rome, célèbre pour ses galeries de tableaux et sa bibliothèque, étaient vite devenus le rendez-vous de la haute société qui se pressait, chaque lundi, chez le *porporato*, généreux mécène dispensateur de la gloire et de la fortune. Tous les musiciens d'envergure tels Albinoni, Mascitti, Adami de Bolsena venaient régulièrement jouer leurs œuvres, le plus souvent dédiées au chancelier. Aucun compositeur-interprète ne devait pourtant atteindre dans sa faveur une place comparable à celle occupée d'emblée par Arcangelo Corelli. Le musicien, logé au palais, jouissait d'une considération bien supérieure à celle dont il avait été entouré naguère chez le cardinal Pamphili. Nommé premier violon et directeur de la musique du chancelier, celui-ci le traitait moins en salarié qu'en ami, allant jusqu'à s'occuper de sa famille [1].

C'était donc un homme célèbre, comblé, entouré de sympathie et d'admiration qui arriva un après-midi place San Domenico dans une voiture de route conduite par deux cochers portant la livrée du cardinal Ottoboni. Il reconnut la bottega dont il poussa la porte.

– Maître Stradivari, s'exclama-t-il, je retrouve, des années après, l'odeur profonde et grisante de

---

1. Marc Pincherlé cite dans son excellent ouvrage consacré à Corelli la lettre adressée par le cardinal au légat de Ferrare, dont dépendait Fusignano, pour lui recommander les frères d'Arcangelo et le supplier d'accorder « sa protection à une famille qu'il aime avec la plus affectueuse et la plus particulière tendresse ».

votre fameux vernis ! Vous rappelez-vous le jeune homme qui vint un soir, il y a bien longtemps, vous assaillir de questions ?

Pensez si Antonio se rappelait !

— Maestro, votre première visite m'a intéressé, celle d'aujourd'hui m'honore. Mais je n'ai jamais construit le violon que je vous avais promis ! Il est vrai que vous ne m'avez pas rappelé ma promesse...

Corelli sourit.

— Je joue pourtant l'un de vos instruments dans les grandes occasions. Et même souvent dans les autres car je le préfère à mon vieil amati que je chéris et à deux autres violons que m'a offerts la reine Christine de Suède après le fameux concert aux cent cinquante instruments à cordes. A propos, sans le garçon que vous m'avez envoyé à l'époque, je n'aurais jamais pu tenir cette gageure. Il s'appelait François, je crois. Est-il encore à Crémone ? Il a quitté Rome dans des circonstances peu banales !

Médard se tenait dans le fond peu éclairé de l'atelier. Il s'approcha.

— Oui, maestro. Je suis encore chez mon bon maître. Je ne rentrerai en France que lorsque j'aurai tout appris de son art. Ce n'est pas demain la veille. Il se peut même que je m'établisse en Lombardie.

Arcangelo lui ouvrit les bras.

— Vous me rappelez tellement de souvenirs ! Et la belle Angelica que vous avez sauvée avec l'aide de la reine ? Est-elle enfin heureuse ?

— Vous le lui demanderez ce soir si vous acceptez de partager notre souper, dit Stradivari qui ajouta : J'ai malheureusement perdu ma chère femme l'année dernière mais ma fille et Angelica ont fait préparer un repas à la mode de Crémone qui devrait vous remettre de l'épreuve du voyage.

– Je ne vais sûrement pas manquer d'invitations pour ce soir mais c'est la vôtre que j'honorerai, mon cher maître. Depuis le temps que j'ai envie de parler de musique et de violons avec vous !

– En attendant cette joie, dites-moi tout de suite, signor Corelli, d'où vient le violon que vous jouez. Cela m'intrigue.

– Oh ! C'est très simple. Je l'ai acheté à un marchand vénitien qui le tenait, m'a-t-il dit, d'un membre de la famille de l'archevêque de Benevento.

– J'aimerais bien le voir. N'est-il pas daté de 1685 ?

– C'est exact. Vous vous rappelez tous les instruments que vous avez construits ?

– Un père qui ne connaîtrait pas l'âge de ses enfants serait un bien pauvre homme ! Je pense que votre violon est d'une belle couleur jaune doré ?

– Oui.

– Je ne crois pas me tromper en vous affirmant que je l'ai construit effectivement pour le cardinal Orsini, nommé un peu plus tard archevêque de Benevento. Il devait en faire cadeau à un duc espagnol. Je suis content de savoir que cet instrument est en votre possession. Vous voyez, mon rêve serait de faire uniquement des violons destinés à être joués par les meilleurs virtuoses. Je souffre de ne pas savoir ce que deviennent mes instruments ! J'aimerais pouvoir constater comment ils vieillissent, savoir s'ils ont pris de la voix, si leur timbre a changé... Mais cela est impossible. Ah ! signor Corelli, j'envie les peintres et les sculpteurs dont les œuvres demeurent intactes après des siècles. Combien de temps dureront mes violons ? Et ceux d'Amati, de Stainer ? Ils finiront dans des greniers, éventrés, mangés par les vers du bois... Peut-on dans ces conditions parler d'œuvres d'art à propos des instruments de musique ?

— Je crois franchement que oui. Les violons d'étude fabriqués à bas prix par des luthiers de Venise et de Rome ne dureront sûrement pas très longtemps mais ceux créés par les vrais artistes doivent bien vieillir. Songez à toutes les vielles, les *liras de braccio*, les violes de gambe conservées en bon état, certaines depuis deux siècles, et encore jouées aujourd'hui ! Quelques-uns de vos instruments, devenus propriété de collectionneurs ou d'États étrangers, seront peut-être perdus, oubliés ou détruits. Mais voyez avec quel amour nous, les musiciens qui avons la chance de pouvoir jouer vos plus beaux chefs-d'œuvre, nous les soignons, nous les protégeons, nous les cajolons... Maître Stradivari, dans un siècle, des virtuoses utiliseront encore vos violons !

Cette conversation plongeait Antonio dans une profonde jubilation. Il avait l'impression, en parlant de violons avec Corelli, de parachever une histoire commencée dans les forêts du Nord avec le choix de l'arbre à musique. Il se sentait fortifié, heureux, prêt à poursuivre de nouvelles recherches vers la perfection. En tout cas, ces premiers propos passionnés laissaient bien augurer du souper qui, pour le luthier, était plus qu'une fête, une sorte de célébration de l'objet sacré.

Les femmes de la maison s'étaient surpassées pour préparer ce repas quasi mystique qui allait réunir les deux saints du violon. « Des saints qui aiment la bonne chère ! » avait dit Angelica qui

connaissait les deux artistes pour les avoir vus manger, l'un au Riario, l'autre dans sa bottega. « Corelli
ne goûte que de la cuisine de palais, avait-elle
ajouté, servons-lui quelques bons et robustes plats
de Crémone ! »

C'est ainsi que Lucia, la servante, apporta pour
commencer une soupière fumante de minestrone de
légumes accompagnée de ce qu'il fallait pour transformer, sur la table même, la plus banale des
recettes italiennes en « potage crémonais » : du
beurre à étaler sur des tranches de bon vieux pain
lombard, du fromage dur râpé et des œufs entiers à
casser dessus avant de verser sur le tout la soupe de
légumes bouillante.

Omobono qui ne portait pas pour rien le nom du
patron de Crémone connaissait mille histoires sur
sa ville. Il expliqua, tandis que Corelli goûtait le
savoureux mélange :

– C'est un plat crémonais mais les gens de Pavie
l'appellent sans vergogne « potage pavesan » en prétendant qu'il a été créé par la fermière d'un hameau
voisin en l'honneur du roi François Ier venu demander hospitalité pour le dîner, quelques heures avant
de rendre son épée au vicaire de Naples. Le roi de
France aurait dit « Vous m'avez offert une soupe
royale ! », ce qui était moins original que l'improvisation de la cuisinière, si improvisation il y eut.

Il ne pouvait y avoir de souper sans les salami et
l'inimitable *bresaola* de Crémone. Le virtuose fit
honneur aux meilleures charcuteries de Lombardie
avant de s'extasier sur le plat principal, la *polenta
con gli ucelli*, la polenta aux petits oiseaux cuits à la
broche. Là encore Omobono montra son érudition :

– Il faut être honnête. Je crois, cette fois, que c'est

nous qui avons emprunté la recette au cuisinier des ducs de Mantoue chez qui la table revêt les caractères d'une véritable académie.

Corelli avait apporté son stradivarius. A la fin du repas, il alla chercher la cassetta qu'il ouvrit avec précaution. Le violon était enveloppé dans un linge de soie fine d'un ton légèrement bleuté qui faisait ressortir l'or clair de l'instrument. Il tendit celui-ci à Antonio qui le regarda longuement en le faisant tourner autour de son manche et finit par dire :

– C'est bien lui. Après toutes ces années je me revois en train d'en sculpter la crosse. 1685, c'est la période où j'ai commencé à allonger mon modèle. C'était plus élégant et je comptais augmenter la puissance du son. Je n'y suis pas parvenu autant que je l'espérais. Maintenant je vais revenir à une forme plus large. On dira que je refais des amatis. Ce ne sera pas vrai. J'aimerais, monsieur Corelli, que vous acceptiez de jouer l'un de ces premiers modèles. Cela dit, vous possédez avec le violon du cardinal Orsini un bon instrument dont je suis fier. Me permettrez-vous d'apprécier ses qualités ?

– Si cela ne vous ennuie pas, mesdames, je vais essayer de montrer au roi des luthiers que j'ai fait faire des progrès à son violon. Tout à l'heure, je jouerai l'allegro de mon dernier concerto mais je veux commencer par une œuvre que je trouve extraordinaire. Nous ne jouons pas assez chez nous les musiciens allemands. Il y a pourtant, à Salzbourg, un grand compositeur qui s'appelle Franz von Biber. Sa collection des *Mystères*, que l'on m'a fait porter, est un chef-d'œuvre. Tenez, écoutez la dernière, *Le Couronnement de Marie*. C'est une passacaille pour violon seul que j'aurais voulu composer. Rien de plus beau n'a été écrit pour le violon.

Corelli rectifia légèrement l'accord et commença de jouer. Dès les premiers mouvements de l'archet, son visage marqué d'une extrême douceur avait pris les traits de l'exaltation la plus intense. C'était un autre homme que celui qui conversait tranquillement l'instant d'avant. Ses yeux prenaient une teinte rouge, comme allumés, sa figure se déformait et se recomposait au rythme de la musique qui grimpait et descendait avec agilité gammes et arpèges.

Tout le monde, autour de la table, était capable d'apprécier la beauté de l'œuvre et le jeu magistral du virtuose. Stradivari, lui, n'entendait qu'une suite de sons que son esprit fertile séparait, disséquait, analysait et rapportait mécaniquement à telle ou telle pièce de son violon. Parfois, il souriait quand Corelli tirait un éclatant sommet fait de *ré* aigus, répétés comme les gouttes d'une cascade. Ou son regard s'assombrissait lorsqu'une note, remarquée, n'avait pas la pureté du diamant. Le violoniste se donnait totalement à sa musique. Le luthier vivait son violon.

Un grand silence se fit quand Corelli reposa l'instrument dans le nid soyeux de l'étui. Il avait instantanément retrouvé son calme naturel et c'est lui qui demanda :

— N'est-ce pas que c'est beau ? Et votre violon, continua-t-il à l'adresse d'Antonio, en êtes-vous satisfait ? Il semble fait, vous en conviendrez, pour jouer du Biber. Mais, tout à l'heure, sa tonalité et sa portée serviront aussi bien ma sonate. C'est ça un bon violon !

— Un violon n'est vraiment bon que s'il est bien joué, répondit Stradivari. Vous pensez ce que vous avez laissé entendre tout à l'heure ? Que le violon s'est amélioré en étant joué par vous ?

C'était là une question dont discutaient sans cesse les luthiers. Faut-il qu'un violon soit utilisé pour conserver ses qualités ? Dépérit-il lorsqu'on l'enferme dans une vitrine ou qu'on le suspend contre un mur ? Les choses ne sont pas si simples. C'est ce que répondit Corelli :

— Il est vrai qu'un violon demeuré longtemps muet, soumis parfois à des sautes de température ou d'humidité, ce fut le cas du vôtre, a subi des dommages. Quand on l'eut recordé et réglé, je me précipitai pour l'essayer. Quel désappointement ! Je ne pouvais en tirer rien de bon, il ne tenait pas l'accord, sa sonorité était d'une platitude désespérante. J'ai pensé venir vous le montrer et vous demander conseil. Mon ami Torelli qui joue et dirige si bien m'a rassuré : « Réchauffe ton violon délaissé, joue-le chaque jour, fais-le vibrer pour rendre aux fibres du bois leur souplesse et tu verras qu'il redeviendra le merveilleux violon qu'il était sans doute. » Vous avez entendu le résultat. Voilà en quoi j'ai fait faire des progrès à votre instrument. Maintenant, je ne crois pas réussir à lui faire acquérir de nouvelles qualités par un usage ininterrompu.

— Je pense comme vous, monsieur Corelli. Il se peut même qu'un violoniste sans talent mais brutal et désordonné abîme un bon instrument. Quant à votre violon qui me semble assez réussi, laissez-le-moi deux heures demain matin. J'ai remarqué en vous écoutant jouer quelques petits défauts auxquels je dois pouvoir remédier facilement.

Ce soir-là on se coucha tard chez les Stradivari.

On parla encore beaucoup de violons mais aussi de bien d'autres choses. Corelli échangea des souvenirs avec François et Angelica.

– J'ai bien cru, ma petite, que vous ne vous sortiriez jamais de la toile où vous engluait votre mère et les monsignori douteux. Vous avez eu de la chance !

– J'ai surtout eu François, la reine et vous !

Corelli raconta la mort douloureuse de Christine de Suède, comment elle avait légué tous ses biens à Azzolino qui, mort six mois plus tard, n'en avait guère profité. La mère d'Angelica avait dû quitter la ville. Personne n'en avait plus entendu parler. Après la mort de Christine, le centre de la vie mondaine et artistique de Rome s'était déplacé du Riario à la Chancellerie. Corelli dit encore qu'il supportait de plus en plus mal la vie de cour et, qu'entre deux concerts, sa grande joie était de fuir le palais somptueux du cardinal Ottoboni et d'aller se réfugier dans le petit appartement du palazzetto Ermini qu'il avait loué pour y conserver sa collection de tableaux, ses partitions et ses instruments. « Là seulement je peux composer et répéter en paix ! »

Le lendemain, le maestro repartit pour Milan après être venu dire au revoir à Stradivari et reprendre son violon que le luthier avait soigné avec toute la délicatesse qu'on doit à un être cher dont on va être séparé pour longtemps.

– J'ai changé le chevalet, redressé légèrement l'âme et placé une nouvelle chanterelle. Votre violon y a, je pense, gagné un peu de finesse. Entre nous, cela m'a fait vraiment plaisir de retrouver cet enfant et de le savoir maintenant entre les meilleures mains dont puisse rêver un luthier.

Francesca était morte depuis un an et Antonio attendait la fin du délai de veuvage pour se remarier à Maria Zambelli. Le maître avait maintenant surmonté son chagrin et l'idée qu'avant trois mois il retrouverait dans la maison une femme jeune et aimable lui rendait l'enthousiasme de ses trente ans. Certains de ses confrères étaient voûtés avant l'âge à force d'être restés penchés sur l'établi. Lui demeurait droit comme un I malgré sa haute taille. « Je suis semblable au sapin de montagne ! » disait-il. Et il ajoutait : « Ah ! que j'aimerais être un arbre qu'on abat vers sa centième année et vivre une deuxième vie dans la peau vernissée d'un violon ! »

Sa deuxième vie, c'est avec Maria qu'il allait la recommencer. La cérémonie du mariage devait être aussi discrète que les obsèques de Francesca avaient été grandioses. Toutes les dispositions étaient prises pour la publication des bans à San Domenico et à San Matteo, paroisse de la mariée où le curé unirait Maria et Antonio. En attendant ce jour, encore seul dans le lit matrimonial du premier étage, Stradivari dressait avant de s'endormir le bilan de son existence où les violons, il en convenait, avaient tenu la première place.

A part Caterina qui tardait à trouver mari, les enfants n'étaient plus un souci : Giulia Maria avait quitté la maison, Alessandro, le cadet, était entré au séminaire selon sa vocation et les deux autres fils, Francesco et Omobono, travaillaient à la bottega. Le père aurait souhaité que l'un d'entre eux, au moins, ait hérité de son génie mais leur talent, il le savait, se bornerait à bien copier ses instruments. Restaient les enfants que Maria Zambelli lui donnerait. Il serait bien vieux lorsqu'ils atteindraient l'âge d'homme... Mais n'était-il pas taillé pour vivre long-temps ?

En ce premier semestre de 1699 le métier retrou-vait pour Antonio tout son intérêt. Les commandes qui affluaient l'avaient décidé à engager deux apprentis choisis parmi les jeunes gens de la ville qui rêvaient d'entrer dans l'illustre atelier. L'un s'appelait Carlo Bergonzi, l'autre Lorenzo Gua-dagnini. Ils avaient seize ans et étaient tous deux des enfants de Crémone. Le maître les avait préférés parce qu'il se reconnaissait beaucoup en eux. Leur soif d'apprendre, leur regard quand ils touchaient ou écoutaient un violon lui montraient qu'ils avaient du sang de luthier dans les veines. Leur arrivée le rassurait car François parlait de plus en plus de son retour en Lorraine. Le départ du Francese était, il le savait, inéluctable : sa place était maintenant à la tête de la nouvelle école française de lutherie qui naissait autour de Mirecourt. François, avec ses dons et tout ce qu'il avait appris à Crémone, devait y faire merveille.

Antonio qui, même dans les premiers mois de son désarroi, n'avait jamais cessé de travailler venait, alors que l'horizon s'éclaircissait, de prendre une décision importante dictée par sa dernière expé-rience : il allait abandonner la forme allongée qui caractérisait depuis une quinzaine d'années la plu-part de ses violons et donner dorénavant à ceux-ci une architecture plus large, plus harmonieuse aussi. Il venait de découvrir le grandissime patron qui, enfin ! répondait à ses ambitions. Ce dernier modèle, signe du destin ou hasard géométrique ? le ramenait à la pure et robuste silhouette des violons de Niccolo Amati dont il avait mis si longtemps à s'éloigner. Lui seul savait que tout, pourtant, était différent. François qui avait été le premier à voir et à essayer le nouveau stradivarius ne s'y était pas trompé.

– Maître, avait-il dit, ne cherchez plus. Vous avez trouvé l'instrument idéal !

– L'instrument idéal n'existe pas ! avait répondu Antonio dans un grognement. Je garderai cette forme qui s'en approche mais en tirerai des violons chaque fois différents. Il y en aura des bons. Et des moins bons... A propos, que penses-tu des deux apprentis ?

– Ils ont le feu sacré et n'ont pas fini de rivaliser entre eux. C'est bon pour la bottega.

Tout était dit. C'est le maître qui ajouta :

– Toi, tu es prêt pour t'établir, voler de tes propres ailes et donner à tes violons l'originalité qui en fera des « médards » que les amateurs reconnaîtront du premier coup d'œil. Ici, tu me trouveras toujours devant toi... Alors quand tu voudras retourner chez toi, n'aie aucun scrupule à l'égard de ton maître. Nous te regretterons car tu fais depuis longtemps partie de la famille. Mais la vie est ainsi faite. Personne ne peut aller contre...

Les Médard quittèrent Crémone deux semaines avant le mariage. François et surtout Angelica l'avaient voulu ainsi. Ils ne tenaient pas à voir la nouvelle femme du maître s'installer dans la maison. Francesca avait été trop bonne avec eux lorsqu'ils avaient débarqué de Rome démunis et moralement choqués. Ils voulaient emporter son souvenir avec celui de la chère maison où l'odeur de sa cuisine se mêlait à celle des vernis d'Antonio.

Le maître tournait la page. Ils le comprenaient d'autant mieux que Maria Zambelli était une femme agréable. Mais ils n'avaient rien à faire dans la nouvelle histoire qui commençait. La leur s'inscrivait loin de là, dans les Vosges où François, à son tour, allait devenir maître. La maison achetée avec la dot d'Angelica avait été bien vendue à un fils de Vincenzo Ruggieri et ils partaient avec un joli magot transformé par prudence en lettre de change. Les femmes pleurèrent beaucoup au moment des adieux. Antonio et François essuyèrent une larme en se quittant. Seuls, le petit Antoine qui venait d'avoir neuf ans et Christine qui en aurait huit au cours du voyage semblaient ravis en montant dans la vieille diligence de Milan qui disparut bientôt sur la route poudreuse de Lodi. La cloche du Torrazzo se mit à sonner. Son grondement familier accompagna encore un moment la voiture puis l'on n'entendit plus que le bruit des sabots des chevaux et le grincement des roues.

— Crémone va nous manquer ! dit François.

Souvent, vers dix heures, pour se dégourdir les jambes après une matinée de travail, Stradivari allait pousser la porte de Geròlamo Amati ou celle de son autre vieil ami Guarneri. Familles, violons et parfois la politique locale constituaient l'essentiel de conversations mille fois recommencées. Ce matin-là n'était pourtant pas un matin comme les autres. On était le 31 décembre 1699 et Antonio venait inviter ses deux amis et leur famille à venir célébrer le passage au chiffre sept autour de la cheminée de la maison.

– Ce sera aussi une occasion de fêter mon mariage avec Maria, dit Stradivari. La pauvre a eu des noces de deuil et elle vous connaît à peine.

– Nous sommes contents pour toi, répondit Gerò-lamo. Une maison ne peut pas marcher sans une femme et tu as bien choisi. Maria est très gentille, elle s'est tout de suite habituée aux coutumes de l'isola. Tu n'as pas de difficultés avec les enfants ? Quelquefois les remariages...

– Non. Maria est intelligente et elle a su gagner les garçons à sa cause. Cela a été un peu plus diffi-cile avec Caterina qui était tellement attachée à sa mère, mais tout va mieux. Vous savez, je construis ma nouvelle vie comme un violon. C'est de l'accord entre toutes les parties que dépend la réussite. Je règle l'âme de la famille comme celle de l'alto que je suis en train de terminer pour l'orchestre de la cathédrale.

On parla encore quelques instants de la soirée et du *cavedone* qui en marquerait la fin, sur le coup de minuit, à la grande joie des jeunes, et la conversa-tion revint naturellement sur le travail.

Stradivari était le seigneur incontesté de la corpo-ration. Souvent, les luthiers de la ville lui deman-daient son avis sur une question qui les embarras-sait. Guarneri qui était en train d'exécuter une commande pour une institution de Pavie hésitait entre deux « quartiers » de bois pour tailler les fonds de deux violons.

– Lequel choisirais-tu ? demanda-t-il à Antonio.

– Mais c'est de l'azarole [1] ! Où as-tu trouvé cette merveille ?

1. Bois provenant du sud du Tyrol utilisé par les premiers luthiers italiens.

– Un vieux reste qui doit dater du grand-père.

– Garde-le donc pour faire des instruments que tu voudras particulièrement soigner et prends du plane ordinaire pour tes violons d'étude. C'est drôle, tu n'as jamais pu maîtriser le problème du bois qui est pourtant essentiel !

Guarneri ne se vexa pas. C'était bien la centième fois qu'Antonio lui faisait la même remarque.

– A propos de bois, continua Stradivari, j'ai décidé de ne plus employer que du saule pour mes tasseaux. C'est le bois le plus léger qu'on puisse trouver et je me suis aperçu qu'il ne gêne en rien la diffusion du son dans la caisse.

– En vieillissant, tu ne pousses pas un peu trop le souci du détail ! demanda Geròlamo en riant.

– Il y a au moins une chose que j'ai comprise en tant d'années, c'est qu'un violon n'est fait que de détails. En les soignant on ne peut qu'améliorer sa qualité !

On parla encore des chevalets. Stradivari expliqua comment, sur cet infime détail que constitue l'agrandissement d'une « ligne » de l'entaille centrale, il avait gagné une sensibilité appréciable du son.

Le soir, tout le monde se retrouva dans la bottega. Avec les parents, les enfants et les petits-enfants Guarneri, l'assemblée était trop nombreuse pour tenir à table. Chacun avala donc comme il put son bol de soupe chaude, qui cuisait depuis le matin dans l'âtre. Pour le reste, deux énormes plats de charcuteries de Crémone, ce fut plus facile. On avait jusqu'à minuit pour déguster sur le pouce ou plutôt sur des tranches de focaccia, le pain à l'huile que cuisait si bien Parini le boulanger de San Faustini, les montagnes de mortadelle de foie, de salami de Crémone et de Verzi, de bresaola au bœuf, sans oublier le gigantesque quartier de grana si délectable à grignoter en buvant le montelio en larges rasades, comme il se doit.

Maria s'était dépensée sans compter. Certes, elle connaissait tous ceux qui étaient là mais c'était la première fois qu'elle tenait devant eux le rôle de maîtresse de maison qu'avait si longtemps rempli Francesca. Ce n'était pas une situation facile, elle savait qu'elle serait jugée, qu'elle jouait en une soirée son confort social dans une communauté où elle se sentait encore étrangère. Maria, heureusement, était intelligente. Heureusement aussi, personne ne songeait à récuser la femme d'Antonio Stradivari. Les attentions remarquées des enfants de Francesca envers leur belle-mère lui apportèrent naturellement la sympathie des amis du maître et de leurs femmes. Quand l'horloge de San Domenico se fit, à minuit, l'écho du Torrazzo, la signora Stradivari avait gagné la partie. Et sa place dans l'isola des luthiers.

Selon un rite remontant aux premiers âges de la ville, le chef de famille était allé choisir la plus grosse bûche et l'avait placée dans l'âtre avec de petits fagots parfumés préparés par les femmes. C'était le *capodono*, don du chef, ou *cavedone* en dialecte.

Les flammes brillaient lorsque, juste après minuit, sous l'œil attentif des enfants, Antonio alla chercher une corbeille remplie de châtaignes qu'il disposa près des braises. Quand elles furent bien grillées, il les distribua aux petits et aux grands assemblés devant le feu. Dans l'un des marrons il avait glissé un denier. Celui ou celle que le hasard désignerait garderait la pièce qui devait lui porter bonheur toute l'année. L'usage voulait que si le sort favorisait le chef de famille lui-même, celui-ci remette la pièce le lendemain matin au premier pauvre qu'il rencontrerait.

C'est Omobono qui faillit se casser une dent en mordant dans sa châtaigne. Il montra en riant le denier et le rangea soigneusement dans le fond de sa poche. On but encore quelques verres de vin des collines du Pô dont Girolamo avait apporté une grosse bouteille enrobée de paille tressée, puis on se dit au revoir. Les hommes étaient un peu gris mais leur porte était à deux pas. Quand tout le monde fut parti, Antonio se pencha vers Maria et lui dit : « Il y a longtemps, ma femme, que j'ai été aussi heureux ! »

Autre maison, autre lieu voué aussi à la musique. Ici on n'inventait pas des violons, on les jouait. Autre odeur aussi. Pas celle enivrante de la colle chaude et du vernis à la sandaraque mais les effluves capiteux de la lagune qui arrivaient par bouffées de la riva degli Schiavoni toute proche.

Chez Giovanni Battista Vivaldi, musicien officiel de la chapelle ducale de San Marco et du théâtre Grimani de San Giovanni Crisostomo, le violon sonnait du matin au soir. Quand ce n'était pas le père qui répétait, c'était le fils, Antonio Lucio, qui jouait avec une ardeur rythmique surprenante, sans la regarder, la musique d'un concerto dont il venait en quelques instants de lire les notes sur le papier.

Curieux personnage que cet Antonio dont la chevelure rousse ne faisait qu'une avec la table de son violon. La tête enfoncée dans les épaules, l'œil vif et le nez immense, il semblait en proie à une perpétuelle agitation. Et quand ni le père ni le fils ne tirait l'archet, c'était Francesco Gasparini, maître des concerts de l'Ospedale della Pietà, ou un autre voisin qui chantait ou accompagnait au violon quelque pensionnaire privilégiée du fameux hospice où deux cents nonnettes constituaient l'ensemble choral et orchestral le plus apprécié de Venise.

Ici, dans la maison de la contrada San Martino, del sestiere di Castello, qui sautille de pont en pont entre l'Arsenal et la lagune, personne ne s'étonnait de rien. Pas même Camilla, la mamma, qui brodait une soutache d'habit pour son père établi tailleur dans la paroisse voisine. Il y avait longtemps que Giovanni Battista avait constaté les dons exceptionnels d'Antonio, son fils préféré dont l'histoire, à vingt ans, sortait déjà de la banalité. Il était né le 4 mars 1678 alors qu'un violent tremblement de terre secouait la ville. La sage-femme avait fait si peu de cas de ses chances de survie qu'elle lui avait administré un premier baptême par l'eau. Il n'avait pu être transporté que deux mois plus tard dans l'église voisine de San Giovanni in Bragora pour y être dûment oint et exorcisé [1]. L'enfant, entré trop bruyamment dans le concert de la vie, avait gardé de sa naissance d'étranges névroses.

Rien, en tout cas nulle vocation particulière, ne prédisposait le petit surdoué du violon à la prêtrise. Rien, sinon que son père, prévoyant et avisé, avait pensé que l'habit sacerdotal constituait un irrem-

---

1. On peut visiter l'église, à deux pas du *Danieli*, avec ses fonts baptismaux.

plaçable sauf-conduit pour voyager en sécurité dans les arcanes de la vie et de la musique véni- tiennes. Si l'habit ne fait pas le moine, la robe d'abbé pouvait ouvrir bien des portes et attester, sans autre preuve, d'une utile respectabilité. C'est ainsi qu'Antonio s'était préparé au sacerdoce depuis l'âge de dix ans dans des conditions curieuses. Les prêtre de San Geminiano chargés de lui ouvrir les voies de la ferveur religieuse jouissaient en effet d'une réputation détestable. La liberté de leurs mœurs était bien connue des patriciens de la ville qui trouvaient sous les voûtes du déambulatoire de leur église un abri accueillant pour leurs rendez- vous galants. Cette atmosphère qui ne ressemblait en rien à l'ascétisme d'un séminaire n'avait pas troublé le garçon qui avait reçu la tonsure à quinze ans des mains du patriarche de Venise puis les ordres mineurs à San Giovanni in Oleo, paroisse dont la réputation valait celle de San Geminiano.

A vingt ans, Antonio venait d'être promu sous- diacre et enviait Gasparini, l'ami de son père, qui outre ses fonctions au Pio Ospedale composait des opéras et présidait avec un nommé Santurini, un imprésario, aux destinées du théâtre San Angelo [1]. Le théâtre! Un univers fantastique qui faisait rêver le jeune homme autant que celui de la musique. De bonne heure il avait accompagné son père aux répé- titions du théâtre San Giovanni Crisostomo, spécia- lisé dans la création de grands opéras, et demeurait fasciné par le monde exubérant des chanteurs et

---

1. L'imprésario, à l'époque, n'était pas un agent d'artistes chargé de leur trouver des engagements. C'était un organisateur de spectacles, responsable de la mise en scène des pièces ou opé- ras dont il avait commandé le texte et la musique.

des cantatrices auquel se mêlait parfois quelque castrat napolitain célèbre. En attendant de diriger l'orchestre des nonnettes ou de subir l'émoustillant caprice des divas, Antonio avait été admis, sur la recommandation de son père, comme surnuméraire à la chapelle ducale. C'était un premier pas dans la carrière musicale que lui ménageait une éducation habile et opportuniste.

Ce soir-là, alors que la famille se préparait à souper, Antonio fut pris d'une violente crise d'asthme comme cela lui arrivait parfois. Il était rentré de bonne heure, chancelant, de San Geminiano où, entre une leçon de musique et une répétition à la chapelle de San Marco, il poursuivait son initiation dévote. La mère, une fois de plus, s'irrita de ce double apprentissage :

– Notre pauvre fils ne pourra supporter longtemps la vie que tu l'obliges à mener ! dit-elle à son mari. Tu sais bien que, depuis sa naissance, il est en mauvaise santé. Et puis qu'a-t-il besoin d'être abbé ? Tu répètes qu'il est très doué pour la musique, laisse-le devenir musicien !

– Tu ne comprends pas que, prêtre et musicien, il pourra obtenir facilement les situations les plus enviées. Maintenant qu'il va être diacre et ordonné dans deux ans, ce serait trop bête d'abandonner notre projet. D'ailleurs Antonio ne le veut pas plus que moi !

Antonio qui reprenait son souffle approuva son père :

– Ne te fais pas de souci, maman. C'est vrai que je veux être prêtre et que je suis parfaitement capable de devenir aussi un bon maître de musique.

L'occasion se présenta justement de lui permettre

de montrer ses qualités de pédagogue. L'éditeur de musique Giuseppe Sala, *A l'Enseigne de David*, avait demandé à Giovanni Battista de donner des leçons de violon à sa fille. Le premier musicien de la chapelle ducale avait répondu que ses occupations ne lui permettaient pas de prendre des élèves mais que son fils, futur abbé et surnuméraire à San Marco, pouvait fort bien initier la signorina Sala à l'art musical :

– C'est un garçon très doué, avait-il ajouté. Il joue du violon depuis l'âge de huit ans et a été l'élève de l'illustre Legrenzi, ami de la famille, jusqu'à sa mort.

Legrenzi, c'était vrai, avait fréquenté régulièrement la maison du Castello et s'était intéressé au petit garçon roux qui était capable de rejouer de mémoire un mouvement entier d'une sonate après l'avoir déchiffré seulement deux fois. Les conseils du plus célèbre virtuose vénitien n'avaient pas été aussi réguliers que l'enfant l'aurait souhaité mais il n'y avait pas offense à la vérité de dire aujourd'hui qu'il avait été son élève.

Plus que de santé fragile, Antonio était un angoissé. C'était sans doute l'une des raisons qui l'avaient poussé à écouter son père et à chercher une certaine sérénité dans la vie religieuse. L'idée de se rendre chez l'éditeur de tous les compositeurs vénitiens et d'enseigner une jeune fille qu'il ne connaissait pas l'inquiétait plus que de raison. Enfin, sur l'injonction de ses parents – Camilla était contente de voir enfin son fils sortir de la vie morose qu'il partageait entre San Marco et San Geminiano –, Antonio se rendit à l'*Enseigne de David*. La boutique était située dans le quartier Crisostomo, tout près du théâtre où son père officiait. Il poussa la porte et fut tout de suite saisi par l'odeur d'encre qui flottait dans l'atelier. Il eut peur que ces émanations ne déclenchassent la crise d'asthme qu'il redoutait en permanence, mais non, tout allait bien ; cette crainte dissipée lui donna du courage pour répondre à M. Sala, reconnaissable à son élégante jaquette de velours, qui lui disait que sa fille l'attendait dans l'appartement, au premier étage.

— Je vous remercie de m'accorder votre confiance, monsieur. Je ferai de mon mieux pour inculquer à mademoiselle votre fille les principes du violon tels que me les ont enseignés mon père et M. Legrenzi.

— Il s'agit surtout de perfectionner son jeu. Elle manie déjà fort bien l'archet et est capable de déchiffrer toutes les œuvres que j'imprime. Mais montez donc, elle vous attend et vous expliquera elle-même ce qu'elle souhaite.

Antonio emprunta un escalier étroit que les piles de papier à musique posées sur chaque marche rendaient presque impraticable. Il déboucha dans une pièce bourrée elle aussi de partitions. Dans le fond, près d'une fenêtre, une jeune fille essayait de redresser le chevalet d'un violon et d'en retendre les cordes. Elle leva les yeux à l'entrée de Vivaldi et fixa son regard sur l'épaisse chevelure rousse de l'arrivant.

— On a dit le plus grand bien de vous à mon père et j'espère que nous ferons bon ménage. Il paraît que j'ai mauvais caractère... J'ai déjà usé trois maîtres de violon ! Il faut dire qu'ils étaient vieux, qu'ils sentaient mauvais et que je jouais mieux qu'eux.

– Ce sera peut-être le cas avec moi, mademoiselle. Je ne prétends pas être l'égal de Corelli !
Elle sourit et dit :

– A propos de Corelli, nous venons de recevoir
de Rome ses derniers concertos. Jouez-moi donc le
premier que j'ai déjà un peu étudié. C'est une pri-
meur...

– Et cela va vous permettre de voir si vous devez
me ranger dans la cohorte des professeurs désas-
treux !

Là, elle rit franchement et répondit :

– En tout cas pas dans la catégorie des vieillards.
Nous devons avoir à peu près le même âge. J'ai dix-
neuf ans.

– Moi un peu plus de vingt. Vous voyez que je
suis un vieux !

– Encore une question, monsieur le Professeur.
Est-il vrai que vous allez devenir prêtre ?

– Oui, je suis déjà sous-diacre et prendrai l'habit
ecclésiastique dans deux ans.

– Et la musique ? Je croyais que vous viviez pour
elle et que votre rêve était de devenir un virtuose et
un compositeur ?

– Les deux qualités ne sont pas incompatibles. Un
collet blanc sur une austère robe noire constituera
un signe de sagesse qui m'ouvrira bien des portes,
celle de la Pietà par exemple où j'aimerais bien succéder à Francesco Gasparini pour le plus grand
bien des jeunes pensionnaires.

– Deux cents jeunes filles sous ses ordres, ce doit
être évidemment une fonction plaisante ! C'est
drôle, avec vos cheveux roux et votre air timide, je
ne vous imagine pas du tout en abbé.

– Il y a tellement d'abbés de cour qu'il peut bien
y avoir un abbé de musique.

– Vous avez raison. Tenez, voici la partition.

Antonio sortit son violon de l'étui et eut pour lui un regard de tendre complicité. C'était un instrument autrichien comme il en existait beaucoup à Venise. Pas un violon de prix, naturellement, mais un modèle bien râblé, aux ouïes largement dessinées qui sonnait juste et dont il aimait le vernis légèrement rougeâtre qui, disait-il en riant, se mariait bien à la couleur de ses cheveux.

Il jeta un coup d'œil sur la musique de Corelli qu'il fixa sur le pupitre placé près de la fenêtre puis commença de jouer. Il se sentait dans de bonnes dispositions. La présence de la jeune fille, loin de lui enlever des moyens, lui donnait de l'assurance. Ses doigts fins glissaient le long du manche, entraînaient parfois les cordes dans un vibrato impétueux ou dans une modulation continue d'une grande pureté. Souvent aussi l'archet hésitait, frôlait une corde qui aurait dû rester muette mais ces faiblesses, inévitables lors d'une première lecture, n'enlevaient rien au climat général de l'œuvre empreint d'une grande richesse.

Quand il eut achevé le premier mouvement, Mlle Sala battit des mains.

– Mais vous jouez merveilleusement ! Je ne vais pas oser tirer l'archet devant vous ! Oh ! Que je suis contente ! Au fait, je m'appelle Paolina. Et vous ?

– Antonio Lucio Vivaldi.

– Un beau nom pour un virtuose qui veut soulever l'enthousiasme des foules ! Vous êtes vénitien ?

– Ma mère est vénitienne. Mon père est de Brescia. Un pays où l'on aime bien les violons.

Antonio s'aperçut alors que Paolina avait du charme. Elle n'était pas très belle mais son visage, grâce à un agréable sourire et de grands yeux noirs, ne laissait pas apparaître de défauts majeurs. Comme son corps mince semblait bien tourné, la jeune fille retenait l'attention. Le sous-diacre Vivaldi n'avait éprouvé jusque-là aucune tentation d'approcher les femmes. Non qu'il n'eût l'occasion d'en croiser plus d'une dans les couloirs du théâtre et même dans la maison de San Giovanni où il poursuivait son éducation religieuse mais, sans doute, à cause de sa santé fragile, de sa timidité et aussi de l'état sacerdotal qu'il s'apprêtait à embrasser. Sa foi était sans profondeur, comme sa vocation, mais il se pliait honnêtement aux règles qu'elles impliquaient. Et voilà que son âme, jusque-là tranquille et pure, se mettait à tressaillir devant Paolina Sala dont il venait à l'instant de faire la connaissance ! Peut-être rougit-il à ce signal mais cela n'apparut pas sous sa tignasse de roux. Il toussota et déclara d'un ton qu'il imagina empreint d'autorité :

– Maintenant, mademoiselle, voulez-vous prendre votre violon et me montrer ce que vous savez faire avec ses quatre cordes ?

D'un regard amusé, Paolina montra les boyaux enchevêtrés :

– Il faudrait d'abord que vous m'aidiez à m'accorder.

Antonio eut tôt fait de remettre le violon en état et la jeune fille se mit à jouer la musique de Corelli demeurée sur le chevalet. Au troisième coup d'archet, Vivaldi s'était aperçu que son élève n'était pas loin de le valoir. Certes, elle connaissait le concerto pour l'avoir joué plusieurs fois mais la façon dont elle enveloppait l'adagio de nuances vaporeuses pour passer à l'andante largo ne trompait pas : Paolina était une très bonne violoniste dont le talent ne demandait qu'à s'affirmer.

– Vous m'étonnez, dit-il lorsqu'elle eut terminé. Il n'y a qu'à la Pietà, peut-être aux Hospitalettes, qu'on puisse trouver une ou deux jeunes filles jouant aussi bien que vous. Si vous étiez un homme, vous affoleriez bientôt tous les publics de Venise à Rome et de Naples à Florence. N'importe, vous avez tant de dons qu'il faut continuer de vous perfectionner, ne serait-ce que pour votre plaisir, celui de vos parents et de vos amis. Je vous y aiderai de tout mon cœur.

– Vous ne pouvez pas savoir la joie que vous me faites. Je sais que je ne joue pas mal mais vous êtes le premier très bon violoniste à me le dire. Mon père voudrait me faire écouter par tous les virtuoses dont il édite la musique mais je refuse. D'abord parce que cela m'effraie, ensuite parce qu'ils voudraient nous faire plaisir et ne seraient pas sincères. Vous, je suis sûre que vous pensez ce que vous dites.

– Sûrement, mademoiselle. Le premier conseil que je peux vous donner, c'est de garder votre grâce. Ne jouez surtout pas comme certains virtuoses qui se déhanchent, sautillent, et remuent ! Cette mode est paraît-il une spécialité italienne. Heureusement, les plus grands jouent d'une façon plus mesurée. On peut bouger avec la musique, suivre l'élégant mouvement de l'archet sans se désarticuler comme un pantin !

Ainsi prit fin dans la bonne humeur la première leçon donnée par Vivaldi à une jeune fille. Quand il sortit de la boutique de l'éditeur après lui avoir dit beaucoup de bien de sa fille, il faisait encore beau et chaud. Le soleil, rasant, éclairait les dentelles du palais ducal et les pavés du quai des Esclavons. Antonio respirait à s'en griser l'air fade, un peu chanci, qui montait du canal San Marco. Nulle trace d'asthme dans sa gorge qui avait envie de chanter, nulle angoisse dans son regard qui suivait une galiote à voiles rouges venue du Levant. Sans son étui à violon qu'il tenait serré contre lui comme son bien le plus précieux, il aurait dansé en escaladant les marches du petit pont d'où l'on aperçoit les Piombi[1] et le pont des Soupirs dont les pierres d'Istrie éclatent de blancheur.

En passant devant San Giovanni, il songea un instant à s'arrêter pour se recueillir mais il passa son chemin. Son esprit était accaparé par quelque chose de bien plus extraordinaire. Depuis un moment, tandis qu'il marchait, une musique dansait dans sa tête. C'était une sarabande, une gigue peut-être, dont les notes crochées s'attachaient à sa mémoire.

Il s'arrêta, s'assit sur une pierre et demeura immobile devant les vagues qui clapotaient en mesure. Cette musique étrange qui le poursuivait n'était pas de Corelli, de Scarlatti ou de Torelli. Il ne l'avait jamais lue ni jouée : c'était sa musique, c'étaient ses notes, c'était son bien. Il sut à cet instant qu'il ne serait pas seulement un violoniste mais aussi un compositeur. En fermant les yeux il vit s'ouvrir devant lui une partition dont les portées étaient chargées de grappes noires et blanches. En titre, calligraphié dans une belle anglaise pleine et déliée il lisait : *Sonata I per violino solo*. En dessous : *Antonio Vivaldi*. Ce n'était qu'un songe mais

---

1. Les Plombs, prison de Venise ainsi appelée parce qu'elle se trouvait directement sous les feuilles de plomb qui recouvraient le toit.

qui ne lui paraissait pas inaccessible. Peut-être ne deviendrait-il pas abbé, mais ce rêve de voir sa musique éditée, il se jura de le réaliser. En attendant il fila vers la maison pour transcrire les notes qui lui trottaient toujours par la tête...

Et voilà qu'à Crémone on commençait à parler de guerre. La cité venait de vivre une longue période de tranquillité qui avait permis aux luthiers d'affiner les créations de Maggini et d'Amati, précurseurs géniaux, en instruments proches de la perfection. Antonio Stradivari avait évidemment joué le plus grand rôle dans cette aventure qui sacrait Crémone capitale de la lutherie.

A cinquante-six ans, le maître était parvenu au sommet de son art. Il avait beau répéter que la création des violons n'est pas une science exacte et qu'il ne faisait jamais deux instruments identiques, tout le monde savait qu'il ne tâtonnait plus et qu'il avait atteint son objectif. Auprès d'un aboutissement aussi royal que serein, les bruits de bottes arrivaient étouffés dans la ville, surtout qu'il ne s'agissait pas de bottes crémonaises [1] mais étrangères, les grands pays d'Europe ayant choisi depuis longtemps les provinces italiennes du Nord pour y vider leurs querelles. Il n'était pas question qu'un Lombard prenne les armes mais regarder les autres échanger des canonnades ou des salves de mousquets pouvait devenir dangereux. Les Crémonais, tout de même un peu inquiets, lorgnaient donc du côté de Vérone

1. En dehors des troupes assez médiocres chargées de la défense éventuelle du territoire pontifical, la seule force militaire efficace était celle du Piémont.

où le prince Eugène de Savoie, à la tête des armées de l'empire autrichien, semblait décidé à chasser les Français du maréchal de Villeroi. Celui-ci prenait parfois ses quartiers à Crémone. On admirait alors les uniformes blancs doublés de bleu de son bataillon, tenues qui risquaient bien de sortir défraîchies d'une charge des dragons rouge et noir du prince Eugène.

Il circulait mille histoires sur ce prince Eugène, capitaine élevé à la cour de France, promis d'abord à l'état ecclésiastique et que Louis XIV appelait « le petit abbé ». Fils du duc de Savoie et d'Olympe Mancini, l'une des nièces de Mazarin, il se sentait plutôt l'âme guerrière et, lassé de voir ses offres de service déclinées par la roi, il avait quitté la France en 1683 pour se mettre au service de l'Autriche. Après une brillante campagne contre les Turcs, il avait été nommé feld-maréchal et, combattant contre les Français qui avaient dédaigné son épée, il les avait chassés du Dauphiné. Il se retrouvait maintenant à leur contact dans la plaine de Lombardie à propos de la situation du jeune duc d'Anjou que son grand-père Louis XIV venait de faire roi d'Espagne après la mort de Charles II, un avènement qui ne manquait pas d'irriter les autres États européens, à commencer par l'Autriche.

Les Crémonais ne comprenaient naturellement pas grand-chose à ce conflit ni à l'équilibre européen qu'il était censé assurer. A tout hasard, bourgeois et artisans renforçaient leurs portes et leurs volets tandis que les femmes cachaient dans les caves des provisions de farine et de sel.

Stradivari avait toujours professé que la musique et son instrument le plus achevé, le violon, étaient au-dessus des contingences politiques. Il avait vendu beaucoup d'instruments à la cour d'Espagne et aux nobles andalous. Si les Autrichiens prenaient le dessus, il changerait de clientèle, voilà tout ! Mais on n'en était pas là. La paix régnait sur l'isola et Antonio goûtait en même temps que les joies de son remariage le plaisir de respirer sur les sommets de son art. Les deux derniers compagnons admis à travailler dans le temple de la lutherie, Carlo Bergonzi et Lorenzo Guadagnini, s'avéreraient les meilleurs de ceux qui, au long des années, y avaient occupé un établi. Ni l'un ni l'autre n'était avare de questions et cette curiosité plaisait au maître qui avait toujours aimé transmettre son savoir aux jeunes, pourvu qu'ils soient doués et courageux.

Bergonzi et Guadagnini n'avaient pas connu l'époque où Stradivari cherchait sa voie et ils regrettaient parfois de ne pas l'avoir vu découvrir une à une les finesses de cet étrange objet, à la fois si simple et si complexe avec ses quatre cordes accordées en quintes sur une boîte légère comme le vent, son manche étroit si doux dans la paume et l'élégante volute qui fait chapiteau au bout du cheviller. Les questions qu'ils posaient se ramenaient presque toujours à l'interrogation première : « Pourquoi vos violons sont-ils meilleurs que les autres ? »

Stradivari aurait pu parler des jours et des nuits sur ce sujet inépuisable. D'abord il répondait que les instruments qu'il avait fabriqués tout au long de sa vie n'étaient pas forcément les meilleurs et qu'il connaissait certains violons de Niccolo Amati, son maître, qui avaient des qualités que les siens ne possédaient pas. Puis, comme tout de même il ne lui déplaisait pas d'être reconnu le plus grand, il expliquait :

– Commençons par le commencement : le bois. Je vous ai dit cent fois que le meilleur luthier du monde ne pouvait faire un bon violon avec du mauvais bois. Eh bien ! moi qui suis né dans une forêt, j'ai voulu d'abord apprendre pourquoi telle essence était préférable à telle autre, j'ai tenu à aller choisir moi-même des arbres, à les juger sur pied, à deviner la sonorité qui se cachait derrière leur écorce centenaire. Il n'y a pas beaucoup de luthiers qui ont fait cela ! Je crois qu'il n'en existe plus du tout et c'est dommage ! Avant que je sois trop vieux, il faudra que je vous emmène en forêt. Vous comprendrez alors beaucoup de choses. Le côté « sorcellerie » du violon vient du cœur des arbres.

– Mais il n'y a pas que le bois, dit Bergonzi. Mettons que vous ayez trouvé le meilleur et que, bien scié, bien séché, il s'offre à vous sur l'établi. Tout reste à faire.

– En effet, je n'en ai pas fini avec son mystère. Il faut que je le sonde, que j'essaie de deviner, à l'aide de moyens de percussion que je vous montrerai, ses qualités de résonance. C'est en fonction de ces renseignements que je pourrai calculer l'épaisseur des voûtes, le volume d'air de la caisse et toute cette cuisine que vous connaissez aussi bien que moi.

– Mais c'est cela qui est difficile, maître ! Et nous ne connaissons rien, face à votre expérience et votre talent.

– Admettons ! Vous savez pourtant que dans notre métier tout est question de rapport entre les diverses pièces qui constituent le violon. Vous avez la chance d'arriver à un moment où vos prédécesseurs ont découvert empiriquement les grandes lois qui règlent la propagation des vibrations. Ils l'ont fait pour vous, tant mieux ! Mais n'oubliez jamais que vous ne deviendrez excellents que si vous savez pourquoi vous appliquez ces règles. Par exemple : la première chose qu'apprend un jeune luthier, c'est que la table d'harmonie du violon est en sapin et que l'érable est préférable à tout autre bois pour le fond. Vous le savez parce que je vous l'ai appris. Si les deux tables étaient en sapin, c'est-à-dire parfaitement à l'unisson, vous obtiendriez un son faible et sourd. Si elles étaient toutes deux en érable, le son serait encore plus faible et plus mauvais. Le fond doit être un ton plus bas que la table d'harmonie pour obtenir une bonne sonorité et cela est obtenu parce que, dans l'érable, la propagation du son est moins rapide que dans le sapin. Voilà ce qu'il faut avoir envie d'apprendre !

— Cette différence est-elle toujours respectée ?

— Dans tous les bons instruments, assurément. Maintenant la qualité et l'intensité des sons dépendent d'autres éléments, de la masse d'air contenue dans la caisse, de la découpure des ouïes qui a une influence importante. Tout se tient dans un violon : le bon luthier est celui qui veille sur ces interférences et sait les dominer.

Il était rare que Stradivari ne terminât pas la journée par une conversation de ce genre avec les compagnons auxquels se joignaient les deux fils de la maison, Omobono et Francesco. Parfois, un voisin entrait et se mêlait à la discussion. Si un événement touchant aux armées était survenu dans la province et que sa nouvelle s'était propagée jusqu'en ville, l'assemblée le commentait mais, jusqu'à présent, aucune information vraiment inquiétante n'avait troublé la sérénité de l'isola.

Avec l'arrivée de Maria Zambelli, la maison avait retrouvé son équilibre. Peu à peu, l'image de Francesca s'estompait. Si on venait à parler d'elle, son évocation n'était plus ressentie douloureusement. Pourtant, Maria ne l'avait pas remplacée. Comme disait Antonio, elle avait permis à la famille de poursuivre le concerto de la vie sur une autre tonalité. Et le maître s'accommodait bien de cette nouvelle musique. La différence d'âge entre les deux époux n'altérait en rien leur existence quotidienne faite de bonheur tranquille et d'affection. Contrairement à Francesca qui ne s'était jamais intéressée intimement aux travaux de son mari, Maria s'était prise de passion pour les violons. Comme beaucoup de Crémonais, elle avait appris à jouer sur un instrument vivement fabriqué dans quelque manufacture de Brescia ou de Venise sans se soucier de ses qualités ou de ses défauts. Maintenant que Stradivari lui avait montré les ondes du bois qui apparaissaient comme autant de ruisseaux chantant sous les saintes huiles du vernis, la beauté d'une forme vivante sinuant de la gorge aux hanches et la pureté du son émis par ce poème rythmé comme une villanelle, elle aimait passer de longs moments dans l'atelier, regarder les mains habiles du maître palper la voûte d'une table pour en mesurer l'épaisseur au dixième de ligne près et jouer les violons en blanc pour deviner leur caractère futur.

C'était pour Antonio une raison supplémentaire d'apprécier cette femme douce qui l'aidait de surcroît à tenir ses livres et à établir les factures. Quand au bout de dix-huit mois de ce bonheur sans faille, Maria lui annonça qu'elle était grosse, sa joie éclata. Lui, qui n'était pas d'un caractère expansif, n'eut cesse de répandre la nouvelle en disant : « Je vis une nouvelle jeunesse ! » C'était presque vrai. N'eût été cette douleur qui lui taraudait le dos quand il était demeuré trop longtemps penché sur l'établi, Antonio Stradivari se sentait une âme de jeune homme.

Ce fut une petite fille qui naquit le 19 novembre 1700. Elle était belle, fraîche et criait comme une chanterelle. Maria proposa de l'appeler Francesca. Antonio en fut touché, il pleura, ce qui ne lui arrivait pas souvent.

Les derniers mois de la grossesse de Maria avaient été marqués par la peur. La guerre avait brusquement cessé de se présenter comme une interminable revue de troupes qui se regardaient à la lorgnette pour devenir une vraie confrontation. D'après les renseignements parvenus à Crémone, les Français et l'armée du duc de Savoie avaient laissé des plumes dans la bataille. Ce diable de prince Eugène avait forcé Catinat à la retraite et vaincu Villeroi à Chiari. Avec son armée en lambeaux le maréchal s'était replié vers Crémone en attendant des jours meilleurs. Des bruits couraient en ville qu'on avait eu bien tort de nommer maréchal ce chef peu apte à commander en premier et qui accumulait les fautes, prenait des risques à contretemps et camouflait ses faiblesses sous une vanité insupportable.

Stradivari qui avait eu six enfants avec Francesca reprenait goût à la paternité. Un an après la naissance de la petite fille un deuxième enfant était attendu place San Domenico mais l'accouchement prochain de Maria tombait mal : les armées rivales qui avaient longtemps sommeillé sur leurs positions s'étaient réveillées à l'initiative du prince Eugène pressé d'en finir avec Villeroi afin de pouvoir s'emparer de Milan.

Tout avait commencé dans la nuit du 1er février 1702 par une rumeur insolite venue du quartier de la cathédrale. Antonio, réveillé par sa femme qui se plaignait de douleurs dues à son état, ouvrit la fenêtre de la chambre du premier étage et jeta un coup d'œil à l'extérieur. Il ne vit que des ombres se faufilant dans le brouillard mais perçut un lointain bruit de mitraille. Il courut alerter ses fils et Bergonzi qui logeait dans la petite pièce du haut, autrefois occupée par Médard.

– Ça y est, on se bat en ville ! cria-t-il. Vérifiez la fermeture des portes et les volets. Toi, Omobono, viens avec moi, nous allons descendre à la cave tous les instruments, ceux de l'atelier et les trois altos qui sèchent dans le seccadour. Si des soldats enfoncent la porte, ce ne sera pas pour acheter nos violons ! Réveillez aussi Caterina pour qu'elle s'occupe de Maria !

Cinq minutes plus tard, les richesses de l'atelier étaient à l'abri dans un grand placard dissimulé à la cave derrière un tas de bois. Les hommes s'aperçurent alors qu'il faisait très froid et Carlo Bergonzi s'occupa à ranimer le feu dans la cheminée. Il n'y avait rien d'autre à faire qu'à coller de temps en temps son oreille à un volet pour essayer de deviner ce qui se passait dans les rues envahies par le brouillard.

Au bout d'un moment, Lorenzo Guadagnini, qui tournait dans la pièce comme un renard encagé, s'écria :

– Maître, on ne peut pas rester ainsi des heures sans rien savoir. Et la maîtresse qui doit s'affoler...

Si vous le permettez, je vais sortir et essayer d'apprendre quelques nouvelles. Je vous jure que je serai prudent. Et puis, je suis fort, et je cours vite !

– Ce n'est pas ta force qui empêchera un dragon de l'Empire de te transpercer le corps d'un coup d'épée. Figure-toi que je n'ai pas envie de perdre mon meilleur élève. Reste donc là, bien tranquille. On saura assez tôt si nous courons des risques.

Lorenzo, c'était vrai, avait une carrure qui inspirait le respect. Il était aussi têtu. A sa troisième prière, Stradivari le laissa sortir.

– Pas plus de dix minutes ! Et puisqu'on ne peut pas te retenir, passe prévenir Mme Morelli, la sage-femme. Elle habite à côté. Si elle a le courage de traverser la rue, je serai plus tranquille de la savoir au chevet de Maria.

Guadagnini s'enroula dans l'immense houppelande de berger qui était pendue près de la porte et qui servait un peu à tout le monde dans la maison. Il se coiffa d'un bonnet et sortit en saluant l'assistance.

– On se croirait à l'opéra, dit Francesco.

– Ne dis pas cela, l'opéra finit toujours mal, répondit Omobono.

Ces mots détendirent un peu l'atmosphère.

– Faites donc chauffer une pinte de vin avec de la cannelle, dit Antonio. Cela nous réchauffera ! Et quand Lorenzo reviendra, il aura besoin de se requinquer.

Jamais le temps n'avait paru aussi long dans la bottega où, d'habitude, les heures passaient si vite en compagnie des violons. Mais les violons étaient à la cave et Guadagnini dans la rue où les combats semblaient se rapprocher de l'isola.

Caterina était descendue pour annoncer que Maria allait mieux et s'était rendormie. Heureuse d'apporter une bonne nouvelle, elle blêmit soudain en apprenant que Lorenzo venait de sortir. La jeune fille, d'habitude si calme, se laissa emporter par une colère qui laissa ses frères et son père médusés.

– Comment avez-vous pu permettre à Lorenzo de s'aventurer dans la ville où les soldats s'entre-tuent ? Vous êtes tous devenus fous ? Et toi, père, pourquoi l'as-tu laissé partir ?

– J'ai refusé bien sûr, mais tu connais Gua-dagnini ! Il a insisté jusqu'à ce qu'il obtienne satis-faction. On ne pouvait tout de même pas le retenir de force !

– Mais si ! Je vous jure que si j'avais été là il ne serait pas parti !

Antonio regarda sa fille et se dit qu'elle était amoureuse de Lorenzo. « Et pourquoi pas ? » pensa-t-il.

On n'entendait pas de canonnade mais des coups de feu qui semblaient maintenant très proches. On devait se battre au sabre et au mousquet. Caterina pleurait dans un coin. L'attente devenait insuppor-table.

Il y avait bien une heure que Lorenzo était parti quand on frappa au volet. Était-ce lui ? Des soldats eussent cogné à la porte ou au besoin l'eussent enfoncée. Chacun reprit espoir tandis qu'Omobono allait ouvrir. C'était bien le grand Guadagnini tou-jours drapé dans son manteau. Il n'était pas blessé, il souriait. Caterina de nouveau fondit en larmes.

Le héros sur qui tous les regards étaient fixés ôta tranquillement sa houppelande, but le bol de vin chaud que lui tendait Francesco et étira ses grands bras devant le feu. « Si je n'étais pas luthier, je serais acteur », disait-il souvent. Dans l'instant il soignait son effet. Enfin, il commença à raconter :

– Je sais tout, ou presque, grâce à un capitaine de dragons blessé que j'ai aidé à trouver refuge à San Donati. Voici pourquoi Crémone est devenue le centre de la bataille et comment les officiers français de la garnison ont été prévenus que la cité avait été presque complètement investie par les troupes du prince Eugène durant le début de la nuit : si le cuisinier du lieutenant général Crenan ne s'était pas levé de bonne heure, alors qu'il faisait encore nuit noire, pour aller se ravitailler en lait frais, toute l'armée française serait maintenant prisonnière !

– Comment cela ? demanda Omobono après cette tirade.

– Sorti avant l'aube, le cuisinier fut tout étonné d'apercevoir des soldats dont les tenues lui étaient inconnues. Oubliant son lait, il rentra en hâte prévenir son maître qui s'habilla tout de suite bien que le fait lui parût bien improbable. Il ne lui fallut pas longtemps pour s'assurer que son cuisinier n'avait pas eu la berlue et apprendre que, par bonheur, le colonel d'Entragues avait commandé un exercice de nuit à son régiment des vaisseaux et s'était de ce fait trouvé en état de combattre l'envahisseur. C'est ce combat dont on entend encore le bruit.

– Mais comment les troupes du prince Eugène ont-elle pu forcer les portes de Crémone pourtant bien défendues ?

– C'est là que l'histoire dépasse l'imagination. Le prince a mis en œuvre un plan diabolique. On lui avait rapporté qu'il existait à Crémone un aqueduc qui s'étendait loin dans la campagne, que cet aqueduc peu chargé en eau correspondait en ville à la cave de la maison d'un prêtre et qu'il avait servi jadis à surprendre la ville une première fois. Eugène fit reconnaître secrètement l'entrée du viaduc dans la campagne et gagna à sa cause le prêtre chez qui il aboutissait. Par ce canal, il fit passer un certain nombre de soldats choisis, déguisés en paysans ou en ecclésiastiques, chargés de reconnaître les remparts, les portes et les postes de garde. A la nuit tombée, cinq cents autres soldats empruntaient le même chemin pour gagner la ville où, guidés par le premier détachement, ils avaient pour mission d'ouvrir une brèche dans l'enceinte afin de permettre au gros de la troupe de pénétrer en force dans Crémone.

— Et l'entreprise a échoué ? demanda Antonio.

— Non. L'issue en est encore incertaine. Ce qui est sûr, c'est qu'elle a été considérablement gênée par les circonstances et que le prince Eugène n'est paraît-il pas sûr, à l'heure présente, de remporter la victoire. Bien que le maréchal de Villeroi ait été fait prisonnier dès l'engagement de l'affaire...

— Quoi ? Villeroi est prisonnier ?

— Mon capitaine l'accompagnait et a assisté à sa capture. Les Autrichiens ont laissé l'officier sur place parce qu'il avait été blessé. Quant au maréchal, surpris par le bruit qui parvenait jusqu'à sa chambre, il avait demandé un cheval et pris le chemin de la place du Dôme fixée comme rendez-vous en cas d'alarme. Au détour d'une rue, il est tombé avec le capitaine sur un corps de garde. Le premier a été blessé en tentant de résister et le maréchal, entouré, n'a pu que rendre son épée. Le capitaine m'a dit qu'il l'avait entendu proposer dix mille pis-

toles et un régiment à l'officier autrichien s'il voulait bien le relâcher. En vain. Villeroi a été emmené
semble-t-il jusqu'au prince Eugène. Voilà où en est
la bataille de Crémone. Toutes ces nouvelles
valaient bien, ne trouvez-vous pas, une petite promenade dans le brouillard...

L'atelier de Stradivari, temple consacré au culte
de la lutherie, était sans doute l'un des lieux les plus
tranquilles, les plus sereins qu'on puisse imaginer.
La guerre et le récit fantastique qu'en avait fait Guadagnini y avaient pénétré comme par effraction et
laissaient la famille stupéfaite. C'est à peine si Caterina entendit les gémissements de Maria, oubliée
dans son lit au premier étage. Elle se précipita sui-
vie d'Antonio.

Malgré la promesse qu'elle avait faite à Lorenzo,
signora Morelli n'était pas venue. Elle avait craint
de prendre un mauvais coup. Maintenant sa présence devenait urgente, Maria pouvait mettre son
enfant au monde d'un instant à l'autre. Omobono
dit qu'il y courait. Le danger pouvait surgir d'un
hasard. Pour l'instant, seul le bruit rappelait qu'on
se battait non loin de la piazza San Domenico. La
contrada Maestra était déserte, Omobono s'y précipita. Une dizaine de minutes plus tard il revenait en
portant presque la malheureuse sage-femme morte
de peur.

Giovanni Martino Stradivari naquit vers midi
alors que l'on ne savait pas encore si Crémone allait
devenir une ville de l'Empire ou demeurer sous
l'administration du roi d'Espagne. Dans l'isola, on
n'apprit l'issue des combats que le lendemain soir.
Ils avaient duré toute la journée à travers les rues et
sur les remparts. Le brigadier général Praslin avec

ses cavaliers français et Revel à la tête du régiment irlandais avaient fait des miracles, défendant et attaquant sans relâche. Praslin surtout avait compris que le salut de Crémone, si la ville avait une chance d'être sauvée, dépendait de la destruction du pont sur le Pô. Celui-ci avait été rompu à trois heures après midi, alors que le prince Eugène, toujours maître du centre, montait au sommet du Torrazzo pour voir si le secours arrivait. Il vit le pont qui s'effondrait et avec lui son espoir de recevoir le renfort qui lui aurait permis de chasser les Français de la ville. Une heure auparavant son plan était à deux doigts de réussir. Maintenant, il ne lui restait qu'à faire retraite, sans gloire, en emportant, maigre consolation, le maréchal de Villeroi, prisonnier, dans ses fourgons [1].

– Crémone vient de gagner quelques mois de paix, dit Stradivari. Puisse le petit Giovanni, né entre deux coups de canon, en profiter. Quant à nous, reprenons le travail. Allez donc à la cave et remontez les violons !

Maria se remit plus vite de ses couches que la ville d'une bataille qui n'avait duré que quelques heures et laissé des traces dans la plupart des rues. L'isola avait échappé aux dommages mais, ailleurs, des maisons avaient été détruites, certaines pillées et il avait fallu toute une journée pour ramasser les morts et secourir les blessés.

Chez Stradivari, la vie avait aussitôt repris autour des établis. Les effluves capiteux du vernis, un moment chassés par l'odeur de la poudre, impré-

---

1. Louis XIV apprit une semaine plus tard, le 9 février, à Versailles, par une estafette, la victoire de Crémone. Il fit Praslin lieutenant général et donna l'ordre de Saint-Louis à Revel.

gnaient l'air à nouveau, et le bruit familier des outils et des cordes pincées recréait cette douce cacophonie propre aux ateliers de luthiers.

Parfois, Antonio, tout en jugeant à hauteur du regard la courbure régulière d'une voûte, scrutait à la dérobée le visage de Lorenzo. Depuis la scène de l'autre soir où la douce Caterina avait, sans même s'en rendre compte, avoué publiquement son amour pour le jeune luthier, Antonio pensait beaucoup à sa fille. Si les sentiments qu'elle portait à Lorenzo ne faisaient pas de doute, la réciproque semblait bien incertaine. « Que faire pour que Caterina ne souffre pas ? » se demandait le père. Il avait plusieurs fois rencontré Guadagnini en compagnie de la fille du grainetier Lanelli et lui avait demandé s'il était fiancé. « Presque, avait répondu en riant le jeune homme. J'attends d'avoir signé mon premier violon ! » Il n'avait d'autre part jamais porté une attention particulière à Caterina et Antonio se prit plusieurs fois à penser : « Dommage ! Il aurait été un gendre à mon goût. Ce garçon est de la race des grands luthiers. Lui, bien mieux qu'Omobono et Francesco, aurait pu un jour me succéder ! » Il remit à plus tard la conversation qu'il avait décidé d'avoir avec sa fille.

Une habitude nouvelle était née des « veillées de guerre », comme disait Omobono. Celle de se réunir une fois par semaine, autour du maître, devant la cheminée. Ces jours-là, Bergonzi et Guadagnini restaient souper. Souvent on faisait de la musique. Maria aimait jouer les derniers instruments de l'atelier en compagnie de Lorenzo Guadagnini qui tenait l'alto et de Francesco, violoncelliste très convenable. Stradivari ne jouait plus depuis longtemps que les quelques mesures qui lui permettaient d'essayer ses instruments. Content, bien installé dans son fauteuil, il écoutait et ne manquait jamais de relever les à-peu-près et les fausses notes de l'un ou de l'autre.

Au contraire de Francesca qui était secrète, réservée, Maria aimait la conversation. Curieuse, elle avait toujours une question à poser concernant un métier qui lui était devenu familier et qui la passionnait. Elle savait profiter de ces soirées de bonheur pour faire parler Stradivari de sa vie à la fois si pleine et si sereine. C'est qu'il en avait des choses à raconter ! Depuis son enfance peuplée d'arbres, sa découverte des gestes qui font les violons, ses amours de jeunesse dont il parlait peu, par pudeur, jusqu'à l'heure de la reconnaissance de sa suprématie.

Certains jours, Stradivari se laissait emporter par l'enthousiasme. Il trouvait alors des mots poétiques, lyriques, toujours justes comme les notes les plus pures jaillies de ses violons pour parler de son métier. Il aimait trouver des similitudes entre les femmes et ses instruments.

— Vous êtes-vous déjà demandé, commença-t-il un soir, pourquoi les luthiers avaient autant d'enfants ? Regardez notre père à tous, Andrea Amati ; et son fils Geròlamo qui eut dix filles et deux garçons ; et Niccolo, son petit-fils, père de huit enfants... Quelle dynastie ! Et mon ami Andrea Guarneri avec ses quatre filles et ses trois fils !

— Et vous-même, mon père, dit Caterina.

— Je ne m'oublie pas. Je n'ai d'ailleurs pas encore

dit mon dernier mot, ajouta-t-il en regardant Maria.
Eh bien ! nous avons beaucoup d'enfants parce que
nous aimons les femmes ! Comment ne pas les
aimer quand on travaille, jour après jour, à
façonner ces violons, beaux de lignes, de matière et
de couleurs qui tiennent tellement de la femme par
leur grâce et la douceur voluptueuse de leur peau
vernissée ?

– Comme vous parlez bien ! dit Lorenzo Guadagnini.

– Je parle bien de ce que je connais, de ce que je
ressens. Pour le reste, je ne suis pas, hélas ! un
homme instruit. Je ne connais de latin que de quoi
composer une étiquette, j'écris difficilement et les
grandes lois de la physique qui gouvernent notre
art, je les ai découvertes par l'expérience, l'outil à la
main. Cela dit, je sais bien que ce n'est pas un
hasard si les mots que nous employons à longueur
de journée pour parler des violons viennent tout
droit du vocabulaire anatomique.

– C'est vrai, remarqua Omobono. On parle de la
tête d'un violon, de son estomac...

– De ses épaules. J'ai toujours pensé que les altos
de Paolo Grancino – peut-être a-t-il changé
aujourd'hui – avaient les épaules basses. Et que les
violons de Joseph Guarneri avaient un gros cul. En
fait, nos instruments ont les formes d'une belle
femme. L'évidement des côtés est d'une grâce qu'on
ne saurait comparer qu'à la taille la plus fine et la
mieux dessinée de nos compagnes. Nous nous éver-
tuons même à enrober ces courbes parfaites de
filets, de volutes sculptées dans la douceur des plus
beaux bois. Il n'y a pas si longtemps, j'habillais mes
belles, car, je vous le répète, le violon, comme la

viole, est une femme, d'éclisses finement incrustées
de fleurs et de pampres ciselés. Le soir venu, nous
quittons ce poème de grâce qu'est le violon pour
retrouver auprès de notre femme les courbes
vivantes de la vie. Mes amis, je vous le dis, le luthier
est sensuel de nature. C'est un être attentif, raffiné
et voluptueux. Devant son établi comme dans son
lit !

On rit, on applaudit le maître qui sourit de
contentement.

D'autres soirs, Stradivari se laissait aller à la nos-
talgie. Il revivait sa belle aventure et pensait
souvent aux compagnons qu'il avait formés, dont il
avait faire éclore le talent et qui s'étaient évanouis
dans le temps. Il racontait comment le petit Français nommé Médard était entré dans la famille et s'y
était rendu aussi indispensable qu'à l'atelier.

– Ah ! le Français ! il avait pourtant dit qu'il
reviendrait nous dire qu'il était devenu le meilleur
dans son pays... Quel talent il avait ! Je voudrais tellement le revoir avant de mourir...

Mourir, c'est un mot que Stradivari prononçait
rarement. Non qu'il lui fasse peur ; il ne pensait
jamais à sa mort.

– Que vas-tu donc chercher à propos de ce
Médard ? dit Maria. Tu es bien vivant, mon mari.
J'en sais quelque chose [1] !

– Oui, bien sûr. C'est comme Gagliano qui
paraît-il fait maintenant de très bons violons à
Naples. J'aimerais bien avoir de ses nouvelles.

Il parlait aussi de Jacob Stainer qu'il avait connu

---

1. Antonio Stradivari qui entrait à l'époque dans ce que les historiens appelleront sa troisième période, celle de « l'âge d'or »,
avait en effet encore trente-cinq ans à vivre.

chez Amati alors qu'il était apprenti. Il était retourné au Tyrol avant qu'Antonio ait construit son premier violon mais l'Autrichien l'avait marqué profondément. C'était comme lui un inventeur, longtemps le jeune Stradivari l'avait pris pour modèle. On savait qu'il était mort dans les années 80 et une légende courait sur son compte jusqu'en Italie où ses instruments étaient si recherchés qu'on vendait à Rome comme à Naples de nombreux faux portant son étiquette. Les vrais avaient une sonorité pure, argentine et claire. Stradivari qui en avait réparé quelques-uns les trouvait admirables. Violons de petit patron construits dans du bon bois à larges veines choisi dans les forêts du Tyrol, ils avaient gardé quelques caractéristiques des instruments de Niccolo Amati, le vernis en particulier, mais présentaient des ouïes plus étroites et une volute moins allongée. Stradivari ne s'y trompait pas : il s'agissait de grands violons, œuvres d'un maître exceptionnel.

On répétait dans l'isola les propos tenus par un antonin prêcheur, quelques années auparavant, selon lesquels Jacob Stainer, après avoir vécu et travaillé une vingtaine d'années à Absam, son village natal, s'était retiré dans un couvent bénédictin à la mort de sa femme. Dans la sérénité de sa cellule, il avait continué à créer des violons sans se soucier du temps, redessinant et reprenant chaque pièce jusqu'à ce qu'il la juge parfaite. Les instruments de Stainer n'avaient jamais eu une grande puissance mais les bons violonistes savaient que ce qui leur manquait en volume ils le retrouvaient en finesse, en brillance, en plénitude déliée. Bref, les stainers ne ressemblaient à aucun autre violon et c'est ce qui émerveillait le maître de Crémone.

Arrivé au sommet de son art, loin des fracas du monde, le luthier tyrolien avait voulu, sentant les approches de la mort, clore sa carrière en construisant douze violons d'un fini admirable et d'un son transcendant, destinés aux douze électeurs de l'Empire [1]. Ce récit enchantait Stradivari qui ajoutait :

– Je trouve de la noblesse dans ce testament. Songez ! Décider, un ou deux ans avant sa mort, qu'on va finir sa vie par un bouquet de douze violons, les plus achevés et les meilleurs qu'on ait construits, c'est une idée divine ! J'aimerais moi aussi saluer mon départ d'un coup de chapeau aussi majestueux !

Le maître disait qu'il avait toujours manqué de temps, pressé par des commandes qu'il avait du mal à honorer. Ce n'était pas vrai pour la première partie de sa carrière où il avait tellement cherché, tellement hésité. Aujourd'hui, il en allait autrement et il regrettait l'époque où il avait dû résoudre, l'un après l'autre, les innombrables problèmes que posait la découverte de la forme parfaite du violon.

– J'ai pourtant encore beaucoup de choses à apprendre. Tenez, nous faisons ici, dans cet atelier, les soixante-cinq pièces qui constituent le violon et même les archets. Ces pièces, façonnées avec amour, passent par nos mains. Toutes sauf quatre que je n'ai pas comptées et dont l'importance est capitale. Avez-vous deviné lesquelles ?

Tout le monde se mit à chercher et, au bout d'un moment, Bergonzi lança avec prudence :

1. L'un de ces douze violons a été retrouvé en 1817. Il avait appartenu au duc d'Orléans, aïeul du roi Louis-Philippe, puis était devenu la propriété du virtuose Cartier.

– Ce ne sont pas les quatre cordes ?

– Bien sûr que si ! J'enrage à la pensée que je ne me suis jamais intéressé de près à ces cordes sans lesquelles nos violons seraient muets. Je me contente de pester quand Verzella, le marchand de Bologne, nous livre des cordes non exactement cylindriques ou un paquet de chanterelles qui n'apparaît pas moelleux quand on le presse dans la main. Dire que je ne me suis jamais donné la peine d'aller voir comment les cordiers transforment des boyaux frais de mouton en ces fils magiques qui font chanter les voûtes ! Du vidage à l'apprêtage, les boyaux subissent, paraît-il, onze opérations successives ! Il m'a fallu attendre plus de cinquante ans pour apprendre cela !

– Les cordes ne pourront jamais être fabriquées par les luthiers, dit Omobono.

– Non, il s'agit d'un métier difficile. Mais ce n'est pas une raison pour l'ignorer. Je suis sûr que si j'avais passé une journée dans une corderie d'harmonie, je serais mieux à même de juger la qualité de ce qu'on nous propose. Quand j'étais jeune, j'ai failli aller à Naples d'où vient la grande majorité des cordes. On m'avait dit que c'était la capitale des chanterelles. Aujourd'hui encore, c'est là qu'elles sont fabriquées...

– Pourquoi ? demanda Lorenzo Guadagnini. Les moutons n'y ont pas cinq pattes !

– A l'époque, et c'est ce qui m'incitait à faire le voyage, on prétendait qu'il s'agissait d'un secret de fabrication. Vous vous rendez compte ! Aller voler aux Napolitains le secret de la chanterelle ! Il y a de quoi rêver quand on a vingt ans ! Certains disaient que ce mérite venait de la petite taille des animaux.

D'autres l'attribuaient à la nature des eaux dans lesquelles trempaient les boyaux. Ou à la sécheresse du climat...

– Et alors ? Rien de cela n'était vrai ?

– Non ! La vérité est à la fois plus simple et plus inattendue. La qualité des chanterelles napolitaines provient du goût presque exclusif des habitants de la région pour la chair d'agneau, ce qui oblige les éleveurs et les bouchers à tuer les moutons dans leur première année, à une époque où les bêtes ont encore des boyaux de faible diamètre et par conséquent propres à faire des chanterelles.

– Mais Naples n'est pas toute l'Italie ! dit Maria qui suivait la conversation avec intérêt.

– Non, mais il n'y a qu'à Naples qu'on tue les agneaux durant les premiers mois de l'été. Les chanterelles parfaites se font en juin, juillet et août, moment de l'année où les boyaux ont acquis la grosseur et les qualités convenables. La fabrication cesse en septembre. Ailleurs, on ne livre à la consommation que des moutons parvenus au terme de leur croissance. Les bouchers s'y soucient peu de nos violons [1].

1. Jusqu'au milieu du XIXᵉ siècle, la plupart des luthiers d'Europe monteront sur leurs violons des chanterelles de Naples. En France, une modification de l'impôt sur le transport et l'entrée dans les villes des animaux de boucherie, qui était jusque-là perçu « par tête », permettra en 1885 de tuer les agneaux au bon âge. Nos fabricants de cordes harmoniques pourront dès lors faire des chanterelles aussi bonnes que celles de Naples.

CHAPITRE VI

Le prêtre roux

L'esprit plus accaparé par les accords qui s'ordonnaient dans sa tête et par sa mission musicale à l'Ospedale della Pietà que par les vertus théologales, Antonio Vivaldi voyait approcher sereinement la date de son ordination, fixée au 23 mars 1703.

La veille encore, il avait été donner la leçon à la signorina Sala qui allait bientôt épouser un riche marchand de papier de San Marco. L'annonce de ses fiançailles avait mis un terme à la romance esquissée entre deux concertos de Corelli. Paolina qui s'était laissée aller à quelques privautés avec son « tonsuré roux », comme elle l'appelait, avait décidé d'être sage jusqu'à ses noces.

– Nous nous reverrons lorsque vous serez prêtre et moi mariée, avait-elle dit en riant. Si je succombe, alors vous m'absoudrez... Ce sera pratique !

Ces propos n'avaient pas fait rire Vivaldi qui trouvait sa jeune élève un peu trop cynique. Il le lui avait dit. C'est tout de même avec le souvenir d'un baiser brûlant échangé le dernier soir en guise d'adieu qu'il se présenta à San Giovanni in

Oleo pour son ordination. La longue cérémonie, commencée dans le chœur, se poursuivit, selon la tradition, dans une des chapelles patriarcales. Sa crainte de ne pas supporter l'odeur de l'encens ni les longues prosternations sur le pavé glacial de l'église s'avéra inutile. Aucun signe annonçant une crise d'asthme ne vint l'inquiéter. Simplement, tout au long de la cérémonie, il n'arriva pas à chasser de ses pensées le mouvement en forme d'andante qui le poursuivait depuis son réveil. Il l'entendait se développer comme s'il avait eu un violon dans la tête, il percevait même l'accompagnement de basse qui semblait venir du plafond. Il aurait voulu prier mais ne songeait qu'à ne pas oublier ces notes extraordinaires qui ne pouvaient, un jour pareil, que lui être dictées par le Tout-Puissant.

Il existait tellement de prêtres à Venise que l'Église n'attendait rien d'autre du jeune abbé Vivaldi que son engagement à continuer d'enseigner les pensionnaires de l'hospice, de diriger quelques concerts de musique sacrée et de dire une messe chaque matin à San Giovanni afin de soulager le vieux curé de la paroisse. Antonio se plia de bonne grâce à ce sacrifice. Il trouva même dans son dialogue matinal avec Dieu un regain de piété qui l'aidait à se persuader qu'il n'avait pas vraiment pris la soutane par opportunisme.

Avec le sérieux qu'il mettait à accomplir toute tâche, l'abbé Vivaldi exerça donc son sacerdoce sans incident jusqu'au jour où, pris de suffocation, il dut interrompre l'ordinaire de la messe du vendredi saint après l'élévation. Un murmure courut dans l'assistance tandis que les enfants de chœur emmenaient l'abbé mal-en-point jusqu'à la sacristie. Le bedeau dit à l'un d'eux d'aller chercher le médecin qui logeait non loin de l'église puis il demanda aux fidèles de prier en attendant qu'un vicaire, parti bénir les gondoles du *sestiere* San Giovanni, revienne terminer la sainte messe.

Le docteur arriva lorsque l'abbé commençait à reprendre son souffle. Il confirma qu'il s'agissait d'une *strettezza di petto*, une forme d'asthme à rapprocher de la *strictura pectoris* des Anciens et qu'une nouvelle crise risquait de survenir à tout instant. Ces mots savants et inquiétants eurent raison des derniers élans mystiques d'Antonio Vivaldi qui n'avait dit qu'à moitié sa dernière messe. Il ne la célébrerait plus jamais. Ainsi en avait décidé Mgr Zaffilli, l'archevêque, qui l'autorisa à garder le titre et la robe de prêtrise, à condition qu'il se dévoue à l'éducation musicale des pupilles de la Pietà et qu'il vienne jouer le lendemain pour les invités du prélat les dernières sonates de Corelli [1].

Le « prêtre roux », comme l'appelaient ses élèves, les demoiselles de l'hospice, ne tarda pas à se féliciter de sa nouvelle condition qui lui ménageait les avantages de l'homme d'Église sans avoir à en supporter les charges. La prévoyance du père Vivaldi portait ses fruits. Il n'y avait pour s'en assurer qu'à noter les bruits malveillants qui circulaient. Les milieux musicaux de la ville, qui avaient déjà trouvé scandaleuse la nomination du fils Vivaldi à

---

1. On sait que Vivaldi n'a exercé que peu de temps son sacerdoce mais lui-même a entretenu le flou autour de cette durée. Une légende a couru sur les motifs de cette démission liturgique : elle serait due à un interdit prononcé par le tribunal de l'Inquisition pour la raison peu plausible que Vivaldi aurait abandonné l'autel durant une messe afin d'aller noter une inspiration musicale !

la Pietà, à cause de son jeune âge et de son manque d'expérience, se gaussaient maintenant du « petit prêtre qui ne dit pas la messe ».

– Laisse parler les mauvaises langues ! disait le père. Leur envie montre que tu es en train de réussir !

C'était aller un peu vite en besogne mais il fallait bien reconnaître que le jeune violoniste surnuméraire de la chapelle ducale brûlait les étapes. Il avait aussi la bonne fortune d'entrer dans la vie à un moment où en Italie, et particulièrement à Venise, tout était musique. L'éclosion simultanée du violon et de virtuoses-compositeurs portait ses fruits que faisaient mûrir les largesses des princes et des mécènes, tandis que l'Église voyait dans la musique un moyen, attirant et somme toute plaisant, de glorifier Dieu. A Venise, encore plus souvent qu'ailleurs, chaque fois qu'il y avait fonction [1] il y avait musique et comme il y avait beaucoup d'églises, cela faisait beaucoup de fêtes où l'on n'exécutait pas seulement des motets mais aussi des concertos qui n'avaient rien de religieux.

Et puis il y avait l'opéra, l'opéra qui avait bien changé depuis le génial Monteverdi. Les pièces, composées à la va-vite, se succédaient sur les diverses scènes à un rythme effarant.

A Venise, chaque théâtre montait au moins deux opéras par hiver et, chaque saison, le public exigeait de nouvelles créations et de nouveaux chanteurs. On ne voulait revoir ni une pièce, ni un ballet, ni une décoration, ni un acteur que l'on avait

1. Cérémonies religieuses diverses : bénédictions, consécrations, saluts, processions...

déjà vu une autre année, à moins que ce ne soit un
opéra célèbre ou une voix fameuse.

Si l'on ajoutait à cette surprenante accumulation
de musique le rituel des académies et les concerts
donnés dans les hôpitaux, la carrière s'ouvrait largement devant Antonio Vivaldi ! Dispensé de
messe, le prêtre au violon pouvait désormais
consacrer son temps et ses forces à Euterpe.

Depuis l'incident du vendredi saint, les forces ne
semblaient pas manquer à l'abbé Vivaldi. Il partageait son temps entre la Pietà, les concerts auxquels il était appelé à participer et son œuvre de
composition. C'est à sa mission d'enseignement
qu'il consacrait le plus d'énergie. Le hasard voulait
que le directeur en titre de la musique du Pio
Ospedale, Francesco Gasparini, excellent musicien,
ne se sentait pas doué pour la pédagogie. Comme
s'il eût peur d'être piqué par l'essaim redoutable
de deux cents jeunes filles piaillantes et indiscipli-
nées qu'il avait en charge d'instruire, il fuyait
autant qu'il le pouvait la Pietà et laissait à l'abbé le
soin de les diriger. C'était pour ce dernier une
chance qu'il ne laissait pas échapper : la possibilité
de se montrer et de se faire entendre par tous les
personnages importants, princes, ambassadeurs,
voyageurs étrangers qui, pour rien au monde,
n'auraient voulu manquer un concert des hôpitaux
lors de leur passage à Venise. Quelle aubaine aussi,
pour un jeune compositeur, de pouvoir faire interpréter ses œuvres par l'un des meilleurs orchestres
d'Italie ! Il n'en était pas là mais il savait que son
heure viendrait, celle où un mécène puissant

demanderait après un concert : « Qui est l'auteur de ce concerto ? » Et où un personnage bien renseigné répondrait : « C'est Antonio Vivaldi, le prêtre roux qui dirige les jeunes filles ! Un curieux abbé qui a bien du talent... »

Les débuts avaient été difficiles. Le maître n'était guère plus âgé que ses élèves mais la soutane autant que ses dons lui avaient conféré de l'autorité. Bientôt, les plus jolies pensionnaires de la Pietà n'avaient plus eu d'yeux que pour leur abbé. Antonio, il est vrai, s'intéressait beaucoup à elles. Il avait appris de chacune ce qui l'avait amenée à entrer en religion musicale dans cet hôpital qui n'était pas un couvent mais où les filles étaient cloîtrées comme des religieuses. Certaines étaient des bâtardes, d'autres des orphelines ou des enfants que leurs parents n'avaient pas eu les moyens d'élever. L'État se chargeait de leur éducation, dirigée exclusivement vers la musique. Aussi arrivaient-elles à l'âge de dix-huit ou de vingt ans à jouer admirablement du violon, de la basse, du hautbois, de la flûte, du basson et de tous les autres instruments, à moins qu'elles ne fussent douées d'une voix extraordinaire. Ce bouquet de jeunes talents comblait non seulement les hôtes illustres de la Sérénissime mais la plupart des Vénitiens, fort assidus aux concerts des hôpitaux. La Pietà était le plus connu mais les trois autres, les Mendicanti, les Hospitalettes et les Incurables possédaient aussi leurs virtuoses, leurs choristes et leurs cantatrices de talent.

La Pietà était renommée pour son orchestre alors que la Zabetta des Incurables et la Margarita des Mendicanti surpassaient par leur voix adorable et étendue les chanteuses de tous les théâtres de Venise. L'abbé dirigeait les répétitions, le premier et le dernier morceau des concerts. Pour le reste, il confiait l'orchestre à l'une des pensionnaires car les auditeurs, surtout les étrangers, raffolaient d'admirer une jeune et jolie religieuse en robe blanche, un camélia sur l'oreille, conduire ses camarades et battre la mesure avec grâce et précision.

Cette ambiance de musique et de gaieté convenait à Vivaldi qui la trouvait préférable, à tous égards, à celle des théâtres d'opéras de la ville dont l'atmosphère était polluée par des coutumes déplorables. Le temps était loin où un public connaisseur et attentif avait suivi avec dévotion *L'Arianna* de Monteverdi qui inaugurait les « Giustiniani ». A mesure que de nouveaux théâtres s'ouvraient, le respect des œuvres et des artistes se dissipait dans le luxe et les dorures du *ridotto* [1], des salons de jeux et des loges où l'on mangeait, buvait et discutait sans se soucier de ce qui se passait sur la scène, loges que l'on pouvait même clore par un volet afin de ne pas gêner la conversation. L'opéra italien comportait il est vrai d'interminables récitatifs qui plongeaient dans l'ennui les plus fervents des mélomanes. Comment, dans ce brouhaha permanent que le public populaire du parterre entretenait de cris et de disputes, aurait-il été possible d'apprécier vraiment une œuvre ? Rien de tel aux Hôpitaux. On n'y jouait pas l'opéra mais la musique était respectée. Les demoiselles rivalisaient de talents passionnés et le public savait écouter.

Vivaldi s'entendait donc fort bien avec Gasparini qui ne s'occupait que des grands oratorios et lui

1. Foyer du théâtre, généralement somptueusement décoré.

abandonnait la musique instrumentale, celle qui justement le captivait. Un grave incident devait pourtant mettre en péril cette harmonie de compétences.

Ce matin-là, le violoniste roux avait l'impression de vivre un moment essentiel. Il avait recopié dans la nuit deux sonates parmi celles qu'il avait composées et s'apprêtait à les faire jouer pour la première fois par les meilleurs éléments de son gynécée musical. C'étaient des *suonate da camera a tre*, forme au goût du jour comprenant un violon, un alto et une basse continue. Le choix des élues avait été difficile car personne ne jouait médiocrement à la Pietà. Pour trois heureuses, une vingtaine de déçues manifestaient leur mécontentement et menaçaient de semer de fausses notes le concert de l'après-midi donné en l'honneur d'un noble vénitien, Giuseppe Tutrio, bienfaiteur de l'hôpital. Vivaldi avait dû user de toute sa diplomatie :

– Mesdemoiselles, chacune d'entre vous sera appelée à jouer l'une de mes sonates. Mais, de grâce, calmez vos ardeurs ! D'abord, mes compositions ne sont pas, hélas ! des chefs-d'œuvre impérissables, ensuite il fallait bien que je commence. Je ne peux pas faire jouer une sonate à trois par un orchestre complet !

Sur cette promesse, les jeunes filles avaient sagement posé leur instrument sur leurs genoux serrés et s'apprêtaient à écouter leurs camarades. Surtout, elles étaient curieuses de découvrir comment leur maître s'était tiré du piège du concerto où excellaient les Torelli, les Corelli, les Bonporti mais où bien des compositeurs insignifiants s'étaient funestement égarés.

Le premier coup d'archet venait d'être tiré
quand deux hommes à manteau et à tricorne noirs
firent leur entrée dans la salle de répétition. Les
cordes vibrèrent encore un instant et le silence se
fit. Vivaldi avait l'air aussi étonné que ses élèves.
La tenue des intrus l'intriguait. Étaient-ils des
magistrats, des fonctionnaires de police ? Il fut tout
de suite instruit.

— Nous sommes les représentants du Grand
Inquisiteur, dit l'un d'eux. Nous enquêtons sur un
nommé Francesco Gasparini.

— Qu'a-t-il fait, grands dieux ? s'exclama Vivaldi.
M. Gasparini, notre maître, préside aux destinées
musicales de cette honorable institution. Il n'est
pas présent aujourd'hui mais vous le trouverez
sans doute au théâtre San Angelo où il doit faire
jouer son prochain opéra.

— Tout cela nous le savons, répondit l'un des
hommes en noir. Mais il n'est pas à San Angelo et
nous le recherchons. Laissez un moment ces jeunes
filles car nous voulons, monsieur l'Abbé, vous
entretenir en particulier.

Antonio pria son trio virginal de commencer à
déchiffrer sans lui sa sonate et suivit les inquisiteurs dans la pièce voisine, un magasin rempli de
pupitres, de chaises et de partitions empilées un
peu partout.

— Parlez-nous donc de ce Gasparini qui semble
impliqué dans une vilaine affaire, dit celui qui
paraissait être le chef de cette ambassade inattendue.

— Que pourrais-je vous dire sur ce grand musicien, titulaire de postes élevés dans l'organisation
artistique de la République, que vous ne sachiez

déjà ? J'ignore tout de ce que vous semblez lui reprocher et ne vous révélerai rien qui puisse nuire à sa réputation, pour la bonne raison que je ne pense que du bien de ce maître qui fait honneur à l'art musical.

Les inquisiteurs excellaient dans l'art de faire parler les gens, ils tentèrent en vain, par des questions insidieuses, d'obtenir des renseignements sur la vie de Gasparini. Ils ne tirèrent rien de Vivaldi à qui la fréquentation du milieu ecclésiastique de Venise avait au moins appris les règles essentielles de la casuistique.

N'empêche que cette interruption désagréable avait mis l'abbé mal à l'aise. Ce qu'il avait répondu n'était pas faux mais il avait tu, sciemment, bien des faiblesses qui eussent terni le portrait flatteur qu'il avait fait de son maître. Si la compétence musicale de Gasparini n'était niée par personne, chacun savait dans le petit monde artistique de la cité qu'il était un piètre administrateur, un organisateur brouillon qui avait le tort de fréquenter certains individus douteux du monde du spectacle, en particulier un imprésario nommé Santurini avec qui il s'était associé pour monter son opéra *Tiberio imperatore d'Oriente* sur la scène du théâtre San Angelo.

Il rentra donc l'air soucieux dans la salle des répétitions. Les sinistres tricornes lui avaient gâché cette matinée dont il n'attendait que des satisfactions. Pourtant les élèves avaient eu le temps de déchiffrer le premier mouvement de son concerto n° 1 et la jolie violoniste, qu'on appelait la Margarita, prit la parole :

— Monsieur l'abbé, laissez votre baguette un instant pour écouter votre adagio. Nous le trouvons fort réussi. C'est aussi bon que du Corelli !

C'était un compliment qui aurait dû combler Vivaldi, si celui-ci ne craignait qu'on ne lui reproche de s'être trop inspiré des œuvres du célèbre virtuose. Mais quel compositeur ne s'est pas inspiré d'un de ses prédécesseurs ? Après tout, c'était le cadre et non le tableau qu'il avait emprunté. Les motifs, les accords et cette tonalité originale en *si* bémol majeur étaient de lui, de lui seul. Il s'assit et écouta pour la première fois sa musique jouée sur d'autres violons que le sien.

Dès les premières notes, il fut surpris. Il reconnaissait à peine son œuvre dans le mariage harmonique de trois instruments. La basse continue, en particulier, lui donnait une ampleur dont la découverte l'emplissait d'une joie profonde. Il ne fit même pas attention aux manquements et aux inévitables cordes doublées. Aux derniers coups d'archet la confiance chassait dans son esprit le doute qui l'avait si longtemps poursuivi. Quand tout l'orchestre de la Pietà se mit à applaudir, il sut qu'il avait gagné : il serait un compositeur en même temps qu'un violoniste !

Le soir, lorsque son père rentra d'une répétition à la chapelle ducale et que la famille s'assembla autour de la table où fumait une montagne de rizotto, Antonio lui demanda s'il était au courant de l'incident qui avait motivé l'intervention de l'Inquisition à l'hospice.

– Je pense bien que je suis au courant ! Tout le milieu musical de Venise ne parle que de l'affaire Gasparini, lequel est en train de s'expliquer au palais ducal en compagnie de son ami Santurini qui est sans doute le responsable de ce qui est arrivé.

– Mais qu'est-il donc arrivé ? Je n'en ai pas la moindre idée. Si les deux sbires de l'Inquisition n'avaient pas fait irruption à la Pietà pendant ma leçon, j'ignorerais encore que Gasparini était recherché.

– C'est une histoire stupide qui risque de se terminer très mal. Gasparini, qui a le tort de faire confiance à son associé, avait laissé celui-ci engager des chanteuses de Ferrare pour jouer son opéra *Tiberio*. Le drôle n'avait malheureusement pas les moyens de leur payer le cachet promis. Voyant qu'elles étaient trompées, ces cantatrices décidèrent de retourner à Ferrare sans plus attendre, abandonnèrent leurs loges de San Angelo et retinrent des places dans la chaise de poste du lendemain.

– Tout cela me paraît normal, mon père...

– Ce qui n'est pas normal, c'est que Santurini et Gasparini, prévenus de cette désertion, ont fait enlever les filles chez leur logeuse. Ramenées de force au théâtre, elles y ont été sévèrement rossées avant de pouvoir s'échapper pour déposer une plainte. L'une d'elles est alors malheureusement tombée dans un canal et est morte noyée. Notre ami est dans de vilains draps. Il y aura sûrement procès et son opéra risque fort de se terminer aux Plombs. Tu vois, mon fils, tu seras sans doute tenté un jour de composer pour le théâtre. Tous les musiciens rêvent de se voir jouer sur une scène, dans de somptueux décors, avec les meilleures voix du pays et un bon orchestre. Eh bien, sauf si tu as composé un chef-d'œuvre et qu'un commanditaire généreux s'offre à monter ton opéra, sache que presque toujours l'auteur de la musique sort victime de l'aventure. Les imprésarios sont presque tous des filous. Méfie-toi avant de t'engager... [1].

Vivaldi n'avait jamais revu Paolina depuis son mariage célébré un an plus tôt. Elle avait épousé Bruno Maderno, robuste papetier d'une quarantaine d'années dont les entrepôts des Zattere, tout près de l'église des Jésuites, fournissaient tous ceux qui avaient à écrire, à imprimer ou à emballer. Cela représentait des dizaines de milliers de rames, une industrie florissante et des affaires prospères qui permettaient au maître papetier de faire vivre son épouse dans une opulence que son éditeur de père n'avait jamais pu lui offrir. Antonio pensait parfois à son élève si douée, séduisante, attachante. Il se demandait si son existence de femme de notable lui laissait le temps de jouer les dernières partitions parues chez Sala et de découvrir, à la cadence de son archet, léger comme une plume, les nuances les plus subtiles d'un concerto ou d'une sonate.

Le hasard lui permit de satisfaire cette curiosité. Une visite à un vieux musicien malade, ami de son père, qui lui avait autrefois donné des leçons de violoncelle, avait mené l'abbé dans un quartier lointain où il n'avait pas mis les pieds depuis des années. Venant de la salizzada San Canciano, il contournait l'église Santa Maria dei Miracoli pour prendre la calle larga Gallina quand il se trouva

1. Des relations influentes finirent par tirer Gasparini et Santurini de ce mauvais pas.

soudain nez à nez avec Paolina. Il n'eut pas le temps de se poser des questions, c'est elle qui lui ouvrit les bras :

– Mon « Prete rosso » ! Quelle joie de vous rencontrer ! Vous savez que je ne tire jamais mon violon de son étui sans penser à vous ! Quand je joue, je me demande tout le temps : « Qu'en penserait mon maître ? » Mais mon maître a trop d'occupations avec les demoiselles de la Pietà pour s'intéresser à moi !

Suffoqué par cette ardeur, Vivaldi finit par répondre :

– Mais, chère Paolina, vous ne m'avez jamais donné de vos nouvelles ! Moi aussi je pense souvent à vous et je suis heureux de vous revoir. Ainsi, vous n'avez pas abandonné la musique ! Cela me fait plaisir.

Un vent froid venu du nord soufflait depuis la veille et Antonio remarqua que la jeune femme frissonnait sous son léger manteau de bouracan.

– Nous gelons dans ce courant d'air. Entrons si vous le voulez bien un instant dans l'église. La compagnie d'un prêtre n'y sera pas compromettante.

Elle sourit et ils franchirent le porche de Santa Maria dei Miracoli, bijou de la Renaissance vénitienne, et s'assirent côte à côte sur le banc de la travée du fond.

– Je crois bien que c'est la première fois que j'entre dans cette église, dit Paolina. Elle est très belle.

– Oui, regardez la voûte de bois divisée en caissons, tous ornés de têtes de saints. Et les murs de marbre polychromes... Je vais vous faire un aveu :

moi aussi j'ignorais ces beautés. Il est vrai qu'aucun Vénitien ne saurait se flatter d'être entré dans toutes les églises de la ville...

– Parlons plutôt de nos violons, le vôtre et le mien, susurra Paolina de sa voix filée dont Vivaldi lui avait dit un jour qu'elle avait la légèreté angélique de la chanterelle. Que jouez-vous en ce moment ? Quelle sonate me feriez-vous découvrir si j'avais encore la chance d'être votre élève ?

– Je vous donnerais à déchiffrer la dernière sonate que j'ai composée. Et je vous demanderais, anxieux, ce que vous en pensez.

– Vous composez ? J'en étais sûre ! Mais vous n'avez pas encore été édité ?

– Non, je ne veux pas aller trop vite en besogne. Et puis, il y a déjà tellement d'excellents musiciens qui écrivent des œuvres meilleures que les miennes...

– Meilleures ? Je ne le croirai que lorsque j'aurai joué votre musique. Maintenant je ne vais plus penser qu'à cela... Avez-vous le temps de me donner à nouveau des leçons ?

– Oui, mais votre mari ?

– Mon mari n'a rien à voir avec cela. La musique l'ennuie, le pauvre ! Mais il ne m'empêche pas de frotter mon violon, surtout quand il n'est pas là !

Elle rit et continua :

– D'ailleurs il est très gentil. Et il vous paiera bien mieux que ne le faisait mon père. Que j'ai hâte de vous jouer ! Quand pouvez-vous venir ?

– Le matin vers onze heures, après la répétition de l'hospice.

– Je vous ferai porter un mot pour vous dire

quand nous commencerons. Mais dites donc, ces jeunes filles de la Pietà sont-elles aussi bonnes virtuoses qu'on le dit ? Mon père m'avait emmenée à un concert il y a quelques années et mon souvenir est vague...

– Les meilleures jouent mieux que vous et les moins bonnes n'ont pas votre talent...

– Voilà bien une réponse ! Mais cela m'est égal. Maintenant que je vous ai retrouvé, je ne vous lâcherai pas, mon petit abbé. Vous savez où j'habite ?

– Comment le saurais-je ? Je n'ai pas lancé des argousins à votre recherche.

– Mon mari a acheté la moitié du palais Loredan, près du couvent et de l'église de la Charité [1]. Je réalise mon rêve : avoir des fenêtres qui donnent sur le Grand Canal.

– Voilà un rêve qui ne manque pas de hauteur !

Paolina réagit à ce propos ironique. Son regard naturellement doux devint noir et ses petits poings se serrèrent. Elle éleva la voix pour répondre, ce qui fit se retourner deux vieilles femmes courroucées :

– Vous êtes bien mal placé pour vous moquer, monsieur Vivaldi. Mon rêve vaut bien le vôtre. Ne m'avez-vous pas dit un jour votre espoir de devenir prêtre afin de profiter des avantages de l'état ecclésiastique ?

– Pardonnez-moi, madame. Je n'ai pas voulu vous blesser et je souhaite de tout mon cœur que vous soyez heureuse. Ce faux pas m'a permis de constater que vous n'avez rien perdu de votre caractère.

---

1. Aujourd'hui l'académie des Beaux-Arts.

– Le mariage, vous savez, ne change que les faibles !

On en resta là et ils eussent sans doute éclaté de rire s'ils ne s'étaient pas trouvés dans une église. Elle se leva et sa main effleura celle d'Antonio. Tous deux esquissèrent un agenouillement en direction de l'autel où un prêtre s'apprêtait à célébrer les vêpres et ils sortirent. Le soir tombait. Ils avaient envie de se dire tellement de choses qu'ils se turent. Paolina lui sourit, remonta les pans de son manteau et s'engouffra dans la ruelle qui menait au campo Santi Giovanni e Paolo. Quant à Vivaldi, il partit d'un cœur léger vers San Marco en constatant avec bonheur que, maintenant, tous les événements de sa vie, gais ou tristes, devenaient musique. Il se promit de noter en rentrant l'air qui le poursuivait depuis le matin.

A quarante lieues du Rialto, Crémone vivait en paix, si l'on peut appeler paix l'équilibre précaire issu de l'échec subi par le prince Eugène. L'Empire fourbissait ses armes en vue d'une prochaine revanche ; en attendant, l'Espagne, soutenue par la France, restait maîtresse du Milanais et de la Lombardie. Le débarquement près de Naples du jeune roi d'Espagne [1], venu visiter ses provinces italiennes, montrait bien que Louis XIV était décidé à aider son petit-fils à protéger celles-ci des convoitises de la maison d'Autriche qui n'avait pas renoncé à reconstituer l'empire de Charles Quint. Philippe V avait été reçu avec chaleur à Naples, ses galères gagnaient maintenant Livourne. On disait à

1. Philippe V était à peine âgé de dix-huit ans.

Crémone que le roi serait bientôt dans la ville où le maréchal de Vendôme faisait régner l'ordre des Bourbons.

Dans l'isola des luthiers, la vie s'écoulait, tranquille et laborieuse. « Quand on fait un violon, on ne peut penser à rien d'autre », disait Stradivari. Il est vrai que les Crémonais avaient depuis longtemps pris l'habitude d'ignorer les dangers d'une guerre sans cesse recommencée. Ils se contentaient de vivre au jour le jour leurs petites joies et leurs peines.

Chez les Stradivari, la perte du petit Giovanni Battista avait endeuillé la famille. L'enfant avait vécu à peine un an mais l'annonce d'une nouvelle maternité faisait revivre l'espoir. La Zambelli attendait un enfant pour Noël. Antonio, lui, avait entrepris la fabrication d'un quintetto que, dans un moment d'enthousiasme, il avait dédié à S.M. le roi d'Espagne. Les instruments devaient présenter toutes les caractéristiques du modèle que le maître considérait maintenant comme définitif avec ses voûtes plus plates, plus flexibles, ses ouïes presque droites, le fond en érable coupé sur maille et non plus sur couche et enfin son vernis jaune d'or recouvert d'un rouge clair. Pour ce travail royal, Stradivari ne se permettait qu'une fantaisie : violons, altos et violoncelles seraient décorés d'incrustations. Depuis des années il avait abandonné cette pratique qui, disait-il, donnait un aspect d'objet précieux à un instrument qui ne devait valoir ses qualités qu'à sa forme calculée pour obtenir le son le plus pur. « J'ai cédé aux instances de M. de Vendôme, dit le maître, mais ce sera le dernier travail de ce genre que je ferai. »

Stradivari était justement en train d'incruster entre les deux filets d'une caisse d'alto des pastilles d'ivoire à l'aide d'une pince très fine quand le fonctionnaire de ville chargé de la poste lui apporta un pli venu de France. Souvent, des lettres de l'étranger parvenaient à la bottega. Elles émanaient d'amateurs désireux de passer une commande, de jeunes luthiers cherchant un emploi ou de violonistes en quête d'un instrument prestigieux. Stradivari était trop occupé pour satisfaire la plupart de ces demandes et il s'apprêtait à glisser la lettre dans un tiroir d'où elle ne ressortirait jamais quand le libellé de l'adresse frappa son regard : « A mon maître, l'illustre luthier Antonio Stradivari. » « Mon maître... » Seul un de ses élèves l'avait appelé ainsi couramment : François Médard, le Français ! Fébrilement, il fit sauter le cachet de cire avec l'outil qu'il tenait à la main et, ayant déchiffré la signature, il s'écria : « C'est une lettre de Médard ! C'est une lettre de Médard ! »

Omobono et Bergonzi, surpris, levèrent la tête de leur travail.

– Fils, vient nous lire cette lettre du Français. Mes yeux s'emmêlent dans son écriture !

Omobono parcourut d'abord la feuille et murmura : « Ça alors !... »

– Quoi, ça alors ? Qu'est-il arrivé ? Lis donc, bon sang !

– Eh bien, voilà :

Mon cher maître,

Pardonnez-moi de ne pas vous avoir donné de nouvelles mais j'ai attendu pour vous écrire d'avoir mené à bien mes projets. Aujourd'hui, je peux vous dire, ainsi qu'à toute la famille, que François Médard, élève du grand Antonio Stradivari, est considéré comme l'un des meilleurs luthiers de la province. On vient de loin, même quelquefois d'Allemange, me commander des instruments. Je vous écris aussi pour vous dire que je vais faire le voyage de Crémone : j'ai trop envie de vous revoir tous. Je compte prendre la chaise de poste la semaine prochaine pour Dijon et Lyon. De là je gagnerai Milan comme je pourrai puis ma chère Crémone. J'apporterai le violon que je crois le plus réussi. J'espère ne pas vous décevoir. Mes amitiés à Omobono et Francesco, mes frères de Lombardie. Pour vous, mon cher maître, mon respectueux souvenir.

Votre élève François Médard.

– Je suis diablement content que le Français vienne nous voir ! dit simplement Antonio. Il est sûrement un bon luthier mais il serait meilleur s'il était resté avec nous. J'avais encore beaucoup de choses à lui apprendre !

– Il ne dit pas si Angelica l'accompagne, remarqua Omobono.

– Cela m'étonnerait. La petite a montré qu'elle ne manquait pas de vaillance, mais c'est tout de même un voyage pénible. Et puis, il y a les enfants...

Et l'on commença à attendre François, devenu à Crémone un personnage quasi légendaire. L'élève préféré de Stradivari n'avait-il pas été à Rome pour sauver les violons de Corelli ? Et les jeunes, surtout les filles, rêvaient de ce beau garçon fantasque, pauvre comme peut l'être un compagnon

luthier et qui avait arraché sa femme à la luxure
des cours romaines, avec la complicité de la reine
Christine de Suède. Pour les Stradivari c'était autre
chose : le Français faisait partie de la famille, il
était l'enfant prodigue qui revenait chez le père.
Antonio n'avait jamais été un grand sentimental.
On le disait égoïste et il était vrai qu'il l'était, dans
la mesure où il avait voué aux violons, dès l'origine, l'essentiel de son temps, de son énergie, de
son affectivité. Et voilà que l'annonce du retour de
François Médard touchait le cœur du vieux
luthier. Cette réaction étonnait ses amis qui ne
comprenaient pas qu'elle n'avait qu'une cause, le
violon, toujours, qui avait tissé entre le maître et
l'élève des liens indéfectibles.

François arriva deux semaines plus tard par la
route de Piacenza sur la voiture d'un maraîcher,
allongé dans les fanes de carottes et les poireaux.
Lui qui avait laissé le souvenir d'un garçon soigné
et élégant était vêtu comme un mendiant. Son
bagage se réduisait à quelques chiffons et à un
morceau de pain. C'est à peine si Antonio et ses fils
le reconnurent lorsqu'il poussa la porte de la bottega.

– Enfin me voici ! s'écria-t-il en embrassant ses
amis. Quel voyage !

– Que t'est-il arrivé ? demanda Antonio. Tu as
l'air épuisé. As-tu faim ?

– Non, le brave homme qui m'a pris à bord de
sa carriole m'a donné de quoi manger. Tout s'était
bien passé jusqu'aux abords du Milanais où
grouillent des troupes de toutes nationalités. Le roi
d'Espagne Philippe V se trouve, paraît-il, mêlé à
l'action des armées. Mais celles-ci, partout où elles

sont, font sortir les bandits de leur repaire. La diligence où je me trouvais a été attaquée près de Binasco et, sous la menace d'un poignard, j'ai dû échanger mon habit de fin drap vert contre les haillons que portait l'un des brigands. Mon bagage a naturellement disparu et je n'ai sauvé du désastre que deux pièces d'or qu'Angelica avait cousues dans l'ourlet de ma chemise. Heureusement, le violon que j'ai emporté, pour vous le montrer, n'a pas intéressé les bandits. Mon maître, je pousse votre porte comme la première fois, pauvre comme Job, il ne me reste qu'à vous demander du travail pour gagner mon voyage de retour. Comment se porte votre épouse que je n'ai pas eu le temps de connaître ?

— Maria attend son deuxième enfant. Le premier est mort à un an... Mais ce n'est pas le moment de sombrer dans la mélancolie. Tu es là et nous en sommes tous très heureux. Tiens, je te présente deux garçons qui t'ont succédé : Carlo Bergonzi et Lorenzo Guadagnini. De bons luthiers. Ils te valent presque. Mais tu ne peux pas rester comme cela. Omobono et Francesco, conduisez-le dans sa chambre, donnez-lui des habits propres et que Maria s'occupe de lui faire préparer un bain. Après, mon garçon, nous parlerons violon. Tu me montreras d'abord le tien, que je voie comment tu as évolué...

On n'avait pas fini d'en parler des violons ! Cela commença autour du monumental plat de polenta préparé par les femmes en l'honneur du revenant. Caterina qui n'était pas tellement joyeuse ces temps-ci avait retrouvé son sourire. François était à peine plus âgé qu'elle et ils avaient vécu pendant des années comme frère et sœur. Les souvenirs fusaient et, naturellement, François dut raconter pour Bergonzi et Guadagnini son fantastique voyage romain.

A la fin du repas, Stradivari ne tint plus :

– François, va me chercher ton violon !

Intimidé, inquiet aussi, le Français tendit au maître l'instrument dont le vernis jaune orangé brillait à la lueur des chandelles.

– Tout à l'heure, Maria nous le jouera. C'est le meilleur violoniste de la maison. Pour l'instant essayons-le avec les yeux.

– Mon maître, savez-vous que toutes ces dernières années, je n'ai pensé, en travaillant, qu'à l'instant où je vous montrerais un violon qui soit digne de vous ? Ce moment est arrivé et je tremble en attendant votre jugement.

Stradivari ne répondit rien. Il était trop occupé à examiner l'instrument de Médard qu'il tournait et retournait dans ses longues mains, le tenant parfois tout près des yeux et, parfois, l'éloignant presque à bout de bras. Un moment, il approcha la chandelle des ouïes pour scruter l'intérieur. Il sourit en lisant l'étiquette : « Francesco Medardi, alumnus Antoni Stradivari. »

– Même dans ta Lorraine, tu es resté fidèle à Crémone, murmura-t-il. C'est bien, cela me fait plaisir, mais dis-toi que le succès d'un luthier dépend plus de l'excellence de ses instruments que de la filiation dont il s'honore.

– Mais le violon ? Dites-moi enfin ce que vous en pensez. N'êtes-vous pas trop déçu par votre élève ?

– Je ne suis pas déçu, je suis fier ! D'abord, je vois que tu sais choisir ton bois. L'érable du fond est parfait, bien ondé, et le sapin des Vosges semble n'avoir rien à envier à celui de nos montagnes. On verra s'il sonne aussi bien.

– Et la forme ? Ne trouvez-vous pas que je vous ai trop imité ?

– Tu t'es surtout inspiré, comme moi à l'époque où nous avons travaillé ensemble, du modèle d'Amati. Tu verras que je l'ai fait beaucoup évoluer. Ta volute est bien tournée et tes ouïes sont nettes, comme je les aime. Vraiment, mon fils, tu as fait là un beau violon. On sent que malgré les sources où tu as puisé, tu y as mis beaucoup de talent personnel. Tu verras que, dans dix ans, on parlera en France d'un « médard » comme d'un des meilleurs violons.

– Mais vous n'avez pas encore pu juger sa sonorité, son éclat. La facture n'est rien si le son est médiocre.

– On verra tout à l'heure. Mais je ne suis pas inquiet. Je sais ce que tu es capable de faire.

Caterina apportait sur la table un véritable rocher de grana sur lequel chacun piocha sa part qui, dégustée avec la focaccia, faisait éclater dans le palais la fougue du vin de Grumello.

Ce n'est que lorsque la table fut débarrassée que le maître pria sa femme de jouer le violon de François. Celui-ci savait que tous les convives présents étaient capables, dès les premières mesures, d'en apprécier la qualité. Cette idée augmentait son anxiété. C'est avec soulagement qu'il vit Maria accorder l'instrument et l'entendit annoncer qu'elle allait jouer, si tout le monde le souhaitait, l'une des dernières sonates de Corelli. Le nom de Corelli lui rappela une bouffée de souvenirs. François vit dans ce choix un heureux présage.

– La sonate est écrite avec un accompagnement
de basse continue, dit encore Maria. Mais je vais la
jouer seule afin qu'on puisse mieux juger la sonorité du violon de M. Médard. Après on pourra
recommencer avec Omobono. Ce sera une occasion
d'écouter le violoncelle du roi d'Espagne que vous
venez de terminer.

François s'aperçut tout de suite que Stradivari
n'avait pas exagéré en vantant le talent de sa
femme. Maria jouait très bien. Écrit par Corelli
pour Corelli, le concerto présentait maintes difficultés sans doute destinées à mettre la virtuosité de
l'auteur en valeur. La jeune femme se jouait des
obstacles, conservait aisément le tempo et maniait
son archet avec beaucoup d'élégance.

Le maître avait fermé les yeux pour mieux analyser la mystérieuse chimie qui, sous le vernis
orange de la table, produisait ces sons purs, glorieux, étouffés, plaintifs ou simplement naturels
qui faisaient vivre le violon. Car le violon vivait
somptueusement et s'il ne possédait pas l'inimitable finesse, la rondeur, la plénitude d'un stradivarius, il présentait à coup sûr assez de qualités
pour tenir sa place parmi les meilleurs.

Lorsque Maria eut terminé et reposé le violon, il
se fit un silence. Personne n'eût osé parler avant le
maître et celui-ci réfléchissait. Enfin l'oracle
tomba :

– François, c'est très bien. Tu as travaillé pour
l'oreille comme tu as travaillé pour les yeux. Je
cherche des reproches que je pourrais te faire et en
trouve bien peu. Ton violon manque peut-être un
peu de force, tu la trouveras en travaillant tes
voûtes. La chanterelle est étincelante, la seconde et

la troisième sont brillantes et ont de la rondeur. Seule la quatrième m'a paru un peu sèche. Il semble que tu l'as sacrifiée aux trois autres. Encore une affaire de rapport entre les tables. Mais je te taquine avec des détails. Encore une fois, je suis fier de mon élève.

Chacun alors y alla de son compliment : Omobono et Francesco heureux d'être agréables à leur ami, Bergonzi et Guadagnini qui savaient que le jour viendrait où ils connaîtraient à leur tour l'épreuve de vérité, Caterina peut-être la plus heureuse de tous et Maria dont la virtuosité avait su tirer le maximum du violon de François. Le lendemain, celui-ci avait retrouvé un établi dans la bottega. Son arrivée ne pouvait mieux tomber : il fallait terminer le quintetto du roi.

François Médard avait tout naturellement repris sa place dans la maison. Sa bonne humeur, le plaisir qu'il éprouvait à raconter sa vie en Lorraine ou à Rome, sa serviabilité, en faisaient un hôte agréable. Il avait tout de suite conquis l'amitié de Maria et s'il pensait souvent à la bonne Francesca, il reconnaissait que le remariage du maître avait été un bonheur et une source d'équilibre pour la famille. La présence du Français avait rendu un peu de joie de vire à Caterina qui retrouvait en lui le confident de son adolescence. Un jour où elle s'était trouvée seule avec lui dans la « salle chaude », celle où brûlait toujours un grand feu dans la cheminée, elle lui avait parlé de son amour sans espoir pour Lorenzo.

— Le pire, dit-elle, c'est qu'à cause de cette nuit

de guerre je n'ai pu garder mon secret. Maintenant, je sens le père inquiet et me figure tout le temps qu'on me manifeste de la pitié, comme à une malade incurable. C'est vrai que la maladie d'amour n'a pas de remède, quand l'un aime et l'autre pas. J'ai pensé à entrer dans les ordres mais je n'ai pas la vocation. Peut-être pourrais-je aller vivre ailleurs mais où ? Et le père ne me laissera jamais partir...

– Mais tu oublieras Guadagnini et tu te marieras ! Tu es belle, tu es jeune et tu as un père qui illustre sa ville. Crois-moi, pour peu que tu y mettes un peu du tien, tu n'auras pas de peine à trouver un beau et bon mari. Mais il te faut sortir, voir des gens. Tiens, dimanche, je t'emmènerai manger une friture dans une auberge des bords du Pô.

– Tu as raison. Le père m'a dit la même chose. Mais jamais je ne pourrai aimer quelqu'un d'autre que Lorenzo. Et puis, ce qui est terrible, c'est de vivre à côté de lui, de le rencontrer dix fois par jour, de le retrouver souvent à table.

François s'était dit que cette situation cruelle ne pouvait se prolonger. La seule solution convenable, c'était que Guadagnini quitte la bottega. Mais personne ne semblait l'envisager, ni l'intéressé qui savait tout ce que représentait la chance de travailler pour Stradivari, ni le maître qui hésitait à perdre l'un de ses meilleurs compagnons. Comme ses frères ne s'intéressaient pas aux amours de leur sœur, il décida d'agir. Il parlerait à Lorenzo !

L'occasion se présenta le jour où Stradivari leur demanda d'aller examiner les instruments de la cathédrale. Le maître de chapelle, inquiet, trouvait ses cordes faibles et nasillardes. Tout le monde savait qu'il était sourd mais Stradivari ne voulait pas désobliger un vieux musicien qui s'était dévoué toute sa vie à l'orchestre du Dôme.

– Cela tombe bien, dit François en marchant. Je veux te dire quelque chose d'important, de personnel, et ce n'est pas facile dans l'atelier.

– Je t'écoute, répondit Lorenzo, intrigué.

– Tu auras raison de me dire que cette histoire ne me regarde pas, mais tant pis... Voilà, j'ai beaucoup d'affection pour Caterina. Elle est comme ma sœur et je ne puis supporter de la voir malheureuse.

– Mais qu'ai-je à voir dans cela ?

– Il est impossible que tu ne saches pas que Caterina t'aime d'un amour déraisonnable qu'elle n'a pas réussi à cacher le soir où tu es parti chercher la sage-femme. Quelqu'un t'a forcément raconté...

– Et après ? Que Caterina m'aime est une chose. Mais je n'ai jamais encouragé ce sentiment qui me met dans une situation difficile. J'aime quelqu'un d'autre, une jeune fille que je vais épouser.

– Je le sais et je sais que tu n'es aucunement responsable du chagrin qui frappe Caterina. Mais j'ai peur qu'elle ne fasse une sottise.

– Alors ?

– Tout irait mieux si tu quittais la bottega. Tu m'as souvent dit que tu voulais t'établir à ton compte. Tu es meilleur que moi lorsque je suis parti et le maître ne te laissera jamais sans travail, s'il t'arrive d'en manquer. Alors, saute le pas, deviens ton maître. Bien sûr, c'est difficile mais quelle fierté, quelle griserie quand les premiers clients te font des compliments sur un instrument que tu as conçu et fabriqué entièrement de tes mains ?

– Tu me troubles. J'ai souvent pensé à quitter le maître... Le moment est peut-être venu. Et puis, c'est vrai, il y a Caterina... Il faut que je réfléchisse.

– Tu ne m'en veux pas de t'avoir dit cela ? Jamais personne ne te demandera de partir. Il n'y a que moi. Pour Caterina, comme tu viens de le dire !

Les violes, les violons et les violoncelles de la cathédrale étaient en parfait état. Les deux garçons arrangèrent, pour donner le change, un ou deux chevalets et dirent qu'il convenait de remplacer quelques cordes. Le lendemain, le vieux Valdrighi vint remercier Stradivari : « Il y a si longtemps, dit-il, que je n'avais entendu mes violons sonner juste ! »

Guadagnini était un être secret. Rien ne filtra de sa conversation avec Médard. A ce dernier, même, il ne parla de rien. Un mois plus tard, c'est Stradivari qui annonça au cours du souper :

– Lorenzo va nous quitter. Il se marie et son beau-père l'installe dans une maison qui est à louer près de San Donati. Je trouve toujours que mes élèves s'en vont trop tôt. Mais il en sait assez pour se débrouiller. C'est sûrement mieux comme cela [1].

Antonio, en disant ces derniers mots, jeta un regard vers Caterina. La jeune fille ne broncha pas. Elle inclina seulement un peu la tête puis repoussa

---

1. Lorenzo Guadagnini sera le premier d'une illustre famille de luthiers qui ne s'éteindra qu'en 1943. Ses instruments à la sonorité chaude comptent parmi les meilleurs de la grande période crémonaise. Il copia avec art Stradivari dont toute sa vie il se dit l'élève, puis l'aide, sur ses étiquettes.

son assiette en disant qu'elle était fatiguée et montait se coucher.

– Oui, répéta le maître, c'est mieux comme cela.

Peu de temps après, la vie de la cité tout entière fut bouleversée par un événement considérable : la visite de Philippe V. Les Crémonais préféraient voir le roi que ses soldats. « Là où est le roi, il n'y a pas la guerre ! » dit avec bon sens Maria, qui ajouta :

– Le roi d'Espagne est l'un de tes clients. Il va peut-être venir te rendre visite. Est-ce que son quintetto sera prêt, au moins ?

– Non. Et je regrette bien ma promesse. Je n'ai envie de le vendre à personne. Je fixerai un prix si exorbitant qu'il découragera les plus riches.

Le roi ne vint pas se promener dans les ruelles de l'isola. Les violons, la musique, c'était pour le palais royal de Madrid. En Lombardie, comme en Milanais où l'ennemi autrichien rôdait autour des armées alliées, il lui fallait recevoir ses partisans, conforter M. de Mantoue et le duc de Parme venus lui faire la révérence et lui dire, l'un que sa ville était assiégée et qu'il allait se battre pour la libérer, l'autre qu'il mettait son armée à sa disposition pour lui ouvrir le passage du retour. Le roi devait aussi parler bataille avec M. de Vendôme, arrivé après lui à Crémone parce qu'il avait été accroché dans la plaine du Pô.

Les Crémonais qui espéraient une fête de cette visite étaient déçus. Ils n'eurent droit qu'à quelques défilés et à une messe pontificale à la cathédrale. Les nouvelles qui circulaient en ville et qui provenaient des domestiques du palais ne concernaient que conseils de guerre et ripostes aux ruses du

prince Eugène. Il y avait eu pourtant, disait-on, un
bal, mais les luthiers n'étaient pas de la fête. Quand
Philippe V quitta Crémone, le 24 juillet, à la tête de
la cavalerie, le peuple vint pourtant l'acclamer,
plus il est vrai par curiosité que par enthousiasme.
On apprit plus tard qu'il avait assisté aux exploits
de ses dragons qui avaient finalement réussi à
chasser le prince Eugène des hauteurs de Mantoue.

Toute cette agitation avait laissé de marbre Stradivari, fort occupé à vernir les instruments de la
cour d'Espagne, comme on continuait de les nommer malgré la décision d'Antonio. « A voir ce qui
se passe, avait-il dit, mes violons iront plutôt chez
l'Empereur ! »

Le départ de Lorenzo Guadagnini n'avait pas été
sans causer des perturbations dans l'atelier. Heureusement François était là mais il ne resterait pas
éternellement à Crémone. Quant à Carlo Bergonzi,
il ne tarderait pas à vouloir voler lui aussi de ses
propres ailes. Il fallait trouver un remplaçant. La
tâche semblait aisée car les candidats à une place
de jeune compagnon chez Stradivari ne manquaient pas. Mais le maître était difficile. N'entrait
pas qui voulait dans la bottega de la piazza San
Domenico. Stradivari n'acceptait que des élèves
doués dont il pourrait faire épanouir les qualités.
Après une dizaine d'essais, la place échut à Domenico Montagnana, un jeune Crémonais de dix-sept
ans, qui avait appris les rudiments du métier chez
Francesco Ruggieri. Il avait ébauché adroitement
une voûte de table et découpé au canif un chevalet
selon le dessin du maître. Surtout, il avait répondu
à Antonio qui lui demandait pourquoi il désirait
travailler chez lui : « Parce que je sais, maître, que

c'est chez vous que j'apprendrai le mieux. » C'était une réponse intelligente que Stradivari préférait aux flatteries dont les gens l'accablaient ordinairement.

François Médard s'ennuyait un peu lorsque, la journée finie, il ne restait plus qu'à attendre l'heure du souper, le plus souvent frugal, et celle où il se retrouvait seul dans sa chambre. Il pensait de plus en plus souvent à sa famille et envisageait de rentrer bientôt à Nancy. Heureusement, il y avait les veillées, chères à Maria. Deux fois la semaine, des amis, pas toujours les mêmes, venaient s'asseoir devant l'âtre en hiver et sous le noyer du jardin lorsqu'il faisait chaud. François aidait la signora Stradivari à maintenir cette tradition conviviale qui permettait d'échanger des idées avec les confrères et de faire circuler les nouvelles. Souvent, Francesco Villani, un orfèvre, contemporain et vieil ami d'Antonio, se joignait à l'assemblée. C'était alors la fête car l'homme était intelligent, cultivé et avait toujours mille histoires à raconter. Il voyageait beaucoup pour aller acquérir ou vendre à Venise, à Gênes, à Cuneo, à Bologne, à Imola, les objets ou les matières premières nécessaires à son négoce artistique. Il transformait en bijoux et en ornements le cristal de roche acheté à Venise et les métaux précieux venus de Milan. Il vendait aussi toutes sortes d'accessoires, de parures, de boutons. Il était riche mais ne le montrait qu'en rapportant de ses voyages des spécialités qu'on mangeait de bon cœur en discourant, et les vins qui entretenaient la conversation et la bonne humeur.

François l'aimait beaucoup. Il apportait avec lui ce courant d'air frais qui balayait l'atmosphère un

peu lourde de la maison. Stradivari aurait souvent
préféré retourner passer une heure ou deux devant
son établi, seul face à une carcasse d'alto dont le
montage lui posait quelque problème, mais il se
pliait de bonne grâce au désir de sa femme. Après
deux verres de vin de Cendrillo, il tenait d'ailleurs
gaiement sa place dans la conversation.

– Tu es un vrai sauvage ! lui disait Maria.
Chaque fois il faut t'apprivoiser, te convaincre de
venir jouer ton rôle de maître au milieu de nous.
Mais je crois que tu nous joues la comédie. Tu
aimes te faire prier !

Villani abondait dans son sens et Caterina
applaudissait. Depuis que Guadagnini avait quitté
la maison, la jeune fille semblait reprendre goût à
la vie. « Je repartirai quand elle sera complètement
guérie », pensait François qui se réjouissait d'avoir
mené à bien sa mission.

Un soir, l'orfèvre rapporta de Gênes la nouvelle
que Philippe V venait de s'embarquer pour la Pro-
vence d'où il regagnerait Madrid par la terre. Il
avait su, au dernier moment, que le maréchal de
Villeroi allait être libre. Le roi se dit content de
cette issue heureuse, ce qui paraît-il ne l'empêcha
pas de rire lorsqu'on lui rapporta les paroles d'une
chanson qui courait sur le malheureux maréchal :
« C'est un double succès pour la France : on a
sauvé Crémone et perdu Villeroi. »

Francesco Villani était sans doute l'un des rares
Crémonais qui étaient en mesure de porter un
jugement politique sincère sur l'état de cette péninsule qu'on appelait l'Italie.

– Nous allons à la guerre et au chaos, annonça-
t-il gravement peu après. Chaque fois que nous

changeons de puissance dominatrice, nous espérons que la nouvelle mettra un peu d'ordre dans la confusion mais elle préfère continuer à entretenir un désordre qui facilite sa prépotence.

– L'Italie existe pourtant ! dit François. Aucun pays n'est mieux délimité naturellement que cette botte qui envoie la Sicile au Diable.

– Peut-être. Ça n'empêche pas que ce pays est un conglomérat de vingt et un dialectes différents, d'une vingtaine de cités autour desquelles s'organise tant bien que mal la vie de provinces souvent rivales, reliées entre elles par des chemins qu'on ne saurait décemment appeler routes. Ajoutons que toutes ces provinces ont des régimes administratifs et politiques différents : monarchique en Savoie, républicain à Venise, pontifical à Rome, ducal en Toscane et à Parme...

– Vous venez de parler de Venise, monsieur Villani. Est-ce parce qu'elle est une république qu'elle vit en paix ? Je rêve de voir Venise. Peut-être irai-je la visiter avant de repartir pour la France...

– Ne manquez pas Venise, monsieur Médard ! Le palais des Doges, le Grand Canal, la place Saint-Marc, sont à portée de diligence. Le violon y est roi et vous y rencontrerez beaucoup d'excellents luthiers. Aucun n'a le génie d'Antonio Stradivari mais vous irez voir Giovanni Caspani qui fait de très belles copies d'amatis. Leur couleur jaune d'or a des reflets de lagune au soleil du soir. Et aussi Francesco Gobetti qui se souvient, dans ses violons, des conseils que lui a jadis prodigués notre hôte...

– Vous avez des nouvelles de Gobetti ? coupa Antonio. Il a été l'un de mes premiers apprentis. Il n'a jamais donné de ses nouvelles...

– A Venise, il est l'un des meilleurs.

– Sans doute préfère-t-il être le meilleur à Venise que parmi les derniers à Crémone ! conclut Stradivari avec méchanceté. Car il n'aimait pas ceux de ses anciens élèves qui l'oubliaient.

– Mais la République, monsieur, mérite-t-elle toujours son nom de Sérénissime ? insista François.

– Hélas ! ce qualificatif, jadis titre de gloire et de puissance, ne répond guère aujourd'hui à la réalité. Rien n'enlèvera jamais à la cité sa splendeur, sa féerie, l'éblouissement de ses couleurs mais, quand on la compare au souvenir du passé, il faut bien admettre que la république de Venise se meurt. Il semble qu'elle n'ait plus d'idéal, ni de puissance maritime et commerciale à défendre. Alors, elle vit repliée, lovée dans la boucle de son Grand Canal où l'on s'étourdit dans une vie de plaisirs, laissant à quelques oligarques le soin de gérer la décadence.

– Votre jugement est sévère. Mais il existe tout de même à Venise une vie artistique, théâtrale, musicale impressionnante. L'opéra y est roi, les plus grands musiciens et virtuoses y font carrière dans une paix que leur envient tous les artistes d'Italie.

– Il est vrai que Venise est restée le paradis de la Musique. C'est peut-être parce que la musique accompagne sereinement son assoupissement dans la paix des armes. Car, là, vous avez raison, monsieur le Français, l'Europe n'ayant plus de raisons de s'inquiéter laisse scrupuleusement Venise en paix !

– Ce n'est pas si mal, dit Stradivari qui ajouta à l'adresse de Médard : Si tu vas à Venise, je t'accompagnerai !

Une parole que personne ne prit au sérieux. Le maître quitter son atelier ? Pensez donc ! Depuis son voyage en forêt avec Guarneri pour choisir des sapins rouges et sonores, il n'avait jamais passé les portes de Crémone.

Tandis qu'on discourait sur Venise chez maître Antonio, les gondoles filaient sur le Grand Canal, se frôlaient, se croisaient dans un ballet qui n'était qu'un prélude aux réjouissances du lendemain qui devaient marquer le début de l'apothéose du carnaval : la semaine grasse.

Vivaldi, lui, n'avait rien changé à ses habitudes. Il avait seulement pris un masque, comme tous les habitants de Venise, pour aller faire répéter aux nonnes musiciennes du Pio Ospedale le glorieux début de la sonate de Biber, *La Descente de l'Esprit-Saint,* où la jeune virtuose surnommée la Faustina enchaînait d'exquises doubles cordes doigtées. Franz von Biber dont les œuvres étaient maintenant bien connues en Italie fascinait Vivaldi qui s'était distrait en orchestrant un accompagnement pour soutenir la soliste à certains moments. C'était un peu sacrilège car Biber avait écrit pour violon solo mais le résultat était excellent et l'abbé comptait obtenir du succès au concert du prochain dimanche.

Sans se soucier du carnaval, Vivaldi s'était ensuite rendu chez Paolina avec qui il avait repris ses études complices. La jeune femme l'étonnait, autant par la liberté de ses propos que par la passion qui l'habitait. Le violon, c'était évident, tenait la plus grande place dans sa vie. Antonio Vivaldi aussi, en conséquence.

Le mari de Paolina ne semblait pas s'inquiéter de l'intimité des relations qui existaient entre sa femme et ce prêtre roux, un peu bizarre, qu'elle avait bien connu avant son mariage. Il voyageait d'ailleurs beaucoup et disparaissait souvent plusieurs jours. Vivaldi avait bien cru le reconnaître un soir en galante compagnie sous les voûtes de San Geminiano mais il n'en avait rien dit à Paolina. La situation pouvait paraître délicate mais on était à Venise et, de surcroît, en période de carnaval.

Paolina accueillit son prêtre-musicien avec un plaisir plus exubérant qu'à l'habitude.

— Mon maître, vous allez être content de moi. Je joue votre troisième sonate à la perfection et je la trouve très réussie. D'autre part, mon cher mari m'a dit hier qu'il ne passerait pas les trois premiers jours de la semaine grasse avec moi. Alors, nous allons, sous la protection de nos masques, pouvoir sortir, nous amuser, nous promener en gondole... Qu'en pensez-vous ?

Le prêtre Antonio Vivaldi ne pensait rien. Simplement, il ne trouvait pas désagréable l'idée de se trouver seul avec Paolina dans une gondole. Dieu n'avait pas exigé qu'il soit un curé comme les autres. D'ailleurs, les autres curés... Peut-être voulait-il aujourd'hui le récompenser d'écrire et de jouer de la belle musique ? Il répondit à son élève comme elle attendait :

— Paolina, je vous écoute jouer. Ensuite je me mets corps et âme entre vos mains qui savent si bien tenir l'archet et faire vibrer la chanterelle.

Souriant, confortablement installé dans un fauteuil, il écouta sa sonate en manifestant une satisfaction qu'il n'avait pas de raison de cacher. Pao-

lina jouait avec une allégresse sereine. Ses doigts
voyageaient sur la touche, de corde en corde,
tandis que la caresse de l'archet distribuait des
sons qui passaient de l'extrême gravité à la légèreté angélique. Jouant presque entièrement de
mémoire, elle pouvait, durant de longues mesures,
laisser son regard s'évader de la partition. Ses pau-
pières qu'elle gardait closes lors de certains passages se rouvraient pour regarder Antonio, comme
si elle voulait l'assurer qu'elle était en communion
avec lui.

Quand elle eut reposé son violon pour s'asseoir
près du « Rosso », comme elle l'appelait parfois,
celui-ci dit simplement :

– Peut-être serai-je joué un jour par d'illustres
virtuoses, mais je sais que jamais je ne ressentirai
une émotion aussi intense que celle que vous
m'offrez lorsque vous donnez vie à mes notes.
Puis-je, du fond du cœur, en remercier ma belle
élève ?

– Vous pouvez même la remercier en l'embrassant. Je crois qu'elle ne refusera pas ce témoignage
de reconnaissance.

En fait, c'est elle qui se pencha et posa ses lèvres
sur celles de Vivaldi. L'abbé ressentit une douce
chaleur l'envahir, un peu comme celle qui lui
montait dans les veines lorsque son imagination
venait d'accrocher un motif particulièrement ambi-
tieux. Le jeune homme timide, qui n'avait pas
jusque-là connu l'émoi du contact d'un corps féminin, se sentit soudain envahi par le désir. Avec une
audace dont il ne se serait jamais cru capable, il
tenta des gestes qui surprirent la jeune femme.
Celle-ci le repoussa gentiment en murmurant :

– Non, pas ici, s'il vous plaît. Ne savez-vous pas qu'à Venise il existe des gondoles ?

Il reprit conscience et s'excusa gauchement, ce qui fit sourire Paolina.

– Tu es pardonné. J'aurais été très vexée si notre premier baiser t'avait laissé inerte comme un violon sans cordes. Maintenant, je vais mettre mon plus beau manteau tandis que tu vas aller m'attendre au rio Orseolo où les gondoliers t'attendent. J'espère que malgré mon masque tu me reconnaîtras.

Signora Maderno trompa son mari pour la première fois entre le Rialto et la Salute, et l'abbé Antonio Vivaldi découvrit, en même temps, les délices de la chair. Les gondoliers veillaient, surtout en période de carnaval, au confort de leur embarcation. Celle à bord de laquelle avaient embarqué les amants du violon était matelassée de coussins de soie et les rideaux de velours noir assuraient parfaitement, lorsqu'ils étaient clos, l'incognito des passagers.

Longtemps, ils se laissèrent porter par le mouvement régulier, à peine marqué par une légère secousse chaque fois que la rame touchait l'eau. Le gondolier, habillé de son costume de fête, culotte bouffante, veste de soie rouge et béret noir, leur avait demandé s'il pouvait chanter. Ils avaient naturellement répondu oui. C'est en entendant égrener les stances du Tasse et de l'Arioste, paroles traditionnelles du chant des gondoliers, que l'abbé Vivaldi commit son premier vrai péché. Il se promit plus tard de réfléchir à la nécessité d'aller se confesser.

Le hasard, providence du romancier, sait aussi accommoder la vie de surprenantes rencontres. Rien ne prédisposait François Médard, luthier à Nancy, provisoirement aide d'Antonio Stradivari, à tirer la sonnette du palais Loredan où, ce matin-là, la maîtresse de maison, la belle signora Maderno, entamait d'un archet décidé le deuxième concerto de l'opus 6 de Giuseppe Torelli, sous l'œil vigilant de son maître, l'abbé Vivaldi.

La servante vint interrompre cet élan en annonçant qu'un monsieur français demandait à être reçu. Il venait de la part du signor Maderno lui-même. Paolina perplexe demanda qu'on introduise le visiteur. Où ? « Mais ici, il verra que je suis occupée et restera moins longtemps. »

François, qui avait fait à Rome ses classes de familier de palais, ne fut pas intimidé lorsqu'il se trouva en face de Paolina qui, de plus, tenait un violon à la main. Il la salua :

– Pardonnez-moi, madame, de troubler votre répétition. Je m'appelle François Médard, je suis un luthier français et travaille à Crémone chez Antonio Stradivari.

– Stradivari ? s'exclama Vivaldi qui sembla soudain s'intéresser au visiteur.

– Ah ! monsieur Médard, je ne vous ai pas présenté l'abbé Antonio Vivaldi, le plus grand compositeur de Venise, qui veut bien m'aider de ses conseils.

– Mais le nom du révérend Vivaldi est connu à Crémone. M. Francesco Villani qui a bien voulu me donner une lettre d'introduction pour monsieur votre mari nous parle de lui et des fameux concerts qu'il dirige à la Pietà. C'est un honneur pour moi de vous connaître, monsieur l'Abbé.

– Honneur partagé, monsieur. Ainsi vous travaillez pour l'illustre Stradivari. Mon rêve est de jouer un jour l'un de ses violons. Il faudra que j'aille à Crémone...

– Mon mari a bien fait de vous envoyer vers moi. Dès qu'il a su que vous étiez luthier, il a pensé que je pourrais vous être plus utile que lui. Comme vous le savez peut-être, il fabrique et vend du papier.

– Noble tâche, madame. Il faut du papier pour écrire et imprimer les livres, pour composer et éditer la musique...

– Oui, enfin, ce qui est surtout noble, c'est d'utiliser le papier avec talent, coupa Paolina que ces politesses agaçaient.

François comprit la remarque et pensa qu'il serait plus habile d'orienter la conversation sur le violon.

– Vous étiez en train de jouer, madame. Me ferez-vous la grâce de continuer ? Vous semblez posséder un excellent instrument, j'aimerais l'entendre...

– Vous me direz ce que vous en pensez. Asseyez-vous à côté de l'abbé et soyez indulgent.

Paolina joua sa sonate de mémoire, sans une faute, avec une facilité qui plongea François dans un étonnement admiratif.

– Mais vous jouez merveilleusement, madame ! On m'avait dit qu'à Venise les virtuoses étaient plus nombreux que les gondoles. Je ne crois pas, pourtant, qu'il existe beaucoup de violonistes qui possèdent un talent égal au vôtre.

– Ne me flattez pas. Je sais ce que je vaux et je sais qu'une bonne dizaine de pensionnaires des hospices jouent mieux que moi. A propos, ne manquez pas d'aller entendre les élèves de l'abbé à la Pietà. Elles font la meilleure musique du monde et certaines sont fort agréables à regarder. Si vous voulez, vous m'accompagnerez au prochain concert. Mais parlez-moi donc de mon violon ? Ce n'est pas un grand instrument, il doit vous paraître bien insignifiant à côté de ceux que construit Stradivari. Mais je l'aime, il me connaît et je le connais. Peut-être que je jouerais moins bien avec un chef-d'œuvre de Crémone...

– Au début peut-être. Le stradivarius vous surprendrait. C'est un violon qui a tellement de personnalité que le violoniste doit se soumettre à lui. Il ne vous faudrait pas longtemps pour vous habituer à la plénitude et à la portée du son, à sa rondeur, à sa force. Qu'en pensez-vous, monsieur l'Abbé ?

– Hélas ! Je n'ai jamais joué un stradivarius. C'est un rêve que je réaliserai peut-être un jour.

– Je n'ai pas de violon du maître dans mes bagages mais un instrument plus modeste qui porte mon étiquette et que le grand Antonio trouve bon. Je ne suis pas pour rien son élève et mon modèle ressemble beaucoup au sien, le génie en moins. Si vous le souhaitez, je puis un jour apporter mon violon afin que vous l'essayiez. Ce serait un plaisir pour moi.

– Nous acceptons de grand cœur, dit Paolina. L'abbé nous jouera ses dernières sonates et vous verrez quel grand compositeur se cache sous sa soutane !

Villani avait donné plusieurs lettres de

recommandation à François Médard avant son départ pour Venise. Il avait ainsi rendu visite à quelques négociants importants qui l'avaient aimablement reçu mais ne lui avaient apporté aucun concours utile. Il avait aussi rencontré l'architecte Giorgio Massari qui terminait l'escalier monumental du palais Rezzonico. La conversation, dans la poussière de marbre, avait duré deux minutes et François n'avait retenu de ce bref entretien qu'une certitude : le maître s'intéressait peu à la musique et encore moins aux fabricants de violons. La dernière lettre, heureusement, était la bonne. La chance voulait que le papetier eût une femme violoniste, élève de Vivaldi de surcroît. Le Français avait eu tout de suite l'impression que cette double rencontre allait lui permettre de tirer enfin parti de son séjour à Venise où, à sa grande déception, il s'était jusqu'alors senti solitaire et étranger.

Comme Paolina revenait à la charge et lui demandait de bien vouloir juger les qualités et les défauts de son violon, il s'appliqua à briller et à étonner ses nouveaux amis. Ainsi que la plupart des virtuoses, la jeune femme et l'abbé, s'ils savaient utiliser l'intégralité des ressources de leur instrument, ignoraient à peu près tout de sa structure, des infimes détails dont dépendaient son caractère et sa valeur. Pour eux, le luthier était un peu un sorcier qu'on écoutait avec attention et respect.

– Vous jouez un bon violon, madame, commença Médard. Comme le montre l'étiquette qui, semble-t-il, est d'origine, c'est un instrument de Luigi Pezzardi, un luthier de Brescia qui s'est beaucoup inspiré du grand Maggini : regardez les doubles filets. Et aussi d'Amati. Mais quel luthier de notre temps ne s'est pas inspiré de Maggini et d'Amati ? J'aime bien son vernis jaune clair dont la minceur n'étouffe pas la résonance. Ses qualités musicales sont plus honnêtes, plus généreuses que celles de la majorité des instruments que l'on considère comme bons. Le son, tel que vous savez l'extraire, est fin, onctueux, délicat. La troisième est ronde, pleine de sentiment, la quatrième est large, jusqu'à être majestueuse, ce qui fait qu'elle tranche trop avec la chanterelle, que la seconde fait paraître claire à l'excès...

– Vous parlez du violon comme un savant, dit Paolina. Comment avez-vous appris à disséquer ainsi un instrument et ses qualités ?

– Mon maître m'a appris jour après jour les mystères du timbre et du son qui trouvent leur lumière dans le fonctionnement simultané de tous les organes qui font vivre un violon. Vous connaissez au moins leurs noms : tasseaux, éclisses, contre-éclisses, coins... Et la barre qui est le plexus de l'instrument. Et l'âme, qui est comme sa conscience. Si vous déplacez l'âme d'une demi-ligne, vous modifiez le son.

– Que tout cela est difficile. Le luthier est une sorte de magicien, coupa Vivaldi.

– Il n'y a aucune magie dans notre métier. L'ensemble des gestes qui le concernent s'apprennent. Mais certains ouvriers sont plus habiles que d'autres, ont plus d'intuition, plus d'oreille, de rigueur. Puis-je vous poser une question, monsieur Vivaldi ?

– Naturellement.

– Avez-vous eu la curiosité d'aller un jour voir travailler un luthier ?

– Non. J'y ai souvent pensé mais je ne l'ai jamais fait.

– Vous devriez. Tout violoniste professionnel tirerait grand avantage d'une pareille visite. Cela dit, madame, en écoutant votre violon, j'ai eu l'impression que je pouvais l'améliorer sensiblement par un simple réglage. Si vous le souhaitez, la prochaine fois que j'aurai le plaisir de vous rendre visite, j'apporterai quelques outils qui ne quittent pas l'étui de mon violon.

– Bien sûr que je le souhaite ! Je sens, monsieur le Français, que nous allons devenir bons amis durant votre séjour à Venise. A propos, où logez-vous ?

– Dans une modeste chambre que me loue une matrone du campo Santa Maria Formosa.

– Eh bien ! il est plus facile d'améliorer votre logement qu'un violon. Si vous en êtes d'accord, vous habiterez à partir de ce soir le palais Loredan. Il y a ici une quantité de chambres inoccupées et nous serons ravis, mon mari et moi, de vous accueillir chez nous. Cela ne vous coûtera pas une « barbarina » et vous pourrez demeurer plus longtemps à Venise.

– Merci. Madame, je ne fais même pas mine d'être confus : je suis enchanté. Depuis que j'ai passé votre porte, Venise m'apparaît sous un autre jour.

François s'installa donc dans les ors du palais de la famille Maderno. Sa chambre, au troisième étage, était vaste comme une salle de bal. Face aux trois fenêtres qui donnaient sur le Grand Canal, le lit semblait petit, noyé dans des sculptures dont la multitude écrasait le baldaquin pourtant imposant.

Comme sur les immenses fauteuils disposés autour
de la pièce, on y discernait des angelots dorés, des
fleurs en bouquets, des guirlandes, des fruits. Sur
les murs, de chaque côté, deux immenses tableaux
encadrés d'or eux aussi représentaient des doges
du siècle passé. Ils avaient le visage sévère mais,
comme se dit François en découvrant son nouveau
logis, on a rarement vu des doges rigolards.

La vie à Loredan ne ressemblait en rien à celle
qu'avait connue Médard dans les palais romains.
Paolina aimait donner à sa maison un caractère
artiste et naturel. On s'y ennuyait beaucoup moins
que dans les palais nobles jalonnant le Grand
Canal, où l'argent manquait souvent, autant que le
plaisir de vivre. On y mangeait aussi beaucoup
mieux. Personne, à Venise, n'ignorait le cérémonial
des réceptions chez la procuratessa Foscarini, où
vingt valets apportaient dans un énorme plat
d'argent une citrouille coupée en tranches, qui
constituait, avec une petite tasse de café, le régal
des invités. Au bout de trois heures de conversation, ceux-ci s'en retournaient, le ventre vide, souper chez eux.

François s'était fait un peu prier pour accepter
de prendre ses repas au palais mais, outre que
cette offre l'arrangeait, il avait compris que Paolina
souhaitait qu'il acquiesce. Le vivre et le couvert
assurés, son séjour à Venise s'annonçait sous de
bons auspices.

Bruno Maderno n'était pas souvent présent au
pranzo qu'on servait à une heure dans le petit
salon où la jeune femme faisait de la musique et
vivait la plupart du temps. Le Français se retrouvait donc seul avec Paolina, à moins que Vivaldi ne

s'invitât après la leçon. C'était alors la fête. On ne parlait que musique. Souvent, pour appuyer le thème d'une discussion portant sur un mouvement de concerto, Paolina ou l'abbé se levaient de table et entrecoupaient le repas d'une allemande ou d'une sarabande.

François avait miraculeusement fait disparaître le brouillard qui assombrissait l'éclat de certains aigus du violon de Paolina. Cette opération minutieuse et réussie lui valait la reconnaissance et l'admiration de la jeune femme. Il avait aussi rectifié l'inclinaison du chevalet de l'instrument de Vivaldi et celui-ci se félicitait d'avoir ainsi retrouvé l'ardeur de son violon.

— Ne me remerciez pas, mon cher abbé, protesta le luthier. Naguère, j'ai eu l'occasion de régler le violon de Corelli. Aujourd'hui le vôtre... La fierté m'inonde. Votre allemand n'est pas un stainer mais c'est sûrement un bon compagnon. Vous en tirez le meilleur.

— Vous avez connu Corelli ? demanda Paolina, étonnée.

— Oui. J'ai même vécu en sa compagnie, à Rome, durant plus d'un mois, chez le cardinal Pamphili et au Riario, le palais de Christine de Suède.

— Mais tout cela est passionnant, Francesco – vous permettez que je vous appelle Francesco ? –, racontez-nous votre histoire. Corelli est le vrai dieu de l'abbé ! il va vous écouter comme le Messie.

— Ne blasphémez pas, mon enfant ! dit Vivaldi d'un ton sévère qui fit sourire Paolina. Mais il est vrai que Corelli est pour moi un modèle. Un modèle que j'ai peut-être un peu trop tendance à imiter... Parlez-nous de lui !

François avait tant de fois raconté son voyage à Rome et décrit ses péripéties que, pour lui, c'était devenu un jeu de parfaire son récit, de ménager ses effets, de guetter l'œil des femmes qui s'allumait lorsqu'il parlait de ses rencontres avec Angelica dans le salon d'alchimie de la reine. Aujourd'hui, il voulait séduire et jouait son rôle avec encore plus de conviction qu'à l'habitude. Paolina l'écoutait, bouche bée, et Vivaldi, qui pourtant ne s'intéressait guère à ce qui ne le concernait pas directement, semblait vivement intéressé.

Quand il eut terminé, la jeune femme s'écria tout de suite :

— Vous ne nous aviez jamais dit que vous étiez marié. Et vous abandonnez votre femme pour courir les routes ? Vous devriez avoir honte !

— Je cours les routes pour un motif professionnel. Il fallait absolument que je revoie mon maître avant d'entreprendre de nouveaux travaux. Ce qu'il m'a dit de mon violon m'a fait gagner des années de tâtonnements. Je veux devenir le meilleur luthier de France... Cela serait demeuré un rêve illusoire si je n'avais pas fait deux fois le voyage d'Italie.

— Voyage d'agrément aussi, avouez-le ! A Venise par exemple...

— L'agrément c'est vous, madame. Si je n'avais pas eu le bonheur d'être reçu par vous, je me serais mortellement ennuyé dans votre étrange cité et n'y serais resté que quelques jours.

Paolina apprécia le compliment. Elle aussi voulait plaire : elle adressa à François un sourire qui produisit chez lui un effet singulier. Jusque-là, il n'avait vu en son hôtesse qu'une femme aimable, serviable et qui jouait très bien du violon. Il venait de s'apercevoir qu'elle était attirante.

Le lendemain après-midi, Paolina lui proposa de sortir en ville et de se mêler à la foule du carnaval dont les dernières journées étaient les plus courues et les plus délirantes.

— Pas question, un jour pareil, de se promener sans masque ou sans déguisement, dit Paolina. Les mendiants eux-mêmes, qui tendent la main appuyés sur des béquilles, portent un masque. Venez, nous allons trouver ce qu'il nous faut dans la chambre du premier qui me sert de vestiaire.

Paolina revêtit un manteau d'arlequin, un bicorne et choisit un masque à manche de carton plâtré. François s'affubla d'un domino, sorte de grand paletot à capuche, d'un loup de velours noir et ils s'élancèrent bras dessus bras dessous vers le Rialto.

— Que dirait votre mari s'il nous rencontrait ? demanda François.

— Et que dirait la belle Angelica ? Ne crains rien. Mon époux est peut-être ce monsieur habillé en polichinelle qui embrasse là-bas une sultane de lagune.

Elle l'avait tutoyé et prenait prétexte de toutes les bousculades pour se serrer contre lui. Il pensa un bref instant à Angelica, à Nancy, à sa Lorraine puritaine. Mais le carnaval n'est pas un moulin à regrets. Il chassa les souvenirs et décida, à l'exemple de tous ceux qui l'entouraient, de tout oublier, de se laisser porter. Jusqu'où ? Paolina lui répondait déjà en lui tendant ses lèvres, alors qu'ils passaient, courbés, sous un sottoportico.

Auraient-ils voulu éviter de se serrer l'un contre

l'autre que cela aurait été impossible, à moins de se perdre dans cette marée de bonheur sauvage qui envahissait les quais, les ponts, les places et lançait ses vagues déferlantes jusque dans les ruelles les plus étroites. Ils suivaient donc, enlacés, la folle procession des masques, s'étreignant un peu plus lorsqu'au détour d'un étroit chemin creusé entre deux palais, ils se trouvaient devant une meute de chiens qui se mesuraient, tous crocs dehors, à un ours ou à un taureau à peine entravé. Partout des estrades de bateleurs et des *campi* transformés en cirques ; plus loin les adversaires de deux quartiers qui se provoquaient de part et d'autre d'un canal avant d'entamer une lutte féroce dont l'enjeu était la conquête d'un petit pont de pierre sans parapet d'où l'on tombait facilement à l'eau.

Leur masque dissimulait la peur qui commençait à gagner François et Paolina. La jeune femme, qui connaissait les rites du carnaval, savait que le danger allait augmenter à mesure que les heures passeraient. Aussi, quand un reflux de la foule les renvoya vers le Grand Canal, elle dit qu'il était temps de sortir de la mêlée.

– Viens ! Là-bas une gondole a déposé ses clients, nous allons essayer de la prendre.

Ils arrivèrent les premiers au débarcadère et, aidés par le gondolier qui les salua d'un large coup de chapeau, ils montèrent dans la barque noire qui tanguait sous l'effet des vagues multipliées par les innombrables embarcations sillonnant le canal.

– Voilà, nous sommes à l'abri, murmura Paolina. Rien de fâcheux ne peut arriver dans une gondole.

– Mais vous vous êtes découverte en montant. Le

gondolier a pu distinguer vos traits. Peut-être connaît-il votre mari auquel il racontera que vous étiez en compagnie d'un « domino ».

– Un gondolier qui ferait une chose pareille serait immédiatement banni par la profession dont le devoir premier est la discrétion. Où irions-nous, grands dieux, si les gondoliers n'oubliaient pas aussitôt ceux qu'ils ont transportés, ce qu'ils ont dit et ce qu'ils ont fait !

– Venise n'est décidément pas une ville comme les autres !

– Les Vénitiennes non plus, surtout un jour de carnaval. Tire les rideaux et viens plus près de moi. Je crois bien que je t'aime, mon Français !

– Mais, en dehors de ton mari, n'aimes-tu pas aussi le Prete rosso ? J'ai cru remarquer que vous n'étiez pas mal ensemble...

– Disons que c'est le violon que j'aime en vous deux !

Et elle ajouta en riant de son petit rire de gorge qui faisait frémir François :

– Je te jure, mon amour, que tant que tu seras à Venise, je ne rencontrerai pas Vivaldi autrement qu'un violon à la main !

François accepta cette promesse qui, d'ailleurs, lui était indifférente. Il constatait avec surprise que les manteaux de carnaval, chaudement fourrés, permettaient aux dames d'être à peu près nues sous leur déguisement. En laissant ses mains s'égarer sous l'étoffe, il demanda si toutes les Vénitiennes qui se promenaient ce jour-là étaient si peu vêtues.

– Bien sûr ! répondit Paolina en se laissant caresser. Sinon, à quoi servirait le carnaval !

Plus tard, la gondole déposa la jeune femme au ponton du palais gardé par une rangée de pilots coiffés de lanternes. Une autre embarcation semblable à toutes les autres avec sa loggia close et son bec à six dents était amarrée [1].

– C'est la gondole de mon mari, souffla Paolina à l'oreille de François. Il est donc rentré, le sacripant ! Fais encore un tour et n'arrive pas avant une demi-heure. Un soir de carnaval, il vaut mieux qu'on ne nous voie pas rentrer ensemble. Il faut savoir sauver les apparences pour cohabiter dans l'agrément. A tout à l'heure, mon luthier chéri !

François éprouva à ce moment l'une des plus grandes humiliations de sa vie. Il pensa qu'il avait dépensé son dernier ducat et qu'il ne pourrait pas payer le gondolier. Il rappela Paolina qui s'apprêtait à mettre le pied sur le ponton :

– Cela me coûte de te l'avouer mais je n'ai pas d'argent. Je suis honteux...

– C'est de ma faute. J'aurais dû y penser. Mais ne t'inquiète pas. Je vais dire à notre gondolier de venir se faire payer demain. Je ne veux pas m'éterniser à ma porte...

Ce soir-là, François ne revit pas Paolina. Il monta dans sa chambre et se coucha en pensant à la folle journée qu'il venait de vivre. L'image de Paolina ne quittait pas son esprit. Son visage au nez fin, au front légèrement bombé encadré de boucles et de cheveux indociles, lui souriait de cet air moqueur qui quelquefois l'agaçait mais le ravis-

---

1. La forme, la couleur et l'aménagement de toutes les gondoles étaient identiques. Il n'était pas permis aux plus grands seigneurs d'en avoir une différente de celle du simple particulier. Ainsi il était impossible de savoir qui se trouvait dans une gondole fermée.

sait plus souvent. Il se demandait s'il éprouvait de l'amour pour cette patricienne du négoce qui semblait profiter en toute innocence de la fortune de son mari pour vivre à sa fantaisie et s'adonner à sa seule vraie passion, le violon et la musique. Non, ce n'était pas de l'amour cette attirance sensuelle qui s'était soldée par une brève étreinte en gondole. Son amour, il était à Nancy où l'attendait Angelica. Soudain, il respira dans l'odeur qui s'exhalait du Grand Canal comme une flétrissure. Un instant, il se prit même à accuser Paolina. Sans elle, il serait déjà sur le chemin du retour...

Ces regrets lui parurent soudain débordants d'hypocrisie. Croyait-il se mettre d'accord avec sa conscience en rendant Paolina responsable de sa propre conduite ? Paolina l'hébergeait, le nourrissait, se donnait à lui et il la remerciait en se permettant de juger son comportement, pourtant semblable, générosité en moins, à celui de la plupart des Vénitiennes de son rang ! Quand on vit aux crochets d'une femme, car c'était bien de cela qu'il s'agissait, on a au moins l'élégance de la respecter !

Soulagé par cette remise en ordre de ses pensées, il se promit de rentrer bientôt à Crémone où le règlement de son salaire lui permettrait de rejoindre la France.

François Médard avait pris l'habitude d'assister chaque matin à la leçon du révérend. C'était pour lui le meilleur moment de la journée. Il écoutait et regardait jouer Vivaldi avec ravissement. L'élégance de son geste n'avait d'égal que la pureté de sa musique. Il se demandait quel degré de perfection l'abbé atteindrait le jour où il pourrait jouer un stradivarius.

– Il vous faut absolument, lui disait-il, venir un jour à Crémone pour commander un violon à mon maître ! Votre art ne saurait se contenter plus longtemps d'un bon violon allemand. Seul un stradivarius lui permettra encore de s'épanouir.

L'abbé ne pouvait qu'être d'accord :

– Je sais, je sais, monsieur Médard. Mais je ne suis encore qu'un pauvre maître de musique, incapable de s'offrir un tel instrument. Un jour viendra, je l'espère, où ce sera possible. Je suis peut-être un prêtre original mais je n'ai pas oublié que l'espérance est l'une des trois vertus théologales !

Paolina jouait presque tout le temps le violon de François. Elle avait apprivoisé sa résonance un peu rauque et savait en tirer maintenant des sons pleins, graves et éclatants à la fois. Le luthier en était fier :

– Paolina, disait-il, vous allez finir par me faire croire que j'ai fait vraiment un bon violon !

A ces réflexions, faussement modestes, la jeune femme répondait en riant que le violon n'était pour rien dans les progrès que lui faisait faire son professeur.

Un jour, François annonça qu'il allait chercher du travail chez un luthier de la ville afin de gagner le prix de son voyage de retour à Crémone.

– Je n'y resterai que quelques jours, le temps de prendre congé de ma famille italienne et repartirai aussitôt pour la France.

– N'allez pas gâcher votre main chez un luthier médiocre ! lança soudain Paolina. Les quelques jours qu'il vous reste à passer à Venise m'appartiennent ! Vous savez bien que votre retour est la chose la plus facile du monde à régler. Je m'en chargerai dès que vous le souhaiterez.

— C'est justement ce que je ne veux pas. J'ai trop été votre obligé, je le suis encore et refuse d'abuser plus longtemps de votre générosité.

— François, tu es un bon luthier mais tu es aussi un être stupide ! A quoi cela me servirait donc d'avoir épousé un riche papetier qui ne sait pas distinguer un *do* d'un *ré* si je ne pouvais aider ceux qui m'apportent le bonheur de leur talent ? Un jour, l'abbé aura son stradivarius. Et à toi, mon amour, je jure que je fais mon affaire de ton voyage. J'y ai du mérite puisque c'est pour me quitter !

Le lendemain, Paolina rayonnait. Elle jouait encore mieux que d'habitude un concerto de Corelli que son père venait d'éditer. François et l'abbé applaudirent. Elle salua gracieusement et s'adressa à Médard :

— Vous voulez, mon cher, payer votre voyage. Eh bien, vous le paierez. Il vous restera même assez de pièces d'or pour retenir votre place jusqu'à Nancy.

— Je ne comprends rien à cela. Hier, je vous ai dit...

— Et moi, aujourd'hui, je vous propose d'acheter votre violon ! Faites votre prix, il sera le mien. Mon mari qui a quelques peccadilles à se reprocher voulait m'offrir un bracelet orné de pierres précieuses des Indes. Je lui ai dit que je préférais un beau et bon violon, le vôtre naturellement ! D'abord parce que je n'en connais pas un meilleur. Ensuite parce que, chaque fois que je le jouerai, je penserai à vous.

Elle se pencha vers l'oreille de Médard pour que Vivaldi n'entende pas et murmura :

– Ne me refusez pas cette chance, ce plaisir extraordinaire pour une musicienne de pouvoir jouer, caresser, soigner le violon construit par son amant ! Dites-moi que vous acceptez de me le vendre. Je suis sûre que personne ne pourrait en tirer des sons aussi purs, aussi limpides, des sons qui ne viendraient pas seulement de son beau corps galbé, de ses cordes vibrantes et de ses ouïes si finement découpées mais de mon cœur, mon pauvre cœur qui n'a pas fini de te regretter, mon beau Français !

Le luthier la regarda. Elle avait les larmes aux yeux, lui n'était pas loin de ne plus pouvoir retenir les siennes. Il dit simplement :

– Mon violon, tu l'aurais gardé sans cette offre généreuse. Je voulais te l'offrir en gage de reconnaissance et d'admiration. Mais si le signor Maderno veut l'acheter, j'accepte volontiers car je vais avoir besoin de quelques ducats pour rentrer chez moi. Mon maître qui m'a déjà payé la moitié de ce qu'il me devait pour venir à Venise n'est très généreux que de ses conseils, de son génie et de son affection.

– Des cadeaux qui n'ont pas de prix ! souligna Vivaldi qui avait entendu la fin de la conversation.

Et il ajouta :

– Je vous envie, chère Paolina, de posséder un violon aussi parfait. J'espère que vous me laisserez parfois promener mon archet sur ses formes voluptueuses ?

CHAPITRE VII

Les violons du roi de Pologne

C'était à croire que le violon, corps divin dont le bois vibrait comme une incantation dans les cours d'Europe, les monastères, les académies d'Italie et les salles d'opéra, s'épanouissait dans les ruines de la guerre qui semblait durer depuis toujours et dont personne n'osait prévoir la fin. Les meilleurs luthiers, les meilleurs virtuoses et les meilleurs compositeurs opposaient dans leur triangle d'or, Milan-Venise-Rome, l'équilibre de leurs arts aux ravages de la soldatesque et l'harmonie de leurs chants aux bruits de bottes des armées.

Dans l'isola de Crémone, Antonio Stradivari continuait de conduire sa vie dans le chemin qu'il s'était fixé le jour où Amati avait accepté de l'engager comme apprenti, en rayant de son esprit les vicissitudes de l'époque. D'ailleurs, de quelle époque était-il, ce géant à peine voûté, au regard plus juste que le plus précis de ses compas et dont la longue barbe grisonnante caressait le vernis du violon quand il l'approchait de ses yeux pour mieux en distinguer un infime détail ? Il était d'une autre race que les mercenaires qui s'étripaient le long des canaux de Lombardie jadis construits par un autre génie auquel il ressemblait par bien des côtés : Léonard de Vinci. Pour lui, chaque journée devait être pleine, harmonieuse et, surtout, lui permettre de construire une parcelle de son œuvre. Quand il ne travaillait pas sur un instrument, c'est qu'il réfléchissait à la tâche du lendemain ou améliorait par des calculs, dont lui seul connaissait les supputations, le jeu de courbes, qu'il disait toujours perfectibles.

Ce matin-là, le maître s'était attelé à une tâche qu'il n'aimait pas mais qu'il hésitait toujours à confier à l'un de ses élèves. Giovanni Battista Bassani, l'un des plus célèbres violonistes du moment, maître de chapelle à Ferrare, s'était arrêté à Crémone pour lui demander d'inspecter son violon, un superbe amati de la grande période qu'il voulait jouer le surlendemain chez le duc de Mantoue mais qui sonnait *dentro* [1]. L'instrument était soudain devenu comme enroué et le virtuose était accouru, en désespoir de cause, consulter le magicien de Crémone.

Stradivari avait bougonné :

– Je n'aime pas jouer les médecins. Je suis un créateur de violons, pas un chirurgien. Mais vous n'êtes pas n'importe qui, signor Bassani. J'ai entendu interpréter récemment vos sonates à trois et j'ai été conquis. Alors, je vais essayer de vous tirer d'affaire. Je suis à peu près sûr que la barre de votre amati est fendue. C'est un accident rare mais cela arrive. Il faut évidemment détabler [2] votre violon.

---

1. C'est un défaut du violon de « sonner en dedans ».
2. Opération qui consiste à ouvrir le violon en détachant la table d'harmonie.

C'est une opération délicate qui fait frémir les propriétaires qui veulent y assister. Je vous conseille de revenir dans une heure.

Bassini s'était récrié.

— Pas du tout. Je tiens à rester. Ce violon est mon bien le plus précieux. Je ne m'endors jamais sans lui avoir dit bonsoir et avoir vérifié qu'il repose bien sur ses coussinets de velours. Il n'est pas question que je l'abandonne dans un moment aussi grave.

— Je vous comprends, monsieur Bassani. Asseyez-vous sur ce tabouret et regardez. Mais je vous préviens que vous allez souffrir !

— Le violon court-il un risque ?

Stradivari que Bassani commençait à agacer ne minimisa pas l'opération.

— Ouvrir un violon présente toujours un risque. Je mentirais si je vous disais le contraire. L'outil peut glisser... Mais rassurez-vous. Je suis assez habile ! Alors, allons-y !

Antonio choisit une lame fine sur son établi, cala l'amati solidement entre ses jambes et introduisit lentement la lame entre la table et les éclisses, au-dessous de la taille de l'instrument. Un craquement sec que Bassani ressentit comme une décharge d'orage qui lui aurait traversé la tête se fit entendre. Le pauvre homme était blême. Le luthier eut pitié de lui.

— Le bruit est désagréable pour le spectateur intéressé, je vous avais prévenu. Mais il faut briser la colle séchée. C'est elle qui craque et non le bois.

Par des pesées successives de la main, Stradivari continua de détacher progressivement le dessus du violon. A chaque fois, le terrible craquement amenait un rictus convulsif sur le visage du musicien. C'est dans son cœur que pénétrait la lame.

Enfin, un bruit plus strident, ressemblant à celui qu'émet un verre de cristal frappé par le manche d'une cuillère, succéda aux craquements. Ce n'était pas l'agonie du violon mais la fin de l'opération. D'un coup, la table venait de se détacher des éclisses et l'intérieur de l'instrument apparut dans sa déroutante simplicité avec ses coins, ses tasseaux de bois brut de scie, son âme, dérisoire petite cheville dispensatrice de tant d'émotions et la barre d'harmonie, collée comme une longue sangsue à la table maintenant séparée.

Stradivari montra du doigt une petite fissure sur la languette de sapin :

– Je ne m'étais pas trompé. Il va falloir changer la barre [1]. Le plus drôle, c'est que c'est peut-être moi qui l'ai construite quand je travaillais chez Niccolo Amati... Mais non, cela ne va pas. Votre violon est daté de 1668 et j'avais quitté l'atelier depuis longtemps...

Fasciné, le luthier regardait le travail de son vieux maître, évaluait l'épaisseur des voûtes que Niccolo Amati, un jour, s'était décidé à abaisser en même temps qu'il élevait la hauteur des éclisses. Chaque détail lui rappelait une étape franchie sur la voie de la perfection.

– Je n'ai pas entendu votre violon autrement qu'avec sa voix cassée mais je peux vous dire que vous possédez l'un des meilleurs instruments que puisse jouer un virtuose. Je vais lui rendre sa sonorité limpide et vous pourrez triompher avec lui à Mantoue. Je vous demanderai pourtant de me faire

1. La barre d'harmonie sert à soutenir la table sous le chevalet et à conduire sur toute la longueur du violon le son transmis par les cordes, *via* le chevalet.

l'honneur d'essayer le dernier violon que je viens de construire. Niccolo Amati m'a tout appris mais, après lui, j'ai continué à chercher, à tâtonner, à essayer de nouveaux rapports, de nouveaux bois, de nouveaux vernis. Vous n'allez pas me trouver modeste mais je crois sincèrement que j'ai réussi à perfectionner le violon pourtant admirable de mon maître. En particulier, j'ai donné de l'ampleur à sa sonorité. Le reste s'est fait tout seul. J'étais doué et j'ai percé quelques mystères...

Après le supplice qu'il venait de subir, Bassani avait retrouvé ses couleurs, naturellement roses.

– Je ne sais comment vous remercier, maître. J'ai dû vous paraître ridicule de trembler ainsi pour mon violon. Ah! ce bruit atroce! Je ne l'oublierai jamais...

– N'oubliez surtout pas que si un pareil accident venait à se reproduire, vous auriez avantage à fuir l'atelier du luthier chargé d'en réparer les effets.

– Et votre nouveau violon? Maintenant que vous m'en avez parlé, j'ai hâte de le jouer.

Stradivari fit signe à Omobono d'aller décrocher l'instrument qui, suspendu à une fine cordelette tendue entre deux cloisons, semblait flotter dans l'air qu'il imprégnait de l'odeur de son vernis à peine sec. Sa couleur indéfinissable tenait du jaune d'or et du rouge flamboyant. Il était superbe et le luthier le regarda longuement à la lumière, faisant miroiter les ondes du bois.

– Quand je regarde un violon que je viens de terminer, je l'entends comme si un elfe venait frôler ses cordes d'une plume légère. Mais cela sera mieux si vous le touchez de votre archet. Tenez, maître, jouez un stradivarius...

Il était arrivé bien souvent qu'un violoniste plus ou moins célèbre essaie un instrument dans l'atelier. Les compagnons avaient l'oreille exercée et délicate. Dès les premiers accords ils prenaient le parti d'écouter religieusement ou de se désintéresser de l'audition. S'ils remettaient tout de suite le nez dans leur travail, c'était signe que le musicien ou la pièce jouée, ou les deux, ne méritaient aucune attention.

Pour l'instant, tandis que Bassani chatouillait les cordes de son index pour vérifier les accords, ils avaient posé leur outil et ils attendaient. Carlo Bergonzi qui avait beaucoup travaillé sur le « Rouge », nom que l'atelier avait donné au violon, était sans doute le plus curieux.

Avant d'abaisser son archet, dressé vers le ciel, le virtuose annonça :

– Je joue toujours une sonate *da camera* de mon maître Legrenzi dans les moments importants. Et tenir pour la première fois de sa vie un stradivarius est un moment important.

Il joua. Personne dans la bottega ne broncha. Le virtuose et le violon semblaient unis dans un acte d'amour parfait. Les notes s'accrochaient les unes aux autres dans une guirlande magique. Maria était descendue dès les premières mesures pour partager avec les hommes cet instant de bonheur. Quand Bassani reposa son archet tout le monde applaudit et Stradivari dit en quelques mots ce qui convenait :

– Le « Rouge » est un fameux violon. Et vous êtes, signor Bassani, un très grand violoniste.

– Monsieur Stradivari, je veux dès la saison prochaine jouer l'un de vos violons. Considérez s'il vous plaît cela comme une commande ferme.

Entre deux sonates, la guerre reprit en Lombardie. Le prince Eugène qui aimait les lettres, les arts et la musique ne concevait ces occupations débonnaires qu'agrémentées du vacarme des canons et du cliquetis des armes. Un contentieux l'opposait toujours au maréchal de Vendôme qui, après Crémone, l'avait battu à Luzzara et à Cassano. Son succès avec Marlborough à Hochstaedt sur l'armée franco-bavaroise lui avait donné des ailes.

Le sort des armées françaises, et de l'Espagne en Italie, se joua sous les murs de Turin : en battant sans recours le duc d'Orléans et Marsin, le prince Eugène avait enfin réussi à chasser les soldats de Louis XIV de la péninsule. Milan qui avait naguère réservé un accueil chaleureux au petit roi Philippe V fit un triomphe aux Autrichiens. Le temps pour les Français de faire retraite en abandonnant Mantoue et Crémone.

Cette fois, la ville des luthiers n'avait pas souffert directement de la guerre. Le jour où la nouvelle de la capitulation française fut connue dans la cité, Stradivari, plus que jamais indifférent aux péripéties militaires et politiques, prit une décision plus importante pour lui qu'une chevauchée de dragons : il se décida, après de nombreux essais, à construire définitivement ses tasseaux et ses contre-éclisses en saule, bois dont la légèreté spécifique dépasse celle des autres bois.

— Je crois que mes fonds, mes tables et tous les petits morceaux de bois de mes violons sont enfin en parfaite harmonie. C'est une nouvelle qui vaut bien les exploits de ce prince Eugène dont on nous rebat les oreilles. Quant aux Autrichiens, ils savent presque aussi bien que nous ce qu'est un violon. On devrait pouvoir s'arranger avec eux !

Francesco Villani, l'ami de la famille, était bien placé pour faciliter ces arrangements. Ce n'était pas d'hier qu'il commerçait avec les Autrichiens et il n'eut aucune peine à faire reconnaître la suprématie de Stradivari dans la classe aisée des nouveaux maîtres de l'Italie du Nord. Le luthier de Crémone était déjà connu des princes allemands, grands amateurs de musique, il devint célèbre chez les compositeurs qui, parallèlement aux Italiens, développaient l'art subtil du contrepoint et préparaient dans les châteaux des princes l'avènement d'une autre musique.

C'est ainsi qu'un soir où Villani avait partagé le souper de la maison de l'isola, il raconta qu'au cours de son dernier voyage en Allemagne il avait entendu dans la belle église Renaissance du prince Anton Günther, à Arnstadt, un organiste prodigieux :

– Il s'appelle Jean-Sébastien Bach, compose aussi bien pour le violon que pour l'orgue ou le clavecin. On m'a dit qu'il transpose pour l'orgue des concertos de Vivaldi. C'est un jeune homme dont on entendra parler.

– Quand on me cite un grand interprète-compositeur, j'ai tout de suite envie qu'il joue mes instruments, dit Stradivari. C'est hélas impossible... Tout de même, cela me ferait plaisir que Bassani, dont on a pu apprécier le talent, et Vivaldi, ce Vénitien dont nous a tant parlé François Médard, puissent un jour posséder un violon portant mon étiquette.

– Bassani vous en a commandé un, remarqua Bergonzi.

– Oui, mais les commandes d'artistes s'envolent comme les notes d'une passacaille. Ces oiseaux voyageurs repassent par Crémone deux ou trois ans après et ne se souviennent de rien. Si j'avais gardé tous les violons qu'on m'a commandés et qu'on n'est pas venu chercher, la bottega serait pleine et je serais ruiné.

– Pour Vivaldi, votre souhait ne me paraît pas irréalisable. La femme de mon ami Maderno, le papetier, est son élève, peut-être plus si l'on en croit les mauvaises langues. Elle est passionnée de musique et je vais lui suggérer de passer un jour par Crémone. Elle est bien assez riche pour vouloir offrir un violon au prêtre roux. C'est elle qui a déjà acheté l'instrument du Français Médard. A ce propos, on chuchote que durant le carnaval...

– Mais c'est vous la mauvaise langue ! s'écria Maria. François nous a écrit de Nancy et il nous dit sa joie d'avoir retrouvé sa femme et ses enfants.

– On voit, Maria, que vous n'avez jamais été à Venise pendant le carnaval !

– Et je n'en ai nulle envie !

Puis on parla d'étiquettes. Le maître attachait de l'importance à ces petits morceaux de papier collés sur le fond et qu'on avait tant de mal à déchiffrer par la fente de l'ouïe.

– Il faut signer ses œuvres, disait-il. Pourtant, si nos violons résistent au temps et aux mauvais traitements, ce n'est pas à l'étiquette qu'on reconnaîtra leur auteur. Il est trop facile de changer une marque sur un violon. Notre vraie sauvegarde, c'est l'originalité. J'ai dit souvent qu'il n'existait pas deux violons identiques, mais tous les violons de Stradivari, comme ceux de Stainer, de Guarneri ou de chacun des Amati ont des caractéristiques communes. Puisque je suis capable aujourd'hui de les reconnaître, un luthier pourra aussi le faire dans cent ans. Je suis sûr qu'on identifiera les violons comme les tableaux !

Durer était une préoccupation constante du maître. La lutherie était un art à part entière, il en était convaincu, mais il savait qu'il ne serait reconnu comme tel que si les instruments résistaient à l'épreuve des ans. Comme les tableaux de Véronèse, du Titien ou les cathédrales. Hélas, il était bien placé pour connaître la fragilité de cet assemblage de minces planchettes de bois.

Pour l'instant, Stradivari pensait à ses étiquettes. Demain matin, son imprimeur Pietro Ricchini viendrait lui présenter l'épreuve de sa nouvelle marque. Il l'avait lui-même dessinée et l'espérait conforme à ses désirs.

– Combien dois-je en commander ? demanda-t-il. Je voudrais en avoir assez jusqu'à mon dernier violon...

– Trois cents, lança prudemment Omobono.

– Tu crois vraiment que je ferai encore trois cents violons ? Va chercher le grand livre [1].

Le grand livre était un registre sur lequel Stradivari consignait chaque instrument sorti de la bot-

1. Ce livre a malheureusement disparu. Herbert K. Goodkind, auteur américain d'un catalogue des instruments construits par Stradivari, relève au cours de l'activité de la bottega entre 1708 et 1730, période d'intense productivité, les nombres suivants : 5 altos, 27 violoncelles, 306 violons. Mais il ne peut s'agir que des instruments répertoriés de nos jours dans le monde des musiciens, des collectionneurs et dans les musées.

tega avec le nom de l'acheteur, ses principales
caractéristiques. Il le feuilleta en comptant, mais,
comme il s'arrêtait souvent pour évoquer un souvenir lié à l'un des instruments dont il lisait la descrip-
tion, il oubliait le nombre auquel il s'était arrêté.
Finalement il renonça et décida :

— Allons pour trois cents. J'aime bien le chiffre
trois.

Et il rappela que c'était seulement la troisième
étiquette qu'il faisait imprimer depuis qu'il s'était
établi à son compte.

— Durant quelques années j'ai tenu à ce que
figurent sous mon nom et sous celui de notre chère
Crémone trois mots qui marquaient ma reconnaissance pour mon maître : « Alumnus Nicolaï Amati. »
Puis, quand je me suis considéré bon ouvrier dans
mon art, Lorenzo Ferrari m'a imprimé les étiquettes que vous connaissez : « Antonius Stradiua-
rius Cremonensis. Faciebat Anno 17... » Chaque fois
que j'ai ajouté de ma main les deux derniers
chiffres, c'est que je jugeais mon travail correct et
achevé. L'étiquette de Ricchini sera identique. Seuls
peut-être les caractères seront légèrement différents. Il paraît qu'il faut maintenant mettre un
vrai « v » à la place du « u ». L'imprimerie aussi fait
des progrès [1]...

— Au fait, père, pourquoi avez-vous abandonné
votre marque au fer, le monogramme que vous pla-
ciez sur le talon du manche ? demanda Francesco.

— Je ne sais pas. C'était l'époque où je faisais des
« longuets ». Après je me suis sans doute dit que mes

---

1. Ce « v » qui ne figure que sur des instruments de la dernière
période de Stradivarius fera plus tard commettre de grossières et
fatales erreurs à de nombreux faussaires.

violons n'avaient pas besoin de ce poinçon supplémentaire pour qu'on les reconnaisse. J'ai peut-être eu tort [1]...

On en avait fini ce soir-là avec la question des étiquettes qui passionnait tant le petit monde de l'isola, les anciens, parce qu'ils revivaient leur carrière en feuilletant par la pensée tous ces petits rectangles de papier bistre qui marquaient comme des signets le livre de leur vie. Les jeunes, car posséder sa propre estampille sera toujours le rêve de tout apprenti luthier. Personne n'évoqua le signe qui figurait en bas et à droite de chaque étiquette de Stradivari : tout le monde savait que le petit cercle à l'intérieur duquel étaient imprimées une croix et le monogramme « J H S » signifiait que le maître s'était vu accorder la protection des jésuites. C'est en 1672 que la société, très influente à Crémone par ses écoles et ses ramifications dans les milieux des arts et du négoce, avait offert l'honneur de son patronage à Stradivari, représentant l'élite de la lutherie crémonaise. Lorenzo Guadagnini qui avait comme toujours écouté le maître avec un intérêt respectueux ne se doutait pas qu'un de ses fils bénéficierait un jour du même privilège [2].

A Venise, Paolina jouait avec passion le violon de François. Parfois, lorsqu'elle avait particulièrement bien interprété un concerto de Corelli ou de son ami

---

1. Une quatrième étiquette imprimée a été relevée sur quelques instruments : « Revisto, è Corretto da me Antonio Stradivari in Cremona. 17... » A noter qu'elle est rédigée en italien et non en latin, y compris le nom du maître.
2. Giovanni Battista Guadagnini, lui aussi élève de Stradivarius, s'établira à Piacenza.

Vivaldi, elle soupirait, s'allongeait sur le lit de repos disposé de façon qu'elle puisse apercevoir, étant couchée, les plus hautes rosaces de la Ca' d'Oro et prenait le violon contre son sein. Elle le berçait comme un enfant, enlevait d'une pichenette une parcelle de colophane perdue sur l'or de la table et caressait avec volupté son dos vernissé, à peine bombé. Ses doigts fins remontaient doucement et épousaient les formes coquillières de la volute. Elle aurait alors tout donné pour que ses mains puissent plutôt s'égarer dans les cheveux de François. Mais François était loin, auprès de sa femme, de ses enfants. Ou simplement penché sur son établi... Pensait-il quelquefois à la dame du palais, à leur folle ronde d'amour le jour du carnaval ?

Paolina rêvait mais n'était pas triste. La parenthèse François avait été aussi courte que merveilleuse. Elle se répétait qu'ils avaient eu beaucoup de chance de se croiser, lui, le pauvre luthier lorrain et elle, la riche bourgeoise vénitienne. Ils s'étaient connus le temps de se créer un souvenir, elle savait que ce souvenir ne la quitterait jamais.

A ces moments d'abandon nostalgique succédait généralement un besoin d'activité. Paolina éprouvait alors le désir d'agiter le flacon de verre de Venise dans lequel elle s'imaginait diluée, dépersonnalisée, inutile. Son rôle de femme riche dans une ville décadente lui paraissait dérisoire. Il fallait qu'elle change à tout prix le cours de ce canal intérieur dont le courant nonchalant l'emportait vers une désespérante insignifiance.

La musique était le seul domaine qui lui permettait de s'épanouir. Les joies de sa vie étaient toutes issues de notes harmonieusement disposées, de sons vibrants comme les souffles du ciel, de chants filés par la voix humaine ou modulés par l'âme d'un violon. Elle était résolue à mettre son énergie, qui était grande, au service de cette musique qui ne l'avait jamais déçue. Pour commencer, elle décida de convaincre son père d'éditer la première partie des sonates de Vivaldi.

— Mon père, vous vous félicitez à juste titre d'avoir découvert Albinoni et inscrit à votre catalogue les noms de Vitali, Caldara, Bonporti, Torelli. Mais vous vous entêtez à ignorer un jeune musicien de Venise dont la gloire dépassera bientôt celle de vos compositeurs habituels.

— Tu veux parler de ton « prêtre roux » bien entendu. Toi aussi tu es une entêtée. Cela fait bien dix fois que tu me demandes de l'imprimer. Il est certes connu à Venise mais ce ne sont pas les auditeurs du Pio Ospedale qui achètent les partitions. Crois-tu que Vivaldi intéresse les amateurs de Londres, de Vienne ou de Paris ?

— J'en suis sûre ! Pour vous, la musique n'est que du papier imprimé où les notes remplacent les lettres. Je crois que vous ne comprenez pas grand-chose aux musiciens que vous éditez ! Moi si ! Lorsque je vous affirme que Vivaldi est le meilleur et que vous commettez une erreur en vous désintéressant de lui, vous devriez me croire.

— Deviendrais-tu insolente, ma fille ? Tu as de la chance d'être belle quand tu es en colère, sinon je te battrais ! Maintenant, laisse-moi te dire que tu as bien tort de t'indigner. Ton vieux père n'est pas un aussi mauvais éditeur que tu crois. Lorsque tu es entrée comme une jolie petite furie, j'allais te dire que mes imprimeurs travaillent en ce moment à l'édition de l'opus 1 du Reverendo rosso : douze sonates à trois qui seront bientôt suivies par douze concertos beaucoup plus originaux.

– Mon père chéri, je vous demande pardon ! Vous ne savez pas comme je suis heureuse ! C'est que je l'aime bien mon petit professeur de violon...

– Ne l'aime tout de même pas trop ! Des mauvaises langues disent que tu es très intime avec lui. Je n'en crois pas un mot mais fais attention. Ton mari...

– Mon mari ne se plaint pas que sa femme ait un sigisbée qui porte soutane [1] ! Ce qui me fait enrager, c'est que ce dernier ne m'ait pas prévenue de l'édition de sa musique. Je vais lui dire ce que j'en pense à mon prêtre roux !

– Et la voilà de nouveau en colère ! coupa l'honorable Giuseppe Sala. Il ne voulait sans doute pas t'annoncer une parution qui n'était pas encore tout à fait décidée. Tiens, tu pourras lui dire que j'espère une belle réussite commerciale. Tu sais bien que je ne me représente une noire que comme une pistole et une blanche comme un ducat !

Après le départ, déjà lointain, de François, Vivaldi avait retrouvé sa place de favori auprès de la signora Maderno. Presque tous les jours il venait au palais constater les progrès de son élève. En fait, Paolina avait atteint le niveau d'une excellente interprète et ne pouvait plus guère améliorer son jeu auquel l'usage du violon de Médard avait donné une ampleur non négligeable.

---

1. Sigisbée : chevalier servant, tout dévoué à une Vénitienne mariée qu'il accompagnait dans ses sorties, officiellement en tout bien tout honneur, avec l'assentiment du mari qui pouvait être lui-même le sigisbée d'une autre dame.

Après avoir déchiffré une nouvelle partition ou joué ensemble une sonate, les deux amis conversaient agréablement. Paolina faisait part à l'abbé de ses projets que l'argent de son mari ne rendait pas illusoires. Elle voulait créer une académie de musique pour aider les jeunes compositeurs à se faire connaître et lui adjoindre une école de violon où ne pourraient entrer que les enfants très doués.

– Mais il y a déjà la Pietà et les autres hospices, avait objecté Vivaldi.

– Les hôpitaux ne prennent que les jeunes filles pauvres. Il existe aussi de réels talents chez les gens plus riches, nobles et bourgeois. C'est à eux que je pense. M'aiderez-vous si je décide mon cher papetier à financer l'académie ?

– Naturellement, mon âme. Mais vous savez que la Pietà et les concerts de San Marco occupent tout mon temps. Mes seuls moments de liberté, je vous les consacre chaque jour...

– Bon, on verra ! En attendant montrez-moi ce que valent ces concertos dont mon père pense tant de bien qu'il veut éditer après la parution de l'opus 1.

– Ils portent le titre *Estro armonico*. Sur les conseils du père prieur de la Pietà, je compte les dédier au grand-duc de Toscane.

– Vous menez fort bien votre gondole, mon père. Bientôt vous serez trop connu pour vous intéresser à mes ratés d'archet et à mes états d'âme. Il faudra que je vous oublie, vous aussi ! Les hommes, décidément, me valent beaucoup de désillusions. Mon mari me délaisse et cela ne me chagrine pas trop, mais si mon sigisbée m'abandonne, je vais être très malheureuse.

    – De grâce, n'employez pas ce mot ridicule. Si je ne suis pour vous qu'un sigisbée, j'aurai bien raison de me détacher de vous ! Mais pourquoi remuez-vous des idées aussi sombres ? Je ne vous ai manqué en rien, j'espère ?

    – Cela arrivera un jour, je le sais. Il faut que je me cuirasse si je ne veux pas trop souffrir !

    Ce jour-là, la leçon s'acheva sur l'allegro du troisième concerto. Quand Vivaldi fut parti rejoindre ses jeunes filles à l'Ospedale, Paolina pensa : « Avec un talent pareil, mon maître ne va pas se contenter longtemps de son poste à la Pietà. Il va se lasser de ses oies blanches et des applaudissements dominicaux des patriciens de la ville. Je suis sûre qu'un prince, italien ou allemand, va s'attacher avant peu ses services avec un titre ronflant de maître de chapelle. »

    Elle se trompait. Vivaldi ne souhaitait pas s'enterrer dans un château fort brandebourgeois ou bavarois. Il se trouvait parfaitement heureux dans sa ville natale. Sa situation de *maestro di violino* à l'hospice n'était certes pas une source abondante d'honneurs et de richesses mais elle lui permettait d'avoir à sa dévotion l'un des meilleurs ensembles de Venise pour interpréter sa musique et faire progresser sont talent. Comme la chère Paolina lui apportait le superflu de luxe et d'affection dont il savait goûter les charmes secrets, le révérend n'envisageait pas d'aller montrer sa robe d'abbé à des étrangers qui le considéreraient comme un serviteur.

    Pour l'instant, l'édition de ses concertos était la grande affaire de sa vie. Elle marquait le passage tant attendu de la condition d'interprète à celle de compositeur. Désormais, il ne serait plus maître de ses œuvres. Ses notes, une fois vendues, prendraient leur envol pour des destinations inconnues, des pays lointains qu'il ne visiterait jamais, où des ensembles ignorés leur rendraient vie et beauté en faisant chanter le papier réglé de Giuseppe Sala devenu messager de ses créations. Vivaldi voyait quelque chose de magique dans la transmutation lointaine de signes imprimés en musique miraculeusement reconstituée.

C'est l'époque où Paolina décida, à la satisfaction de son mari, de mener une vie plus mondaine. Depuis son mariage, elle s'était contentée de recevoir sans entrain les invités d'affaires du signor Maderno. Il s'agissait la plupart du temps de gens ennuyeux qui n'entendaient rien à la musique et qui, de ce fait, lui paraissaient insupportables. L'idée lui était venue de les oublier en organisant une fête où ne seraient conviés que les beaux esprits, qui ne manquaient pas dans les relations de son père, des musiciens passionnés, professionnels ou amateurs, des peintres, des graveurs... Tout simplement des Vénitiens intelligents.

L'édition des premières œuvres d'Antonio Vivaldi constituait un bon prétexte auquel s'ajoutait l'inauguration de la villa que Maderno venait d'acheter et de restaurer sur les rives de la Brenta. Elle n'avait pas été construite par le divin Palladio comme la villa Foscari mais c'était une maison superbe qui offrait au midi une double colonnade corinthienne. Le papetier avait dépensé l'argent qu'il fallait pour nettoyer et raviver les fresques de la grande salle d'entrée que l'architecte chargé des travaux n'hésitait pas à attribuer à Giorgio Vasari. Bref, ce *palazzo da villegiatura* auquel Maderno avait donné le nom de villa Paolina était une merveille qui devait contribuer à asseoir la réputation de son propriétaire et que Paolina trouvait heureusement à son goût. Celle ci-pensa qu'elle avait un mari en or, ce qui était vrai à tout point de vue. Elle l'en remercia de mille façons qui firent que, durant plusieurs semaines, Bruno Maderno ne s'absenta guère de Venise.

Paolina ne s'intéressait plus qu'à l'organisation de sa fête. Elle négligeait même son violon et il arrivait qu'elle renvoyât Vivaldi sans avoir joué avec lui le plus court concerto, ou qu'elle passât le temps de sa traditionnelle leçon à discuter avec l'abbé du programme ou de la liste des invités.

Elle aurait souhaité que Vivaldi amenât à sa fête les plus brillantes de ses pupilles mais le maître jugea cette participation impossible.

– De multiples invitations de ce genre, émanant des plus hauts dignitaires, ont toujours été repoussées. Je ne me vois pas, moi, modeste maître de musique, demander de conduire mes nonnettes dans une villa privée de la Brenta ! Nous trouverons dans les théâtres de Venise d'excellents musiciens et des chanteurs renommés. Et puis, je ne vous cache pas qu'il me serait agréable, puisqu'il s'agit de célébrer l'édition de mes œuvres, d'interpréter avec vous et un bassiste la sonate à trois que j'ai composée pour la circonstance et qui vous sera dédiée.

– Quel bonheur ! J'avais pensé moi aussi à une audition de ce genre mais je suis heureuse que vous en ayez parlé le premier. Venez, mon Rosso, que je vous embrasse. Jouerons-nous à trois violons ?

– Non. Je tiendrai l'alto et nous choisirons un violoncelliste.

– Pourquoi pas votre père ? Après vous, c'est le meilleur musicien que je connaisse et je pense que cela lui fera plaisir de participer à votre triomphe.

– Il va se faire tirer l'oreille car il déteste jouer dans les réunions mondaines. En dehors de San Marco et du théâtre San Giovanni, il ne se croit plus à Venise. Mais il acceptera pour son fils. Et pour vous, Paolina.

– Notre réunion ne sera pas mondaine du tout. Il n'y rencontrera que des amis de la musique.

Elle hésita avant de continuer :

– Pensez-vous, mon révérend, que je puisse m'offrir un castrat ? Il y a paraît-il en ce moment au San Angelo un Napolitain extraordinaire !

Vivaldi éclata de rire :

– Il faut demander cela à votre mari : les choses vont ainsi qu'un castrat se paie plus cher que tout un orchestre ! J'ai entendu votre Seresano, c'est vrai qu'il a une voix prodigieuse : il chante à l'octave au-dessus de la voix naturelle des femmes. Son timbre est aussi clair et perçant que celui des enfants de chœur.

– Comment est-il fait, ce Seresano ?

– Gras comme un chapon. Il a la réputation d'être fat et avantageux avec les jolies femmes. Certaines apprécient, paraît-il, ses talents particuliers. Méfiez-vous, chère Paolina. Ne vous laissez pas séduire par ce Napolitain potelé, aussi insupportable qu'une femme !

– N'aimeriez-vous plus les femmes, mon révérend ? Je trouve votre remarque un peu sotte. Dites-moi plutôt comment ces messieurs les châtrés arrivent à se faire payer des fortunes ?

– C'est le troc de deux avantages : leur virilité

contre une belle voix de dessus, appréciée des amateurs d'opéras italiens. On les opère entre sept et
huit ans mais il faut que l'enfant soit consentant. La
police ne tolère la chose qu'à cette conditon.

– A cet âge, comment voulez-vous que les enfants
se rendent compte de ce qu'ils abandonnent !

– Et puis, ils courent toujours le risque que leur
voix change à la mue. Et même de la perdre.

– Tout cela me dégoûte ! Nous nous passerons de
castrat !

Si Vivaldi ne l'avait pas aidée de ses conseils et
soutenue dans ses démarches, Paolina eût abandonné son projet. Elle s'était vite aperçue qu'il
n'était pas si facile pour une bourgeoise, même for-
tunée, d'imiter les nobles vénitiens dans leurs jeux
futiles. L'installation des Maderno dans un palais de
la Brenta, acheté à une vieille famille ruinée, avait
agacé une grande partie de la noblesse qui mépri-
sait ces parvenus prétendant partager ses jardins du
Terraglio [1]. Tous ses voisins, propriétaires de villas
somptueuses, déclinèrent l'invitation de Paolina.
L'occasion était trop belle de donner une leçon à
cette femme de papetier qui voulait jouer les nobles.
D'abord humiliée, la signora Maderno avait vite
retrouvé sa combativité naturelle.

– Ces gens me méprisent ? Eh bien, je vais leur
montrer qu'on peut se passer d'eux pour réussir
une fête qui n'aura rien de commun avec leurs traditionnelles réunions de villegiatura où l'on joue à
colin-maillard et à la main-chaude entre les
marbres et les colonnes de stuc.

– Bravo ! s'écria Vivaldi. Vous me rassurez. Si
ces imbéciles ne veulent pas voir votre maison en

1. Route reliant Mestre à Trévise qui longeait la Brenta.

fête, ils l'entendront ! Je vous promets que nos musiques porteront jusqu'à Trévise l'écho des plaisirs roturiers.

La date avait été fixée au 6 octobre et Paolina n'avait pas de temps à perdre pour prévenir ses amis, engager des cuisiniers, faire construire une scène tendue de velours cramoisi pour recevoir les musiciens, arranger des chambres pour ceux qui ne rejoindraient pas Venise dans la nuit et retenir des bateaux pour conduire tout ce monde jusqu'au pied de la villa Paolina. Il fallait aussi répéter le concerto à trois dont Vivaldi venait de lui remettre une copie. Elle l'avait trouvé magnifique. Enfin, la jeune maîtresse de maison devait penser à la robe qu'elle porterait ce jour du « gala ». Plusieurs fois elle avait fait le tour de la Merceria pour voir la « paviola de Franza », ce mannequin habillé aux dernières modes de Paris que les couturiers exposaient dans leurs magasins. Elle aurait bien acheté l'une de ces robes à cerceaux et à dentelles copiées sur celles des dames de la cour de France, mais elle n'oubliait pas qu'elle devait jouer du violon et s'habiller d'une manière plus pratique. Elle choisit donc, après bien des hésitations, une robe en soie bleue à trois falbalas qui ne manquait pas d'allure et lui laissait la liberté de ses gestes.

Une visite à la villa s'imposait pour préparer le décor. Paolina eut beaucoup de peine à décider Vivaldi de l'accompagner.

– Je n'ai pas le temps ! se défendit le révérend. J'ai plusieurs concerts à préparer à l'Ospedale et je dois encore engager plusieurs musiciens pour votre fête. Vous n'avez pas besoin de moi. Emmenez votre majordome siennois.

Paolina se mit en colère.

– Vous êtes odieux ! Si vous refusez de m'accompagner, j'arrête tout, la fête et vos concertos ! Je vous propose un petit voyage, indispensable et agréable – encore que cette dernière particularité ne semble guère vous toucher –, et vous me répondez d'emmener un domestique ! Vous m'aviez habituée, révérend, à plus de courtoisie !

Il n'en fallait pas plus pour ramener Vivaldi à la raison, d'autant mieux que ce voyage ne lui déplaisait pas.

Chargés d'un sac de provisions, ils partirent tôt pour Mestre dans la gondole du palais. Le brouillard d'automne n'était pas encore levé sur le Grand Canal et les gondoliers lançaient des appels répétés pour signaler leur présence. Dans l'habitacle dont elle avait baissé les rideaux, Paolina se tenait serrée contre l'abbé :

– Vous voyez bien, maître, que le majordome ne pouvait faire l'affaire ! Mais nous allons bien lentement. J'espère que nous arriverons à temps pour prendre le Burchiello.

Enfin le canal s'élargit et l'on aperçut dans la brume les premières maisons de Mestre. Vivaldi n'avait pratiquement jamais quitté Venise. Il ne connaissait pas la Brenta et ses palais. Il questionna le gondolier qui arrimait sa barque à un ponton :

– L'endroit où nous embarquons est-il loin ?

C'est Paolina qui lui répondit :

– N'ayez donc pas peur ! Nous ne partons pas pour les Indes. Vous allez voir, le Burchiello est un beau et confortable bateau. Nous n'avons que dix minutes de marche pour rejoindre son point d'attache.

Les Vénitiens aimaient bien cette grande barque qu'ils comparaient au « Bucentaure » : « C'est son fils », disaient-ils. C'était surtout le bateau du plaisir qui partait le matin et revenait le soir après avoir lambiné dans la verdure. La compagnie y était mélangée : moines, étudiants, courtisanes y côtoyaient des familles avides de nature et des voyageurs qui se rendaient à Trévise ou à Padoue pour leurs affaires. Tiré le plus souvent par des chevaux car l'usage de rames était rendu difficile par l'étroitesse de la rivière, le Burchiello emmena donc sous un beau soleil d'automne le maître Vivaldi et son élève vers les délices de la villegiatura.

Ils passèrent devant l'imposante villa Foscari, dite *La Malcontenta*, traversèrent Oriago puis finalement s'arrêtèrent à Mira.

– C'est là, dit Paolina en montrant un palais dont la blancheur se devinait derrière un rideau de pins.

Elle était joyeuse comme une enfant en promenade et l'abbé faisait virevolter sa robe dans le soleil. La domestique qui leur ouvrit sourit et appela la signora Maderno « contessina ». Comme si elle avait acheté le titre avec la maison. Ils rirent et entrèrent dans un jardin où des allées bien dessinées se faufilaient entre les lauriers, les myrtes et les thuyas.

– Mon maître, asseyons-nous sur ce banc discret et embrassez-moi. Je n'ai pas osé vous le demander sur le bateau. Il paraît qu'il s'y passe d'étranges choses mais tout de même...

Ils demeurèrent enlacés un moment et Vivaldi murmura :

– Quel dommage que nous n'ayons pas emporté nos violons. Nous aurions joué pour le Seigneur qui eût sûrement été ravi et nous eût bénis.

Paolina le regarda, la foi naïve du Rosso la surprenait toujours.

La servante-gardienne avait préparé un succulent repas : une friture de petits poissons de la Brenta et une oie rôtie au céleri, la spécialité de Trévise. Ils décidèrent de dormir à la villa Paolina et de ne rentrer à Venise que le lendemain.

C'était la première nuit que Paolina passait dans son palais. Elle eut un petit remords en pensant que son mari aurait peut-être aimé être près d'elle... Bah ! il serait là pour le grand jour ! Aujourd'hui, il fallait travailler, mesurer, noter et imaginer l'harmonie qui naîtrait des buissons quand les violons se mettraient en branle.

— Vous avez raison, révérend, nous avons été stupides de ne pas apporter nos instruments. Je vais tout de même demander à la signora Brotellini si un ou deux violons n'ont pas été oubliés quelque part par nos prédécesseurs. L'envie de jouer dans la nuit me démange...

La domestique trouva un vieux brescia dans son étui au fond d'une armoire. Elle l'apporta en même temps qu'une bouteille de soave irisée de buée.

— C'était le violon du marchesino. Il n'en a jamais tiré une musique remarquable mais ce n'était peut-être pas la faute de l'instrument.

Tandis que la brave femme versait le vin dans les verres, Paolina et Vivaldi se précipitèrent sur la boîte et l'ouvrirent avec une hâte qui trahissait leur passion commune. Elle en eut conscience et dit en riant :

— Tu vois, mon Prete rosso, le violon est notre alcool, notre drogue. Nous ne pouvons pas nous en passer une journée... Mais le violon du marchesino n'a pas l'air si mal !

Il avait un teint rouge sombre semé de taches plus foncées comme s'en couvre au fil des ans la peau des gens âgés. Les cordes détendues se mêlaient sur la touche.

– Malédiction, s'écria l'abbé, la première est cassée ! Je veux bien essayer de jouer sur trois cordes mais cela ne sera pas fameux, en tout cas indigne de ce cadre merveilleux.

– Regardons dans la boîte. Le marchesino était peut-être un violoniste prévoyant.

Elle chercha dans un petit écrin collé au fond de l'étui et en tira triomphalement un rouleau dans lequel Vivaldi reconnut tout de suite le boyau torsadé qui convenait.

– Nous sommes sauvés ! dit-il. Le Seigneur nous a exaucés. Il aura son concert.

Il ne lui fallut que quelques instants pour retendre les cordes et remplacer celle qui était défaillante. Il restait à les accorder à la quinte, minutieusement, en les faisant vibrer du bout externe de son pouce et en jouant sur les chevilles. Au moment de toucher la première corde, il arrêta son geste et regarda Paolina. Il savait exactement ce qu'elle ressentait, comme lui, comme tous les vrais musiciens à l'instant de faire éclore le premier son d'un violon inconnu, cette pointe de curiosité, cette hâte de connaître le caractère profond, les vertus ou les défauts de l'instrument.

Enfin, Vivaldi effleura la chanterelle qui perça la nuit d'une plainte aiguë. Il continua sur le *ré* et le *sol* et dit :

– Nous avons de la chance. Je crois que ce vénérable brescia est un violon convenable. Il m'inspire autant que toi.

Quand l'accordeur eut terminé son travail, le virtuose commença le sien. Vivaldi se leva et improvisa. C'était un genre d'exercice auquel il s'adonnait rarement, prétextant qu'il ne s'accommodait que d'une ambiance exceptionnelle, d'un climat de ferveur et de confiance. Ces conditions devaient être réunies car dès que l'archet eut entamé les premières mesures, un phénomène étrange se produisit : le souffle léger qui faisait frémir les feuilles du tremble sous lequel ils étaient installés s'évanouit et les rossignols se turent. Paolina elle-même semblait envoûtée par la musique et par l'ombre dansante de l'abbé que la lune projetait sur le marbre blanc du palais.

A mesure que les notes s'échappaient dans la douceur du soir, la jeune femme se demandait à quel pouvoir magique obéissait son maître. Elle croyait ne rien ignorer de sa façon de jouer ni de ses talents de compositeur, et voilà qu'il s'envolait littéralement vers autre chose, comme une météorite échappée de son astre. Les douze sonates que Giuseppe Sala venait d'éditer étaient certes brillantes mais Vivaldi reconnaissait lui-même qu'elles n'étaient pas exemptes d'un certain formalisme, qu'il n'avait pas encore réussi à se soustraire à l'influence de Corelli et de Scarlatti. Ce qu'il jouait maintenant était tout différent. Rien de conventionnel dans son improvisation en solo qu'il coupait par des fantaisies presque délirantes.

« Personne n'a jamais joué et ne jouera comme Vivaldi ce soir », songeait Paolina en admirant l'habileté avec laquelle il manipulait harmonies et figures. Se souviendra-t-il demain, pour les transcrire, de ces mouvements extraordinaires de force et d'originalité ?

Vivaldi dansait sa musique. Son archet s'échappait, telle une flamme, de cette statue mouvante avant de redescendre dans l'ombre et de monter à nouveau. Paolina se demandait aussi comment il réussissait à placer ses doigts à un cheveu du chevalet, si près que l'archet avait à peine la place de se glisser. Et cela sur les quatre cordes, avec une vitesse incroyable !

– J'ai vécu un moment inoubliable, murmurat-elle lorsque l'abbé, épuisé, se laissa tomber sur le banc de pierre.

Sa main gauche, qui étreignait encore le manche du violon, tremblait. Doucement la jeune femme desserra les longs doigts de Vivaldi et prit l'instrument. Il avait laissé tomber l'archet à ses pieds et elle le ramassa. Puis elle laissa couler sur ses joues, sans prendre soin de les essuyer avec son mouchoir, des larmes de bonheur.

Peu à peu l'abbé reprit ses sens. Il souriait, le regard un peu perdu. Paolina se taisait car elle sentait qu'elle n'arriverait jamais à traduire par des mots l'émotion qui l'avait transportée. C'est lui qui parla le premier :

– Combien de fois vais-je regretter de ne pouvoir jouer comme ce soir ? Peut-être jusqu'à la fin de ma vie... J'ai joué pour le Bon Dieu. Je suis heureux que tu aies été là pour m'écouter !

A Crémone, serrée entre la piazza San Domenico, la contrada Coltellas et le vicolo del Vasto, l'isola n'avait pas changé depuis le temps où Andrea Amati s'y était installé. Maintenant, c'était Geròlamo, l'arrière-petit-fils du fondateur de l'école crémonaise, qui occupait l'atelier où son père Niccolo s'était illustré et où Stradivari avait raboté ses premières voûtes. Giuseppe, le fils d'Andrea Guarneri, avait repris la maison de son père. Seul changement notable : Carlo Bergonzi occupait la maison attenante à celle de son maître Stradivari. Cette dernière n'avait en rien été modifiée depuis que le maître de Crémone y avait déménagé ses meubles et ses outils trente années auparavant.

Les enfants des deux femmes de Stradivari s'étaient succédé dans ce temple du violon, comme les apprentis et les compagnons qui y avaient fait leurs classes, sans que l'ambiance un peu pesante qu'entretenait la soumission au labeur quotidien ait subi le moindre changement. Le maître continuait de régner sur sa maison comme sur son art.

Giulia Maria, la femme du notaire Giovanni Farina, était morte en 1707 et le père avait été très affecté par ce deuil. Heureusement, sa femme Maria, que les anciens de l'isola appelaient toujours « la Zambelli », avait mis peu après au monde son cinquième enfant, Paolo, qui devait être le dernier de la longue lignée des Stradivari. Caterina demeurée vieille fille s'en occupait avec dévouement comme de ses deux petits frères et de sa sœur Francesca qui venait d'avoir dix ans et affirmait qu'elle voulait vouer sa vie à Dieu, à l'exemple d'Alessandro, né du premier mariage, devenu prêtre en 1696 après que son père, grâce à ses attaches avec les autorités religieuses de Crémone, lui eut obtenu un bénéfice de trois mille lires afin d'assurer sa subsistance.

A soixante-six ans, Antonio Stradivari, père de onze enfants dont huit restaient vivants, assumait son devoir de père protecteur mais ne laissait pas sa vie familiale empiéter sur sa tâche. Il avait déjà fait beaucoup de bons violons dans sa longue existence mais il savait que ceux qui sortaient maintenant de son atelier devaient être jugés comme les meilleurs. Lorsqu'il pensait avoir particulièrement réussi un instrument, il réunissait l'atelier autour de ses fils Francesco et Omobono et en détaillait les caractéristiques principales. Il se faisait alors un grand silence et le maître parlait de sa dernière œuvre qu'il serrait avec amour dans sa main gauche.

– Je colle avec fierté mon étiquette sur ce violon parce qu'il est très réussi. Des flatteurs diront peut-être qu'il est parfait mais ce n'est pas vrai : la perfection est inaccessible ! Je peux dire, moi, que j'en suis content. J'ai essayé cent vernis mais regardez : aucun n'a eu ce ton chaud et je n'ai jamais obtenu cette grande souplesse qu'on devine sous la transparence et l'aspect « mouillé » de la surface. C'est le vernis de fond que j'ai modifié légèrement en augmentant la proportion de sandaraque. Pour le reste, vous savez où j'achète mes « secrets » : chez Arcangeli, le droguiste, comme tous les luthiers de Crémone. Quant au vernis superficiel, peu importe d'utiliser le circuma, le santal rouge ou le sang-dragon. A propos de vernis, il y a encore quelque chose que je veux vous montrer.

Stradivari présenta en l'inclinant le fond de son violon à la lumière de la chandelle qui éclairait son établi.

– Regardez bien, dit-il, l'alternance des bandes rouges et brunes, correspondant aux ondes de l'érable. Si j'incline un peu le violon, les ondes changent de couleur : les rouges deviennent brunes. Tous les bons « crémonais », ceux d'Amati, de Bergonzi et des autres présentent ce chatoiement qui n'apporte rien à la qualité du son mais qui est agréable à regarder [1].

— Pourquoi trouvez-vous, père, ce violon plus réussi que d'autres ?

— Demande-moi plutôt, Francesco, ce que j'ai fait pour le trouver plus réussi. Eh bien ! je n'en sais trop rien. En dehors des grandes lois que j'ai découvertes peu à peu et que j'applique dans la construction de tous mes instruments, il y a la part d'impondérable, le hasard peut-être, qui m'amène à allonger ou à raccourcir d'une ou quelques lignes la longueur ou la largeur de la caisse, ce qui me conduit à modifier, aussi imperceptiblement, l'épaisseur des voûtes et des éclisses. Je vous ai dit cent fois qu'on ne faisait jamais le même instrument. C'est sans doute cet impondérable qui fait que ce violon est meilleur que le précédent et sera, je l'espère, moins bon que le suivant...

Francesco, après quarante années passées sous le toit familial, dont une bonne partie dans la bottega, était devenu un très bon luthier. Le nom de Stradivari, pourtant, était difficile à porter. Le génie du père étouffait ses ambitions, l'empêchait d'apporter le moindre changement aux modèles dont, seul, Antonio avait le droit de modifier les détails. Souvent il avait eu le désir de quitter la maison et de s'établir à son compte mais chaque fois il avait renoncé en mesurant la distance qui séparait son

1. Ce chatoiement, propre aux violons italiens anciens, n'a jamais pu être parfaitement reproduit avec les vernis actuels.

talent de l'art d'un père qu'il vénérait et n'égalerait jamais. Son rôle dans l'atelier n'était d'ailleurs pas sans importance et augmentait au fil des années. Parfois le maître lui disait : « Tu es mon bras droit. Sans toi la tâche qui m'attend encore me ferait peur et je déclinerais vite. Je n'ai confiance qu'en toi depuis que Bergonzi est parti ! » Comment, dans ces conditions, déserter la bottega ?

Omobono tenait lui aussi sa place dans l'atelier. Comme son frère cadet, il avait appris le métier sous la discipline du plus prestigieux des maîtres mais ses dons n'égalaient pas ceux de Francesco et il n'était devenu qu'un honnête compagnon. Capable de donner un coup de main quand la besogne était pressée, il s'occupait maintenant surtout des réparations et du commerce des instruments. Omobono, qui portait fièrement le nom du saint patron de Crémone, était aussi chargé d'assurer et de contrôler la fabrication des cassetti di conserva [1], les étuis dans lesquels étaient livrés les instruments. Il ne s'agissait pas de simples boîtes en bois mais de véritables objets d'art qui devaient assurer la protection intégrale du précieux contenu. Le meilleur luthier, qui était aussi le plus cher, se devait de présenter son violon dans la plus belle cassetta. Antonio en avait lui-même dessiné la forme et les motifs qui ornaient le dos du couvercle. Longtemps, les boîtes à violon de Stradivari avaient été construites chez le voisin et ami, le sculpteur

---

1. Si beaucoup d'instruments ont résisté aux siècles, aucune cassetta du temps de Stradivari n'a été conservée. On n'en connaît que les détails fournis par le comte Cozio di Salabue, premier historien de l'âge d'or du violon (1755-1840).

Francesco Pascaroli mais, maintenant, Omobono les fabriquait dans la bottega et les revêtait d'un cuir épais sur lequel il faisait estamper par le relieur le nom du propriétaire ou son blason.

La vie dans l'isola eût été bien monotone sans le passage des clients. Certains collectionneurs ou joueurs amateurs fortunés n'étaient guère intéressants mais, souvent, des personnages importants, venus parfois de loin, poussaient la porte de l'atelier dont la réputation avait depuis longtemps franchi les remparts de Crémone. Depuis la première commande royale de Jacques II d'Angleterre, rois, princes et ducs n'avaient cessé de figurer sur le « grand livre ». Antonio en montrait volontiers les pages où apparaissaient les noms de Charles II d'Espagne, Côme III de Médicis, grand-duc de Toscane, ou Gonzague, le duc de Mantoue.

Certaines années passaient vite. Maria qui était un peu poète et qui avait toujours une formule fleurie au bord des lèvres les appelait « les années transparentes ». D'autres réservaient ces surprises qui sont le sel de la vie. Ainsi, 1713 qui, pourtant, débuta tristement.

Personne ne connaissait l'homme qui, le matin du 20 janvier, entra discrètement dans la bottega. Agé d'une cinquantaine d'années, il portait des vêtements qui dénotaient une certaine aisance et parlait doucement, comme s'il ne voulait pas troubler le silence qui régnait par hasard à ce moment dans l'atelier.

– Pourrais-je, s'il vous plaît, parler au maître Stradivari ?

Antonio se leva pour accueillir le visiteur en lequel il augurait un client.

– C'est moi, monsieur. Puis-je vous renseigner ?

– Ah ! Je suis très heureux de vous connaître autrement qu'à travers la sonorité de vos violons. Malheureusement, la nouvelle que je vous apporte n'est pas gaie. Arcangelo Corelli, l'illustre musicien, est mort le 8 de ce mois. J'étais son ami et il m'a fait son exécuteur testamentaire. Je me rends à Bologne et je me suis un peu détourné pour vous annoncer son décès car je sais que vous connaissiez Corelli et que lui-même vous vouait une grande admiration.

– Cette mort nous touche beaucoup. Le grand Corelli nous avait fait plusieurs fois l'honneur de s'arrêter piazza San Domenico. Il a même joué un jour dans cet atelier l'un de mes violons que je lui avais réglé. Il a été aussi très lié à l'un de mes compagnons, un jeune Français, que j'avais envoyé à Rome.

– M. Médard ? Je me souviens... Comment oublier la manière dont il s'est enfui de Rome en enlevant une jeune beauté avec la complicité de la reine de Suède ? Corelli aimait bien ce jeune homme et il parlait souvent de lui... Mais je ne vous ai pas dit mon nom. Veuillez m'excuser. Je m'appelle Girolamo Sorboli et suis secrétaire du cardinal Ottoboni. Son Éminence qui est un passionné de musique admire beaucoup vos instruments. Son souhait le plus cher serait d'en posséder un. Mais il tient à venir le commander lui-même et cela n'est guère facile.

– M. Corelli jouait un stradivarius. Qui en hérite ?

– Matteo Fornari, son second violon et surtout son ami qui l'a suivi durant plus de vingt ans.

Arcangelo lui a légué tous ses violons et tous ses manuscrits ainsi que les planches de son œuvre quatrième. Votre violon continuera à jouer les sonates de Corelli tant que Fornari vivra[1]!

Girolamo Sorboli s'intéressa longuement aux travaux de l'atelier et écouta le maître commenter sa dernière réussite : un violoncelle destiné au prince Léopold d'Anhalt-Köthen qui régnait depuis peu sur un minuscule État allemand et possédait une vaste culture musicale, acquise principalement à Rome et à Venise. Il avait découvert Jean-Sébastien Bach à Weimar et venait de le nommer maître de chapelle pour la musique de chambre.

— Bach, un grand musicien ! remarqua Sorboli. J'espère qu'il jouera bientôt à Rome chez le cardinal. J'ai hâte d'entendre ce prodige. Mais parlez-moi de votre violoncelle.

Il tombait bien, car Stradivari avait envie de parler, ce qui n'était pas toujours le cas.

— Il est plus court que les précédents et j'obtiens avec ce nouveau format une sonorité plus riche. Voulez-vous l'essayer ?

— J'en ai une envie folle mais je ne suis qu'un piètre interprète bien qu'il m'arrive de tenir la basse dans notre trio familial.

Sorboli ne jouait pas si mal, assez bien en tout cas pour tirer du violoncelle princier quelques accords d'une réelle pureté[2].

---

1. Ce violon aurait appartenu selon le *Grove's Dict. of Music* à Johann Peter Salomon, l'ami de Haydn, et aurait porté le nom de « Corelli » quand il devint la propriété d'un héritier de Salomon en 1815. La trace de l'instrument a été perdue.
2. Peut-être le fameux « Duport », l'un des modèles les plus géniaux de la production de Stradivari.

– Quel plaisir de jouer un tel instrument, dit-il. Mes moyens ne me permettent pas d'en acquérir un semblable mais je vais m'employer à décider le cardinal.

Les visites ponctuaient ainsi d'arias délassantes l'oratorio du labeur que composaient religieusement, jour après jour, les luthiers de la bottega. Les hôtes de passage y étaient jugés plus par leur talent, leur amour de la musique et l'intérêt de leur conversation que par les titres ronflants qui n'impressionnaient plus depuis longtemps Antonio Stradivari. Le maître savait reconnaître le mérite chez les humbles qu'il honorait alors autant que les princes.

Ce fut le cas, en cette matinée d'automne de 1714, lorsqu'un jeune homme de belle prestance mais vêtu d'habits plutôt usés vint frapper à la porte de la piazza San Domenico. L'étranger avait un visage franc et il ne serait venu à l'idée de personne de prendre la discrétion de ses manières pour de la timidité.

– Je viens à pied de Padoue, dit-il en montrant ses bottes couvertes de poussière. J'ai dû laisser ma femme dans une taverne, près de la porte Majeure, afin qu'elle se repose. Moi, je tenais à vous rencontrer sans attendre. Monsieur Stradivari, vous devez être habitué aux compliments des grands et les miens seraient de piètre valeur. Laissez-moi simplement vous dire que j'admire votre travail. Vos violons sont les meilleurs !

– Vous n'appelez pas cela des compliments ? dit le maître en riant. Asseyez-vous sur ce tabouret et dites-nous ce qui vous amène dans notre ville. Je n'ai pas besoin de regarder longtemps vos mains pour deviner que vous n'êtes pas luthier : elles porteraient les stigmates du métier, de légères traces de canif. Vous avez des doigts de violoniste, monsieur. Est-ce que je me trompe ?

– Non. Je m'appelle Giuseppe Tartini. Mes parents me destinaient à entrer dans les ordres et m'ont envoyé à l'université de Padoue pour étudier les lettres et la philosophie. Mon tempérament vif et mon goût pour la musique m'éloignèrent des enseignements sacrés et de ma famille, et je me suis marié secrètement. Proscrit, je me suis réfugié à Assise et gagne ma vie comme violoniste d'orchestre. Je compose aussi des petites choses... Je suis pauvre mais, aujourd'hui, le plus heureux des hommes : je suis venu chercher ma femme pour la ramener dans la ville du Poverello où j'ai quelquefois l'honneur de jouer en solo dans la basilique, face à la Crucifixion de Cimabue... Là-bas on ne sait rien de moi, que ma façon de jouer du violon ! Un jour, un maître de chapelle vénitien, de passage à Assise, m'a prêté son instrument. C'était l'un de vos violons... Depuis cet instant j'ai souhaité vous connaître.

– Eh bien, monsieur Tartini, allez chercher votre épouse et venez souper. Nous aurons ainsi le loisir de faire connaissance. Je n'ai malheureusement pas la possibilité, en ce moment, de vous offrir un lit mais je vais vous donner un mot pour les jésuites de San Niccolo qui vous hébergeront. Nous nous mettons à table à la demie de six heures. Prévenez de ma part le père Tessarini que vous rentrerez tard.

– Je suis confus de vos bontés, maître. Je voulais simplement vous rencontrer afin de pouvoir dire : « J'ai connu le grand Stradivari ! » Cela n'aurait pas été tout à fait vrai si nous n'avions échangé que quelques phrases banales mais ce le sera ce soir. Merci. Elisabetta va être heureuse !

Personne ne regretta cette invitation au foyer familial : une montagne de polenta à la lombarde dégustée sur la grande table de chêne, devant un feu de bois où pétillaient les châtaignes du dessert. Giuseppe avait vécu d'innombrables aventures, fuyant, violon sous le bras, les sbires payés par sa famille pour le rechercher, remplaçant les absents dans les orchestres de théâtre, accompagnant les offices ou animant les bals villageois. Il racontait tout cela avec verve et bonne humeur.

Sa femme, issue elle aussi d'une bonne famille de Padoue, semblait ravie de partager cette existence errante, en attendant que le talent de son mari fantasque soit reconnu. Elle était petite, fraîche, jolie et prête à toutes les audaces. Caterina qui, à quarante ans, avait irrémédiablement sacrifié sa jeunesse et une partie de sa vie à son exigeante famille la regardait avec une sorte d'admiration. A la fin du repas, quand les hommes se mirent à parler de chevillers, de tables, d'éclisses et de vernis, elle l'entraîna pour remettre des châtaignes dans la cendre.

– Je vous envie, j'aurais dû partir moi aussi, j'ai eu l'occasion plusieurs fois de quitter la maison, de vivre enfin ! Je ne l'ai pas fait...

– Pourquoi, si vous étiez malheureuse ?

– Malheureuse ? Non ! Une fleur qui s'étiole dans un joli vase n'est pas malheureuse. Elle

regrette simplement de ne pas exhaler son parfum dans un champ ou un jardin, de ne pas eni-
vrer de son pollen les abeilles de passage et de
n'avoir pas peur, le matin, lorsque le lapin vient
faire son marché dans les herbes folles. Je suis
restée pour les enfants, mes petits frères et mes
petites sœurs. Et pour le maître ! C'est difficile,
vous savez, de quitter un homme comme mon
père, cet artiste de génie, enthousiaste, pur... Mais
je ne sais pas pourquoi je vous raconte tout cela.
C'est la première fois que je me confie ainsi. Et je
vous connais à peine...

— C'est justement parce que vous ne me
connaissez pas que vous m'ouvrez votre cœur.
Cela vous fait du bien. Et cela m'en fait, à moi
aussi : vous me prouvez que j'ai raison d'abandonner une vie sans saveur pour suivre l'homme
que j'aime. C'est dommage que nous devions partir demain : nous serions, j'en suis sûre, devenues
des amies.

On avait bu du vin de Sondrio, un verre de
grappa et la conversation était montée d'une
octave. Antonio, après une mise au point savante
sur l'épaisseur des contre-éclisses, prononça la
phrase que toute la famille attendait :

— Monsieur Tartini, personne, sachant manier
un archet, n'a pris un repas à cette table sans
avoir joué pour le plaisir des autres. Vous n'allez
pas manquer à la règle. Omobono, va chercher le
violon de M. Albinoni.

— Vous connaissez Albinoni ? demanda le jeune
homme avec curiosité.

— Non, mais je vais le connaître. Il doit venir
chercher ce mois-ci le violon qu'il a commandé,

et payé, depuis longtemps. Pour l'instant, c'est vous, monsieur Tartini, qui allez jouer cet instrument qui n'est pas encore celui d'Albinoni mais qui restera toujours un violon de Stradivari. L'heure n'est pas à la modestie : je vous avoue que je le trouve bon.

Omobono revenait, tenant l'objet du culte avec respect. Il suffisait de l'entrevoir dans la pénombre pour deviner ses formes exquises, voilées comme celles d'une femme par une robe d'un orangé soyeux que la lumière des chandelles faisait briller.

— Sublime ! murmura Giuseppe Tartini. Quelle beauté, quelle couleur !

— Attendez de l'avoir joué pour louer ses mérites. Un violon n'est pas vraiment fait pour les yeux ! Quel morceau allez-vous nous interpréter ?

— Une sonate que j'ai composée dans des circonstances bizarres que je vous relaterai plus tard, si vous le voulez bien. Je l'ai appelée le *Trille du Diable*.

— C'est bien la première fois que j'entends le nom de Satan accouplé au violon qu'on qualifie plus communément de divin, dit Stradivari.

— Oh ! Vous verrez qu'il n'y a pas de quoi offusquer le Tout-Puissant !

Tartini prit avec dévotion le violon que lui tendait Omobono et pressa légèrement la crinière de l'archet pour en mesurer la tension. Le silence était absolu. Antonio caressait sa barbe blanche, Omobono et Francesco fermaient les yeux, Maria souriait aux flammes, Caterina regardait Elisabetta qui ne quittait pas des yeux son mari

qu'on sentait prêt à entrer dans son monde, celui
imprévisible de la musique. Il respira en regardant le maître et attaqua.

Les regards attentifs de l'auditoire reflétèrent
bientôt la surprise. Tout le monde attendait un
gentil concerto inspiré de Corelli ou de Scarlatti et
c'est bien de cette manière que le jeune Tartini
avait commencé. Et puis, subitement, après l'adagio, orné de quelques sages éléments décoratifs
dont les compositeurs italiens prenaient l'habitude, un déluge de sons, déclenché par une extraordinaire agilité des doigts et de l'archet, sub-
mergea l'assistance. C'était l'allegro du fameux
Trille du Diable annoncé par Giuseppe. Une
musique comme on n'en avait jamais joué dans la
bottega. Lors de certains passages, une corde
continuait de chanter tandis que sur la voisine
explosait un trille ou peut-être mieux encore. Suivaient d'autres mouvements martelés par la partie
supérieure de l'archet qui exigeaient un jeu
compliqué à la limite de l'acrobatie. Tartini semblait se délecter d'une virtuosité qui n'altérait en
rien l'élégance de son attitude. Tout se passait
dans les phalanges. Le corps, lui, gardait sa souplesse dans le léger balancement d'un pied sur
l'autre, cette douce oscillation horizontale qui
caractérise les virtuoses.

La sonorité profonde du violon d'Antonio
accentuait la magie de ce jeu extrême, de cette
jonglerie de notes. Maria et Francesco, les seuls
vrais musiciens de la famille, se regardaient.
Quand le calme retrouvé de la mélodie annonça
la fin du morceau, elle lui glissa à l'oreille :
– On peut discuter de la perfection technique

ou esthétique de cette composition, mais quelle virtuosité ! Quel souffle de nouveauté ! Ce garçon fera parler de lui.

Giuseppe Tartini en avait fini avec son trille diabolique. Pas vraiment d'ailleurs car il lui restait à raconter, comme il l'avait promis, la façon dont il avait été amené à composer cette œuvre étrange. En attendant, il recevait les compliments de tous et lui-même ne tarissait pas d'éloges sur le violon destiné à son célèbre aîné.

– J'espère avoir un jour l'honneur et la joie de jouer l'un de vos violons, dit-il à Stradivari. Il faudra en attendant que je me contente de mon guarneri.

– Guarneri ? Ce n'est pas si mal dites donc !

– Hélas ! Ce n'est pas un violon d'Andrea mais l'un des premiers instruments construits par son fils Pietro. Il n'est pas mauvais mais après avoir joué un stradivarius, il va me paraître bien fade.

– Êtes-vous sûr, ami, qu'on ne puisse pas l'améliorer ? demanda Omobono. Vous savez, la maison a la réputation de faire chanter les marmites !

– Apportez-nous demain votre violon ! conclut Antonio. Et maintenant, racontez-nous votre histoire. Ce n'est pas qu'on aime particulièrement le Démon dans cette maison mais, à travers vous, il paraît plutôt enjoué !

– En général, on me prend pour un illuminé quand je relate ces faits, survenus il y a un peu plus d'un an en 1713. Je vivais alors dans une cellule du couvent d'Assise où un franciscain tchèque me donnait des leçons. Une nuit, après un orage terrible qui avait secoué la ville, le

diable m'est apparu en rêve. De cette vision
demeurée floue, je n'ai gardé que le souvenir
d'un violon étincelant comme s'il eût été serti de
pierres précieuses, que mon diable tenait devant
lui, à la manière des musiciens qui arrivent sur
l'estrade pour donner un concert. Et l'ombre me
parla : « Tu te crois violoniste, jeune homme ? Tu
n'es qu'un gratte-cordes comme tous tes amis
besogneux qui fréquentent les églises. Je vais te
montrer comment doit jouer un véritable virtuose. » Une musique insolite, vertigineuse, avec
des accents fulgurants emplit alors ma tête, de la
racine des cheveux à la base du cou. Je ne peux
pas dire que c'était beau, j'avais et j'ai toujours
une autre conception de la grandeur musicale.
Ces chapelets de notes que l'apparition égrenait à
une vitesse prodigieuse me semblaient simplement diaboliques.

— Et alors ? demanda Maria que l'histoire fascinait.

— Quand il eut terminé sur un motif paisible,
emprunté, me sembla-t-il, à Battista Somis, mon
diable éclata d'un rire moqueur et me lança
avant de disparaître : « Que dis-tu de cette
prouesse ? Il ne faut pas des pattes de rat de
sacristie pour jouer de cette manière. Je t'apprendrai à tenir un violon quand tu viendras me
retrouver en enfer ! A moins que tu ne sois
capable de te rappeler et d'exécuter comme je
viens de le faire ce morceau de bravoure ! » Il rit
encore et ajouta : « Je t'en mets bien au défi ! »

— Et vous avez relevé le défi de Satan ?
demanda Omobono.

— Oui. Quand je me réveillai le matin au son

de la cloche des matines, je m'aperçus que les
notes du diable s'organisaient comme par miracle
dans ma mémoire, en particulier ce trille extra-
vagant qui m'avait tant surpris dans le concert
luciférien. Tout de suite, une question me vint à
l'esprit : serais-je capable de le jouer ? Je me précipitai sur mon violon et mes doigts, soudain
doués d'une fantastique vélocité, me permirent de
reproduire, à peu près parfaitement, le passage le
plus vif du morceau. Il ne me restait qu'à transcrire sur le papier cette curieuse sonate que je
viens d'interpréter. Je la joue parfois au cours de
concerts privés, quand je me sens en confiance.

Le récit de Tartini suscita naturellement une
foule de questions auxquelles le jeune homme ne
put apporter d'explications vraiment satisfai-
santes. A Antonio qui lui demandait s'il n'avait
pas inventé cette histoire de toutes pièces afin
d'attirer l'attention sur son talent original, il
répondit :

– Tout, alors, se serait passé dans mon imagination. Je ne crois pas trop au pouvoir satanique,
mais il y a tout de même le fait que je me suis
réveillé un matin avec cette diablerie dans la
tête [1] !

– Et si c'était le Bon Dieu qui vous ait aidé à

---

1. Virtuose, compositeur, fondateur d'une école connue dans
toute l'Europe, auteur d'un traité de musique, Giuseppe Tartini
sera l'une des grandes figures de la musique baroque italienne.
Chef de concert à la basilique de Padoue, il voyagera beaucoup à
l'étranger. Une œuvre importante lui survivra. Quant à la
fameuse sonate du trille diabolique, dont il a raconté lui-même la
genèse dans plusieurs lettres, elle demeure considérée comme
un progrès important dans l'art du violon, et préfigure le style de
Paganini qui lui est postérieur d'un siècle. Léopold Mozart l'ana-
lysera dans son traité musical.

relever le défi de son vieil ennemi ? ajouta Stradivari.

Peu après le passage à Crémone du violoniste-funambule, un nouveau compagnon se vit attribuer au fond de la bottega, à côté de la fenêtre qui donnait sur la contrada Maestra, l'établi que le maître réservait généralement au dernier entré. Il était orienté de telle façon qu'Antonio pouvait surveiller de sa place les gestes de celui qui avait été jugé digne d'occuper un tabouret dans l'illustre atelier.

Il s'agissait du fils d'un ami et voisin, Giuseppe Giovanni Battista Guarneri, lui-même enfant du grand Andrea. Son nom était Bartolomeo Giuseppe mais il se faisait appeler Joseph, à la française, pour se distinguer de son père. Antonio n'avait pas engagé un débutant. Le jeune homme, il avait dix-sept ans, avait été d'abord l'élève de son père, puis d'Andrea Gisalberti. Luthier précoce, il avait déjà signé quelques instruments « Alumnus André Gisalbert » que Stradivari avait jugés médiocres.

– Ce n'est pas parce que tu as mal imité un maître qui n'a lui-même pas beaucoup de talent que je t'engage. Mais tu es un Guarneri ; Andrea a été mon compagnon de jeunesse. Et puis, dans le violon que tu m'as montré, j'ai discerné quelques signes d'originalité. Comme tous ceux qui entrent ici, je te prends à l'essai. Mets-toi bien dans la tête que ce n'est pas demain que tu écriras ton nom à côté du mien sur un violon. Je ne peux te promettre qu'une chose : si tu es doué et courageux, je ferai de toi un luthier !

Le jeune homme avait accepté les conditions sévères du maître et, pour l'heure, travaillait une voûte sous le regard discret mais attentif de Stradivari. A la manière dont il se servait de la « noisette », minuscule rabot à lame dentée, celui-ci pensa qu'il n'avait pas engagé un incapable. Il était pourtant loin de se douter que ce jeune homme un peu timide deviendrait un jour presque son égal sous le nom de « Guarnerius del Gesù ».

Il ne savait pas non plus que deux siècles plus tard les historiens de la musique baptiseraient « âge d'or » cette période de sa vie. Il était pourtant conscient d'avoir atteint le sommet de son art. Antonio n'avait jamais fabriqué d'instruments aussi proches de la perfection mais il n'ignorait pas qu'un jour, peut-être proche, sa vue déclinerait et sa main droite, celle de l'outil, perdrait peu à peu l'habileté et la précision qui avaient fait sa gloire.

A l'heure où beaucoup de luthiers avaient du mal à vivre et guettaient le client, la bottega de Stradivari, devenue une véritable institution, prenait des commandes un an à l'avance. Une vingtaine d'instruments, souvent plus, sortaient chaque année de l'atelier, authentifiés par la fameuse étiquette qui faisait rêver les violonistes. Tous étaient beaux et d'une sonorité généreuse. Cependant, Antonio s'offrait parfois le plaisir et la fierté d'en construire un, encore meilleur, destiné à un client particulier qui saurait apprécier ses vertus les plus secrètes. Pour ces violons, qu'il appelait ses « caprices », il gardait jalousement les plus belles pièces de bois. Il avait ainsi laissé sécher depuis longtemps deux planchettes d'érable qui, selon lui, possédaient toutes les qualités dont puisse rêver un luthier : la sonorité que ses dons infaillibles savaient prévoir avec précision et la richesse des ondes qu'il devinait sous la rudesse des traits de scie.

Antonio regardait pensivement les morceaux d'érable que n'importe quelle ménagère aurait utilisés, sans hésiter, pour allumer son feu et que lui, Stradivari, allait transformer en chef-d'œuvre. A qui vendrait-il son « caprice » ? Il relut encore une fois la liste des commandes et s'arrêta sur le nom de François d'Este, duc de Modène, qui lui avait déjà acheté un violoncelle en 1688 et qui souhaitait acquérir un violon. « Pourquoi pas le duc ? murmura le maître. Il s'est toujours montré un ardent défenseur de la musique et son orchestre est réputé... »

Il se mit aussitôt au travail en commençant par coller, chant contre chant, les deux planchettes de bois de bout, en faisant exactement coïncider les ondes issues du même cœur d'érable et qui s'étiraient vers l'extérieur en formant des ailes d'oiseau. Stradivari construisait indifféremment ses fonds en une seule ou deux parties, selon la forme et l'orientation des marbrures : « C'est le bois qui commande ! disait-il. Nous sommes ses esclaves et devons le servir en en tirant le meilleur parti. »

Quand le maître sacrifiait à un « caprice », il réalisait son instrument tout seul, du traçage au vernis en passant par les éclisses et la taille des ouïes. Personne d'autre ne touchait le violon du maître mais chacun se passionnait et suivait les progrès de ce fœtus qui prenait forme devant eux. Stradivari, en commentant son travail, parlait d'ailleurs de la tête de son violon, de son estomac, de ses épaules... Un luthier n'oublie jamais que le violon a une silhouette de femme.

C'est durant ces périodes de travail personnel intense qu'Antonio était le plus heureux. La contrariété, la tristesse, ne venaient qu'à la fin, lorsque le violon avait atteint le seuil de la splendeur et que l'heure arrivait où il faudrait s'en séparer. C'était comme cela depuis toujours : l'épreuve de la rupture était d'autant plus pénible que la réussite était plus grande. Et la réussite était totale en ce qui concernait le violon du duc de Modène. La dernière couche de vernis séchée, les cordes tendues sur la dentelle du chevalet, Stradivari montra son œuvre à l'atelier rassemblé autour de lui.

– Vous allez me dire que je rabâche, que je trouve toujours mon dernier violon plus beau que les autres mais regardez celui-ci. Il est encore vert [1], je ne sais pas encore tout à fait comment il chantera, mais il a de la noblesse dans ses formes et ses couleurs. Cela tient peut-être aux ouïes qui sont plus inclinées, aux filets dont j'ai légèrement forcé l'épaisseur et sûrement à l'extraordinaire beauté des bois que le vernis a rehaussée. Le sapin de la table est pur de toute souillure, ses veines si fines, si rapprochées, sont exactement parallèles à l'axe de l'instrument, l'érable est un bouquet de jaspes... Ce sont des vertus qu'on trouve rarement réunies !

Stradivari contempla encore son violon qu'il imaginait déjà sur la route de Modène et dit :

1. Un violon qui n'a encore jamais été joué.

— Omobono, va chercher Maria. Elle va nous montrer si le « Duc [1] » a du coffre. C'est à travers elle, qui joue si bien, que je veux me rappeler sa voix.

Maria connaissait l'importance que représentait pour son « Strad », comme elle l'appelait, cette cérémonie du premier son. Elle prit le temps d'ôter son tablier et de se recoiffer avant de descendre. Antonio lui tendit le violon et un archet. Elle vérifia l'accord et joua. Le « Duc », comme personne n'en doutait, était un merveilleux instrument. Quand elle eut terminé une *ciaccona* de Corelli on applaudit l'interprète et le violon puis chacun essaya de définir les qualités de la sonorité :

— Sa tonalité sonore est ample, chaude, profonde, dit Francesco.

— Il brille comme l'éclair, il claque comme un fouet, ajouta Joseph Guarneri, visiblement émerveillé.

Stradivari venait à peine de mettre la dernière main à son chef-d'œuvre lorsque la plus fabuleuse commande de l'histoire du violon parvint à l'atelier de Crémone. Par une lettre, dûment

1. On connaît l'itinéraire probable de ce violon à partir de 1902. Le grand marchand londonien Hill le signale alors propriété d'un certain M. Soil et « exemplaire de tout premier ordre de l'œuvre de Stradivarius ». Il est vendu peu après à Oscar Bondy de Vienne, déjà propriétaire de l'« Hellier », l'un des plus célèbres stradivarius marquetés. En 1950, le violon, connu sous le nom de « Soil », est cédé par le marchand de New York Emil Hermann au virtuose Yehudi Menuhin qui le jouera, en alternance avec son guarneri del Gesù, dans le monde entier avant de le céder, en 1986, à Itzhak Perlman.

cachetée à la cire et portée spécialement par un écuyer, Frédéric Auguste II, Grand Électeur de Saxe et roi de Pologne, priait le maître Antonius Stradivarius, luthier à Crémone, de lui construire de toute urgence douze violons pour son orchestre.

Quand Omobono lui lut la lettre, Antonio pesta :

– Douze violons ! Pour être roi, cet Auguste n'a pas le sens des réalités. Une telle commande représente au moins six mois de travail, en abandonnant toutes les autres obligations que nous avons contractées. Il faut refuser ! Omobono, écris tout de suite que nous ne pouvons accéder aux désirs du Grand Électeur.

Omobono tarda un peu à répondre, le temps qu'Antonio réfléchisse. Il connaissait son père et se doutait qu'il se déciderait, finalement, à accepter une commande aussi importante que prestigieuse. C'est ce qui se passa : au début du mois suivant l'atelier se mettait au travail en commençant à ébaucher les tables dans les meilleurs épicéas et érables choisis par le maître. De nombreux clients seraient mécontents de devoir attendre, mais, comme le répétait Antonio : « Quand on désire un stradivarius, il faut savoir être aussi patient que celui qui le fait ! »

La tâche énorme qui attendait la bottega, loin de déplaire à ceux qui étaient fiers d'y participer, décuplait leur ardeur. Jamais on ne parla autant de travail bien fait et d'honneur du métier. Antonio Stradivari avait l'œil à tout. Quand il ne filetait pas lui-même une voûte au bédane, il prenait le petit rabot d'un compagnon afin de lui mon-

trer comment empêcher les arrachements du bois
à la naissance des ondes : « Ce serait un crime,
disait-il, d'abîmer une moirure aussi riche ! »

Le plus acharné au travail était le dernier
entré, Joseph Guarneri. Celui-ci révélait des qualités qui enchantaient le maître, comme chaque
fois qu'il sentait germer sous son toit la graine
d'un bon luthier. Encore une fois, peut-être la
dernière, il allait pouvoir transmettre à un élève
doué les fruits de son expérience et de ses
longues recherches.

La commande, qu'il avait failli refuser, le rajeu-
nissait. Il retrouvait, l'outil en main, les émotions
des premières années et cette indicible sensation
de la souveraineté du geste. Douze violons qui
peu à peu se modelaient sous sa tutelle ! Antonio
Stradivari était un homme heureux...

Tout de même, le roi des luthiers n'aurait pas
goûté pleinement cette joie s'il n'avait pas, avec
quelque malignité, fait attendre le roi de Pologne.
A la date prévue par le contrat, le 10 juin 1715,
arriva à Crémone Giovanni Battista Volène, chef
de la musique d'Auguste II, qui venait prendre
possession des instruments. La morgue de cet
envoyé royal déplut tout de suite à Antonio. La
façon dont il répétait à tout propos « sur ordre de
mon maître... » agaçait Stradivari. Il ne sut jamais
qu'il avait dû à sa seule suffisance d'attendre un
mois de plus la livraison des douze violons. Il
n'en prit possession que le 13 juillet pour les
transporter jusqu'à Dresde, où le roi résidait plus
volontiers qu'à Varsovie, et où l'attendait le seul
orchestre qui allait pouvoir désormais s'enorgueil-
lir de rassembler douze stradivarius. Ceux-ci

étaient d'ailleurs en bonnes mains car les musiciens d'Auguste II, amateur éclairé, étaient tous de parfaits exécutants. Le violon solo n'était autre que l'illustre Francesco Maria Veracini, personnage fantasque et cosmopolite qui, au retour d'un voyage à Londres, avait attaqué sa femme à coups de poignard et tenté de se suicider. Compositeur, mais surtout virtuose, il était célèbre pour sa tenue d'archet, son vibrato, ses arpèges savants et un son si puissant et si clair qu'il se détachait nettement sur l'ensemble des plus grands orchestres.

Le fait d'être joué par Veracini ne pouvait que satisfaire Antonio toujours heureux d'ajouter, comme une médaille, un nouveau virtuose à son palmarès ; ce plaisir était d'autant plus grand que Volène lui avait révélé que le célèbre violoniste utilisait jusque-là deux stainers qu'il appelait « saint Pierre » et « saint Paul ». Le maître ne comprenait pas qu'un artiste renommé puisse jouer un autre violon que le sien.

CHAPITRE VIII

Paolina

A Venise, le vent avait tourné sur la lagune, les relations entre Vivaldi et Paolina s'étaient peu à peu espacées. La désunion des deux amants avait commencé durant le carnaval de 1709, année mémorable au début de laquelle le roi de Norvège et de Danemark, Frédéric IV, avait débarqué à Venise avec la ferme intention de ne pas se laisser entraîner dans d'interminables obligations protocolaires. Dès son arrivée, il avait fait connaître au Sénat sa volonté d'être reçu en simple qualité de comte d'Olemborg et de pouvoir profiter de son séjour à sa guise. Ainsi, il souhaitait, avant toute chose, assister à l'un de ces fameux concerts de la Pietà dont la renommée avait atteint les neiges scandinaves.

Le matin du premier dimanche, il découvrit avec curiosité, puis avec admiration, les filles du Pio Ospedale qui interprétaient la musique sacrée avec une grâce quasi divine sous la direction d'un abbé qui jouait aussi merveilleusement du violon. Il demanda à ses voisins, l'ambassadeur de France Pomponne et le prince Ercolani, ambassadeur

impérial, s'il était possible de prier ce prêtre flamboyant de venir jouer pour lui, avec son charmant
orchestre, dans la résidence du palais Foscarini
dont il était l'hôte durant son séjour.

– Cela paraît difficile, Sire, répondit le nonce
qui avait entendu. Cependant sans contrevenir tout
à fait aux règles très strictes de l'hospice, quelques-unes des filles, les meilleures naturellement, pourraient sûrement obtenir l'autorisation
d'accompagner le révérend qui compose des
sonates fort réussies

C'est à la suite d'un de ces concerts royaux, il y
en eut plusieurs, que Paolina s'aperçut que des
liens attendrissants semblaient unir son cher abbé
à l'une des plus jolies couventines. Cette découverte ne la surprit pas vraiment et elle n'en aurait
sans doute pris nul ombrage si la fille n'avait été
la meilleure violoniste de la Pietà. Son jeu était
vif, cristallin, sensible... bref, supérieur au sien
malgré les innombrables leçons de son maître.
Cette suprématie lui était insupportable et elle
se demanda comment elle pourrait, non pas se
venger de Vivaldi mais se débarrasser de ce
complexe d'infériorité musicale qui lui empoison-
nait l'existence.

Paolina se rappela alors l'existence d'un homme
séduisant qui lui avait fait une cour pressante lors
d'une représentation de l'opéra d'un jeune compositeur saxon, Haendel, qui arrivait de Rome,
Naples et Florence précédé d'une excellente réputation. Son *Agrippina* avait obtenu un triomphe
et continuait de se jouer au théâtre Grimani.
Cette représentation avait fortement impressionné
Vivaldi qui commençait à caresser le rêve de
composer lui aussi un opéra.

« Mon Prêtre roux que j'adore et qui me trompe commence à me fatiguer, pensa-t-elle. Pourquoi ne pas rafraîchir un peu mes habitudes en compagnie de Benedetto Marcello, un charmant *dilettante* qui compose et joue du violon comme moi ? »

Les frères Marcello étaient fort connus à Venise. Fortunés, de famille noble, ils partageaient tous les deux leur temps entre la musique, où ils excellaient, et des occupations d'esprits curieux et éclairés. L'aîné, Alessandro, composait des cantates, des concertos qui, sans rivaliser avec les plus grands, étaient bien accueillis quand il les interprétait, chaque semaine, au cours de concerts qu'il organisait dans sa demeure. En dehors de la musique, il s'adonnait à la philosophie et aux mathématiques. Benedetto, son cadet de deux ans, avait été l'élève d'Antonio Lotti et se consacrait surtout au violon et au chant. Il donnait, pour le plaisir, des leçons à une toute jeune fille dont la voix était pleine de promesses et qui devait devenir la grande cantatrice Faustina Bordoni. Comme son frère, il n'était pas prisonnier de ses arpèges : il aimait écrire ; il était aussi un brillant avocat.

Un tel esprit ne pouvait que plaire à la fantasque Paolina qui, aujourd'hui, s'en voulait presque d'être demeurée si longtemps fidèle à Vivaldi. Pour retrouver Benedetto, sans attendre le hasard d'une rencontre, il lui suffisait de se rendre un jeudi au palais Marcello, sur la calle del Traghetto, où les deux frères donnaient leur concert hebdomadaire. Cette idée d'une nouvelle aventure, dont elle s'appliquait à organiser les péripéties, lui procurait ce plaisir un peu pervers qu'elle avait toujours recherché, sans en être consciente. Paolina revivait. Pour un peu, elle aurait remercié l'abbé de la tromper avec son élève. Un moment, elle avait songé à l'emmener pour donner du piquant à l'événement mais elle avait renoncé : Vivaldi était maintenant un personnage célèbre et sa présence n'aurait pas manqué de troubler une réunion qu'elle voulait sereine pour l'accomplissement de son projet.

Paolina se prépara à ce concert comme si elle avait dû y tenir le violon solo. Dans la vie courante, elle n'attachait pas une importance extrême à sa tenue. Elle affectait une élégance un peu négligée qui la distinguait des Vénitiennes fortunées dont l'unique souci était de singer la mode de Paris. Soucieuse de ne pas tomber dans ce travers ridicule, elle avait décidé d'être belle en alliant la simplicité de la forme à la richesse des étoffes. « Je veux ressembler à une reine bohémienne », avait-elle dit à la signora Pregadi, l'une des meilleures habilleuses de la Merceria qui avait tout de même demandé quelques précisions avant d'entamer de ses ciseaux une pièce de soie somptueuse. Ce à quoi Paolina avait répondu, avec ce détachement souriant qui faisait son charme : « Je m'en remets à votre goût. Découvrez de peau ce que vous voudrez. Simplement, je refuse d'être serrée dans ma robe comme un fiasco de valpolicella dans ses tresses de paille ! »

Elle se voulait, jeudi, une autre femme. Ni celle de Maderno qui entretenait à ce moment une belle courtisane de San Marco, ni celle qui marchait depuis si longtemps dans les pas du révérend. Pour Benedetto Marcello, elle décida de sacrifier à la mode de la couleur vénitienne ses cheveux châtain clair, ce qui n'était pas une petite affaire. Avec le secours du soleil – heureusement il brillait – elle devait pour obtenir ce blond, si proche du roux, s'humecter en permanence la chevelure d'un élixir dont les femmes connaissaient bien la composition, codifiée par il Marinello, célèbre expert de la beauté féminine, dans son fameux ouvrage *Les Ornements des Dames*.

Ignorante, Paolina dut, elle, lire avec attention la vingt-quatrième recette qui semblait tirée d'un manuel d'alchimie. « Prenez, disait l'auteur, une bonne mesure de cette eau de savon dont on use pour blanchir la soie, mettez-la dans une cuve d'étain, faites bouillir avec une pincée d'alun, le temps par exemple de réciter un pater ; ajoutez une once de plomb brûlé et laissez bouillir jusqu'à ce que le mélange noircisse le morceau d'étoffe blanche que vous y plongerez. Laissez ensuite refroidir, transvasez dans un flacon de verre, ajoutez encore deux onces de savon de Damas et mettez au soleil. »

– Que ne font pas les femmes pour avoir des cheveux d'or ! dit-elle à Luigia, sa gentille *servetta*, en la priant d'acheter tous les ingrédients et de les mélanger en suivant scrupuleusement les directives du docte Marinello.

Enfin, quand jeudi arriva, Paolina rougeoyait dans sa robe de tsigane d'opéra. Elle se regarda longuement dans le miroir de sa chambre qui renvoyait son image sur fond de Grand Canal, descendit le grand escalier de marbre en faisant claquer les semelles de ses souliers de satin et sauta gaiement dans la gondole amarrée au ponton.

– Au palais Marcello ! commanda-t-elle en s'installant dans l'habitacle. « Et en avant pour la grande scène de la séduction ! », ajouta-t-elle tout bas.

Les réunions des deux frères comptaient sûrement parmi les plus intelligentes de Venise. Être invité calle del Traghetto constituait pour un musicien une distinction recherchée. C'est qu'on ne jouait pas devant n'importe qui chez les Marcello ! Il ne suffisait pas d'être noble, ambassadeur ou évêque pour être convié. A ces dignités, jamais obligatoires, il fallait ajouter une bonne réputation de philosophe, de géographe, de mathématicien ou simplement d'homme d'esprit.

Alessandro recevait les invités et les aidait à débarquer. Il ne connaissait pas Paolina et essayait visiblement de mettre un nom sur ce visage casqué d'or. Elle mit fin à son embarras :

– Votre frère, sans doute, il signor Benedetto Marcello, à qui j'ai eu le plaisir d'être présentée, m'a invitée. Je suis Paolina Maderno, passionnée de musique...

– Et élève de l'abbé Vivaldi..., continua-t-il en souriant. Vous êtes connue à Venise, madame, et c'est un honneur pour moi de vous recevoir. Mon frère, que vous allez trouver au premier étage, a eu de la chance de vous rencontrer le premier. Ah ! Je sais aussi que votre père est l'éditeur de musique Giuseppe Sala. J'aimerais bien qu'il imprime mes cantates ! Vous allez en entendre une tout à l'heure, par Vincenzo Griselli accompagné d'une basse continue. J'espère que vous aimerez !

Une autre gondole accostait et le maître de maison s'excusa. Paolina monta lestement les marches qui menaient au grand salon du premier étage. Le temps de sourire en regardant une dame qui semblait avoir beaucoup de mal à hisser, marche après marche, le volumineux panier de sa robe. Sur le palier, elle reconnut Benedetto, vêtu discrètement, comme son frère, à la mode française déshabillée de ses excès de rubans et de dentelles. Il se précipita :

– Quelle joie ! Je n'espérais plus vous voir. Mais vous êtes changée : vos cheveux sont autant de rayons de soleil et l'or vous va bien. Venez, je vais vous présenter à quelques amis.

Paolina répondit aimablement au salut d'un cosmographe qui semblait fasciné par sa coiffure, aux compliments d'un géomètre, auteur d'une thèse sur les fondations de Venise, et aux courbettes d'un membre éminent de l'académie des Arcadiens de passage à Venise. Elle apprit en même temps qu'Alessandro venait lui aussi d'être admis au sein de cette vénérable compagnie sous le surnom, le règlement en exigeait un, de Eterico Stinfalico[1].

Aucun de ces invités n'intéressait vraiment Paolina, qui commençait à trouver la compagnie des frères Marcello bien austère. Enfin, elle se retrouva seule avec Benedetto au fond de la galerie.

– Tous ces doctes personnages vous assomment, n'est-ce pas ? demanda-t-il. Ce sont pourtant, pour la plupart, des amateurs de musique passionnés et leur conversation est instructive. Mais je vais vous

1. Les académies, cercles de culture, étaient fort nombreuses dans toute l'Italie. Celle des Arcadiens était la plus célèbre avec les Vigilanti de Milan.

faire connaître des gens plus pittoresques. Tenez,
la jeune femme, pas très jolie je vous l'accorde,
qui se tient près de la cheminée, est un phénomène. On l'appelle à Venise « Pica della Miran-
dola ». Elle est la fille du comte Carlo Archinto et
son savoir dépasse les limites de l'imagination.
Non seulement elle connaît toutes les langues
d'Europe, le latin naturellement, mais aussi
l'arabe, les mathématiques, l'archéologie... Une
soirée en sa compagnie vaut tous les spectacles. Il
faudra que je vous fasse assister un jour à une
représentation de cet opéra de l'érudition !

– Je n'y tiens pas, j'aurais l'air idiote. En dehors
de la musique, je ne sais pas grand-chose.

– Vous n'aurez pas l'air idiote parce que vous
n'essaierez pas de croiser le fer avec elle. Ce sont
ceux qui se croient lettrés ou savants qui risquent
d'être ridiculisés. Ah ! Mais voilà quelqu'un qui va
vous intéresser. Il est aussi célèbre que méchant et
me réjouit fort.

Un homme sans élégance mais bien fait, l'œil
malin et fouineur, le cheveu en désordre, venait
vers eux. Benedetto le présenta :

– Signora Maderno, vous connaissez, au moins
de réputation, Bartolomeo Dotti, écrivain, poète
satirique, juge implacable au tribunal du théâtre.
Une cantatrice n'a jamais pu lancer une mauvaise
note sur une scène vénitienne sans que le signor
Dotti la fustige avec véhémence. Les compositeurs,
les interprètes et même les spectateurs connus qui
se flattent de quelque intelligence musicale
n'échappent pas à sa verve destructrice. Si un jour
vous êtes amenée à jouer devant lui un concerto
de votre maître et ami Vivaldi, méfiez-vous !

Le poète, un sourire moqueur au coin des lèvres, avait laissé parler Benedetto. Maintenant, il regardait Paolina:

– Madame, je crois que tout ce que vient de vous dire M. Marcello est vrai. Il n'a oublié qu'une chose : j'essaie d'être juste. Puisqu'il semble que vous connaissez le maître de l'Ospedale, je peux vous dire que je le considère comme le meilleur de nos compositeurs. Si je suis amené un jour à dire du mal de lui c'est qu'il aura failli. Il me plaît bien votre révérend qui ne dit pas la messe, qui trouve pratique de porter la robe ecclésiastique dans les coulisses de théâtre et qui fait une musique cent fois meilleure que celle de ce triste Scarlatti...

Paolina était à la fois touchée d'entendre le pourfendeur de talents dire du bien de Vivaldi et gênée que ce soit Benedetto qui ait fait allusion à son maître. Était-il au courant de ses relations avec l'abbé ? N'avait-il prononcé son nom que pour la mettre dans une situation délicate ? Elle n'eut pas le temps de chercher une réponse, Benedetto l'entraînait vers les sièges disposés en demi-cercle autour d'une petite estrade où un musicien accordait sa viole de gambe en attendant l'arrivée de l'interprète du frère aîné. Tandis qu'elle s'asseyait, il lui glissa un billet dans la main et disparut. Elle attendit un moment avant de le déplier et de lire : « Demain quatre heures 1214 calle larga Priuli. Poussez la porte. Je vous attends avec impatience. »

Son cœur battait. Elle entendait à peine la voix de Vincenzo Griselli qui, pourtant, s'installait de bon cœur dans la cantate. Elle respira profondé-

ment pour retrouver le calme et s'appliqua à prêter l'oreille au chanteur qui semblait engagé dans
une lutte sévère contre les accords de la basse.
« Je ne sais pas ce qu'en pense le signor Dotti mais
la musique de frère Alessandro n'est pas enivrante ! » se dit-elle. Fort heureusement, après ce
prélude éprouvant, un violon et un alto vinrent
rejoindre la viole de gambe et Alessandro, après
avoir remercié ses invités d'avoir applaudi son
œuvre, annonça la pièce n° 3 de l'opus 8 de
Torelli. Paolina écouta sans déplaisir ce morceau
considéré comme un classique et qui lui permettait de laisser vagabonder ses pensées.

Tout s'était déroulé comme elle l'avait souhaité.
Pourtant, était-ce parce que Benedetto avait brûlé
les étapes, elle ne pouvait s'empêcher de se
demander si elle ne commettait pas une bêtise en
se jetant dans les bras de l'avocat-compositeur.
Enfin... rien ne s'était encore passé, elle avait toute
une nuit pour décider si elle allait ou non changer
d'itinéraire amoureux.

Le soir, c'était rare, son mari rentra souper.
Paolina, allez savoir pourquoi, en fut contente.
Contre toute apparence, elle avait de l'affection
pour Maderno qui la trompait sans vergogne –
c'était le lot de la plupart des femmes à Venise –,
mais qui la laissait mener à sa guise l'existence
dorée qu'il lui assurait généreusement. L'amour
n'était plus, depuis longtemps, l'argument de leur
union, et s'il leur arrivait, au retour d'une réception, de s'étreindre avec un certain plaisir, c'était
le plus simplement du monde, sans se poser de
questions qui auraient pu, le lendemain, déranger
l'équilibre de leur association.

Maderno semblait d'excellente humeur. Il raconta à sa femme comment il avait réussi à racheter, dans le Haut-Adige, une manufacture de feuilles à graver, opération qui lui assurait l'exclusivité de la production du papier à musique.

– J'ai conclu cette affaire en pensant à toi. Cela m'amuse de me dire, moi qui ne connais rien à la musique, que tout ce qui se compose, s'interprète ou se chante va dépendre de mon activité. Sans papier, plus de partitions, plus de concerts, plus d'opéras... Je me demande ce que ferait Venise ! Peut-être que, privée d'une musique qui l'étouffe, notre ville redeviendrait la République sérénissime, fière de ses bateaux, de son commerce et de ses banquiers...

Paolina éclata de rire.

– Sans mettre en cause l'utilité des banquiers, je préfère que Venise soit fière de sa musique. D'ailleurs, je te connais trop pour ne pas savoir que loin de supprimer aux compositeurs la possibilité d'être publiés, tu vas essayer de leur vendre, ainsi qu'aux éditeurs, le plus de papier possible. Tiens, cela me donne une idée...

– Chaque fois que tu la prononces, cette phrase me coûte cher !

– Mais non ! Tu t'ennuierais si mes fantaisies ne venaient pas de temps en temps te faire oublier les gens sinistres que tu fréquentes et qui ne savent que vendre et acheter.

– Alors, de quoi s'agit-il ?

– Pour vendre beaucoup de papier à musique, il faut encourager les musiciens. Il y a longtemps que je pense à créer une école, « La Scuola Maderno ». Ton nom deviendrait célèbre dans toute la Vénétie, l'Italie ; et pourquoi pas l'Europe ? Même si notre académie ne rapporte pas d'argent, elle t'assurera une réputation de bon aloi dans le monde de la musique !

Fine mouche, Paolina avait attendu le moment propice pour parler de son projet. Avec ses paradoxes, Maderno venait de lui en donner l'occasion. Maintenant, elle attendait sa réaction, l'air innocent.

– Tu ne préfères pas un beau collier que nous irions choisir chez Gugliemo, place Saint-Marc ?

– Que veux-tu que je fasse d'un collier ? Ceux que tu m'as déjà offerts me suffisent. Je souhaite une seule chose : que tu me donnes une deuxième fois ton nom. Pour l'école !

– Mon nom avec une grande maison et de l'argent pour payer les professeurs ! A propos, ton ami Vivaldi sera-t-il de la fête ?

Le ton était badin, pourtant Paolina ne s'y trompa pas. C'était la première fois, depuis des années, que Maderno faisait allusion à l'abbé. Heureusement, la réponse était facile, elle n'avait qu'à dire la vérité :

– Je lui en ai parlé et cela ne l'intéresse pas. Il a déjà trop à faire avec l'Ospedale et ses affriolantes nonnettes. Si tu acceptes, ce sera mon école, notre école, et Venise ne manque pas de bons maîtres de violon.

Maderno sourit et se borna à dire : « Ah bon ! », commentaire trop laconique pour ne pas intriguer Paolina. Mais il ne fallait pas perdre l'avantage, elle continua :

– Alors ? Mon mari veut bien m'aider à ouvrir mon école ?

– Je t'aime assez, ma petite Paolina, pour ne pas te refuser ce plaisir. Je trouverai la maison mais je veux que tu me donnes des détails sur le fonctionnement de ton « académie », comme tu dis. Je sais bien que tu es fâchée avec les chiffres mais il s'agit d'une affaire que nous allons traiter ensemble. Et tu n'ignores pas que je ne plaisante jamais dans les affaires.

– Oh ! mon chéri, tu es le plus merveilleux des maris !

En l'embrassant, Paolina lui glissa à l'oreille de venir la retrouver dans sa chambre. Elle venait de décider qu'elle n'irait pas au rendez-vous de l'avocat.

Paolina ne devait jamais oublier cette journée où elle avait failli devenir la maîtresse de Marcello et qui s'était terminée en nuit d'amour avec son mari.

– Nous sommes des sots, lui avait dit Maderno le lendemain. Nous nous sommes mariés et nous n'avons jamais pris le temps de nous connaître. Crois-tu, ma douce, que nous pouvons rattraper le temps perdu ?

– C'est vrai, nous nous sommes lassés d'une union qui n'a jamais vraiment existé. Pourtant, tu sais, mon mari, que je te trouve plein d'attraits ? Il n'en faudrait pas beaucoup pour que je tombe amoureuse de toi. Amoureuse, comme je ne l'ai jamais été.

– Que veut dire ce « pas beaucoup » ?

– C'est que je suffise à ton bonheur, que tu abandonnes des habitudes qui te font fuir ta mai-

son comme si elle n'était qu'ennui et désolation.
Comment aimer une ombre qui préfère les
femmes de San Marco ? Dis-moi seulement « Je
t'aime » et je les remplacerai toutes !

– Et le révérend ?

Paolina attendait la question. Elle répondit sans
hésiter :

– Vivaldi restera un ami avec lequel j'aurai
plaisir à jouer parfois du violon. D'ailleurs, il n'est
que cela, depuis des mois. Crois-moi, je ne compte
pas dans sa vie. Il ne pense plus qu'à composer
des opéras pour l'une de ses élèves de la Pietà
qu'il songe, m'a-t-on dit, emmener en voyage.
Enfin, il a eu l'audace de me dire que mon père
ne soignait pas assez sa gravure et qu'il allait
désormais faire éditer sa musique par Estienne
Roger, à Amsterdam. Quelle ingratitude !

Bruno Maderno se moquait bien de l'impression
des œuvres de Vivaldi. Il dit simplement :

– En effet, ce n'est pas élégant. Pour le reste je
te crois. Et puisque nous nous lançons dans les
affaires, je vais te proposer un contrat : je
t'échange mes demoiselles de San Marco contre
ton prêtre roux. Ma proposition te paraît-elle honnête ?

– Tout à fait, mon mari. Je respecterai le
contrat. Et toi ?

Ils éclatèrent de rire et s'embrassèrent.

– Tu verras, lui dit-elle doucement. C'est tellement plus simple d'aimer sa propre femme !

– Et ta chère liberté ?

– Si mon mari devient un amoureux fidèle, j'y
renonce sans hésiter.

Tandis que Paolina et son mari prenaient avec

sagesse le tournant qui menait à un amour conjugal serein, Antonio Vivaldi s'engageait dans les coulisses peu sûres, souvent mal famées, du théâtre vénitien. Janus de l'archet, le révérend de la Pietà qui se consacrait avec conscience à sa tâche d'éducation musicale fréquentait maintenant assidûment, après avoir quitté ses jeunes musiciennes, le milieu frelaté des imprésarios, des directeurs de théâtre véreux et des organisateurs sans scrupule. Devenu ce personnage ambigu en même temps qu'il acquérait la célébrité, il trouvait encore le temps de composer et de préparer la diffusion de son *Estro armonico* [1].

Cette œuvre, son opus 2, qu'Estienne Roger était en train d'imprimer en Hollande, était déjà connue en Italie par les concerts de la Pietà et par les copies qui circulaient. Son édition n'était pas un événement. La surprise, il l'annonçait à la suite de la dédicace dans un avertissement aux *dilettanti di musica* auxquels il demandait l'indulgence et indiquait qu'il avait enfin trouvé un imprimeur digne de sa musique. C'était la promesse de faire paraître bientôt une autre série de douze concertos pour violon solo. Ceux-ci étaient déjà composés pour une formation que Vivaldi ne changera plus : violon solo (ou flûte ou hautbois), accompagné par des premiers et seconds violons, des altos, des basses et l'orgue (ou clavecin). Avant de se lancer dans la périlleuse aventure de l'opéra, le prêtre roux avait mis au point la formule de ses concertos.

1. Titre donné par Vivaldi à douze concertos dédiés au grand-duc de Toscane. Ce « Génie créatif selon l'harmonie » comprend douze concertos pour un, deux, trois et quatre violons.

Depuis longtemps, Vivaldi cherchait un livret qui servirait de trame à sa musique et de prétexte aux grands airs qu'il imaginait déjà chantés sur scène par les plus célèbres divas. La tâche n'était pas aisée car si les compositeurs étaient nombreux, les librettistes étaient rares. Enfin, grâce à un nommé Santurini qui connaissait la musique en affaires, il se fit présenter à un certain Domenico Lalli. Librettiste renommé dans toute la péninsule, Lalli écrivait pour les plus grands, Alessandro Scarlatti en tête. Il ne devait qu'à son talent la faveur de ne pas se morfondre dans un cachot, son vrai nom était Sebastiani Biancardi et il était recherché par la justice de Naples pour escroqueries multiples.

Domenico Lalli était arrivé à Venise trois ans plus tôt et jouissait de l'impunité que le bel canto conférait aux poètes d'opéras. Il n'en était pas moins un filou dont Vivaldi fit son ami sans le moindre scrupule. Moyennant quoi, le prêtre roux eut son livret qui s'intitulait *Ottone in villa* sur lequel il bâtit l'un de ses plus grands succès. A son père, le vieux Giovanni Battista qui le mettait en garde contre ses mauvaises fréquentations, il répondit :

– Père, la seule chose qui importe est que je fasse jouer mon premier opéra. Si, par hasard, mon œuvre me survit, si mon nom n'est pas oublié dans un siècle, qui ira fouiller le passé de mon librettiste ?

Giovanni Battista avait pourtant de bonnes raisons de s'inquiéter. La sécurité devenait de plus en plus précaire à Venise, et le milieu du théâtre n'échappait pas à cette triste réalité. Le révérend n'en avait cure qui promenait sa robe noire dans les coulisses, surveillait les répétitions de son opéra, rectifiait le moindre manquement de l'orchestre, implorait les cantatrices de tenir l'octave supérieure. Enfin, grâce aux faveurs d'un noble vénitien, Antonio Frarsetti, *Ottone in villa* fut représenté le 17 mars 1713 à Vicenze, au fameux théâtre Olympique du Palladio, avant d'occuper à Venise la scène du théâtre Grimani de San Giovanni. Pour son entrée dans l'univers de l'opéra, Vivaldi avait réussi un coup de maître. Le prêtre roux était désormais un personnage important.

Les rumeurs du succès d'*Ottone in villa* s'estompaient à peine qu'un crime épouvantable vint secouer la ville et donner raison à Giovanni Battista Vivaldi : un matin, on découvrit le cadavre du poète satirique Bartolomeo Dotti dans un renfoncement du pont du Rialto. Le malheureux avait été poignardé. La nouvelle de ce meurtre fit aussitôt le tour de la ville, et Paolina, qui se rappelait avoir rencontré chez les Marcello le critique intransigeant mais débordant d'intelligence et d'esprit, fut attristée comme beaucoup de Vénitiens.

– On ne trouvera jamais le coupable, dit Maderno. Des centaines de personnes avaient des raisons d'en vouloir à Dotti. Il avait paraît-il été déjà attaqué et battu.

– De là à l'égorger... Nous habitons une drôle de ville !

Le lendemain il rapporta un libelle qui circulait en ville. Son auteur, anonyme, n'était sans doute pas le meurtrier mais quelqu'un que la mort de Dotti n'avait pas chagriné.

« Tu as vu le mal partout mais le mal c'est toi qui l'as fait, lut Paolina. Tu as craché sur la musique de Scarlatti, tu as blessé de ta plume religieux et religieuses, tu as porté la diffamation dans le secret des familles et tu as payé. C'est juste ! »

– Cela ne nous dit pas qui a tué Dotti, constata Paolina.

– Ton révérend le sait peut-être, insinua Maderno it jamais une occasion d'épingler Vivaldi. Le coupable est sans doute l'un de ces individus dont il fait ses familiers. C'est peut-être un vengeur de Scarlatti, un chevalier servant de la procuratessa Mocenigo dont Dotti a dit les pires choses. Ou l'un de ces imprésarios qui gravitent dans le sillage des auteurs et des chanteurs. On parle du monde des affaires... Je t'assure qu'on y trouve plus d'honnêtes gens que dans les couloirs de théâtre !

Vivaldi, en fait, ne savait rien de plus sur le drame que les bruits fantaisistes qui couraient dans la ville. Le soir de la découverte du corps de Dotti, il dirigeait quatre nouveaux concertos à la Pietà. Il était heureux : il venait d'obtenir une permission d'un mois de la Pia Congregazione pour se rendre à Darmstadt où on le priait de diriger l'orchestre du landgrave de Hesse.

Avant d'entreprendre ce voyage qui allait le séparer à la fois du théâtre San Angelo dont il était devenu le directeur dans des circonstances assez scandaleuses et de ses pieuses occupations à l'Ospedale, Antonio Vivaldi avait essayé de revoir Paolina, mais celle-ci lui avait refusé sa porte. Elle s'estimait trahie, offensée par le préambule de l'*Estro armonico*. « Peut-être aurai-je l'occasion de le rencontrer un jour, avait-elle dit à son mari, mais il est trop tôt pour que je lui pardonne ! En outre, les bruits qui courent sur lui me déplaisent. Je n'ai aucune envie de fréquenter quelqu'un que l'on accuse de détournements de fonds et même d'abus de confiance ! »

La manière dont Vivaldi était devenu le maître du San Angelo, en utilisant des prête-noms, Modotto, Mauri, Santelli, Orsatti, tous dociles auxiliaires de l'abbé, commençait à être connue. Mais, fort des relations nées de ses fonctions de « maestro de'concerti nel Ospitale della Pietà », il négligeait le danger qui le menaçait : être traduit un jour devant le tribunal du Conseil des Dix. En vain, les Marcello-Capello, parents d'Alessandro et de Benedetto Marcello, réclamaient-ils la restitution du théâtre qui leur appartenait. Le Prete rosso, qui semblait invulnérable, continuait de diriger la scène selon son bon plaisir. Il prenait soin seulement de laisser le plus possible dans l'ombre son activité d'imprésario et de mettre en lumière le rôle édifiant qu'il jouait à la Pietà. Dès son retour d'Allemagne, auréolé du titre ronflant de « maestro di capella e di camora di S.A.S. il sig. principe Filippo Langravio d'Hassia Darmistadt [1] », Antonio Vivaldi retrouva ses élèves auxquelles il dispensa son enseignement, comme il l'avait toujours fait avec conscience et dévotion.

Vivaldi ne serait sans doute pas retourné à Darmstadt, ville sans grâce où il s'était ennuyé,

---

1. Titre qu'il fera figurer en frontispice de ses œuvres. Voir sur Vivaldi l'excellent et savant ouvrage de Roland de Condé (*Solfèges*, Le Seuil).

mais le landgrave de Hesse venait d'établir sa cour à Mantoue. Il succédait aux Gonzague dans le palais de la piazza Sordello depuis que les Impériaux avaient repris la ville en 1707. Autant pour fuir les ennuis qui le menaçaient à Venise que pour exercer pleinement sa fonction de maître de musique, Vivaldi rejoignit son orchestre.

Le révérend n'était pas venu seul à Mantoue. Prétextant sa santé fragile, qui l'empêchait de dire la messe mais ne gênait en aucune façon ses multiples activités, il avait amené avec lui quelques élèves de la Pietà, toutes dévouées, qui lui servaient à la fois de répétitrices, de secrétaires et de dames de compagnie. Cette escorte [1] de femmes avait d'abord surpris la cour, puis, comme le talent des jeunes filles trouvait à s'employer dans les « petites musiques » en dehors des grands concerts officiels, on avait fini par accepter leur présence. « Elles m'aident beaucoup parce qu'elles connaissent toutes mes faiblesses », disait Vivaldi.

Parmi ces fidèles compagnes d'exil se trouvait une jeune nonnette fort délurée qui avait fait partie, à la Pietà, de ces *privilegiate di coro* qui jouissaient d'une certaine liberté et pouvaient, sous certaines conditions, jouer à l'extérieur. C'étaient elles que Vivaldi conduisait parfois chez les visiteurs de marque qui en exprimaient le désir.

Anna Giro, fille d'un perruquier français établi à Venise, avait dix-huit ans. Elle avait aussi le charme de son âge. Ce n'était pas l'une de ces

---

1. Escorte qui le suivra dorénavant dans tous ses déplacements.

beautés resplendissantes qui attirent immanqua-
blement les regards masculins mais, lorsqu'on
détaillait ses traits, on s'apercevait qu'elle avait
une taille mignonne, de très beaux yeux, de beaux
cheveux et une bouche agréable [1].

Et le talent ? Anna jouait bien du violon et était
douée pour le théâtre. Sa voix était un peu faible
mais Vivaldi s'était juré d'en faire une grande cantatrice.

Chaque jour il lui donnait la leçon qu'elle terminait en pleurs ou en riant selon la façon dont elle
avait réussi à interpréter l'exercice que le révérend avait écrit pour elle.

Cette fois, rien n'avait marché à son goût.

— Je n'y arriverai jamais ! s'écria-t-elle en
déchirant rageusement la feuille où papillonnaient
les notes de Vivaldi.

— Si, tu y arriveras ! Mais il faut travailler, travailler. C'est seulement à ce prix que tu gagneras
un rôle dans l'un de mes opéras du San Angelo !

— Ce n'est pas « un » rôle que je veux mais le
premier.

— Apprends d'abord à chanter un cantabile en
exprimant un peu de langueur et de pathétique.
Aucun opéra, malgré la bonne volonté du compositeur, ne supporterait d'être joué entièrement sur
le rythme gracieux et sautillant que tu sembles
avoir adopté.

— Vous êtes sévère, maître ! dit-elle en sanglotant.

— Parce qu'il le faut ! Jamais, entends-tu, jamais
je ne me ridiculiserai en te donnant un rôle que tu
ne peux tenir !

---

1. Portrait assez précis dû à Goldoni dans ses *Mémoires*.

Durant les trois années passées à Mantoue,
« Annina della Pietà », comme l'appelaient les
dames de la cour, apprit son métier. Vivaldi,
certes, ne pouvait transformer le cristal en diamant ni étendre la tessiture restreinte de sa protégée qui ne serait jamais, même au prix de longs
efforts, qu'une mezzo soprano.

– C'est tout ce que je te demande, disait-il ras-
surant. Après ce sera à moi de composer des airs
qui ne dépassent pas tes moyens vocaux !

Ainsi naquit « l'Annina » qui durant une quinzaine d'années devait faire les beaux jours du
théâtre San Angelo.

A Mantoue, le révérend avait eu le temps de
travailler à plusieurs opéras tout en continuant
son œuvre d'auteur-concertiste. Il était prêt à
retrouver Venise où, croyait-il, on avait oublié son
comportement fâcheux. C'était l'année où l'on
remplaçait le pavé grossier de la place Saint-Marc
par des dalles de marbre et d'obsidienne. Il y vit
un heureux présage.

Rien ne semblait devoir désormais arrêter
l'ascension d'Antonio Vivaldi dont la célébrité
grandissait partout en Europe grâce à la diffusion
de ses concertos. Seul nuage dans le ciel des
Quatre saisons triomphantes : un petit livre
d'aspect modeste, *Teatro alla moda*, dont la publication agitait la lagune, comme l'une de ces tem-
pêtes qui franchissent parfois la barre protectrice
du Lido. C'était une critique drôle, sévère, souvent
même cruelle, des mœurs qui régnaient dans les
milieux de l'opéra italien. Sous forme de conseils
qui n'étaient que constats d'impostures, librettistes,
compositeurs, chanteurs, imprésarios, régisseurs

et protecteurs de divas y étaient fustigés sans rete-
nue. Personne n'était nommé mais chacun pouvait,
tant les allusions étaient claires, reconnaître le Prete
rosso et son entourage du théâtre San Angelo. Bien
que le pamphlet fût anonyme, son auteur avait été
tout de suite identifié. Il s'agissait de Benedetto Marcello, le « nobile Veneto » qui ajoutait, avec la satire,
une corde à son dilettantisme.

Paolina avait lu avec délectation *Teatro alla
moda*. Elle aurait aimé en parler à son ancien
maître afin de l'accabler de quelques propos iro-
niques. Faute de révérend, elle s'adressa à son mari
qui, depuis qu'il fabriquait du papier à musique,
s'intéressait à ses nouveaux clients.

— Vous devez être content, Antonio Vivaldi, que
vous ne portez pas dans votre cœur, vient de se
faire étriller par Benedetto Marcello. On a dû vous
parler de ce livre qui vient de paraître, *Teatro alla
moda*...

— On ne parle que de cela, ma chère. Je l'ai parcouru chez un ami mais je le lirai en entier si vous
avez la bonté de me le prêter. Pourtant, je n'en veux
pas à Vivaldi depuis que vous me préférez à lui ;
cela ne m'empêche pas de penser qu'il a mérité la
leçon que lui inflige Benedetto.

— Vous connaissez Marcello ?

— Je l'ai rencontré plusieurs fois. C'est un homme
aimable, plein d'esprit et qui, paraît-il, file le parfait
amour avec la cantatrice Rosanna Scalfi. Ce qui
prouve que l'opéra à tout de même son bon côté...

— Mais vous pensez vraiment que Vivaldi a accaparé frauduleusement San Angelo ?

— Lui ou ceux qui l'entourent. C'est certain. La

famille Marcello avait obtenu il y a quelques années le séquestre de son bien mais l'arrêt n'a jamais été exécuté, l'associé de Vivaldi, un certain Santurini, s'est montré plus puissant que les Marcello, ce qui est un comble ! Depuis, son talent protège Vivaldi. Venise, qui n'est plus que musique, ne peut envoyer aux Plombs son génie que s'arrachent tous les princes... Mais Paolina de mon cœur, j'ai des choses plus sérieuses à vous dire.

– L'école ?

– Tout juste. J'ai acheté ce matin le bâtiment où vous allez pouvoir exercer vos talents. C'est un petit palais incrusté entre deux bâtisses importantes sur le campo Frari. Si vous voulez, nous irons le visiter demain. Il faudra naturellement faire quelques travaux mais je pense que vous devez songer dès maintenant à engager vos professeurs et peut-être aussi à trouver des élèves...

Elle se jeta au cou de Maderno. Tandis qu'il l'embrassait, il lui sembla voir une larme de bonheur perler de son œil gauche. C'était vrai, Paolina était heureuse. Dans la même journée un livre la vengeait et son mari réalisait son rêve.

Vivaldi s'était vite remis de la charge du *Teatro alla moda*. Ses fonctions à l'Ospedale, la préparation d'un opéra, *Gl'inganni per vendetta a Vicenza*, sa soif d'écrire et de jouer, enfin une invitation à Rome, occupaient assez son esprit pour lui faire oublier les atteintes à son orgueil. Sa passion pour l'opéra ne l'avait pas quitté [1], en

---

1. Durant sa vie, Vivaldi composera la musique d'une cinquantaine d'opéras.

dépit de ses lauriers de virtuose et de compositeur. N'avait-il pas fixé la forme du concerto, comme Stradivari avait établi celle du violon [1] ?

Avant son départ pour Rome, l'un de ses admirateurs les plus fervents devait lui permettre, cette fois, de quitter Venise sur un succès éclatant. Le marquis Pietro Martinengo avait organisé autour du talent de « Monsignor A. Vivaldi » un dîner musical en l'honneur de la princesse Sultzbach, future épouse du prince de Piémont. Celle-ci fut si impressionnée qu'elle chanta dans toutes les cours d'Europe les louanges d'Antonio Vivaldi qui avait interprété si divinement quelques compositions dont une extraordinaire sérénade et deux concertos avec seconds violons et hautbois.

Ce triomphe mondain était le prélude de ceux qui l'attendaient à Rome. Arrivé au début de janvier 1723, il présentait, dès le mois de février, son dernier opéra, *Ercole sul Termodonte*, au théâtre Capranica. Le livret de Bussani n'était ni meilleur ni pire que la plupart de ceux joués à l'époque, mais la musique enthousiasma les Romains qui découvraient ce curieux prêtre, dirigeant son orchestre l'archet à la main, prêt à reprendre les parties en solo avec une fougue et une inspiration qui stupéfiaient les plus blasés. Après la première représentation d'*Ercole*, une somptueuse réception donnée au palais de l'ambassadeur de Venise permit à Vivaldi d'approcher la haute société romaine, qui, durant dix-huit mois, allait faire de lui son idole. Comme à Mantoue, on s'étonna bien

---

1. Rompant avec la forme du concerto grosso de Corelli, Vivaldi a imposé très tôt celle plus brève et plus équilibrée du concerto en trois mouvements symétriques (vif, lent, vif).

de le rencontrer en compagnie de sa cohorte de jeunes filles, dont Annina qui lui paraissait la plus attachée. Puis l'habitude, le talent et la mode aidant, on s'accoutuma à cette fantaisie. Le monde romain en avait vu d'autres !

En dehors des concerts donnés chez le prince Colonna ou l'ambassadeur de France, la grande affaire était, pour la *famiglia,* comme on appelait l'entourage féminin de l'abbé, la préparation de deux nouveaux spectacles au théâtre Capranica pour le carnaval. La distribution des rôles était à l'origine de scènes orageuses. Vivaldi n'arrivait pas à prendre une décision et, ce jour-là, Anna Giro avait décidé de défendre sa chance en usant de tous les moyens dont elle disposait.

— Antonio, annonça l'Annina, je veux et j'aurai le premier rôle d'*Il Giustino.* Ce n'est pas pour deux ou trois petites notes que je ne réussis pas à atteindre que vous allez m'empêcher de chanter ! Vous êtes l'auteur, rien ne vous est plus facile que d'arranger votre musique. Vous m'avez dit vous-même que j'étais remarquable dans le reste de l'ouvrage.

— Mais, ma petite, je ne suis pas seul ! Les propriétaires du théâtre exigent que je prenne Mariotti et Chiostra, ces deux châtrés dont le public raffole. Je te donnerai un rôle, mais pas le premier. Sois raisonnable !

— Alors, je pars. Vous ne me reverrez plus jamais ! Avec mon talent, ma beauté et ma jeunesse, je n'aurai pas de mal à trouver à Rome un protecteur qui saura m'imposer et ne tolérera pas qu'on me préfère un castrat !

Sans penser vraiment qu'Anna puisse mettre sa

menace à exécution, l'abbé ne pouvait supporter l'idée qu'un jour elle pourrait le quitter en bouleversant un confort qui lui permettait de créer dans la sérénité.

— Ne dis pas des choses aussi méchantes, implora-t-il.

Fine mouche, elle sentit qu'elle avait trouvé le point faible de son maître.

— Et je ne partirai pas seule ! Si je m'en vais, tu peux dire adieu à ton gynécée !

C'était trop. L'abbé abdiqua.

— Écoute, je ne pourrai pas éviter Mariotti qui chante divinement et qui, habillé en femme, est resplendissant de beauté. Mais je n'engagerai pas Chiostra. C'est toi qui auras son rôle qui, entre nous, est aussi important.

Ainsi fut fait. Vivaldi remania quelques passages et l'Annina, si elle fut moins applaudie que Mariotti, reçut un accueil plutôt chaleureux. Le triomphe du second opéra, *La Virtù trionfante*, dépassa celui de *Giustino*. Le climat de scandale et d'hostilité de Venise était loin. Parfois, il Prete rosso se demandait comment il serait accueilli lorsqu'il reviendrait dans sa chère ville. Mais une nouvelle extraordinaire le plongea dans un bonheur qu'il n'aurait jamais osé espérer, le cardinal camerlingue lui fit savoir que S.S. le pape Benoît XIII souhaitait l'entendre. C'était la consécration suprême, la ratification céleste de sa situation de prêtre irrégulier. Ce jour-là, il ne dit pas la messe mais pria le Seigneur.

Avant même que Vivaldi eût quitté Rome, la nouvelle de son concert au Vatican était parvenue à
Venise. On se demanda si le Saint-Père avait eu
connaissance de son passé discutable avant de
l'inviter ou si le talent du musicien l'avait emporté
sur ses errements sacerdotaux. Sans trop le dire,
Venise était contente de voir revenir il Prete rosso :
lui absent, la musique manquait d'âme, l'opéra ron-
ronnait à l'ombre de San Marco. La Pia Congregazione della Pietà elle-même avait délibéré pour
confirmer Antonio Vivaldi dans ses fonctions, en sti-
pulant qu'il devait fournir au moins deux concertos
par mois avec obligation de venir faire répéter les
jeunes filles trois ou quatre fois pour chaque œuvre
lorsqu'il se trouverait à Venise.

Le retour de son maître associé à la gloire de ses
succès romains avait touché Paolina qui éprouva le
désir de faire la paix et de retrouver parfois le bonheur de jouer du violon en sa compagnie. Il n'était
pas question de reprendre ces relations en cachette
de son mari, mais, au contraire, de lui en demander
la permission. Un souper à deux, devant la grande
fenêtre ouverte qui donnait sur la Ca' d'Oro, lui
parut le bon moment pour parler à Maderno de
cette question sans conséquence et d'une autre plus
sérieuse.

– Mon mari chéri, tu sais que Vivaldi vient de
revenir. Je crois que le moment est venu de lui pardonner. Me permettez-vous de reprendre, s'il
accepte, quelques leçons avec lui ? Je voudrais
aussi lui demander d'être présent le jour où nous
ouvrirons notre école. Tu vois, mon pardon n'est
pas exempt d'intentions...

Maderno sourit.

– Si ton indulgence s'arrête aux leçons, oublions les offenses. Je ne vois pas pourquoi je t'empêcherais de revoir l'abbé. Et ton idée de le faire inaugurer l'école me paraît excellente.

– Merci, mon chéri. Et pour te montrer que tu peux avoir confiance en ta femme, je vais t'annoncer autre chose : si tout se passe comme je l'espère, tu vas être père !

C'était l'espoir que caressait Maderno. Le ciel, enfin, l'exauçait ! Il aurait voulu crier son bonheur mais il se trouvait gauche, sans voix. C'est Paolina qui se leva et vint l'entourer de ses bras en murmurant :

– Tais-toi et embrasse-moi, mon mari. Entre nous, alors que nous étions si loin l'un de l'autre, aurais-tu pu imaginer que notre union deviendrait ce qu'elle est aujourd'hui ?

– Sans doute pas. Je n'ai pourtant jamais désespéré...

Paolina avait abandonné le violon depuis quelques semaines. Elle retrouva son médard avec une joie juvénile et se remit à jouer. Elle n'avait pas, Dieu merci, perdu son coup d'archet, ni ses doigts fins leur agilité.

Comme avant, chaque fois qu'elle ouvrait le coffre où reposait son instrument, elle avait une pensée pour François, le beau luthier français qui était passé dans sa vie comme un andantino et lui avait laissé ce beau violon dont le temps et la buée de sa respiration commençaient à patiner le vernis orangé. Qu'était devenu le jeune Lorrain aux longs cheveux ? Elle l'imaginait un peu vieilli, penché sur une voûte dont il caressait le bois lisse comme un ventre de femme... Des enfants jouaient sûrement à l'étage où sa femme cousait. Elle se disait alors qu'elle ne regretterait jamais la parenthèse de bonheur que François avait ouverte pour elle dans sa vie à un moment où le désenchantement l'envahissait.

En cinq années, Venise n'avait pas changé. Les mêmes chants des gondoliers et les mêmes effluves capiteux montaient du Grand Canal jusqu'aux fenêtres du palais Loredan. Antonio Vivaldi faisait arrêter parfois sa barque noire au ponton des Maderno et il montait, le pas toujours aussi rapide, jusqu'aux appartements où Paolina recevait avec chaleur celui qu'elle appelait maintenant son « grand frère ». Il aurait bien aimé jouer un moment avec Stefano et Barbara, les deux enfants de Paolina, mais celle-ci l'entraînait aussitôt vers la salle de musique.

– Vous venez trop rarement, l'abbé, pour que je perde une minute de votre irremplaçable enseignement. Écoutez cette sonate d'Albinoni qui vient d'être éditée et dites-moi si mon staccato est convenable. J'ai l'impression d'oublier quelques notes dans mon archet.

Vivaldi écoutait, expliquait, mais la leçon était pourtant souvent écourtée pour laisser place au bavardage que Paolina avait fait mine de proscrire. C'est que le Prete rosso, devenu l'un des personnages les plus célèbres de Venise, avait toujours quelque histoire nouvelle à raconter. Un jour c'était un court voyage à Mantoue pour célébrer l'anniversaire du landgrave avec une *serenata a quatro voci*, un autre la difficile préparation de son opéra *Orlando furioso* où Annina devait jouer le rôle d'Alcina, ou encore un concert chez le comte de Clergy, ambassadeur de France, sans oublier ses opéras joués un peu partout hors de sa présence, à Prague, à Florence, à Reggio...

Paolina, de son côté, racontait sa vie familiale, un peu trop monotone à son gré. Malgré la fortune de son mari, l'état plébéien des Maderno l'empêchait de fréquenter les maisons nobles de Venise. Plus qu'une réelle frustration elle en ressentait de la mauvaise humeur.

– *Asinus asinum fricat*, disait-elle. Les ânes se frottent aux ânes. Encore heureux qu'ils ne se privent pas de votre génie, mon cher abbé !

L'école de musique, Paolina le reconnaissait maintenant en riant, avait été un fiasco. Ouverte en grande pompe en présence du révérend Antonio Vivaldi qui avait joué avec trois jeunes élèves de la Pietà un concerto écrit pour la circonstance, la Scuola Maderno, après un bon départ, avait manqué de bons maîtres puis tout simplement d'élèves. Devant ces difficultés, Paolina, qui s'était d'abord engagée dans son pari avec une ardeur passionnée, avait vite préféré s'intéresser à son fils Stefano, d'autant qu'elle attendait alors un deuxième enfant. La naissance de la petite Barbara marquait la fin de l'école. Maderno revendit les murs de la maison avec un joli bénéfice.

Paolina avait eu tard ses enfants, mais ils étaient beaux, en bonne santé et paraissaient intelligents. Le père voyait déjà l'aîné lui succéder et la mère disait à tout le monde que la petite Barbara possédait des doigts de violoniste. Comme ils n'étaient encore âgés que de cinq et trois ans et demi, il était permis d'échafauder tous les rêves sur leurs frêles épaules.

Le parrain de la petite fille était Francesco Villani qui surveillait maintenant de loin son commerce d'orfèvrerie et partageait sa vie de riche bourgeois entre Crémone et Venise où, disait-il, il pouvait entendre la meilleure musique d'Italie. Un soir, il soupait au palais Loredan, ce qui lui arrivait souvent en bon célibataire ; il parla de son ami Antonio Stradivari :

– Le maître de Crémone est toujours dans son atelier. Il a maintenant plus de quatre-vingts ans et tient encore l'outil quand il le faut. Ses fils Omobono et Francesco assurent la plupart des travaux pénibles mais il porte la dernière main sur chacun de ses violons. Il se plaint et prétend qu'il tremble mais je l'ai vu l'autre jour tailler une ouïe au canif et je vous assure que son geste est aussi vif et précis qu'il y a vingt ans. « Tu vois, m'a-t-il dit, quand je ne serai plus là, c'est aux ouïes qu'on reconnaîtra les instruments que ma main aura touchés. Les fils sont d'excellents luthiers, ils continueront après ma mort à faire avec mes modèles et mes gabarits de très bons stradivarius mais, je le regrette, ils n'arriveront jamais à imiter mes ouïes ! »

– Il a toujours autant de commandes ? demanda Paolina, toujours intéressée lorsqu'il était question de Stradivari dont François Médard lui avait si souvent vanté le génie.

– Toujours ! Et les violons qui sortent de la bottega sont magnifiques. Mais j'y pense. Que vous, chère Paolina, qui vouez une telle passion au violon, ne connaissiez pas le vieux « Strad » est tout simplement inimaginable. La prochaine fois que je retourne dans ma bonne ville de Crémone, je vous emmène tous les deux. Et je vais m'arranger pour que vous rapportiez de votre voyage un petit violon pour ma filleule. Barbara est encore bien petite pour prendre des leçons et, sans doute, suis-je moi trop vieux pour l'entendre un jour monter ses premières gammes, mais elle pensera à moi...

Paolina rougit de plaisir. La perspective de partir en voyage – elle n'avait jamais été plus loin que Trévise – l'enchantait. Et plus encore la pensée de rencontrer le célèbre luthier.

– Quel bonheur ! s'écria-t-elle. Vous croyez qu'un artiste aussi adulé fabriquera un violon d'enfant ?

– Il l'a fait quelquefois, pas souvent. Il le fera pour moi !

– Il faudra alors qu'il en construise un second, un grand, que j'ai depuis longtemps l'intention d'offrir à ma violoniste préférée.

– C'est vrai ? murmura Paolina en retenant ses larmes comme une petite fille à qui on promet le cadeau dont elle rêve.

– T'ai-je déjà fait une promesse que je n'ai pas tenue ?

– Non, mon chéri, pardonne-moi... Tu sais, les violons m'ont toujours fait pleurer. Songe ! Jouer un stradivarius ! Mais je n'abandonnerai pas mon fidèle médard ! Il m'a donné trop de plaisir !

Villani sourit en la regardant. Elle comprit qu'il était depuis toujours au courant de son aventure avec François. Du bout des doigts elle lui envoya un baiser.

– Vous, ma chère, continua Villani. Vous ne pourrez pas rapporter votre instrument. A moins que, par miracle, il en existe un qui soit terminé et vous convienne. Je connais mon Antonio. Il voudra vous voir et vous entendre jouer avant de commencer à choisir son bois.

– Je n'oserai jamais jouer devant Stradivari...

– Bien d'autres l'ont fait, qui n'ont pas votre talent. Le bottier ne vous fabriquerait pas des chaussures sans avoir vu vos pieds ! Stradivari a toujours aimé étudier le jeu de ses clients avant de satisfaire leurs commandes. Surtout s'il s'agit de bons musiciens !

– C'est peut-être la raison pour laquelle Vivaldi ne possède pas un stradivarius, remarqua Paolina. Il n'a jamais été à Crémone. Il joue toujours son vieil « allemand » et m'a dit qu'il allait sans doute acheter un violon de Carlo Bergonzi à un amateur.

– Bergonzi a été l'un des meilleurs élèves de Stradivari. Son instrument doit être bon. Et puis, ce diable de révérend est capable de faire sonner tous les violons du monde !

Un mois plus tard, Paolina exultait en embarquant sur le bateau de la Brenta qui allait la conduire avec son mari et Villani jusqu'à Padoue où l'orfèvre laissait son équipage lorsqu'il séjournait à Venise. Le vent soufflait et, par bonheur, dans le bon sens. Bientôt ils atteignirent les premières villas, le palais Foscari et passèrent devant la maison de villégiature des Maderno. Paolina se serait bien arrêtée mais il aurait fallu alors prendre le prochain bateau et la voiture de Villani, chevaux attelés, les attendait au débarcadère de Padoue.

Comme la plupart des femmes de Venise, Paolina, qui jouissait pourtant d'une liberté exceptionnelle, n'avait pratiquement jamais quitté la lagune. Ce voyage était pour elle une merveilleuse aventure, les routes ouvertes dans la verdure, les vignes et les champs cultivés une découverte permanente. La voiture, une berline à la française qui avait mené depuis vingt ans Villani, infatigable voyageur, à travers l'Italie, l'Autriche, l'Allemagne et la France, était assez élégante avec sa caisse cintrée en forme de S. Elle pouvait transporter cinq personnes, ce qui avait permis de loger tous les bagages à l'intérieur.

– Vous allez être secoués, avait prévenu Villani. Mais ne craignez rien. Depuis que j'ai fait aménager des soupentes de cuir et remplacé les brancards, nous n'avons versé que deux fois en dix années. Et encore, parce que j'avais un mauvais cocher. Le brave Giuliano qui nous conduit connaît lui heureusement son métier. Questionnez-le : il vous expliquera comment et pourquoi un bon cocher doit savoir ralentir à temps le trot des chevaux afin de ne pas être obligé de les arrêter un peu plus loin en faisant perdre le branle à la voiture.

En fait, depuis le départ, le chemin était plutôt bon, la berline ne cahotait pas trop. Paolina qui s'attendait à être brinquebalée, cognée, ballottée comme un sac de grain à moudre s'en réjouissait.

– Francesco, votre voiture est merveilleuse. Quel confort ! On se croirait dans un salon.

– Attendez, ma chère. Vous mangez votre pain blanc. Je vous avais annoncé des secousses. Vous les aurez !

En effet, après la traversée de Bataglia, la route, ravagée par les pluies du printemps et qui n'avait pas été remise en état, devenait une suite ininterrompue de nids-de-poule, d'ornières et de grosses pierres solidement accrochées au sol qui surgissaient sous les fers des chevaux et la jante des roues. Le branle berceur de la berline devenait une infernale sarabande.

– Tenez fort la poignée de cuir, conseilla Villani, et si vous la lâchez, laissez-vous aller sur votre mari. Bruno est bien nourri et rembourré à souhait. Cela ne va d'ailleurs pas durer longtemps. A partir de Montagnana, la route est meilleure. Après, dame ! cela recommencera...

De rocs en cailloutis, la voiture arriva tard en vue de l'enceinte rose de Montagnana où Villani avait l'habitude de faire étape.

– Enfin, nous arrivons ! soupira Paolina. Je suis moulue comme si on m'avait rouée de coups.

– Vous allez pouvoir vous reposer. Le relais de poste est l'un des plus confortables de la région et l'on y mange correctement, répondit Villani qui, malgré son âge, semblait supporter sans dommage ce voyage éprouvant. Tenez, ajouta-t-il en désignant sur la gauche un palais perdu dans la verdure, c'est la villa Pisani, construite, dit-on, par Palladio. Si celui-ci a vraiment bâti toutes les demeures qu'on lui attribue, il n'a pas dû avoir souvent le temps de se reposer.

La voiture ralentit progressivement en arrivant près de la porta Padova. Giuliano soutenait les chevaux avec les guides afin de les empêcher de glisser. Il prit adroitement le tournant devant la porte de briques et s'engagea dans la ville.

— Il y a un art d'être cocher comme il y a un art de l'orfèvrerie ou de la lutherie. Giuliano est un artiste ! souligna Villani tandis que la berline s'arrêtait sur la place du Dôme où des torches éclairaient l'entrée du relais.

Pour être la meilleure de la région, l'auberge n'offrait qu'un médiocre confort et Paolina, après avoir avalé une écuelle de polenta épaisse comme un mortier de maçon, trouva la couche de la chambre bien dure à côté de son lit de plume vénitien. Elle était si fatiguée qu'elle dit bonsoir à son mari et s'endormit tout de suite, en essayant d'oublier qu'il y avait encore deux jours de route avant d'arriver à Crémone.

Près d'Assola, ils croisèrent un régiment de hussards qui se dirigeait vers Mantoue. Contre qui allaient-ils se battre ? Ils n'en savaient rien et s'en moquaient. Mercenaires de l'Autriche, leur ennemi changeait aussi souvent que la lune.

— Cette guerre ne finira jamais, remarqua Maderno. Voilà qu'après avoir combattu les Bourbons, les duchés ont peur de voir l'Empereur reconstituer l'empire de Charles Quint ! Pauvre Italie qui s'est abandonnée aux caprices de tous les rois d'Europe !

En attendant, il avait fallu se ranger dans un pré, deux roues de la voiture en équilibre sur le bas-côté de la route, afin de laisser passer le convoi militaire. Paolina regardait avec curiosité et compassion ces cavaliers dont le destin était de marcher et de ferrailler loin de leur pays pour une cause incertaine. Elle se dit que la Sérénissime, si elle avait perdu sa puissance et sa gloire de jadis, demeurerait étrangère, mais pour combien de temps ? à l'absurde mêlée dont l'Italie était le champ clos. Somme toute, les masques du carnaval et les vêtements féminins des castrats étaient préférables aux éperons des soudards et aux rubans des capitaines.

Enfin, ils arrivèrent à Crémone. Paolina poussa un soupir de soulagement quand la voiture s'arrêta devant l'entrée de la maison Villani dont la belle façade, entièrement décorée de terres cuites, laissait présager le calme et les aises qui lui avaient cruellement manqué durant le voyage.

Villani était un homme de goût, toujours content de partager ses richesses avec ceux qui avaient son amitié.

– Cette maison, j'en ai rêvé durant trente ans. Finalement j'ai pu l'acquérir il y a dix-huit mois. C'est un ancien couvent de bénédictines dont j'ai restauré la partie habitable. Vous y êtes chez vous, mes amis, et pouvez y rester aussi longtemps que vous voudrez. Ce soir nous allons dîner et nous reposer. Demain, je vous conduirai chez mon ami Stradivari.

Deux baignoires portables qui venaient d'être remplies d'eau chaude attendaient les Maderno dans leur chambre. Avant de se déshabiller, Paolina ouvrit la boîte de son violon pour voir si le médard n'avait pas souffert durant le voyage. Bruno était déjà dans le bain. Elle prit son archet, s'approcha et dit : « Repose-toi, détends-toi, mon amour. Et ferme les yeux en écoutant cette serenata. » Était-ce l'idée qu'elle respirait l'air de la patrie des violons ? Il lui sembla qu'elle n'avait jamais aussi bien joué.

Le vieux maître que Villani avait fait prévenir accueillit son ami et les Maderno avec chaleur.

— Je t'attends depuis longtemps, dit-il. J'ai des décisions à prendre et j'ai besoin de tes conseils. Quant à M. et Mme Maderno, je sais comment ils ont reçu mon compagnon François Médard et j'ai plaisir à leur dire qu'ils sont chez eux dans la bottega.

Paolina n'était jamais entrée dans un atelier de lutherie, elle découvrait avec un intérêt passionné les établis chargés d'outils, de patrons, de cartons couverts d'arcs de cercle et de chiffres, de cordes emmêlées, de rubans de bois, de morceaux de touches, de tables à peine dégrossies... Elle se promit de se faire expliquer les mystères de ce désordre apparent dont naissaient les instruments les plus cohérents, les mieux organisés, les plus logiques du monde.

Stradivari présenta ses fils. Paolina ne savait à leur propos que ce que Villani et Médard lui en avaient dit ; elle en était restée à l'idée de deux jeunes Crémonais dont la personnalité avait été quelque peu étouffée par l'autorité et le génie du père. Elle fut surprise de découvrir deux hommes dont les cheveux gris accusaient l'âge. Francesco devait avoir dépassé largement la cinquantaine, Omobono paraissait à peine plus jeune.

Avec son regard malin qui perçait de ses épais sourcils et sa longue silhouette à peine voûtée, Antonio Stradivari, lui, cachait bien ses quatre-vingt ans. Un tablier de cuir blanc, celui de ses fils et des deux compagnons étant marron, distinguait

le maître qui ressemblait à un prieur au milieu
des frères convers. La bottega, elle-même, après
tant d'années vouées au culte de la musique, avait
un air de monastère. Lorsqu'on levait les yeux,
une suite flamboyante de violons et d'altos,
conduite par une unique mandoline dont les côtes
de bois blond rappelaient celles d'une pastèque
mûre, flottait dans l'air comme une guirlande
d'angelots sur un plafond de Tiepolo [1]. Les instruments suspendus à un fil tendu entre deux murs
attendaient qu'une main précautionneuse vienne
les décrocher pour soigner leurs plaies, lustrer le
satin de leur robe ou simplement les faire frémir
sous la caresse d'un archet.

Paolina, émue, jouissait de ce spectacle étrange
en respirant les effluves du vernis dont elle n'avait
pas d'abord décelé la pénétrante fragrance.

Midi approchait. L'horloge de San Girolamo,
qui avait toujours sonné deux minutes avant celles
du Torrazzo et des autres clochers de Crémone,
faisait déjà entendre la voix fêlée de son carillon.

— Venez, dit Stradivari. Vous devez avoir faim.
Et nous avons beaucoup de choses à nous dire,
Villani et moi... Tiens, c'est à propos de celui-là
que j'ai besoin de tes conseils, ajouta le maître en
désignant un jeune homme d'une vingtaine
d'années qui venait d'entrer dans l'atelier.

— Paolo ! Tu as changé depuis que je t'ai vu !
s'écria l'orfèvre en reconnaissant le plus jeune fils
d'Antonio. Alors ? Le sang des violons ne coule

---

1. Stradivari n'a pas fabriqué que des violons, des altos et des
violoncelles. Il reste de lui des mandolines, un théorbe, une
harpe et le patron d'une guitare, conservés au musée de Crémone.

toujours pas dans tes veines à ce que j'ai compris ?
Tu renonces vraiment au métier ?

— Oui ! Je ferais trop piètre figure à côté du
père et de mes frères. J'ai essayé, je n'ai aucune
disposition...

Stradivari l'interrompit :

— Eh oui ! Il faut se faire une raison. Paolo est
le dernier de la lignée et j'aurais aimé savoir,
avant de mourir, qu'il pourrait un jour succéder à
Francesco et à Omobono ; mais c'est vrai qu'il est
maladroit et ne ferait jamais un bon luthier. Je te
dirai tout à l'heure comment je compte assurer
son avenir.

— Tu es le meilleur père qui soit, répondit Villani. Tu as établi tous tes enfants. Tu peux en être
aussi fier que de tes violons.

— Peut-être. Giulia Maria a un bon mari, Giuseppe Antonio est prêtre et sa sœur Francesca
Maria a prononcé ses vœux. Francesco et Omobono ne me donnent que des satisfactions et je
vais m'occuper de Paolo. Je n'ai qu'un regret, tu
sais : Caterina ne s'est pas mariée et a maintenant
les cheveux blancs. C'est ma faute : je l'ai laissée
se sacrifier...

— Oui. Et dans cinq minutes tu vas être bien
content qu'elle ait préparé le repas... Tu es un
vieil égoïste.

— Pas tant que cela...

Il entraîna son ami à l'écart.

— Je vais marier Paolo à Elena Templari. C'est
une jolie fille et son père, consul de l'Universitas
Mercatorum [1], riche marchand d'étoffes, va

---

1. Groupement des plus importants commerçants de Crémone. Cette sorte de syndicat fondé dès le xiie siècle jouait un
rôle capital dans la vie économique de la ville.

m'aider à établir Paolo qui est plus fait pour le commerce que pour tout autre métier.

– Je connais Templari. C'est un bon mariage.

Les deux amis retrouvèrent les autres à table, dans la grande pièce de l'étage. Les femmes avaient cuit depuis le matin deux *pollastri in matelotte*, spécialité crémonaise héritée des Français, qui répandaient un délicat fumet dans toute la maison. Le maître aiguisa son grand couteau et commença de découper les poulardes.

– Comme vous êtes adroit ! remarqua Paolina. Je n'ai jamais vu un cuisinier se tirer avec autant d'élégance de ce travail difficile.

– Les cuisiniers, en effet, découpent mal. Ils devraient venir voir chez un luthier comment on se sert d'une lame ! La poularde est aussi fragile qu'un instrument à cordes. Si les femmes n'avaient pas coupé le cou de ces bestioles, je vous aurais montré qu'elles ressemblent à des mandolines. Vraiment, quand on sait tailler les ouïes d'un violon avec le canif, découper une volaille est un jeu d'enfant. Mais Giuseppe Guarneri est encore plus habile que moi. Vous vous rappelez, les enfants, comment il jonglait avec son couteau. « Je m'en sers comme d'un archet », disait-il. Il aurait tiré un adagio de sa poularde qu'on n'aurait pas été étonné !

– Vous parlez de celui qu'on appelle Guarnerius del Gesù ? demanda Paolina. Il commence à être connu à Venise. Vivaldi prétend que ses instruments sont excellents.

– Vivaldi a raison : Joseph, il a francisé son prénom, est une tête de mule mais c'est aussi le meilleur luthier de Crémone. Après moi, tout de

même, ajouta-t-il en souriant. Cela n'empêche pas
Vivaldi, l'un de vos amis m'a dit Médard, d'être
un âne. Il est le seul grand violoniste de son
époque à n'avoir pas poussé un jour la porte de
ma bottega. Il s'acharne paraît-il à jouer un violon
allemand fabriqué pour faire danser les grosses
Bavaroises.

— Vous exagérez, maître, dit Paolina en riant.
Son « allemand » est un bon violon. Je lui ai dit
cent fois d'aller vous rendre visite à Crémone. Il
répond toujours oui mais ne bouge de Venise que
pour aller diriger ses opéras et se faire applaudir
par le pape !

— Dommage ! Je lui aurais fait un beau violon.
Quand je serai mort, il regrettera, il achètera un
stradivarius de seconde main... Ce ne sera pas tout
à fait pareil[1].

— Et pour moi maestro, vous construiriez un
violon ? Mon mari veut me faire ce cadeau royal.

— Bien sûr, mais il faudra que je vous voie et
que je vous entende jouer. Je sais que vous avez
du talent... Et, ma foi, il y a longtemps qu'on
n'a pas entendu un bon concerto dans cette maison.

---

1. Vivaldi, le plus grand musicien de son temps, ne jouera
jamais un violon du plus grand des luthiers. En 1740, il fera ses
adieux à la Pietà et gagnera une résidence inconnue. Déjà oublié,
il mourra un an plus tard à Vienne et sera inhumé dans le cime-
tière des indigents. On jouera encore quelque temps ses concertos, en particulier *Les Quatre Saisons*, à Paris, puis le XIXᵉ siècle
l'ignorera complètement. La quasi-totalité de ses manuscrits,
heureusement rassemblés à la Bibliothèque nationale de Turin
en 1927, dormiront encore vingt ans, jusqu'à la parution, en
1948, de l'ouvrage de Marc Pincherle qui réhabilitera l'œuvre de
Vivaldi. Le grand public ne la découvrira réellement qu'en 1950
avec l'avènement du microsillon.

– Je voudrais aussi un petit violon pour ma filleule, la fille de mes amis Maderno, dit Villani. Mais
il ne faut pas compter qu'elle vienne à Crémone te
jouer le *Trille du Diable*...

– Tu tombes bien. J'ai justement un bijou de
quart que Giuseppe Servoso, un marquis de Parme,
n'est pas venu chercher. Il est pour ta filleule.

– Vous faites souvent des violons d'enfant ?
demanda Maderno.

– Non. J'en ai construit quatre, je crois, au cours
de ma vie. Le travail est le même que pour un violon normal et je suis bien obligé de vendre moins
cher un instrument que les clients considèrent à
juste titre comme un violon d'étude. Et puis, entre
nous, un enfant n'a pas besoin d'un stradivarius
pour apprendre à tirer l'archet [1].

Chaque journée passée à Crémone était une
source de joie pour Paolina. Elle s'intéressait avec
tant de passion au travail de la bottega que le vieux
maître s'était pris d'amitié pour la femme encore
jeune et belle qui égayait sa vie. « Je vais m'ennuyer
lorsque vous ne serez plus là, lui disait-il. Dieu sait
si l'on m'a posé des questions sur mon métier ! Cela
m'a plus d'une fois irrité mais les vôtres sont intelligentes. En plus vous me permettez de briller.
Même si vous exagérez en affirmant que vous buvez

---

1. Il existe encore trois beaux violons d'enfant qui portent la
signature de Stradivari. Le « Fountain » (du nom du collectionneur anglais) dont le vernis rouge est superbe. Le « Gillott »
construit en 1720 qui présente, à la place de la volute, un écusson
semblable à ceux dont Stradivari ornait les chevillers de ses
mandolines. Le troisième, l'« Aiglon », porte aussi un écu. Il
appartint au fils de l'Empereur.

mes paroles et que vous m'admirez, cela flatte le vieux bonhomme que je suis devenu. J'ai toujours aimé séduire les jolies femmes. »

C'était presque une déclaration. Bien qu'elle fût sans conséquence, Paolina l'appréciait comme un hommage.

— Sais-tu que Stradivari me fait la cour ? confia-t-elle un soir à son mari.

— Le vieux coquin ! Bien qu'il ait été marié deux fois et qu'il ait eu je ne sais combien d'enfants, certains le disent misogyne. Je vois qu'ils se trompent. Le maître a bon goût ! Je parie que tu n'attendras pas longtemps ton violon !

— Puisque je semble avoir du succès auprès des luthiers, j'ai très envie, avant de quitter Crémone, de rencontrer Guarneri del Gesù. Omobono m'a affirmé qu'il était le seul à pouvoir rivaliser avec Stradivari, bien que leur personnalité et leur manière de travailler soient très différentes.

— Cela ne plaira pas à ton admirateur qui me semble un peu jaloux de son ancien élève.

— Omobono m'a promis de m'emmener dans son atelier. Je verrai après si je dois mettre Antonio au courant.

Trois jours avant le retour, Paolina put ainsi faire la connaissance du mystérieux Giuseppe dont le maître n'aimait guère parler et qui semblait mener une vie marginale, hors du cercle des luthiers de l'isola. Omobono qui la conduisait à travers l'écheveau des ruelles de Crémone lui confirma le caractère étrange de celui dont il était resté l'ami après son passage chez le père.

— Vous allez découvrir un être à la fois attachant et déconcertant. Il aurait pu, lorsqu'il s'est établi, se rapprocher de San Domenico, le quartier des luthiers. Il a préféré celui de sa famille, San Donato, loin du centre marchand. C'est une paroisse qui s'étend près des rives du Pô.

– Pourquoi se fait-il nommer « del Gesù » ?

– Il a imité le père en plaçant sur son étiquette le signe eucharistique « I.H.S. » surmonté d'une croix, afin, dit-il, de se distinguer de son cousin et homonyme Giuseppe, le fils d'Andrea. Puis, comme pour être plus clair, il a ajouté « del Gesù » à son nom. Certains ont trouvé cela inconvenant. Moi, j'estime que c'est une pieuse et belle idée.

– Ses violons ressemblent à ceux de Stradivari ?

– Pas tellement. Il ne veut copier personne et rêve d'être le plus personnel des luthiers de Crémone.

– Votre Giuseppe m'intéresse de plus en plus. Comment va-t-il me recevoir s'il est aussi misanthrope que vous le décrivez ?

– Il n'est pas misanthrope. C'est un garçon original mais aimable. Il est marié depuis trois ou quatre ans à une gentille Crémonaise.

Joseph Guarneri reçut en effet son ami Omobono et Paolina avec une affable simplicité. Elle fut étonnée de le trouver aussi jeune : il ne devait pas avoir plus de trente ans et portait de longs cheveux blonds, un peu bouclés sur les épaules. Il était mince, un peu trop peut-être et avait le teint pâle. A côté d'Omobono, robuste comme le Torrazzo, il paraissait fragile, mais cela ne faisait qu'ajouter au charme de son visage et de ses yeux bleus.

Il était en train de vernir un violon et s'excusa :

– Je dois finir de passer ma couche, sinon je n'obtiendrai pas l'éclat uniforme et transparent que je recherche.

Il avait coincé un outil à tige cylindrique dans le trou inférieur destiné à recevoir le bouton du cordier et tenait le violon devant lui comme une glace à main. Le pinceau caressait le bois dans le fil, avec douceur, et le vernis humide brillait comme la rosée sur une feuille de simboia, cet arbuste étrange qui pousse dans la montagne au pied des meilleurs sapins à violons, pour attirer l'attention des bûcherons de l'harmonie.

Paolina le regardait en silence. L'effleurement du pinceau faisait, à chaque mouvement, vibrer en elle ce petit « nerf bleu », comme elle l'appelait, qui se faufilait jusqu'au tréfonds d'elle-même. Elle connaissait bien l'impression de douce chaleur qui la traversait et se dit en souriant qu'en d'autres circonstances elle aurait succombé facilement aux charmes du beau luthier.

Comme Omobono, souriant, semblait lire dans ses pensées, elle se reprit.

– Maestro, l'art de la lutherie me passionne. Stradivari et ses fils m'ont gentiment permis de les regarder travailler et m'ont appris que chaque geste, même le plus anodin, avait son importance dans la qualité finale de l'instrument. Ressentez-vous cette nécessité de perfection permanente ?

Guarneri sourit en accrochant la volute de son violon au fil tendu devant la fenêtre.

– D'abord, madame, ne m'appelez pas maestro. Gisalberti et Stradivari m'ont appris à me servir des outils. Maintenant je fais tout pour les oublier et, surtout, je ne veux être le maître de personne. Appelez cela ambition, amour-propre ou fatuité, je cherche à faire mon propre violon, un instrument qui ne tiendra que de moi l'éclat de sa sonorité.

– C'est un pari courageux. L'avez-vous gagné ?

– Presque. Je le crois. Jusque-là, j'ai tâtonné, souvent varié mes modèles mais sous un aspect qu'on dit trop fruste j'ai obtenu des sonorités que beaucoup jugent excellentes. Il est vrai que je n'ai peut-être pas toujours choisi mes bois avec une attention suffisante, que je n'ai pas assez soigné mes coins et mes filets. Mais, maintenant, je crois avoir trouvé mon modèle idéal et je vais pouvoir m'attacher aux détails.

– Vous pensez arriver, à votre âge, à faire mieux que le grand Stradivari ?

– Non. Son modèle est parfait. Le mien, je vous le répète, doit être différent.

– Merci. J'espère ne pas vous avoir trop ennuyé avec mes questions. Puis-je vous demander encore une faveur ?

– Comment vous refuser quelque chose, belle madame ?

– Permettez-moi d'essayer quelques instants l'un de vos violons. Je ne suis pas une virtuose mais j'aimerais pouvoir dire, une fois rentrée à Venise, que j'ai joué un stradivarius et un guarnerius del Gesù.

– Vous me faites trop d'honneur. Tenez, prenez celui-ci et choisissez un archet sur la table. J'attends votre verdict.

Paolina joua de mémoire et avec bravoure la chacone de la partita de Jean-Sébastien Bach dont elle avait acheté la partition à Venise peu de temps avant son départ. Son jeu et la musique qu'il ne connaissait pas étonnèrent Guarneri.

– C'est très bien et très beau, madame. Je connais bien des violonistes professionnels qui ne jouent pas aussi bien que vous. Quel est ce morceau que vous venez d'interpréter ?

— Une pièce de Bach, la *Partita pour violon en ré mineur*. Bach est un Allemand encore peu connu en Italie. C'est, je crois, un très grand musicien.

— Et mon violon ? coupa le luthier en ne cachant pas son impatience.

— Il semble être fait spécialement pour jouer la chacone. La chanterelle, la seconde et la troisième sont étincelantes. Je n'ai jamais tiré des sons aussi éclatants d'un violon. Le vôtre m'a donné du talent !

— Et la quatrième ? Je crois connaître votre réponse puisque vous ne l'avez pas mentionnée.

— Franchement, je l'ai trouvée un peu sèche. Cette raideur m'a un peu gênée. Mais je n'avais jamais joué votre violon.

— Vous avez raison. Si ma quatrième valait les trois autres cordes, mon violon serait vraiment très bon.

Paolina rentra ravie piazza San Domenico. Elle ne souffla mot, après s'être entendue avec Omobono, de sa rencontre avec Guarnerius. Elle savait qu'elle aurait peiné le vieux maître en évoquant le talent de ce jeune homme un peu fou en qui il reconnaissait, sans l'avouer, la ferveur de ses trente ans.

Quelques jours plus tard, Maderno et sa femme prenaient congé de leur ami Villani et de la famille Stradivari qui les avaient accueillis avec tant de chaleur.

— Nous reverrons-nous ? demanda Antonio. J'en doute. Je suis bien trop vieux pour faire le voyage de Venise. En fait de voyage, je pense de plus en plus à celui dont on ne revient pas. Maintenant que j'ai arrangé l'avenir de Paolo et que je connais ma dernière adresse, je peux partir dans la paix du Seigneur.

– Votre dernière adresse ? s'étonna Maderno qui n'avait pas compris.

– Oui. Tous les papiers sont enregistrés. Mon cher Francesco m'a cédé une belle place sous le marbre de San Domenico. C'est là que ma bonne Maria et les enfants me conduiront lorsque je serai mort. Le chemin sera court jusqu'à la sépulture Villani dans la cappella del Rosario...

– Taisez-vous donc, maestro ! Vous êtes bâti pour faire encore beaucoup de violons ! Ne nous laissez pas partir sur une impression aussi triste, dit Paolina.

Stradivari reconnut qu'il n'avait pas tellement envie de mourir et qu'il avait du bois pour vingt ans dans ses réserves. Villani promit de revenir à Venise avec le violon de Paolina pour le carnaval.

Le voyage à Crémone s'achevait au relais de poste de la piazza del Duomo où piaffaient les chevaux déjà attelés à la diligence de Mantova. Il restait trois, peut-être quatre jours à Maderno et à Paolina pour regretter la voiture de Villani dans laquelle ils croyaient pourtant avoir beaucoup souffert durant l'aller.

CHAPITRE IX

Le Messie

Juin 1775

Il y avait quarante ans déjà qu'Antonio Stradivari avait, un soir, laissé son long buste s'affaisser sur l'ouvrage et s'était endormi pour toujours dans le silence des violons. A Crémone, où il avait magnifié durant sa longue vie l'art de la lutherie, personne, à part son dernier fils vivant, Paolo, ne se souvenait de la cérémonie discrète, presque clandestine, qui avait marqué l'inhumation du maître. De la bottega, il n'y avait il est vrai que la piazzola à traverser pour gagner la chapelle du Rosaire de San Domenico et, dans les rues, Français et Autrichiens guerroyaient à nouveau.

Les autres grands luthiers de Lombardie, Joseph Guarneri del Gesù, Montagnana, Carlo Bergonzi, les fils Stradivari étaient morts eux aussi. Leurs chefs-d'œuvre, devenus des instruments comme les autres, tombaient peu à peu dans l'oubli.

Seuls, quelques rares amateurs recherchaient encore les étiquettes naguère prestigieuses. Parmi eux un jeune homme de vingt ans revivait intensément la passion qui, durant un siècle, avait animé les dévots du violon. Il avait hérité de son père un amati de 1668 qu'il jouait sans génie mais dont les courbes voluptueuses et le vernis orangé enchantaient sa vue et son esprit. Sa fortune lui permettant de satisfaire ses caprices, il avait décidé de consacrer sa vie à étudier et à collectionner les violons, ces formes étranges nourries d'or et d'harmonie dont il rêvait d'écrire un jour l'histoire.

Pour l'heure, le comte Ignazio Cozio di Salabue recevait dans son manoir de Casale Monferrato le signor Anselmi, négociant, homme d'affaires et intermédiaire patenté.

— Je vous prie, dit-il, de vous rendre à Crémone...

— A Crémone ? Mais on se bat, monsieur le Comte !

— Oui, à Crémone ! Je ne vous y envoie pas pour faire la guerre mais pour y rencontrer Paolo Stradivari. C'est le consul de l'*Universitas Mercatorum*, un personnage important de la ville ; il m'intéresse parce qu'il est le fils de celui qui est demeuré le plus grand luthier de notre époque. Vous me suivez ?

— Oui, monsieur le Comte.

— Ses frères ont, hélas ! vendu une grande partie des instruments terminés ou sur le point de l'être à la mort du père. Il n'en reste qu'une dizaine, je les veux. Il est bien entendu que je n'apparaîtrai pas dans cette transaction, je ne suis pas un marchand ! Vous pourrez traiter l'affaire, par l'entremise de mon banquier Carlo Carli.

— Quand dois-je partir ? demanda sans enthousiasme signor Anselmi.

– Tout de suite. M. Paolo Stradivari est, m'a-t-on dit, en mauvaise santé et je veux mes violons avant qu'il ne disparaisse. Ah! Je souhaite aussi acquérir les outils, les modèles et patrons du maître qui sont en possession de son fils.

C'est ainsi qu'après de longues tractations, le comte Cozio devint propriétaire de dix stradivarius. Il les nettoya avec soin, les examina, les mesura, compara leurs silhouettes à celles de son vieil amati et des autres violons qui ornaient ses vitrines : un guarnerius del Gesù, deux bergonzis et un ruggieri. Il emprunta aussi à un ami de Milan deux stradivarius de 1720, l'époque où le maître était au sommet de son art, et étudia à la loupe l'extrême régularité des filets, la tranche pure et parfaite des ouïes, la finesse des onglets, la forme franche et élégante du manche et de la coquille. Il dut bien vite admettre que les violons qu'il venait d'acquérir ne présentaient pas la même perfection. Certes on reconnaissait la main du maître, les nuances d'or et de lumière que lui seul savait donner à son vernis et surtout le timbre d'une profondeur merveilleuse, la puissance d'une sonorité jamais égalée. Mais il semblait, en y regardant de près, que l'outil, sans doute dirigé par une main moins sûre, n'avait pas été toujours au bout de son travail. On remarquait les endroits où le canif avait trébuché, ceux où l'œil n'avait pu déceler et réparer l'imperfection.

Cozio di Salabue se demanda si d'autres mains, celles des fils ou celles de Carlo Bergonzi qui avait repris la bottega après la mort de Francesco en 1743 [1], n'avaient pas achevé le travail du père. Il

---

1. Omobono était mort l'année précédente.

se promit de rechercher toutes les pièces et les témoignages qui lui permettraient de renouer le fil des dernières années de la vie de Stradivari. Et aussi d'élucider le mystère de sa naissance. Antonio lui-même en ignorait la date exacte. Sur le marbre de son tombeau on n'avait pu graver que celle de sa mort : 18 décembre 1737.

Cette soif de recherches comblait le jeune homme qui allait pouvoir, l'année suivante, devenir possesseur des objets qui l'intéressaient peut-être le plus : les outils, les dessins, les étiquettes, les formes, les moules du grand luthier que Paolo avait tenu à conserver durant sa vie. Le dernier fils d'Antonio était mort peu après la conclusion du marché des violons, c'est son aîné, Antonio II, qui avait négocié celui qui concernait les outils.

Ce jour-là, le comte relisait avec jubilation la lettre qu'il venait de recevoir.

4 mai 1776,

Je crois vous avoir dit que je n'avais aucune objection à vous vendre les patrons, les mesures et les outils qui ont été laissés par mon père pourvu, comme l'exigeait ce dernier, que les objets ne restent pas à Crémone[1]. *Je vous ai montré tous les outils que je possède ainsi que la caisse qui contient les patrons. Je vous céderai le tout pour la somme de 28 giliati*[2].

Antonio Stradivari.

1. On n'a jamais connu les raisons exactes pour lesquelles Paolo ne voulait pas que l'héritage de son père revienne à Crémone. Sans doute taxait-il sa ville d'ingratitude.
2. Monnaie d'or portant les armes de Florence.

Deux semaines plus tard, une voiture apportait à Casale deux lourdes caisses qui contenaient le trésor de Stradivari. Avec autant de soin qu'il en avait pris pour les violons, Cozio déballa les outils pour les ranger sur la longue table de chasse du couloir. L'émotion le gagnait à mesure qu'il alignait sur le marbre les gouges marquées au fer des initiales « A.S. », les canifs dont les manches portaient encore l'empreinte des doigts du maître, les rabots de toutes tailles dont le plus petit, « la noisette », n'était pas plus gros que l'ongle du pouce et les « pointes aux âmes » dont Stradivari s'était servi durant plus de soixante ans pour donner la vie à ses violons.

Puis il ouvrit la malle des modèles : formes de violons découpées dans du carton ou du simple papier, dessins de volutes, feuilles couvertes de calculs qui prouvaient avec quel soin, quel acharnement, le grand « Strad » avait cherché toute sa vie la structure idéale de ses instruments.

– C'est pour moi un moment de grand bonheur ! dit Cozio au luthier Gian Battista Guadagnini venu l'aider. Je veux qu'avec l'aide de ces modèles et de ces calculs, vous me construisiez un stradivarius. Vous utiliserez bien entendu les outils du maître.

Cozio venait d'engager Guadagnini, le sauvant de la misère car dans la région saccagée par les guerres, personne, à part le comte, ne faisait plus fabriquer de violons. La démarche de Salabue n'était pas exempte d'arrière-pensées. Il savait que Guadagnini, ancien élève de Stradivari, était capable d'imiter parfaitement un violon de son maître. Le comte possédait maintenant des étiquettes. Qui pourrait l'empêcher de vendre quelques faux pour enrichir sa collection en achetant des vrais ?

Ce qui, au début, n'avait été qu'un passe-temps était devenu une passion dévorante. Cozio ne vivait plus que pour les violons. Il avait appris que si les chefs-d'œuvre de Crémone laissaient les Italiens indifférents, on commençait à les estimer à l'étranger. Lui qui, arguant de sa noblesse, s'était toujours tenu à l'écart des bassesses du négoce, était prêt à tout pour accaparer les bons instruments, en revendre certains et réaliser son nouveau projet : créer à Turin une école-magasin-atelier de lutherie. Il avait aussi commencé d'écrire son *carteggio*. Ainsi appelait-il le dossier où il consignait toutes les remarques et le résultat de ses investigations sur la lutherie crémonaise et sur la vie de son idole : Antonio Stradivari.

Un jour, après de nombreux recoupements, le comte pensa avoir découvert l'année de naissance de Stradivari : 1644. Elle n'intéressait alors que lui mais il voulut laisser une trace de son travail et eut l'idée curieuse d'utiliser à cette fin les violons qu'il avait acquis de Paolo Stradivari et qui dataient tous des dernières années du maître. Leurs étiquettes, complétées par ce dernier, portaient la mention habituelle : Antonius Stradivarius Cremonensis. Faciebat Anno 1735, ou 1736, ou 1737. Sous la date, Cozio di Salabue ajouta à la main « d'anni 91 », « d'anni 92 », « d'anni 93 » ce qui signifiait : « âgé de 91, 92 et 93 ans en 1735, 1736 et 1737 ».

Comment le comte aurait-il pu deviner que cette inscription allait induire en erreur durant

plus d'un siècle les plus sérieux biographes de
Stradivari [1] ?

1820

L'âge venu, le comte Cozio vivait plus sereinement sa passion. Il achetait et revendait bien de
temps en temps quelques instruments mais il
consacrait surtout son existence à l'entretien de sa
collection, à la rédaction de nombreuses notices et
à l'inventaire des grands violons connus et authentifiés. Il s'intéressait aussi à l'histoire et commençait à exploiter les archives de Casale Monferrato,
sa ville natale, afin d'en dresser une monographie.

Dans le milieu restreint des collectionneurs, un
nom nouveau commençait à circuler, celui de
Luigi Tarisio dont on ne savait pas grand-chose,
sinon qu'il parcourait les campagnes à la
recherche de vieux violons. C'était assez pour
piquer la curiosité de Cozio. Celui-ci avait fait
savoir qu'il rencontrerait avec *intérêt* cet inconnu
qui partageait sa passion pour la lutherie. On lui
avait pourtant répété que l'homme était bizarre et
qu'il ne pouvait que lui déplaire.

– C'est votre contraire ! disait son ami Gobbi.
Vous êtes le plus cultivé des hommes, il sait à
peine lire. Vous appartenez à l'une des plus
nobles familles de Lombardie, il est de basse

---

1. Depuis que l'on sait que ces dates ont été ajoutées par Cozio,
les historiens préfèrent s'appuyer sur un acte découvert dans les
archives de Crémone (les *stati anima*) où Antonio Stradivari est
inscrit comme étant âgé de vingt-neuf ans en 1678, ce qui repor-
terait sa naissance à 1648. Le luthier serait alors mort à l'âge de
quatre-vingt-huit ans et non de quatre-vingt-treize ans comme on
l'a cru longtemps.

extraction. Vous aimez écouter la belle musique des maîtres vénitiens et de M. Jean-Sébastien Bach, il est paraît-il violoneux dans les bals de village. Enfin, l'honnêteté dicte chacun de vos actes et sa réputation est désastreuse... Pourquoi donc vouloir rencontrer un tel individu ?

– Cher ami, ce Tarisio est sans doute tout ce que vous dites encore que, par amitié, vous me fassiez la part trop belle dans vos comparaisons. Il est ce que vous pensez, mais il paraît aimer les violons au point d'en faire l'unique objet de sa vie. Cela suffit pour qu'il m'intéresse !

Le portrait de Luigi Tarisio qu'avait tracé Gobbi n'était pas loin de la vérité mais, malgré les apparences, il existait plus d'un point commun entre le violoneux de campagne et l'aristocrate. L'un comme l'autre avaient compris que le dédain des Italiens pour les grands luthiers de Crémone et, en particulier, pour leur maître Stradivari, ne pouvait être que passager. Ils étaient aussi, à un certain point de vue, tous deux désintéressés. Si leur passion des violons les poussait parfois à frôler les limites de l'indélicatesse, ce n'était pas par lucre.

Né à Fontanella, un village du Milanais, Tarisio avait dès son plus jeune âge été apprenti dans un atelier de menuiserie. Il savait ce qu'était le fil du bois et aimait respirer l'odeur des copeaux frais et de la colle bouillante. Sa destinée semblait tracée, jusqu'au jour où un voisin lui avait confié, pour le réparer, un vieux violon dont la voûte était fendillée. Avec bien du mal, le menuisier avait démonté l'instrument et était demeuré fasciné par le vide qu'il découvrait. Comment ces pièces de bois blanc à peine dégrossies, assemblées d'une manière apparemment sommaire à l'intérieur de leur coquille dodue et vernissée pouvaient, dans un ébranlement quasi surnaturel, transformer la vibration de quatre cordes tendues en divine musique ?

Sa vie en fut bouleversée. Il acheta un, puis deux violons qu'il répara et il commença de jouer d'instinct, en s'appliquant à tirer des sons purs et à reproduire les airs de danses populaires. Il ne connaissait rien à la musique mais possédait le sens du rythme. C'était assez, pensa-t-il, pour soutenir la cadence dans les bals de villages. Il abandonna l'atelier de menuiserie de son maître pour devenir une sorte de vagabond de l'archet. Ce n'était pas sa musique, fort médiocre, qui l'intéressait, c'était l'instrument lui-même. Il n'était heureux que lorsqu'il avait pu fourrer au fond du sac de grosse toile qui ne le quittait jamais un violon acheté pour quelques lires. L'œil toujours en éveil, fureteur, curieux jusqu'à l'indiscrétion, il n'avait pas son pareil pour dénicher un vieil instrument enfoui dans un placard de ferme ou accroché, cordes pendantes, à un clou de charpente. Très vite, il avait appris à faire la différence entre ces violons sans grâce et nasillards qu'avaient toujours fabriqués, à la va-vite, certains luthiers de Milan ou de Brescia et les violons anciens, patinés par l'âge, aux formes parfaites quoique différentes qui cachaient sous leur crasse la noblesse et la vertu. Et puis, au hasard des chemins, il reconnut, parmi ces vieux instruments, ceux qui étaient les plus réussis, les plus parfaits, qui portaient certaines étiquettes où le nom de Crémone revenait

souvent. Bientôt, grâce à son seul flair, il sut dif-
férencier entre eux les plus grands, les amatis des
stradivarius ou des guarnerius. Souvent, il réussissait à acquérir l'un de ces instruments royaux,
souvent délabrés, en l'échangeant contre un autre
de basse extraction reverni à neuf. Il achetait tout
ce qu'il pouvait, les bons, les mauvais et rapportait son butin dans la pauvre chambre qu'il
occupait aux portes de Milan.

Là, comme le comte Cozio dans son château, il
comparait les instruments, les auscultait, perçait
grâce à ses réflexes de plus en plus vifs le secret
de leurs qualités et de leurs défauts.

Tarisio aurait pu devenir luthier. Sa familiarité
avec le bois lui facilitait un second apprentissage.
Mais à la fabrication des violons, il préférait leur
commerce : la meilleure et la plus passionnante
façon d'aimer les violons, pensait-il.

C'est cet homme étrange, peu soigné, mal vêtu,
qui tira un jour la cloche de la porte du château
de Monferrato. Il portait sur l'épaule son habituel
sac de toile qui complétait son allure de vagabond. Le valet du comte Cozio s'apprêtait à
l'éconduire quand le maître intervint :

– Vous êtes Luigi Tarisio ?

– Oui, monsieur le Comte. Pour vous servir. Il
est venu à mes oreilles, par un luthier de Turin,
que vous souhaitiez me rencontrer.

– Alors, entrez.

Nul ne sut ce que se dirent les deux fous de violons. Le valet ne surprit que la dernière phrase du
visiteur.

– Aujourd'hui, je vous ai vendu un amati parce
que j'ai besoin d'argent. Mais un jour, monsieur le

Comte, c'est moi qui vous achèterai votre collection. Vous en savez un peu plus que moi sur les violons mais j'ai un avantage sur vous : je n'ai que vingt-cinq ans !

Le comte avait grommelé et claqué la porte derrière le coureur de routes en lançant tout haut :

– C'est lui, le bougre, qui en sait plus que moi !

Tarisio continua ainsi d'écumer les campagnes, il parlait à peu près tous les dialectes, ce qui facilitait les transactions et lui permettait de constituer une véritable collection qu'il enrichissait à chaque voyage. Lorsque son itinéraire, toujours incertain, le conduisait dans la région, il ne manquait pas de s'arrêter à Monferrato. Le comte, à qui il proposait quelques-unes de ses dernières trouvailles, était chaque fois stupéfié par l'étendue grandissante de ses connaissances. « Il est le seul, disait-il, à qui je peux parler de violons car il est le seul à tout connaître des écoles de la lutherie italienne ; le seul à distinguer, d'un coup d'œil, les caractéristiques du style et de la sonorité d'un instrument. »

C'est après avoir cédé au comte Cozio un robuste giovanni grancino de 1660 que Luigi Tarisio prit une décision importante. Il savait que les anciens instruments italiens étaient de plus en plus recherchés en France et en Angleterre où ils se négociaient à un prix neuf ou dix fois plus élevé qu'en Lombardie. Pourquoi n'allongerait-il pas sa tournée jusque dans ces pays en emportant quelques pièces aux étiquettes alléchantes ? Et puis, c'était une occasion de découvrir d'autres paysages, ces grandes capitales du Nord dont les voyageurs vantaient la beauté... Son viatique soigneusement cousu dans les plis du manteau et son sac rempli de beaux et bons violons, il prit un matin la route du Nord en empruntant les diligences quand il y en avait, les voitures des paysans lorsqu'il en passait et, bien souvent, ses jambes habituées depuis longtemps à couvrir des distances considérables.

Il arriva aux portes de Paris le 25 novembre 1827. La capitale était fort animée : après les élections de la veille qui avaient donné la majorité à l'opposition, le ministère Villèle venait de démissionner. Ce n'est que le lendemain qu'il se rendit à l'adresse que lui avait indiquée Cozio, celle de Jean-Baptiste Vuillaume qui tenait commerce de lutherie au numéro 30 de la rue Croix-des-Petits-Champs. « C'est un artiste de grand talent, avait dit le comte. Il ne rêve que de violons italiens et a, paraît-il, réalisé de bonnes copies de stradivarius. »

L'entrée de Tarisio dans le magasin parisien ne risquait pas de passer inaperçue. Ses habits fripés, encore empoussiérés par le voyage, sa barbe qu'il n'avait pas taillée depuis son départ et son sac lui donnaient plus l'aspect d'un chemineau que d'un courtier en violons.

Dans son vilain français, vague souvenir de l'occupation, qui lui permettait tout juste d'être compris, il demanda à parler au maestro Vuillaumus. Il pensait naïvement que les luthiers parisiens, à l'exemple des italiens, avaient latinisé leur nom.

– Je suis Nicolas Antoine Leté, l'associé de M. Vuillaume, dit un grand jeune homme accouru dans sa blouse de toile blanche à larges plis, comme en portaient les gens du bois.

Il regardait stupéfait l'étrange visiteur sortir de son sac trois violons enveloppés dans de vieux papiers. Tout de suite il reconnut à leurs vernis et à la forme de leurs volutes des anciens instruments italiens. Comment ce vagabond pouvait-il posséder un pareil trésor ? Méfiant, il demanda :

– Ces violons sont à vous ?

– Per Bacco ! A qui voulez-vous qu'ils appartiennent ? Voici un stradivarius, l'un des derniers construits par le maître avant sa mort. Celui-ci est un amati. Il porte l'étiquette d'origine : « Nicolaus Amati Cremonae, Hieronymus Fil, ac Antonius Nepos Fecit 16... » On ne distingue plus l'année mais je peux vous certifier qu'il date de 1624, peut-être 25.

– Vous pouvez reconnaître ainsi l'année d'un violon ? demanda Leté, incrédule.

– Les violons italiens anciens, les seuls qui méritent mon intérêt, oui ! Je ne me trompe jamais. Enfin, admirez cet antonio mariani, un nom sûrement inconnu en France. Il a été construit à Pesaro en 1648. C'est un instrument de premier ordre et très rare. Remarquez les filets simples, les coins allongés et ce beau vernis brun clair très bien conservé...

Nicolas Leté était abasourdi. C'était comme si un gueux était venu soudain vider un sac de diamants et d'émeraudes sur le comptoir.

– Attendez, dit-il. Je vais chercher M. Vuillaume. Il va être passionné. Pensez, ce n'est pas tous les jours qu'on peut voir un stradivarius ! Il aimerait sûrement copier celui-ci.

Vuillaume, comme son associé, crut rêver en découvrant les trois violons, alignés sur le velours rouge qui recouvrait la table du magasin. Tarisio le regardait du coin de l'œil. Comme il était capable de déshabiller et de juger du seul regard un violon, il devinait les pensées qui traversaient l'esprit de Vuillaume. Ce dernier, demeuré muet jusque-là, finit par questionner :

— D'où viennent ces violons ?

— D'Italie naturellement.

— Il en reste beaucoup ? Chez nous comme en Angleterre on compte sur les doigts de la main ceux dont on connaît les propriétaires.

— Il en reste. Mais il faut savoir les trouver. Le comte Cozio avait-il raison de m'assurer que ma petite collection vous intéresserait ? Vous avez sans doute reconnu le stradivarius. Mais les autres...

— J'avoue que j'hésite.

Tarisio présenta à nouveau chacun des instruments, avec un luxe de détails qui laissaient pantois le plus célèbre luthier de Paris. Celui-ci finit par lâcher la question qui lui brûlait les lèvres :

— Vos violons sont-ils à vendre ?

— C'est selon, signor Vuillaumus. Je ne veux me séparer de ces pièces, que s'arracheront vos clients, que pour pouvoir m'offrir un violon unique que je juge être le chef-d'œuvre d'Antonius Stradivarius. Cette merveille, signée de la meilleure année, 1715, m'attend à Venise. Elle coûte très cher !

— Venez dans mon atelier. Nous serons plus tranquilles pour parler. Des clients arrivent et mon ami Leté va les recevoir.

L'entretien fut long. Des bribes de conversation où l'italien se mêlait au français perçaient la cloison. Parfois un accord puissant, tiré d'un archet énergique sonnait derrière la porte. Quand Luigi Tarisio sortit, son sac pesait moins lourd et des pièces d'or tintaient au fond de sa poche. Il avait l'air content. Vuillaume, lui, était radieux. Il salua une dernière fois de la main le messager hirsute, emmitouflé dans son manteau couleur de chemin.

– J'espère qu'un jour vous me montrerez, pour le plaisir, votre Stradivarius de 1715. Je vais en rêver toute la nuit. Et revenez vite à Paris !

Tarisio avait obstinément refusé de montrer les trois violons demeurés au fond de son sac. Il avait dit seulement :

– Ils ne sont pas pour vous. Je dois voir d'autres acheteurs.

L'Italien les destinait au luthier le plus célèbre d'Europe, Henry Lockey Hill, descendant d'une longue lignée vouée depuis 1660 à l'art du violon [1]. Le comte Cozio lui avait certifié que c'était, après lui, le meilleur connaisseur de l'œuvre de Stradivari, qu'il avait eu en main, pour le réparer, le violoncelle du prince Frédéric-Guillaume II de Prusse et qu'il en avait fait une remarquable copie. Tarisio avait donc toutes les raisons d'aller jusqu'à Londres montrer à ce spécialiste le second stradivarius apporté d'Italie.

Le digne Mr. Hill ne trahit aucun étonnement en voyant pénétrer dans son magasin tout acajou de Poland Street le personnage le plus étrange qui ait jamais passé son seuil. Tarisio, pourtant, avait

---

1. La maison « W.E. Hill and sons, Violin makers », est restée jusque dans les années 70 à Bond Street et est transférée aujourd'hui au manoir du Buckinghamshire. William-Ebsworth, le petit-fils d'Henry Lockey Hill, s'est illustré, en dehors de ses travaux de lutherie, par la publication, à la fin du XIXᵉ siècle, d'ouvrages sur Stradivari qui font toujours autorité.

eu le temps, avant d'embarquer sur le bateau de
la ligne Calais-Douvre, de faire un peu de toilette.
Il s'était même acheté, dans un magasin d'Old
Bond Street, une casquette de tweed à double
visière qui ne réussissait pas à le faire prendre
pour un gentleman.

— Que puis-je faire pour vous ? demanda avec
une exquise politesse Mr. Hill, fort intrigué par le
sac que son visiteur venait de poser sur une table.

— Regarder un violon, tout simplement.

C'était la phrase que pressentait le luthier, habitué à recevoir journellement des gens qui venaient
lui montrer des instruments grossiers, croyant
qu'ils possédaient des violons de prix. La dernière
chose qu'il attendait était, certes, de voir sortir un
stradivarius du sac à malices de son visiteur. Il se
frotta les yeux et murmura :

— My God, il y a longtemps que j'ai touché un
tel objet ! Tous les luthiers du monde voudraient
être à ma place. Qui, diable ! vous a conduit à
moi ?

— Votre seule renommée, Mr. Hill. Il s'agit,
vous l'avez reconnu, d'un stradivarius authen-
tique. Vous essayez d'en deviner l'époque ? 1736.
Le maître était bien vieux mais il savait encore,
Dieu merci, faire un violon. Moi seul et le comte
Cozio pouvons remarquer que la netteté des coins
n'est pas aussi parfaite que dans les violons
construits vingt ans auparavant et que les ouïes
n'ont pas été tranchées d'une main aussi sûre.
Mais prenez un archet et écoutez comment sonne
cette merveille.

— Voulez-vous me le vendre ? J'ai dix acheteurs
sous la main prêts à se ruiner pour en devenir
propriétaire. Je vous en prie, Mister...

– Tarisio. De Milan. Oui, je vous le vendrai si nous tombons d'accord sur le prix. J'ai besoin d'argent pour acheter un autre stradivarius, la merveille des merveilles, un violon de 1715 qui hante mes nuits...

– A voir la sûreté de votre jugement, il doit en effet être magnifique. Si nous faisons affaire, reviendrez-vous me le montrer ?

– Peut-être, peut-être... Mais il faut d'abord que j'en devienne le propriétaire.

Rentré en Italie, Tarisio prit aussitôt le chemin de Venise. C'était une route qu'il connaissait mal et qu'il n'aimait guère emprunter car elle avait mauvaise réputation. Mais il aurait affronté les pires dangers pour aller rencontrer la signora Alfreti qui habitait au Rialto, près du marché. C'était une veuve d'une soixantaine d'années qui, visiblement, ne roulait pas sur l'or.

– Je ne vous attendais plus, dit-elle en ouvrant la porte de son modeste logement. Je m'apprêtais à chercher un autre acquéreur.

– Grands dieux, vous ne l'avez pas fait ! C'est que j'ai dû aller jusqu'en France et en Angleterre vendre des violons pour pouvoir acheter le vôtre au prix exorbitant que vous en demandez.

– Mon violon vaut beaucoup plus, croyez-moi ! Je ne m'en sépare qu'à regret afin de ne pas finir ma vie dans une trop grande pauvreté. Je suis loin d'être une bonne violoniste mais il va me manquer. C'était un vieux compagnon...

Tarisio n'était pas sans cœur, les paroles de la vieille dame étaient bien de celles qui pouvaient le toucher.

– Je comprends votre peine, signora. C'est

pourquoi je vais vous offrir ce violon que j'ai acheté sur la route. Il ne vaut pas votre stradivarius mais il sonne assez bien.

Il tira de son sac l'instrument qui paraissait fort convenable et le tendit à Mme Alfreti qui fondit en larmes et remercia comme un bienfaiteur celui qui lui enlevait son cher violon. Tarisio toussota et questionna :

– Tous les collectionneurs aiment connaître l'histoire de leurs richesses. Connaissez-vous les origines du stradivarius que vous me vendez ?

– Naturellement. Stradivari, un luthier connu de Crémone, l'a construit pour ma grand-mère qui était, elle, une très bonne musicienne. Son mari était riche, elle avait douze fenêtres sur le Grand Canal ! Malheureusement, mon grand-père fut ruiné vers la fin de sa vie et ma mère n'hérita pas d'un palais. Seulement de ce violon qu'elle a conservé jusqu'à son dernier jour et qui m'est revenu...

– Comment s'appelait votre grand-mère ?

– Maderno. Paolina Maderno. Elle était l'amie des musiciens de l'époque. Je l'ai peu connue mais je me souviens qu'elle parlait de Vivaldi, de Corelli... [1].

Tarisio regagna Turin par la malle-poste en serrant contre lui le sac qui contenait son trésor. Durant le parcours, aucun incident ne vint mettre en péril le précieux objet. Il le rangea, avec de grandes précautions, dans une boîte bien fatiguée au milieu des instruments de toute espèce qui encombraient sa chambre miteuse. Il ne fallait pas

---

1. Des historiens du XIXᵉ siècle pensent que Tarisio a acheté ce violon au comte Cozio di Salabue en 1827...

qu'un voleur remarque l'or caché dans la brocante.

Le violon qui intriguait déjà une partie de l'Europe n'avait qu'à attendre sagement le soir, lorsque son maître passionné venait le retirer de sa prison et le cajoler comme une femme aimée. Pour la première fois, Luigi Tarisio regrettait de n'être qu'un ménétrier, juste capable de tirer quelques maigres sons d'un instrument qu'il savait sublime.

Puisqu'il avait réalisé son rêve, Tarisio pensa un moment se fixer à Milan ou à Turin, ouvrir un commerce et vivre tranquille au milieu des violons. Mais on n'attache pas les chevaux sauvages à un râtelier d'écurie. Luigi reprit la route et recommença à parcourir des lieues et des lieues à la recherche de nouveaux violons ou simplement de fragments d'instruments délabrés. Avec ces éléments disparates, volutes, fonds ou éclisses demeurés en bon état, il reconstruisait de faux vrais violons anciens. Quelquefois, l'un de ces monstres sonnait clair et avait bonne allure. Il le jugeait alors digne de porter une étiquette célèbre décollée d'un instrument irrécupérable. Mr. Hill et M. Vuillaume n'étaient pas dupes mais ils achetaient ces curieuses reconstitutions en même temps que quelques violons de bonne facture, même parfois un guarnerius, un amati ou un guadagnini. Car, chaque année, Tarisio venait à Paris et à Londres. On y attendait avec impatience la visite de celui qui vidait l'Italie de ses instruments anciens pour satisfaire les amateurs français et anglais de plus en plus nombreux. Cette frénésie faisait monter les prix ; Tarisio, toujours habillé comme un pauvre, était riche, il était devenu célèbre. Et, à chacun de ses passages, on lui posait la même question : « Quand allez-vous nous montrer votre stradivarius ? Nous savons que vous ne le vendrez pas mais nous rêvons de pouvoir l'admirer. A moins qu'il ne soit pas aussi exceptionnel que vous le prétendez ? »

Tarisio riait et répondait :

– Mais si. Il est vraiment magnifique ! Je l'apporterai la prochaine fois.

Une année, le virtuose Delphin Alard, gendre de Vuillaume, qui se trouvait dans le magasin, s'écria :

– Tarisio, votre stradivarius est comme le Messie. On l'attend toujours et il ne vient jamais !

On sourit. Sans imaginer que la perle rare cachée dans le galetas de Turin était désormais baptisée. Le stradivarius mystérieux allait, tout au long de l'histoire de la musique, porter un nom illustre : le « Messie ».

1840

Longtemps oublié par ses compatriotes, Stradivari, un siècle après sa mort, devenait en Europe l'objet d'un véritable culte. Grâce aux incessants va-et-vient de Tarisio, les meilleures de ses créations circulaient entre Londres et Paris. Les luthiers qui avaient la chance de voir entrer dans leur atelier un instrument portant l'illustre étiquette s'efforçaient aussitôt d'en faire la réplique. Certaines copies n'étaient pas mauvaises, meilleures en tout cas que la plupart des violons trafiqués par l'Italien. Oubliés eux aussi dans leur patrie, les autres grands luthiers de l'âge d'or italien bénéficiaient de l'engouement général. Leurs instruments sortaient de l'ombre, leurs prix s'alignaient sur ceux des stradivarius. C'est que les virtuoses de l'époque romantique, comme jadis les maîtres de la musique baroque, découvraient avec passion ces violons retrouvés qui rendaient leur jeu plus éclatant.

Sans Paganini, le plus célèbre d'entre eux, Guarnerius del Gesù serait peut-être demeuré dans l'oubli. Heureusement, le dieu des luthiers veillait en la personne d'un certain Livron, riche négociant français résidant à Livourne qui prêta un jour au virtuose, venu donner un concert dans la ville, le guarnerius dont il s'était rendu acquéreur peu de temps auparavant. Paganini joua si bien ce jour-là que le généreux M. Livron lui offrit l'instrument qui avait permis cette inoubliable interprétation. Sa puissance était si grande que le violoniste le baptisa il « Canon » et l'utilisa jusqu'à la fin de sa vie.

Vieux, retiré dans son château de Monferrato au milieu de ses fiches et de ses carnets, le comte Cozio di Salabue suivait de loin, à travers les récits de voyageurs, la spéculation qui s'organisait en Europe et jusqu'en Amérique sur les violons anciens. Savaient-ils seulement, ces amateurs et ces marchands, que c'était lui, le comte Cozio, qui avait sauvé une part du patrimoine de la lutherie en évitant la dispersion et sans doute la perte irrémédiable de l'héritage d'Antonio Stradivari ? Tout cela était loin, comme un amour de jeunesse fané au fil des ans. Tarisio, son étrange concurrent, avait finalement gagné : il avait dû lui revendre la plus grande partie de ses violons, sans doute déjà l'objet du florissant commerce européen...

Le comte Ignazio Alessandro mourut le 15 décembre 1840 en regardant une dernière fois les outils de Stradivari dont il avait toujours refusé de se séparer [1]. La légende dira que Cozio serrait dans sa main gauche la noisette qui est, comme on le sait, le plus petit rabot de la panoplie du luthier.

1855

Malgré son âge qui rendait ses voyages de plus en plus pénibles, Luigi Tarisio poursuivait son interminable quête. Le rachat de la succession du comte Cozio à des conditions ridiculement basses l'avait considérablement enrichi, mais l'argent ne remplaçait pas pour ce fou du violon la jouissance de la recherche et de la découverte. La veille du jour d'octobre 1854 où sa logeuse le retrouva mort au milieu de ses boîtes empilées comme des sarcophages dans un sépulcre, il revenait, harassé, d'un dernier voyage à Sesto avec pour tout butin au fond de son sac un « séraphin » jaune d'or complètement défoncé.

La nouvelle de la mort de Tarisio ne fut connue à Paris qu'au tout début de 1855. Jean-Baptiste Vuillaume ne perdit pas un jour : le 8 janvier, malgré les routes enneigées, il partait vers Milan, dans une voiture de louage. Son but : être le pre-

---

1. Après la mort de Cozio, Tarisio racheta aux héritiers ce qui restait de la première collection d'instruments de musique. Les outils, les modèles et documents ne furent heureusement pas dispersés. En 1930, leur propriétaire de l'époque en fit don au musée de Crémone où ils sont aujourd'hui exposés.

mier marchand à rencontrer la famille Tarisio avec l'espoir de racheter tous les instruments laissés par le vagabond et de découvrir parmi eux le fameux « Messie ». Moins peut-être pour réaliser une affaire fructueuse qu'afin de pouvoir en exécuter une copie : chez les Vuillaume on était luthier avant d'être marchand.

Le 12 janvier, après une course effrénée, Vuillaume arrivait enfin à Fontanetta, non loin de Milan, d'où on le conduisit à la ferme de la Croix où logeait la famille Tarisio. C'est là que Luigi était né soixante-quatre ans plus tôt. Son héritage n'avait pas dû encore parvenir à ces gens qui semblaient vivre dans la plus grande pauvreté. Vuillaume poussa un soupir de soulagement en apprenant qu'aucun acheteur ne s'était encore manifesté.

– Des violons ? Oui il y en a. Mais ils sont restés à Milan dans la chambre de Luigi, dit celui qui paraissait être le chef de famille. Puisque vous avez une voiture, nous pourrons, si vous le voulez, y aller demain.

– Et ça ? demanda Vuillaume en désignant six étuis qui reposaient à même le sol de terre battue.

– Vous pouvez les examiner. Ce sont sûrement les plus beaux. Luigi les a apportés la dernière fois qu'il est passé en disant qu'ils seraient plus en sûreté qu'à Milan s'il lui arrivait quelque chose. Je crois bien qu'il sentait la mort venir !

Fébrilement, Vuillaume ouvrit la première boîte. C'était à n'en pas douter un guarnerius del Gesù. Les trois lettres I.H.S. surmontées de la croix sur l'étiquette qu'on apercevait à travers l'ouïe l'indiquaient clairement. Dans la seconde reposait

un carlo bergonzi et dans la troisième un stradivarius. En reconnaissant un longuet, le luthier
constata qu'il ne pouvait s'agir du « Messie », Vuillaume trouva encore deux jean-baptiste guadagnini et, enfin, dans la dernière boîte, le plus
beau violon qu'il eût jamais vu et dont le vernis
rouge plein à fond doré correspondait à la des-
cription qu'en avait faite si souvent Tarisio,
comme le fond en deux pièces taillé dans un
érable très flammé et le filet noir qui soulignait le
chanfrein de la tête.

Il le tenait enfin ce « Messie » qu'il approchait
de la fenêtre pour mieux en distinguer les détails !
La main de Vuillaume tremblait, la sueur perlait à
son front. Il devait dire plus tard qu'il avait
éprouvé ce soir-là dans la ferme de la Croix la
plus grande émotion de sa vie.

Les Tarisio savaient que les violons de Luigi
valaient de l'argent, mais beaucoup moins que la
réalité. Ils étaient bien incapables de faire la différence entre les deux guadagninis et le « Messie ».
Vuillaume, tout à sa joie, ne profita pas trop de
leur ignorance mais réalisa tout de même la plus
belle affaire dont puisse rêver un luthier. Il paya
comptant en bonnes pièces d'or de Florence,
celles qui jouissaient en Italie de la meilleure
réputation, et emporta les six violons en promet-
tant de revenir chercher le chef de famille le lendemain matin afin d'aller visiter la chambre
qu'occupait Luigi à sa mort. « Elle est remplie de
violons ! avait dit l'homme. Même s'ils ne valent
pas ceux de la ferme, cela doit représenter une
jolie somme ! »

Vuillaume s'attendait à une surprise mais celle

qui l'attendait à Milan au fond d'une rue sordide
dépassa tout ce qu'il avait pu imaginer durant la
nuit. D'abord la maison sale, minable, où Tarisio
avait établi son repaire depuis près de vingt ans
s'appelait « Hôtel des Délices » ! Le luthier sourit
et monta deux étages en empruntant un escalier
aux marches usées sur lesquelles glissaient ses fins
souliers parisiens. Là, le concierge ouvrit une
porte et dévoila un incroyable spectacle : le lit de
fer, dont on n'avait même pas retiré les draps
sales, trouvait juste sa place au milieu de la pièce,
entre quatre murs épais formés de boîtes et de
violons entremêlés.

– La police en a compté près de 250, dit le
concierge. C'est là, sous le matelas, qu'elle a
découvert 400 000 francs en pièces d'or françaises
et une liasse de titres. Le vieux Luigi est mort
comme un gueux mais il laisse une fortune à sa
famille. Je me demande ce que vous allez bien
faire de tout cet argent, ajouta-t-il à l'adresse du
vieux Tarisio.

Vuillaume n'écoutait pas, trop occupé à ouvrir
des boîtes au hasard. Il y avait de tout dans ce
bric-à-brac : deux violoncelles qui vaudraient une
fortune lorsqu'ils seraient réparés ; des altos dont
un stradivarius et un guarnerius ; des violons abî-
més, couverts de poussière, certains brillants dans
leur vernis, presque intacts ; des pièces rares et
des instruments crevés, à peine bons pour la brocante. Le luthier comprit qu'il n'était pas question
de procéder à une expertise en règle. L'homme
était disposé à vendre le tout, il fallait acheter le
tout ! Qui, en effet, pouvait savoir si, demain, il ne
changerait pas d'avis ? Et les Hill étaient peut-être

en route, prêts à surenchérir... Il fit un rapide cal-
cul et proposa :

– Vous aviez raison. Ces violons sont loin de
valoir les premiers. Mais il y en a beaucoup. Hier,
je vous ai versé la valeur de 25 000 francs. Si
j'ajoute aujourd'hui 55 000, cela fera 80 000 francs
pour toute la collection. C'est je crois un très bon
prix. Et je vous débarrasse de tous ces instruments
que vous n'arriverez à vendre que très difficilement à Milan. Si vous êtes d'accord, nous passons
tout de suite chez le banquier, j'ai une lettre de
change, et je repars demain pour Paris avec tout
le chargement.

C'est ainsi que le fabuleux ensemble d'instruments à cordes rassemblé par Tarisio le fou, et
dont les meilleurs venaient de la collection du
comte Cozio, arriva un soir au 46 de la rue des
Petits-Champs où Jean-Baptiste Vuillaume avait
transféré son atelier depuis 1828. L'événement fit
un bruit énorme dans le petit monde de la lutherie. Mr. Hill, très fâché d'avoir été joué, fit savoir
à son collègue Vuillaume qu'il ne lui pardonnerait
jamais. La brouille entre les deux concurrents
dura toute une année.

De partout, les amateurs arrivèrent dans la boutique parisienne pour essayer d'acquérir à bon
prix un violon italien. Vuillaume, lui, pensa qu'il
avait assez sacrifié au commerce et qu'il était
temps de reprendre sa place à l'établi. Il avait
remarqué que le « Messie » avait besoin de quelques soins. Il prit un plaisir extrême à le détabler
pour renforcer la barre d'harmonie. Il éprouva un
petit choc au cœur lorsque la lame, glissée entre
la voûte et l'éclisse, fit sauter dans un craquement

dramatique les points de colle qui les soudaient
entre elles. Ces gouttes éclatées, il les regarda avec
le respect dû à des reliques : depuis que le grand
Antonio Stradivari les avait déposées du bout de
son pinceau plus d'un siècle auparavant, le « Messie » n'avait jamais été ouvert !

Vuillaume décida de refaire aussi les chevilles
et le cordier. Pour cela, il alla choisir dans sa
réserve la plus belle planche de buis. Il pensa
qu'au paradis des luthiers, le maître de Crémone
devait être content de voir son chef-d'œuvre entretenu avec tant d'amour et de piété [1].

---

1. Malgré toutes les offres, Vuillaume ne vendit jamais le
« Messie ». Son gendre, le virtuose Delfin Alard, en disposera et
le jouera toute sa vie. Sa fille le cédera en 1890 à Hill qui le
revendra à un amateur d'Edimbourg, Mr. Crawford, pour la
somme de 2 000 £, soit 50 000 F, prix record à l'époque. Le
« Messie », racheté en 1904 par les frères Hill, sera revendu puis
reviendra une troisième fois en 1928 chez le célèbre marchand
londonien. Il demeurera enfin dans la collection Hill, exposée de
nos jours au musée d'Oxford.

Le violon assassiné   11
Les mousquetaires du pape   55
Le premier violon   106
Le luthier des rois   158
L'âge d'or   241
Le prêtre roux   292
Les violons du roi de Pologne   348
Paolina   400
Le Messie   450

DU MÊME AUTEUR

Aux Éditions Denoël

CHEZ LIPP.
LES DAMES DU FAUBOURG.
LE LIT D'ACAJOU (Les Dames du Faubourg, II).
LES VIOLONS DU ROI.
LE GÉNIE DE LA BASTILLE (Les Dames du Faubourg, III).
RÉTRO-RIMES.

Aux Éditions Fayard

HÔTEL RECOMMANDÉ, roman.

En collaboration avec Jacqueline Michel

DE BRIQUES ET DE BROCS.
DRÔLES DE NUMÉROS.

Aux Éditions Albin Michel

SI VOUS AVEZ MANQUÉ LE DÉBUT.

Aux Éditions Philippe Lebaud

LE LIVRE DU COCHON, en collaboration
avec Irène Karsenty.

Aux Éditions d'Art, Joseph Forêt

HENRY CLEWS, préface d'André Maurois.

Impression Brodard et Taupin,
à La Flèche (Sarthe),
le 28 avril 1992.
Dépôt légal : avril 1992.
Numéro d'imprimeur : 6473F-5.

ISBN 2-07-038511-6 / Imprimé en France.

55265